청곡의 사랑방

청곡 정용순의 자서전

청곡의 사랑방

수필과비평사

　80년 인생을 살아오면서 필자가 인연을 맺은 인간의 이야기들을 기록하였습니다.

　어릴 적 필자의 고향집 사랑방에는 할아버지를 비롯한 가족들, 친척 어른들, 그리고 마을의 여러 젊은이들과 노인들이 찾아와 정다운 이야기꽃을 피웠습니다. 때로는 그 사랑방이 새끼를 꼬고 가마니를 만드는 공방으로도 쓰였습니다. 필자는 그 '사랑방'이 그리워서 필자의 자주 사용하지 않는 지금 거주하는 도시 청주淸州의 '淸'자와 나의 고향 사곡寺谷의 '谷'자로 만들어진 호號 '청곡淸谷'과 함께 이 자서전의 이름을 『청곡의 사랑방』이라 하였습니다. 그랬더니 그 이름이 '깨끗한 계곡에서 들려오는 정다운 이야기'와 같아서, 필자가 살아온 인생에서 되도록 거짓이 없고 쓸데없는 욕심을 내지 않으려 했던 것과도 관련이 있는 듯하여 좋았습니다.

　필자는 청각장애인이고 언어장애인인 남성의 아들로 태어났습니다.

　독자 여러분! 여러분은 장애인 중 청각장애인이면서 언어장애인인 아버지의 아들이나 딸이 어디서 언제 어떠한 고통을 받으며 살았고, 어떤 수모를 겪으면서 살아왔는지 생각하여 본 일이 있으셨나요?

　필자의 증조할아버지는 아버지가 결혼하여 8년 만에 첫딸을 낳아 100일이 지나갈 때 그애에게 젖을 먹이는 손주며느리(필자의 어머니)에게 "그애 알아듣느냐?"하고 아버지의 장애가 유전됨을 걱정하였다고 합니다.

　필자는 80년을 살아오면서 자랑스러운 일이 찾아오기도 했지만 감추고 싶은 부끄러운 일이 더 많이 찾아왔었다고 생각합니다. 이 책 '청곡의 사랑방'에서는 필자에게 찾아온 자랑스러운 일들도 기록하였으나, 되도록 감추고 싶은 부끄러운 이야기도 기록하였습니다. 예를 들어 필자가 청각장애인이고 언어장애인인 시골 청년의 아들임은 감추고 살아왔습니다만 그것부터 밝히고 기록하였습니다.

독자들이 생각지도 못한 '세상에는 이러한 일도 있구나!'하고 작은 동정의 마음을 줄 수 있는 아버지에 관계된 부끄러운 기억들을 기록했습니다. 필자는 이 책에서 인간관계를 기록하면서 그 인간관계가 있을 당시의 '필자'의 생활을 기록했습니다. 또 필자가 1996년 수필작가로 등단한 다음 저술한 필자의 수필 몇 편과 필자가 20여 년 근무했던 충북대학교 신문에 기고했던 글도 이 책에 실었습니다.

아버지를 포함한 8남매, 그 8남매가 낳은 많은 아들들과 ·딸들, 그리고 그 아들들과 딸들이 낳은 수십 명의 손자들과 손녀들 중에는 청각장애인이고 언어장애인은 없습니다. 필자의 증조할아버지가 염려했던 필자 아버지의 청각장애와 언어장애의 유전은 없으니 다행입니다.

필자는 젊은 시절 해병장교로 월남전에 참전하였으므로 현재 국가유공자가 되었습니다. 연세대학교 대학원에서 박사학위를 취득하였고, 국립대학 교수로 20여 년 살아왔습니다. 이 책은 '수필과비평사' 서정환 사장님과 편집부·인쇄부의 작품입니다. 책이 출간되도록 정성들여 교정하고 편집하였습니다. 진실로 필자는 감사하고 있습니다.

2019년 7월
저자 정용순

제1장   # 나의 어린 시절

제2장 　　　　해병장교 생활

제3장

연세대학교 대학원생 그리고 대광고등학교 교사 생활

제4장　　　　대학 교수 생활 1

제5장 대학 교수 생활 2

제1장
나의 어린 시절

이 장에서 필자는 필자의 어린 시절 어린 눈과 귀로 보고 들었던 할아버지와 할머니, 아버지와 어머니, 형제자매들, 초등학교로부터 대학시절까지 만날 수 있었던 동급생들과 이웃들의 이야기를 기록하였습니다.

가족들은 필자가 어린 시절부터 저 세상으로 갈 때까지의 이야기를 기록하려 했고, 중·고교와 대학 동기들은 만났을 때부터 혹 노년이 될 때까지, 혹 사망시까지의 그들의 이야기를 쓰면서 틈틈이 필자와 그들과의 사이에 있었던 일들을 기록하였습니다.

한편, 6·25전쟁으로 남편이 행방불명된 큰누님의 안타까운 생애와 필자가 고등학교를 졸업하고 재수할 때 관찰하였던 '닭'의 이야기를 수필로 기록하여 우리나라에서 가장 좋은 월간 수필집으로 알려진 '한국수필'에 게재하였었는데 필자의 인생을 기록하는 '청곡의 사랑방' 제1장으로 옮겨 놓았습니다.

80년을 살다보니 대학생활은 어린시절로 생각된 것입니다.

1. 나의 가족 (1)

1-1. 할아버지: 필자는 공주시 사곡면 해월리 중턱골이라는 마을에서 1940庚辰년 추석절 10일 전 태어났다. 이 마을은 마곡사 남쪽의 철승산에서 산능선이 서쪽으로 뻗어있는 그 능선들 사이 골짜기가 다락논을 만들고 그 다락논 밑에 유구천이라는 큰 시냇물이 흐르는 마을이다.

필자가 태어난 집은 1904년 할아버지가 결혼하면서 지었다는 서향집이었다. 나의 할아버지 정택희(鄭澤喜, 1888~1957)는 증조할아버지 헌익(憲益, 1864~1946)과 증조할머니 조씨趙氏 사이에서 태어난 둘째 아들이었다. 19세 때 결혼하였다고 한다. 같은 면(사곡면) 신영리에 사는 남양홍씨南陽共氏 집안 셋째 딸 춘섭(春燮, 1886~1972)과 결혼하였다. 첫 아기가 필자의 아버지 종실(鐘實, 1907~1975)이었다. 그리고 필자의 아버지를 포함하여 8남매를 낳으셨다. 3남 5녀를 두셨던 것이다.

할아버지의 어린 시절에 대하여는 전혀 듣지 못했다. 단지 할아버지의 어릴적 이름이 '복동福童'이었다는 것은 들었다. 결혼할 때 초가집을 조그맣게 지어 새살림을 차렸으나 할머니의 회고담으로 "끼니를 굶을 때가 많았다"고 하는 이야기를 여러 번 들었다.

할머니는 저녁에 등잔불을 켜 놓고 앉아 있으면 잠을 자는 아랫방과 창고로 사용하는 윗방 사이에 사잇문이 있었는데 그 사잇문을 열고 윗방을 넘겨다보고 또 넘겨다보고 했다 한다. 무엇 먹을 게 있나 해서였다. 이 이야기를 필자의 끼니를 굶지 않게 된 어린 시절 할머니가 여러 번 말씀하시는 것을 들었다.

1910년 경부터 1930년 경까지 할아버지는 일 년에 몇 달을 집을 떠나 금강산에 가셔서 나무함지박들을 받아 소달구지에 싣고 전라도의 여러 도시 즉, 광주, 보성, 강진, 무안 목포 등지에 날라다 주는 일을 하여 운반비를 받아서 집 앞의 다락논과 마을의 여러 산들을 구입하였다고 한다. 그런 다음에 끼니를 굶는 때가 없어졌다고 했다.

금강산과 그 인근의 산들에서 두 아름 이상의 소나무와 느티나무들을 벌채한 다음 일정한 길이로 잘라서 트지 않도록 각 토막을 처리하고 건조시킨 다음 나무토막의 모양을 함지박 모양으로 만들고 가운데를 기구로 파서 함지박으로 만든다고 했다. 다양한 크기의 함지박으로 만들었다고 한다. 이러한 함지박은 충청도 사람들도 좋아했으나 전라도 사람들이 많이 구입했다고 한다. 그 함지박을 운반하는 자동차나 열차가 없었으므로 소달구지를 이용했다고 한다. 그 고생은 사람뿐만 아니고 소들도 이만저만한 고생이 아니었다.

할아버지에 대한 추억 세 가지를 기록하면 다음과 같다.

초등학교 3학년 시절 봄이었다고 생각된다. 70년 전의 기억이지만 이 기억은 선명하게 남아있다. '봄 소풍'을 학교 뒷산 철승산(鐵繩山, 550m)으로 갔었다. 철승산은 초등학교 주변에서는 높은 산에 속하는 산이었고 어머니가 마곡사麻谷寺의 영은암靈隱庵에 석가탄신일(음력 4월 8일)이나 추석절 때 가시는데 넘어가는 산이었다.

그때 어머니가 싸 주시는 도시락을 하나씩 들고 담임선생과 학급 아동 70명 정도가 철승산 정상 가까이 올라갔을 때 할아버지와 이웃집 할아버지가 빗자루로 사용할 싸리도 자르고 봄나물도 뜯으시느라 그곳에 올라와 계셨다. 필자는 갑자기 만난 할아버지를 멀뚱멀뚱 쳐다보기만 했었다. 매일 한집의 같은 방에서 잠자고 같은 상에서 식사도 하는 할아버지를 산에서 갑자기 담임선생, 동급생들과 같이 만난 것은 처음이었다. 할아버지와 담임선생은 인사를 나눈 것으로 기억된다.

우리 어린이들은 굽이굽이 흐르는 유구천維九川과 마곡천麻谷川을 내려다보기도 하며 또한 집들이 옹기종기 모여 있는 이 동리 저 동리를 내려다보기도 하면서 가지고 간 도시락을 먹고 봄 소풍을 마쳤다.

그리고 헤어져 각 마을 어린이 별로 집으로 내려갔다. 필자도 같은 마을 어린이들과 마을로 내려오고, 집에 들어오니 할아버지가 미소띤 얼굴을 하시면서 필자에게 말씀하셨다.

"그런 곳에서 할아버지를 만났을 때는 '할아버지 올라오셨어요?' 하고 할아버지에게 인사를 하는 것이지."

"멀뚱멀뚱 쳐다보기만 하면 안되는 것이지."
하셨다.

필자는 정말 인사할 줄을 몰랐다. 인사말 하는 것을 할아버지가 가르쳐 주시지도 않았고, 학교생활 2년여 다니는 동안 담임선생님이 가르쳐준 적도 없었다. 할아버지에게 그런 꾸중 맞는 게 좀 억울하다고 생각했었다.

필자에게 그러한 대인관계를 가르쳐 준 사람은 전혀 없었고, 필자가 누구와 웃으며 이야기를 나눌 줄도 몰랐었다. 이것이 할아버지에 대한 첫 기억이었다.

할아버지에 대한 두 번째 기억으로 떠오르는 일이 있다. 6·25전쟁이 일어나던 해 필자는 열한 살(11세)로 국민학교(현 초등학교) 5학년 어린이였다. 그해 봄 필자의 왼쪽 사타구니(성기와 허벅지 사이)에 가래돗이 생겨 밖에 나가 어린이들과 뛰어 놀 수도 없었을 뿐만 아니라 방안에서도 왼쪽 다리를 움직일 수 없으므로 마음대로 다닐 수가 없었다. 왼쪽 사타구니에 만질 수도 없이 아픈 계란만 한 멍울이 자리잡고 있었다. 할아버지께서

"왜 왼쪽 다리를 움직이지 못하느냐?"

하고 나에게 물으셨다. 그래서 필자는 사실대로

"왼쪽 사타구니에 멍울이 생겼어요. 그래서 그 멍울이 많이 아파요."

라고 말했다. 그랬더니 할아버지는 더 이상 말씀을 하지 않으셨다. 필자도 그러니라 했다.

필자가 어릴 때 살던 마을은 병원이라는 말조차 들어보지 못할 정도로 궁벽한 시골 마을이어서 사타구니의 멍울도 참고 살다보면 낫겠지 하고 참고 방안에서 시간을 보내고 있었다. 그런데 그 이튿날 아침밥을 먹고 상을 물린 다음 필자가 안방 한 구퉁이에 앉아 있는데 우리집 머슴 아저씨와 아버지가 필자가 앉아있는 방으로 들어오는 것이었다. 그런가보다 무엇을 할 일이 있어 들어오셨겠지 했는데 필자에게 다가와 필자의 팔과 다리를 잡고 바지를 벗기는 것이었다. 그리고 몸을 꼼짝도 하지 못하게 누르고 있는 것이었다. 필자는 우선 왼쪽 사타구니가 아프니 소리를 질렀다.

"아야!" "아야! 왜 이러세요?"

"아야!"

하고 소리를 질렀으나 소용이 없었다.

잠시 후 상투를 한 할아버지 한 분이 들어오고 그가 가지고 있는 침으로 필자의 왼쪽 사타구니 멍울을 찔렀다. 아직 어려서 조금도 자라지 않은 고추와 호두였으나 필자는 여간해서 부모님 앞에서도 바지를 벗지 않고 고추와 호두를 보여주지 않았는데 바지를 강제로 벗기고 그 고추 옆의 멍울에 침을 꽂은 것이었다.

멍울에서 피가 흘렀고 그것을 약솜으로 닦고 헝겊으로 묶었다. 필자는 그가 누군지 모른다. 아마 이웃 마을에 침을 잘 놓는다는 영감이 있다하니 할아버지가 필자의 가래톳 이야기를 하고 사람을 보내 부르고 일꾼 아저씨와 아버지에게 팔과 다리를 붙잡고 바지를 벗기게 한 것이다.

침 한 번 찔렀는데 계란만 하던 멍울이 없어지고 바로 걸을 수 있게 되었었다. 지금도 그 침의 자국이 나의 왼쪽 사타구니를 장식하고 있다.

할아버지에 대한 세 번째 추억은 할아버지가 형과 필자에게 우리 집안 족보를 설명하시던 일이다. 간단히 그때의 설명하시던 말씀을 기록해 본다.

「우리 가문에서 가장 가문을 빛내신 어른은 충장공忠長公 정분鄭苯 할아버지이시다./ 조선 4대 임금 세종과 5대 임금 문종 시대에 우의정이셨단다./ 조카 단종의 왕위를 빼앗은 수양대군을 '충장공' 할아버지가 따르지 않겠다고 하자 수양대군 일파들이 출장갔다 돌아오는 충장공 할아버지에게 사약을 내려 돌아가셨단다./ '충장공'이 타고 오시던 말이 충장공의 신발 한 짝을 물고 왔더란다./ 그 신발을 강당(사곡면 소재지 부근에 위치함)에 있는 산소에 넣고 봉분을 만들었다고 한다./ 그리고 그때로부터 200년 뒤 조선 21대

임금 영조 때인 1655년 충정공의 우의정 복관 교지가 내렸는데 '강당'에 사시던 충장공의 조카 지산之産 할아버지의 자손들인 진주 정씨들(우리 조상들)이 충장공의 조카 '지산'을 '충장공'의 양자로 입양되게 하여 1655년 당시 공주에 살던 우리 조상 할아버지 중 한 사람이 그 교지를 수령하였다고 한다./ 그런데 진주에 충장공 할아버지의 외아들이 살았고, 그 묘지가 있어 진주에 사는 사람이 충장공의 적통이라 하는데, 전라도 장흥長興에 사는 진주 정씨들은 장흥에 충장공 정분의 외아들이 살다가 돌아가셔서 그 묘지가 있는데 그 묘지를 이장하던 중 지석支石이 나왔는데 그 지석에 '이 묘지에 있는 시신이 충장공의 외아들의 시신'이라 기록되어 있었다는 것이다./ 그래서 진주의 정씨들과 장흥의 정씨들이 그때부터 자신들이 충장공 정분의 자손이라고 주장하여 재판을 계속하여 지금도 대법원에서 판결을 기다린다는 것이다.」

라고 설명하셨었다. 필자는 족보에 대하여 처음 듣는 것이어서 여쭈어 볼 말이 없었다. 형은 그때 17세의 중학교 학생이었는데도 아무런 것도 할아버지께 여쭈어 보지 않았다. 원래 형은 말이 적은 내향적 성격의 소년이었고, 할아버지를 어려워하기 때문이어서 였을 것이다.

이 시절 필자는 할머니 홍춘섭(洪春燮, 1884~1972)과의 사이에 기억에 남은 하나의 추억 비슷한 일이 있다. 할머니는 50대부터 허리가 굽은 꼬부랑 할머니였고, 청각신경이 미약한 좀 심한 청각장애인이었다. 할머니는 다른 사람들의 말은 잘 못 알아들었으나 필자가 할머니의 귀에 대고 말을 하면 알아들었다. 그런 할머니는 필자가 밤에 팔과 다리를 만져주면 그렇게 시원하다고 했다. 그래서 저녁식사 후에는 필자가 팔과 다리를 주물러 드리는 것이 일과처럼 되었었고 좀 주물러 드리면 "그만해라!" 이렇게 말하면 그 다음에 필자 자신의 일을 하였다.

그런데 어느 날은 아무리 주물러 드려도 그 "그만해라!" 라는 말을 하지 않으셨다. 필자는 팔을 주무르다 울어버리고 말았다. 어머니가 왜 우느냐고 윗방에서 아랫방의 필자에게 물었다. 필자는 아무리 할머니 팔을 주물러 드려도 할머니가 그 "그만해라!" 라는 말을 하지 않으신다고 말하자 어머니가 "할머니가 잠이 드신 것이다."라고 말하며 웃으셨다.

할아버지와 할머니는 8남매(3남 5녀)를 낳으셨다. 맏아들이 우리 아버지 종실(鍾實, 1906~1975), 둘째가 맏딸(1909~1934, 성씨집으로 출가하여 딸 하나 출산하고 사망), 셋째가 둘째 아들 종완(鍾完, 1912~1973), 넷째가 둘째 딸(1915~1907, 부여의 안安씨집으로 출가, 남편 '안'씨는 효성여대 교수), 다섯째가 셋째 아들 종옥(鍾天, 1919~1972), 여섯째가 셋째 딸(1922~?, 천안의 전기회사 직원에게 출가), 일곱째가 넷째 딸(1926~?, 천안의 철도회사원에게 출가), 그리고 여덟째가 다섯째 딸 종숙(鍾叔, 1929~2017, 남편이 공주대 농업생명과학대학 축산과 교수 박광진(朴光鎭, 1931~)이다.

지금은 8남매와 그 배우자들도 모두 저 세상으로 떠나시고 단지 막내사위 박광진만 예산읍禮山邑에 거주하고 있다.

맏아들 종실만 심한 홍역을 앓아서 죽는 줄 알았는데 어느 날 깨어나 살았다고 했다. 그런데 청각장애인이며 언어장애인이 되었다는 것이다. 아버지가 말을 못하자 아버지 어린 시절 할아버지가 부끄럽다고 아버지를 밖에 나가지 못하게 했다는 이야기를 아버지가 수화로 필자가 고등학교 학생일 때 알려 주었었다. 안타까운 이야기이다.

아버지는 그러한 장애가 있는 남자였으나 열네 살(14세)에 열여섯 살(16세) 처녀와 결혼하여 22세에 첫 딸을 낳고 그 후 6남매를 두세 살 차이로 낳았다. 그 중 1남 1여를 잃고 2남 3여를 기른 것이다. 그 5남매도 청각장애인이나 언어장애인은 없이 잘 자랐다. 아버지의 동생들 7남매도 청각장애나 언어장애가 없이 잘 자라서 결혼하고 그들로부터 출산된 자녀들도 청각장애 없이 잘 자라났다.

아버지의 막내 동생 종숙은 아버지의 큰 딸 윤순보다 한 살이 적었고, 둘째 딸보다 한 살이 많았다. 아버지·어머니는 할아버지·할머니와 함께 아기를 생산하는 작업을 한 것이다. 고모와 조카들이 같이 자라나 일정시대 소학교(현 초등학교)도 같이 다니고 잠도 같은 방에서 잤으므로 고모와 조카가 싸우기도 많이 했다고 하는 말을 들었다.

1-2. 아버지: 할아버지가 19세 때 두 살 위의 같은 면 신영리에 살고 있는 처녀와 결혼하여 낳은 첫 아기가 아들인 종실(鍾實, 1906~1975, 필자의 아버지)이었다. 가난한 집에서 아기를 키우는 일은 쉽지 않은 일이었다.

지금이야 아기가 태어나면 시간이 흘러가면서 각종 예방주사를 맞게 하여 소아마비나 각종 전염병을 예방할 수 있으나 1900년대 초에는 그렇게 예방주사 같은 의료 서비스는 생각도 할 수 없었다. 그러한 시절 필자의 아버지 '종실'에게 찾아온 전염병이 '홍역'이었다. 홍역도 정도가 대단히 심한 홍역이었다고 한다. 거의 죽은 줄 알았는데 어느 날 깨어나더라는 것이다. 그런데 문을 열고 닫을 때 깜짝깜짝 놀라던 아기가 문을 세게 열고 닫아도 놀라는 그런 현상이 없어졌다고 한다. 그것을 할머니는 아무렇지 않게 생각했었다고 한다.

그리고 얼마 후 10리는 되는 사곡면 소재지에서 2km 남쪽에 위치한 친정 마을 신영리 친정집에 할머니가 아버지를 업고 갔었는데 아버지가 겨우

기어다닐 때인데 기어다니며 우는 소리를 들은 친정아버지가 아기 엄마인 셋째 딸에게 다음과 같이 말했다고 한다.

"얘야 그 애 우는 소리를 들으니 좀 이상하다. 말을 못하는 '벙어리(청각장애인)'가 될 것 같다."

라고 하더라는 것이다. 말을 못하는 '벙어리'가 된다는 이야기였다. 할머니는 그 말을 듣고 발을 뻗고 땅을 치면서 울었다고 한다.

"내가 무슨 팔자로 말 못하는 아들을 낳았대요?"

하면서 울었다는 것이다.

아버지의 외할아버지가 외손자가 말 못할 아이(벙어리)임을 알아본 것이었다. 아마도 홍역을 너무 심하게 앓아서 청각세포가 손상되었던 모양이었다. 홍역이 너무 심하게 어린 아기에게 왔는데 음식을 잘 못 먹일 경우 청각세포가 손상된다는 이야기도 있다.

세 살, 네 살, 다섯 살 일곱 살이 되어도 말을 못하니 할아버지가 다른 사람에게 말 못하는 아들을 낳았다는 것을 부끄러워 하셨다고 한다. 아버지가 필자가 대학에 다닐 때 필자에게

"나 어릴 때 할아버지가 문 밖에 나가지 못하게 나를 때렸다"

고 하는 수화를 하여 필자가 알아들었다.

10살이 되면서 아버지는 동리 아이들이 지게를 짊어지고 가까운 산으로 나무를 하러 갈 때 지게를 만들어 달라고 하여 그 애들을 따라 산에 가서 나무를 하여 왔다고 한다. 이 이야기는 언젠가 할머니로부터 들은 아버지의 어릴 때 이야기이다.

아버지가 열네 살(14세)이던 1919년 가을 집에서 18km나 떨어진 공주군 의당면에 사는 몹시도 가난한 집의 아버지보다 두 살 위인 처녀를 누군가

중매하여 결혼하였다. 딸만 셋을 둔 집안의 둘째 딸이 필자의 어머니였다.

그때는 할아버지가 금강산에서 강진 해남으로 소달구지에 함지박 운송하는 일을 하여 집 앞의 논을 사 들이고 집 뒤와 마을 인근의 야산을 사들였을 때였다. 아마 필자의 외할아버지가 굶기를 밥 먹듯이 하다가 그 집으로 시집가면 굶지는 않을 것이라며 말 못하는 사람에게 딸을 시집 보냈던 모양이었다.

어머니는 16살에 청각장애인에게 시집와서 24세나 되어 첫째 딸을 낳았다. 그 첫째 딸이 필자의 큰누님 윤순(閏享, 1928~2017)이다.

필자는 일본 제국주의 해군이 '아까끼' '가가' 등 항공모함 6척을 동원하여 하와이 진주만 공격을 했던 때(1941년 12월)보다 1년 전 할아버지가 신접살림을 차렸던 집의 안방에서 우리 마을에서 단 한 명이고, 할아버지 자녀 8남매 중 단 한 명인 청각장애인이고 언어장애인인 종실과 그 부인 이도환(李桃煥, 1904~1998)의 둘째 아들로 태어났다, 1940庚辰년 8월 4일(음)이었다. 필자 위로 누님들 둘, 윤순(閏享, 1929~2017)과 숙자(淑子, 1931~)가 있고, 형 관순(觀享, 1934~)이 있으며, 내 밑으로 여자 동생 필남(弼男, 1943~)이 있다. 2남 3녀 중 필자는 둘째 아들이고, 넷째 아이로 태어난 것이다.

청각장애인인 종실이 공주군 의당면의 찢어지게 가난한 집 16세의 둘째 딸과 14세에 결혼하고 어머니가 24세(아버지는 22세)에 첫딸, 26세에 둘째 딸, 그 다음 30세에 큰 아들을 낳고, 그리고 36세에 필자를 태어나게 작업을 한 것이다.

우리 5남매는 같은 집의 같은 방에서 시간만 다르게 태어난 것이다. 어머니가 시집와서 8 년만에 첫 딸 윤순을 낳아서 시할아버지와 시아버지가 무척 기뻐했다고 한다. 아기를 낳지 못할 수도 있겠다 했는데 아기를 낳았다고 그런 것이나 그 시절에는 산부인과가 있는 것도 아니어서 7일 동안 산고를 겪고 태어나 어머니가 대단히 힘들었다고 한다.

필자에게는 큰누님이 어렵게 태어난 것이다. 태어나고 100일이 지날 때 있었던 시할아버지가 했다고 하는 한 마디 말을 잊지 않고 어머니는 필자에게 몇 십 년 후에 이야기 했었다.

어머니의 시할아버지(필자의 증조할아버지)는 아들 둘을 낳아 길렀다. 우리 할아버지는 증조할아버지의 둘째 아들이다. 우리 증조할아버지의 큰아들(필자의 큰할아버지)은 10남매를 둔 사람이었는데 주태백이(술에 중독된 사람)였다고 한다.

우리 할아버지가 나무함지박들을 소달구지에 싣고 금강산에서 전라남도 보성, 강진 등에까지 운송을 하여 받은 수고료를 가지고 마을의 논과 밭을 구입하여 큰할아버지 앞으로도 등기를 하여 주고, 할아버지 앞으로도 논과 밭을 등기하여 농사를 지었다고 한다. 그런데 큰할아버지는 그 땅의 등기문서를 술집에 맡기고 술을 마실 정도로 술에 중독된 사람이었다고 한다.

땅문서를 필자의 할아버지가 찾아주면 몇 일 뒤에는 또 그 땅문서를 맡기고 술을 마셨다고 한다. 그것도 세 번이나 그렇게 하고 미안하니까 농사지을 논을 무료 대여 하여 준다는 연변(간도 지방)으로 아들 3명을 데리고 이민을 갔다.

그러므로 증조할아버지는 둘째 아들인 필자의 할아버지가 1920년대부터 모시고 살았었다. 필자의 증조할아버지 헌익(憲益, 1864~1946)은 오직 글 밖에는 아무것도 모르시는 어른이었다. 그러나 큰아들이 술에 중독된 분이시니 큰아들을 대단히 싫어하셨다고 한다.

그러한 증조할아버지가 오랫동안 기다리다 태어난 첫 증손녀에게 아버지의 청각장애가 유전되면 어찌하나 걱정이 되었던 모양이었다. 청각장애인 손자가 낳은 첫딸이 100일 정도 되어 청각장애인인 손자의 아내 손주며느리가 첫딸에게 젖을 먹이고 있는 것을 보고

"얘야 그애 소리를 알아듣느냐?"

라고 물었다고 한다. 어머니는 설음이 복바쳐 젖을 먹이다가 아이를 마루바닥에 내려놓고 마루를 두들기며 울었다고 한다. 울면서

"남편이 말을 못해 답답하기만 한데 자식까지 말을 못하면 어찌 살라고 그래요?"

라고 소리 지르면서 울었다고 한다. 그 다음부터 시할아버지는 다시 그런 말을 손주며느리에게 하지 않았다고 한다.

필자의 아버지가 청각장애인이 된 것은 심한 홍역을 어린 시절 앓아서 그랬다고 하는 것을 앞에서도 기술하였다. 어머니와 결혼한 것은 나무함지박 운송하는 일을 같이 하던 할아버지의 친구가 의당면의 가난한 집 둘째딸이 있음을 소개하여 청각장애인 아들의 배필로 얻게 된 것이었다.

어머니가 결혼하고 한 1년이 지난 다음 가마를 타고 친정에 간 일이 있었다고 한다. 친정에서 굶어 죽는 일이 있을지라도 시집으로 가지 않으려 했다고 한다. 말 못하고 듣지 못하는 사람과 일생을 살고 싶지 않았다고 한다. 3개월이 지나가자 시아버지가 하인들에게 가마를 보내기도 했고, 친정어머니가

"가서 그대로 살거라! 참고 살면 좋은 날도 있을 것이나라!"

하고 달래기도 하여 가엾은 어린 말 못하는 남편이 있는 해월리 중턱골로 돌아왔다고 한다.

필자의 증조할아버지 '헌익(憲益, 1864~1946)'은 19세기 말과 20세기 초

마을 사람들이 '교관선생님'이라고 불렀던 어른이었다. 조선시대 말엽 과거에 응시하여 '교관' 벼슬(지금의 초등학교 교사 자격)을 하고 오랜 동안 충정공 민영환(忠正公 閔泳煥, 1861(철종 12)~1905)댁에서 소년들을 가르친 교관 선생님이셨다.

필자가 다섯 살 때 우리집 건너방에서 마을 소년들에게 한문을 가르쳤다. 사곡면 내 여러 마을에서 한문을 배우기 위해 우리집으로 아침에 찾아와서 저녁 때 돌아가는 소년들도 많았다. 그만큼 '정헌익'은 면내에서 이름있는 한문 선생님이었다. 증조할아버지는 아랫목 가운데 앉으시고 학동들이 세 면의 벽을 향해 둘러앉아 집안이 떠나가게 글을 읽었었다. 증조할아버지 등 뒤에는 자신이 과장에서 1880년 작성했다는 과거시험 답안지 작성문이 매달려 있었고, 소지품은 단지 일기장 한 권 뿐이었다.

다섯 살 어린이였던 필자는 천자문을 배웠으나 글씨를 쓰지 않고 따라 읽기만 하는 식으로 배웠으니 글자를 암기할 수도 없었고, 암기하는 이유도 몰랐다. 글 배우러 오는 소년들이 귀여워 해 주니 그들을 괴롭히는 재미로 글방인 증조할아버지 처소에 드나들었을 것이다.

우리 집에는 항상 농사일을 하는 젊은 아저씨(머슴)가 한 사람 있었다. 논 10마지기와 밭 3,000평의 농사를 청각장애인인 아버지 혼자 농사 지을 수 없고, 할아버지는 그때 50대 후반의 나이인데도 허리가 좋지 않아서 농삿일을 할 수가 없었다. 곡식을 거두어 들인 늦가을에 머슴에게 지불하는 곡식이 많지 않아서 가능한 일이었다. 일제 말과 1950년대 전반 우리나라가 정말 살기 힘들었던 시절의 이야기이다.

훈장을 하시던 증조할아버지는 내가 초등학교를 입학하던 해(1946년) 여름 82세를 일기로 별세하였다. 할아버지와 할아버지의 큰조카 종대(鍾大,

청곡의 사랑방

1900~1966)가 시신이 안치된 증조할아버지가 거처하시던 건너방 앞에 평상을 놓고 손님들의 문상을 받았다. 74년여 전의 일인데 기억에 남아 있으니 신기하다. 증조할아버지는 민충정공 댁에서 한일 병합 전 1905년까지 '교관'을 하시다가 귀향하여 일제 35년 간 마을에서 훈장을 하시다가 해방을 맞은 다음 해 해방의 기쁨 같은 것은 모르신 채 세상을 떠나신 것이다.

1-3. 필자의 이앓이와 아버지의 성생활: 여름방학이 되면 마을 앞 유구천에 나가서 필자는 마을 친구들과 목욕도 하고 '개구리 헤엄'도 하면서 뛰어 놀았다. 그러다가 귀에 물이 들어가서 '귀앓이'를 몇 번 하였다. 치약과 칫솔이 없던 시절이어서 시골의 어린이들은 충치가 생기는 것은 당연한 현상이었다. 6·25전쟁 앞과 뒤 즉 1940년대 후반과 1950년대 초반의 일이다. 이앓이와 귀앓이처럼 통증이 심한 병도 드물었다고 했다.

필자가 초등학교 3학년일 때 어느 가을 날 충치가 발생하여 심하게 통증이 일었다. 왼쪽 아래 어금니가 썩었었다. 통증이 심하여 밤에 잠도 잘 수 없었다. 젖이가 영구치로 바뀌기 전이었다. 필자는 웃방 아랫목에 누워 앓는 소리를 했고, 필자 옆에 어머니가 누워서 필자의 아픔을 위로했고 그 옆에 청각장애인이고 언어장애인인 아버지가 누워 있었다. 아버지 옆에 누나와 여동생 등 다른 식구가 잠을 잤다.

그런데 그 통증이 필자를 괴롭히는 가운데 이 세상에 태어나 처음으로 이상한 느낌을 느낄 수 있었다. 청각장애인인 아버지가 이상한 소리를 내며 어머니에게 무엇을 요구하는 것이었다. 그러자 어머니가 오른손을 올리더니 검지 손가락으로 필자를 가리키는 것이 보였다.

"이 아이가 잠자지 않으니 기다려요."

라고 수화로 말하는 것이었다. 아버지의 불평하는 소리와 몸을 트는 소리가 이어졌다. 필자는 치통으로 앓는 소리를 내다가 그 소리를 멈추기로 했다. 그리고 잠이 든 척 했다.

필자의 머리 바로 위에 켜 놓은 등잔불을 손으로 바람을 일으켜 어머니가 껐다. 그리고 필자의 옆에서 아버지의 숨소리가 거칠어 졌다. 한참 동안 아버지가 숨을 몰아 쉬더니 조용해졌다. 필자가 자라는 동안 부모가 성교하는 것을 느낀 것은 처음이었다. 밤 12시가 지난 때였을 것이다. 이상하게 잇몸을 찢는 듯 아팠던 치통도 가라 앉았고 잠도 잘 수 있었다. 부모가 성교를 즐기게 하여 준 보상일지도 모른다.

필자는 소년시절 아버지가 청각장애인으로 말을 하지 못함을 부끄럽게 생각하였다. 모든 언어 중에서 우리말 '벙어리'와 영어의 'dumb'는 필자가 가장 듣기 싫어하는 말이 되었다.

'똥'이라는 말보다도 듣기 싫었다. 공주중학교 뒤 개울동리라는 공주읍 중학동 한 구석 마을에 세를 얻어 큰누님 윤순이 하숙집을 하면서 필자는 하숙비를 지불할 필요 없이 중학교 1·2학년 생활을 했는데 당시 도시민들은 공주 인근의 시골 사람들이 지게에 나무를 지고 와서 시장 옆에 나무지게를 바쳐놓고 있으면 그 지게 위의 나무를 흥정하여 집으로 가져온 것으로 온돌을 덥히고 식사를 지었다.

그런데 어머니는 그 나무값을 아끼려고 청각장애인 아버지를 누님이 전세 얻어 하숙생을 두고 있는 집으로 보내 며칠씩 나무를 하여 주게 하였었다. 싫어도 어쩔 수 없었다. 돈을 아끼려고 하는 것이니 어찌하랴!

이웃에 사는 필자의 중학교 동급생들은 수시로 필자의 집에 드나들었으므로 그들이 아버지가 청각장애인이고 언어장애인임을 보고 쑥덕거림을 알

청곡의 사랑방

고 필자는 마음이 좋지 않았으나 어쩔 수 없는 일이었다. 고향 마을 해월리에서는 모두 아는 사람들이어서 쑥덕거리거나 비웃는 일이 없었다. 그러나 공주읍으로 나와 동급생들의 쑥덕거림은 정말 당하지 않아도 될 것을 당하는 것이어서 괴로웠다. 그러던 중 내가 중학교 2학년 겨울방학이 가까워 올 때 일어난 일을 필자는 평생 잊지 않고 살아오고 있다.

그때도 아버지가 나무를 하여 주시려고 우리와 같이 머물고 계셨다. 우리가 생활하던 집은 학교에서 300m 거리였으므로 주위의 동급생들이 아침에 우리집에 모여 앉아 있다가 학교에서 종소리가 들리면 학교로 내려갔다.

그 날도 아침식사 후 누님이 담아준 화롯불가에 아버지가 앉아 계셨는데 동급생 중 임채승(林采承, 1939~ ?)이라는 악질적인 아이가 아버지 뒤에서 아버지 뒷머리에 주먹질(뒷짐질)을 하는 것이었다. 아버지가 청각장애인임을 알고 뒷짐질을 하니 필자는 참을 수가 없어 그놈의 얼굴을 한 차례 때리고 엎드려 울음을 터트렸다.

누님은 부엌에서

"얘야 어쩌겠니 그만둬라!"

라고 울고있는 필자를 위로하였으나 그 다음부터 임채승林彩昇과는 상대하지 않았다. 그는 3학년 1년 다니는 동안에 싸움을 걸어 왔으나 그때마다 필자의 집에 하숙하고 있던 정윤희(鄭閏喜, 1938~?)가

"임채승! 왜그러니 그 애 건드리지 말아 이자식아!"

하고 소리쳐 말려주었다. 그래서 그와 싸우지는 않았다. 정윤희는 초등학교 동기생이었고, 중학교를 들어와서 필자와 같이 누님이 하숙 치르는 집에서 2년이나 하숙하였다. 정윤희는 나보다 두 살이 위이므로 힘도 세고 운동도 잘 하는 학생이었다. 같은 진주정晋州鄭씨로 할아버지 학열이었다.

아버지는 청각장애인이고 언어장애인이어서 말을 못했으나 점잖으시고 화를 내지 않고 사리판단이 올바르셨다. 아들들과 딸들, 많은 친동생들과 사촌들, 육촌들과 다투시는 일이 없고 사랑으로 대하셨다. 할아버지가 서당을 하시니 옆에서 보고 글자를 많이 알고 계셨다. 아버지의 이종사촌 형이 대전에서 이발소를 경영했는데 그곳에 가서 몇 달간 이발소 일을 도와주면서 이발기술도 능숙하게 익히셔서 이발소가 없는 우리 마을의 이발사를 하셨다. 마을 사람 중 아버지에게 이발을 하지 않은 사람은 없었다.

1-4. 큰누님 윤순: 북괴의 남침에 의해 우리 민족에게 비참한 6 · 25전쟁이 발발되었다. 필자는 11살의 소년으로 초등학교 5학년 학생이었다. 노길섭(盧吉燮, 1925(?)~ ?)은 필다가 4학년 때부터 필자가 속한 학급의 담임을 맡은 청년이었다. 5학년이 되면서 학교 뒤쪽 한곳에 닭장을 만들고 학급비를 아동들에게 제출하게 하여 암탉 두 마리를 구입하여 기르고 닭 당번을 정하여 모이를 주게 하였다.

공주公州의 마곡사麻谷寺 가까운 시골에서는 북괴군이 침범하여 서울을 점령하였는지 알 수 없었다. 그런데 6월 26일부터 휴교한다고 어린이들은 학교에 나오지 말라고 했다. 그러나 필자는 6월 27일이 '닭당번'이었으므로 모이를 책보에 한 주먹쯤 담아서 학교에 가는데 우리집으로 오는 100일도 되지 않은 딸을 업은 자형姉兄과 큰누님을 만나 정말 전쟁이 일어났구나 했다. 큰누님은 중매로 조치원에 사는 노총각 윤희중(尹熙重, 1920~1950(?))과 1948년 봄 결혼하여 조치원에서 신접살림을 차리고 살고 있었다. 그리고 1950년 3월에는 딸(윤소자)를 낳았으므로 6 · 25전쟁이 일어났을 때 백일이 갖 지난 소자를 업고 조치원에서 공주를 거쳐 사곡의 우리집까지 120리

(48km) 길을 아기를 업고 걸어온 것이다. 필자는 큰누님 부부의 이야기를 적어보려 한다.

「1950년 6월 27일 공주군 사곡면의 처갓집과 친정으로 찾아온 자형과 큰누님은 며칠 동안은 우리 식구들과 침식을 같이 하며 살았다./ 그러더니 갑자기 자형 윤희중이 보이지 않았다./ 그러다가 7월 10일 경 집에 나타났다./ 우리집은 우리집 식구가 머슴까지 10식구인데 천안에 사시는 고모님댁 식구들과 큰누님 식구까지 정말 앉을 자리도 없이 복잡했다./ 자형이 나타나자 할아버지가 안방으로 불러 어디 갔다 왔느냐고 물었다./ 그러자 자형은 "면사무소에서 면장 직책을 맡게 되었습니다."하고 솔직히 이야기하였다./ 자형은 일제 말 히로시마에 머물렀던 조총련 공산당원이었다고 한다./ 히로시마에 1945년 8월 6일 8시 15분 우라늄(원소기호: U) 원자탄原子彈이 투하投下되어 폭발했을 때 그 폭풍에 바지가랑이가 날라갔다는 사람이다./ 할아버지는 큰손자사위에게 다음과 같은 이야기를 했다./ "얘야 공산당은 얼마 있지 않아서 쫓겨간다. 내 말이 맞지 않는다고 생각하면 네 마음대로 하거라! 그 대신 내 집 주위에는 얼씬도 하지말아라! 나는 공산당을 용납하지 않는다."/ 그 뒤 윤희중은 우리 마을 해월리에 나타나지 않았다./ 그 뒤 큰누님이 갈아입을 옷을 윤희중에게 가져다 줄 때 같이 가서 한 번 만난 일은 있다./ 맥아더 (Douglas MacArthur, 1880~1964) 원수가 지휘한 인천상륙작전이 1950년 9월 15일 성공함에 따라 통영, 진주, 대구, 영천 등에 까지 내려갔던 북괴군이 포로로 잡히거나 지리산으로 올라가 공비가 되고, UN군과 한국군은 38선을 돌파하여 압록강까지 진격하였다./ 그러자 윤희중은 사라졌고 행방불명行方不明의 사람이 되었다./ 큰누님 '윤순'은 딸 '소자昭子'를 기르며 하염없이 윤희중을 기다렸다./ 필자는 1951년 전국적으로 실시한 중학교 입학 국가고시에 응시하여 우수한 성적으로 공주중학교에 입학하였다./ 하숙이 문제가 되자 셋방을 얻어 큰누님에게 하숙생들을 받아 밥을 하여 주게 했다./ 그리고 2년 이 흘러갔다./ 그러나 윤희중은 소식이 없었다./ 그러면서 조치원 신접살림 하던 집에 집 정리를 하러 갔다 오는 길에 만난 후생사업을 나온 육군 하사 하나를 만나 아이를 임신했으나 그놈 육군 황하사는 처자식이 있는 놈이어서 헤어졌다./ 임신한 아기는 둘째 딸 '영숙(英淑, 1954~)'으로 태어났다.」

큰누님 윤순은 남편이 6·25전쟁 동안 공산당에 동조하다가 행방불명 된 다음 이러저러한 남자들과 결혼생활을 했으나 좋지 않은 가정생활의 연속이었다. 누님은 아기를 임신한 다음 그 육군 황하사를 찾아갔으나 그가 처자가 있는 것을 확인하고 경기도 가평의 상처한 집의 영감과 결혼하여 상처를 달래고 살았다. 그녀는 황하사와의 사이에 낳은 둘째 딸 영숙(경기 도 의정부 거주)에게 의탁하여 생을 이어가다가 2017년 봄 이 세상을 떠났 다.

1-5. 재수시절 누님 숙자: 필자는 공주고등학교를 1958년 2월 15일 졸 업하고 집에서 집안 농삿일을 도와주면서 일 년, 그리고 대학입학준비를 위해 서울 동대문구 이문동에 거주하는 누님댁에 가서 약 4개월 학원과 시립도서관을 드나들며 학습하는 생활을 하였다.

그리하고도 사립대학에 합격했다면 우리집 형편으로는 등록금과 하숙비 를 감당하기가 어려웠다. 필자의 하나밖에 없는 형은 공주중학교를 4년 졸 업하고, 공주사범학교 강습과를 일 년 수료한 다음 19세부터 초등학교 교사 를 했으나 그 당시의 초등학교 교사의 월급은 자신의 하숙비를 할 수도 없이 적었다.

형은 23세에 결혼하고 2년 후 이혼離婚하는 세상의 고통을 겪었다. 이것도 아버지가 청각장애인이어서 며느리(황월순)와의 갈등이 문제가 되어 일어난 결과였다고 생각된다. 황월순이 약 2년 우리집에 사는 동안 남편은 군대 생활을 마치고 귀가했으나 그 언행을 마땅치 않게 생각하여 결국 이혼하는 결과를 가져왔다. 황월순이 남편 없는 시집에서 사는 동안 초가집인 우리집에 불이 두 번이나 나기도 했었다. 여름에 쌓아놓은 보리짚단에 굴뚝으로부터 나오는 불길에 불이 붙어 일어난 사고였다.

고등학교 3학년 때 참고서 한 권 구입할 수 없었던 필자는 보리밥에 고추장과 된장찌개 만으로 자취하면서 식사하고 체력이 모자라서 책을 읽을 수도 없었고, 저녁이 되면 트럼프와 장기 놀이를 하기 바빴으므로 공부는 할 수 없었다. 그래서 그 해 대학에 진학할 수 없었다.

1959년 3월 서울 이문동의 누님댁에 갔으나 식구들이 방 하나를 세를 얻어 사는 방에 있을 수가 없어 누님댁 가까이에 월셋방을 얻어 자취를 하기도 했으나 돈이 없으니 그렇게 할 수도 없어 다시 누님댁에서 기거하면서 시내 도서관과 학원에 나가 대학입시 준비를 하였다. 그때를 생각하면 누님에게 감사한 마음이 많다.

이렇게 대학입시를 준비하고 입학시험애 응시한 대학이 공주사범대학(公州師範大學, 현: 공주대학교 사범대학)이었다. 각 대학별로 입학생을 선발하던 시절이었으므로 대학 입학처에 입학원서를 제출하고 시험에 응시하여 합격하였다. 누님은 합격했다는 소식을 듣고 울음을 터트렸다고 한다.

공주사범대학은 집에서 가깝고 공주읍에서 하숙과 자취생활을 하는데 익숙했으므로 생활비가 적게 소요되며 국립 사범대학이므로 등록금이 저렴하여 좋았다.

1-6. 세상을 모르는 가족들: 필자가 대학 2학년 때 형은 인근 초등학교에 근무하다가 초등학교를 졸업한 시골 처녀와 결혼하였다. 다른 것은 몰라도 6·25전쟁 당시 그의 오빠가 공산당에 협력하여 교도소에 수감되어 있다는 것이 꺼림칙했다.

필자가 형의 결혼이라 집에 와 있으니 같은 과에서 친밀하게 지내고 있던 김종희, 유광국, 남진우가 찾아왔다. 필자가 오라고 하지도 않았는데 공주에서 먼 곳이 아니니 어떠랴 하고 시외버스를 타고 찾아온 것이다. 그런데 그들이 왔을 때 아버지에게 인사를 시키지 않았다.

아버지가 청각장애인이고 언어장애인인 것을 알리고 싶지 않았기 때문이었다.

대학에 다니면서 이런 경우가 또 한 번 있었다. 정말 필자는 못난 인간인 것이다. 그들은 아버지가 청각장애인인 것을 알게 되었다. 아버지는 우리집에 손님이 오면 인사하는 것을 즐겁게 생각하시는데 필자는 청각장애인인 아버지가 그들과 인사하고 이야기를 못하는 것이 싫었기 때문이었다.

유광국이 김종희와 수군거리는 말을 들었다.

"용순이 아버지 언제부터 말을 못하는 거야?"

라고 말하는 것이었다. 그 말이 내 가슴을 찢어버리는 듯 했다.

아버지는 청각장애인이고 언어장애인이어서 말을 못하시지만 수화로서 자신의 의견을 표현하셨다. 한문을 익히시고 한글도 익히셔서 만나는 사람들과 한문과 한글을 땅바닥에 막대기로 쓰면서 수화로 대화를 하셨다. 그래서 만나는 사람과 쉽게 친숙하여 졌다. 농삿일도 일꾼 아저씨(머슴)와 협조하여 잘 하셨다. 농사철이 아닐 때는 나무도 잘 하셨다. 암소 한 마리를 길렀으므로 낮에는 농삿일을 하시고 저녁무렵에는 소꼴을 한 지게 베어 지게에 한 짐 지고 오셨다.

그러나 아버지가 처음 만나는 사람과의 사이에 가끔은 문제가 있었다. 형이 예산의 동갑내기 처녀와 결혼했을 때도 그랬다. 그것이 형의 첫 번째 결혼이었다. 아버지와 그 며느리의 사이에 대화가 어려웠다. 그래서 형이 그 처녀(예산 교육청에 임시 직원으로 취업했던 둘째 작은아버지의 중매로 결혼)와 이혼한 것은 아니지만 결혼생활 2년 만에 이혼하였었다. 이혼한 다음 해 둘째 번 결혼을 하였다.

둘째 번 들어온 며느리가 웃방을 사용하고 아버지와 어머니는 아랫방을 사용하는데 아버지가 아랫방과 웃방 사이의 사잇문을 열었으니 그 둘 째 며느리가 놀랐고 불편해 했었다.

우리 마을사람들은 대부분 평생 이 마을에서 살아온 우리 아버지를 친절하게 대하였다. 그런데 아이들 중에는 아버지가 청각장애인 특유의 음성으로 소리 지르는 것을 흉내 내는 아이가 있었다.

그 중에 이웃집에 사는 필자와 나이가 같은 성락원(成樂元, 1940~ , 대전 거주)이가 있었다. 성락원이 아버지의 흉내를 내는 것을 몇 번 들었었다. 성락원은 필자와 나이가 같았으나 초등학교는 필자의 1년 후배였다. 어느 날 같이 놀이를 하는 가운데 또 그가 아버지의 목소리 흉내를 내었으므로 필자가 그에게 말했다.

"락원이 너 자꾸 우리 아버지 흉내 낼거야? 너의 아버지가 이상한 소리를 낼 때 내가 흉내를 내면 좋겠니? 한 번만 더 우리 아버지 흉내를 내면 가만 두지 않을 거야!"

이렇게 말했었다. 락원이는 아무런 말도 하지 않았다. 같이 놀이 하던 아이들 중 한 아이가 다음과 같은 말을 하였다.

"그것 봐 내가 낙원이 그 소리 들을 줄 알았어."
했다.

그때 그 놀이는 그 말을 필자가 '락원'이에게 한 다음 끝났으며, 락원이는 그 다음부터 우리 아버지의 흉내를 내지 않았다. 아버지가 청각장애인이어서 이웃 친구가 아버지의 흉내를 내는 것을 듣는 것은 대단히 기분 나쁘고 필자의 마음을 괴롭히는 일이었다.

지금 현재의 사회는 살기 좋은 사회가 되어 우리나라 몇 곳에 농아학교가 건립되어 청각장애인들을 교육하고 있으니 얼마나 좋으냐? 우리 아버지는 살기 어려운 일제시대를 살았기 때문에 그러한 교육 혜택을 받지도 못한 것이다. 다행히 가엾은 우리 어머니를 만나 이 마을에서 칠십 년을 사시다가 1975년 한 많은 이 세상을 떠나셨다.

1-7. 호계국민학교(현재 호계초등학교) 화장실: 필자의 생일은 빠르지 않은 9월 4일인데 일곱 살인 1946년 9월에 국민학교(현 초등학교)에 입학하였다. 생일로 봐서 필자가 가장 어린 나이였다. 필자가 할아버지에게 학교에 보내달라고 졸라서 그렇게 했다는 것이다.

필자가 보내 달라고 하여 입학한 학교였으므로 싫다 하지 않고 학교를 다녔다. 우리나라가 일제로부터 해방되고 바로 그 다음 해 9월인데도 대단히 추운 학교길을 다녔다고 생각되는 것이다. 집에서 초등학교(현 초등학교)는 같은 냇물(유구천)을 두 번 건너는 2km 거리였다.

바짓가랑이를 걷어 올리고 시냇물을 두 번이나 건너가는 2km 학교길을 결석하지 않고 열심히 다녔었다. 6·25전쟁 전과 후의 우리나라 국민들은 정말 살기 어려웠던 것이다. 왜냐하면 학교에 조금 납부하는 수업료가 부담되어 학교를 아예 포기하는 소년과 소녀들이 많았고, 입학하였으나 그 것으로 중퇴하는 경우도 많았기 때문이다.

필자도 한 번 그 적은 납부금 때문에 수모를 겪었는데 그것을 생각하면 소름이 끼친다. 그 당시 필자가 입학했던 초등학교가 학생 수에 비하여 교실이 부족했기 때문에 옆 마을의 공회당(지금의 새마을회관)을 필자가 속한 학급이 교실로 상당 기간 이용할 때가 있었다. 그 공회당에 가서 수업에 들어가기 전 담임 '이무영(李武榮, 1927(?)~ ?)'이 수업료를 납부하지 않은 아동들의 이름을 부르더니

"지금 집에 가서 수업료를 가져 오거라!"

하는 것이었다. 필자는 바지를 걷어 올리고 시냇물을 두 번 건너고 2km의 길을 걸어서 집에 와서 어머니에게 이야기 하여 그 얼마 안되는 수업료를 받아서 또 바지가랑이를 두 번 걷어 올리고 시냇물을 두 번 건너 그 마을(능계) 공회당을 찾아 간 것이 대단히 어려웠다. '내일 꼭 가져 올테니 내일 가져오게 하여 주세요!'하고 애원할 줄도 몰랐다. 그런 말을 하면 안되는 것으로 생각했던 모양이다.

지금도 그 일을 생각하면 '이무영'이 밉고 원망스럽기만 하다. 일곱 살 어린이에게 그러한 끔찍한 심부름을 시킨 그 악질이 교사였던 해방 다음해 였다.

그러다가 필자는 열악한 학교 환경에 고통을 받은 일이 생겼다. 집에서는 화장실이 안채와 밖에 있어 사용하는데 불편이 없었다. 그런데 어느 날 오후 수업을 마친 다음 대변이 급하여 화장실에 갔다가 청소를 하지 않고

대변 받이가 변으로 넘쳐서 대변을 볼 수가 없었다. 발을 올려 놓을 장소가 없으니 어찌한다는 말인가? 여러 화장실의 문을 열어 보았으나 마찬가지였다. 결국 바지를 내리지 못하고 바지에 변을 싸 버렸다. 일곱 살 어린이였기 때문인지도 모른다. 필자는 어찌할 바를 몰라 엉거주춤 하고 있었다. 그런 채로 2km를 걸어 집으로 돌아왔다. 필자보다 열 살 위 둘째 누님이 바지를 벗기고 물로 씻어주고 새 옷을 입게 하여 주었다.

이 학교는 1918년 개교하였고 필자는 28회 졸업생이었다. 광복된 다음 해는 학교 운영이 엉망이었기 때문에 교사들이 화장실 청소 하나 시키지 않은 것이다. 교사들의 근무태도가 어쨌는지를 이것으로 알 수 있는 것이다. 이 학교의 화장실 상태가 당시 우리나라의 현실을 대변하여 주는 것이다.

청곡의 사랑방

2. 신영리의 노수광

필자는 일곱 살되던 해 봄 초등학교에 입학하였다. 다른 동급생들보다 한 살이나 두 살, 또는 다섯 살이 적었다. 냇물(유구천)을 두 번이나 건너야 되는 험한 등굣길에 지금 생각해 보아도 무리한 조기 입학이었다. 지금 생각해 보면 무엇보다 체력이 약해서 학교에 등교하면 동급생들로부터 따돌림 받는 것이 문제였다. 한 번은 신영리에서 8살에 입학한 노수광(盧秀光)이라는 아이가 운동장 가에 앉아 있는 필자의 옆으로 와서

"야 너 해봤니?"

하고 묻는 것이었다. 필자가 사는 해월리는 초등학교에서 서북쪽 2km에 위치한 마을인 반면 신영리는 초등학교에서 남쪽으로 1.5km 내려간 곳의 마을이다. 1학년 추석절이 가까운 어느 날이었다. "너 해봤니?"라는 말은 "하늘에 떠있는 '해'를 보았느냐(?)"라는 말로서 그 '해'를 봤느냐고 물으니 이상했다. 필자가 대답을 하지 않으니 노수광이는 또 묻고, 내가 그래도 대답을 하지 않으니 또 물었다.

그것을 왜 묻느냐고 묻지 말라고 했다. 그러나 그 아이는 계속 묻는 것이었다. 필자는 일어나서 6학년 교실로 갔다. 6학년 교실에는 필자의 단 하나밖에 없는 형이 있기 때문이었다. 육학년 교실의 문을 열었더니 형이 6학년 동급생들과 놀고 있다가 필자를 보고 "왜 왔느냐?"하고 물었다. 필자가

"노수광이라는 아이가 "야 너 해봤니?" 하고 물어서 대답을 하지 않으니 묻고 또 묻고 해서 귀찮아!"

라고 말했다. 형이

"그 아이 어디 있느냐?"

라고 물어 형과 같이 그 아이가 있는 운동장가로 갔더니 그 아이가 그 자리에 있었다. 형이 그 아이에게

"너 왜 용순이에게 귀찮게 "너 해봤니?"하고 자꾸 물었니?"

하고 물으니 그 아이

"저기 저 하늘의 해를 봤느냐고 물었는데 대답을 하지 않아서 또 물었어."

라고 대답했다. 그러자 형이 그 아이에게

"너는 해봤니?"

하고 물었다. 그러니 그 아이 대답을 하지 못했다. 그러자 형의 커다란 손바닥이 그 아이의 뺨을 두어 번 후려쳤다. 그 아이는 "엉, 엉" 소리내어 울었다.

그 어린이 노수광이 말하는 "해봤니?"라는 말은 '성교를 해봤느냐(?)'라는 말이었다. 그 '해'가 하늘에 떠있는 '해'가 아닌 것이다. 칠십여 년이 흘러간 지금 생각해도 초등학교에 갓 입학한 1학년 어린이가 어찌 그런 질문을 할 수 있었는지 이상하기만 하다.

한편 필자는 그 어린이 노수광에게 그러한 질문을 당할 정도로 온순해

보이고 약해 보였던 것이다. 필자가 노수광보다 한 살 어렸고 생일도 늦었기 때문에 약했던 것은 분명했다.

그때로부터 73년 후인 2018년 12월 3일 KBS1 TV 인간극장에서 충남 서천에서 돼지와 닭을 키우는 '동물농장'을 직업으로 하는 부자가 사는 이야기를 했는데 그것을 이 글에도 소개한다.

「야산에서 방사하여 돼지들을 키우는 양돈농장의 이야기이다./ 암퇘지(중간 정도 크기의 돼지) 한 마리를 구입하여 와서 다른 돼지들이 여러 마리 있는 우리에 넣었더니 다른 돼지들이 달겨들어 이 돼지의 다리를 물어뜯기도 하고 귀를 물어뜯기도 했다./ 그래서 별도의 우리를 만들어서 키울 수밖에 없었다고 한다./ 이 돼지는 천성이 약하고 순하게 태어나서 뭇 돼지들이 그것을 알고 공격을 한다는 것이다.」

양돈농장 주인 아들의 이야기를 듣고 1946년의 필자는 이 돼지와 같지 않았을까(?) 하는 생각을 하였었다. 그러니 노수광이와 같은 어린이가 나를 괴롭히다가 형에게 따귀 몇 대를 맞고 울음을 터트린 사건도 생긴 것이다. 나이도 한 살 내지 세 살 적고 온순하게 생겼고 힘도 없어 보였기 때문이다.

3. 화월리의 똥교사

필자는 이제 초등학교 2학년 늦가을 어느 날의 일을 기록하려 한다. 그때 모든 농가가 가을걷이를 마치고 타작을 하거나 타작하기 위해 건조시키려 고 벼를 집단으로 묶어 논둑에 세워 놓은 상태였다. 그런 계절 책보에 교과 서와 노트, 그리고 필기구를 싸서 어깨에 메고 학교에 도착하여 운동장 조 회를 마치고 교실에 들어가니 담임 정철준이

"오늘은 벼이삭 줍기를 간다. 그러니 책과 필기구는 그 자리에 놓고 보자 기만 가지고 나오거라!"

라고 말하였다. 운동장에 나가니

"나를 따라오면서 벼이삭을 주워서 보자기에 넣어라!"

하고는 앞서 걸어갔다. 어린이들은 정철준을 따라 가며 벼이삭을 주워 보에 넣었다. 얼마만큼 주우라는 규칙도 없으니 따라가며 있으면 주워서 보자기 에 넣었다. 사곡면 호계리 들판을 지나고 시냇물을 건너고 화월리로 가서 들판을 지나며 벼이삭을 주웠다. 그런데 정철준과 나이가 많은 소년과 소녀

들은 잘 따라 가는데 필자와 같이 나이가 적은 아동들은 뒤에 늦게 갈 수밖에 없었다. 필자와 같이 가던 어린이들은 심술 비슷한 반항심이 일었다.

공부하러 학교에 왔는데 2km나 먼 곳까지 벼이삭을 줍게 한다는 것에 반항심이 생긴 것이다. 벼이삭 주운 것이 없으면 놀았다고 꾸지람을 들을 것이 두려웠다. 그래서 논둑에 줄지어 세워놓은 볏단에서 벼이삭을 한 줌씩 잘라서 보자기에 넣고 천천히 따라갔다.

화월리 들판이 끝나는 곳에 가니 정철준과 그를 따라 온 아이들이 쉬고 있었다. 필자를 비롯하여 늦게 도착한 십여 명 어린이들이 그곳으로 가자 정철준이 벼이삭 주운 것을 내어 놓으라 했다. 책보를 펴 놓았더니

"너희들 벼이삭 주우라고 했더니 볏단에서 이삭을 잘랐구나! 그것은 하나의 도둑질이야!"

하고 꾸짖더니 늦게 온 어린이들에게 종아리를 걷으라 했다. 언제 준비했는지 2m는 됨직한 막대기를 가지고 한 어린이에게 다섯 대씩 종아리를 때리는 것이었다. 종아리를 맞지 않겠다고 반항하기에는 너무 어리고 순진한 어린이들이었다.

그러나 이날 정철준이라고 하는 교사의 직무수행이 잘 한 것인가(?)를 따져봐야 할 것이다. 수업 받으러 학교에 출석한 어린이들에게 노동을 강요한 것이다. 4km의 길과 8km의 길을 걸어서 학교에 온 어린이가 있는 것이였다.

벼이삭이 논에 떨어져 있으면 그 벼이삭은 그 논 주인의 것이거나 겨울 철새들이나 들쥐의 것이지 왜 어린이들을 시켜 그것을 갈취하게 하는 것이었던가? 볏단에서 벼이삭을 자른 것만이 도둑질인가? 정철준은 도둑질을 가르친 강도 대장인 것이다.

시골 어린이들은 4km 밖에서 학교에 온 여러 명의 어린이들이 있는데 수업을 하지 않은 것이 직무위반을 한 것이고, 벼이삭 줍게 한 것은 도둑질을 가르친 것이다. 못된 놈!

귀한 어린이들의 종아리를 때리는 인간이니 화장실에서 용변을 볼 수 없을 지경인데도 청소를 시키지 않는 초등학교의 교사가 된 것이라 생각된다. 똥교사라 할 수 있는 것이다.

청곡의 사랑방

4. 6 · 25전쟁의 그림자

—이 글은 한국수필 110(2001년 6월)호 49~53쪽에 게재했던 수필임.

윤순은 1995년 중풍(뇌경색)으로 졸도하여 조그마한 말만 들어도 눈물을 흘린다. 오랜만에 포천읍에 거주하는 딸(영숙)의 집에서 병상에 누워있는 누나(윤순)을 위안하려고 찾아온 동생들(나와 집사람, 그리고 여동생)을 바라보고 손을 잡고 울었다.

오십여 년 전의 이야기로 거슬러 올라가야 윤순을 조금은 이해하게 된다. 누나는 6 · 25전쟁이 일어나기 3년 전 조치원의 노총각과 결혼을 하였다. 6 · 25전쟁이 일어난 1950년 3월에는 어여쁜 딸을 출산했다. 6 · 25전쟁이 일어나고 3일 후인 6월 28일 그 딸을 업고 조치원에서 공주 사곡까지 100리 길을 걸어 왔다. 그리고 몇일이 지난 다음 북쪽에서 남침한 괴뢰군이 국군을 낙동강까지 밀고 내려갔을 때 자형이라는 윤희중(尹熙重, 1920~1950, 조총련출신)은 2km 떨어진 사곡면사무소에 가서 면장행세를 하였다. 지금 생각하여 보니 이십대 초반 이 인간이 일본의 히로시마에 살았을 때 조총련에 가입하여 공산당원이 되어 있었던 것이다.

일본과 공산당이라면 진절머리를 치셨던 할아버지 정택희(鄭澤嘉, 1886~1956)가 이 사실을 아시고 손자 사위를 불러 앞에 앉히고 타이르셨다.

"애야! 그 면장 그만 두거라. 공산당 오래 가지 못한다. 이 할애비의 말을 믿고 따르거라! 공산당은 스슥(조)이 익으면 목을 잘라다가 스슥알(좁쌀)을 세어 농사가 잘 되었는지 안되었는지 판단한다더구나. 이 세상은 스슥알 센다고 사람이 잘 사는 것 아니다."

하셨다. 그러자 그놈은 할아버지 말씀을 반박하려고 했다. 그러자 할아버지

"이놈이 아주 빨갛게 물들었구나! 내 말을 믿지 않으려면 내 앞에 절대 나타나지 말아라! 나는 내 손녀를 빨갱이한테 보낸 일이 없다. 불쌍놈 같으니라구."

그 후 이 인간은 할아버지가 사시는 집 근처에는 얼씬도 하지 않았다. 윤순은 며칠에 한 번씩 할아버지 모르게 그놈의 옷을 빨아 가지고 면사무소에서 숙식하는 그놈에게 갖다주고 빨래거리를 가져왔다. 그렇게 그해 여름이 흘러가고, 단풍이 들어가는 가을이 깊어가는 9월 15일 맥아더(Douglas MacArthur, 1880~1964) 장군이 지휘한 인천상륙작전(仁川上陸作戰)이 성공하자 이 못된 인간은 행방불명(行方不明)되었다. 그 이후 몇 년 동안은 윤순이 그를 기다리는 듯했다. 윤순이 그 못된 놈을 기다리며 남모르게 흘린 눈물도 많았을 것이다.

필자가 1952년 4월 공주중학교에 입학한 후 윤순은 공주중학교 이웃 마을에 세를 얻어 하숙생을 받아 하숙을 하는 하숙집 주인으로 되었으나 당시 전쟁 중이어서 후생사업 나온 육군 황하사에 빠져 육체관계를 가져 배가 불러와서 하숙집을 그만두고 황하사를 찾아 갔으나 그는 이미 처자식을 가진 인간이었다.

활하사와 사이에 낳은 아이도 딸이었다. 이름을 영숙(英淑, 1954~ , 포천 거주)이라 지었다. 그 딸과 1950년 윤희중과의 사이에 출생한 딸 소자(昭子, 1950~ , 안양거주)를 데리고 가평의 상처한 영감과 동거하면서 부부가 되었다. 그 영감의 전처와의 사이에 2남 2녀가 있었다. 그 영감이 2005년 사망함에 따라 윤순은 영숙부부가 거주하는 집에서 살다가 2017년 한 많은 생을 이별하였다.

전쟁이 할키고 간 나라에서 윤순과 같은 생을 산 여인들이 얼마나 많겠는가? 나의 어릴적부터 나에게 사랑을 주었던 누나 윤순의 불편한 모습을 바라보는 마음도 꽤나 불편했었다. 누나에게 딸을 낳게 한 놈들은 잊었어도 벌써 잊었어야 되는데 잊었는지 잊지 않았는지 말을 할 수도 없었던 것이다.

6 · 25전쟁이 휴전되고 5년의 세월이 흐르면서 그토록 공산당을 싫어 하셨던 할아버지도 가셨으나 한 번 떠난 빨갱이는 돌아오지 않았다.

윤순의 큰딸 소자는 2남 1녀를 낳고, 소자의 큰딸과 큰아들은 남매씩을 두었으니 소자도 할머니가 되었다. 물론 영숙이도 착한 남편 만나서 아들 하나를 낳아 잘 키워 결혼하여 아들을 낳았으니 할머니가 된 것이다.

윤순은 이산가족은 아니나 남이 보기에는 6 · 25전쟁과는 관계가 없는 것으로 보일 것이다. 그러나 이십대의 어린 나이에 속이 빨갛게 물든 놈을 만나 과부가 되는 줄도 모르게 과부가 되어 그의 씨를 기른 것이다. 윤순과 같은 여인이 이산가족보다 더한 6 · 25전쟁의 그림자인 것이다.

세상에는 백년해로百年偕老 하는 사람도 많은데 윤순은 청춘에 생이별을 하고, 이 놈 저 놈과 백년해로를 하여 보려고 인연을 찾다가 그것들이 실패로 돌아갔다.

고진감래苦盡甘來라는 말은 고생 끝에 행운이 찾아온 소자와 같은 사람에게 해당되는 말인 듯하다. 어떻든 세월의 흘러감은 한탄하지 않기로 하자. 생이 지나가면 그 영혼이 그 영혼이지 않겠는가? 세상에는 6·25전쟁을 몸소 체험하고도 그 괴로움을 잊은 사람이 있는가 하면 전쟁 후에 태어난 젊은이들은 그 전쟁이 있었는지 없었는지도 모르고 살고 있다.

하룻밤을 좁은방에서 같이 지내며 옛 이야기로 밤을 지새고 떠나올 때 윤순은 나의 손을 잡고 목이 메었다. 눈물이 샘솟듯 하였다.

〈한국수필 110(2001년 6월)호 49∼53쪽 게재〉

5. 중학교 시절 동급생들과 이종사촌

5-1. 우성면 귀산리의 박병춘: 필자는 6·25 전쟁 중인 1952년 4월 초 공주읍에서 가장 일류 중학교라 하는 공주중학교에 우수한 성적으로 입학하였다.

합격은 하였는데 입학금부터 문제가 되었다. 6·25전쟁 중이어서 너나없이 궁핍했던 시절이었다. 우리나라의 GNP가 $60이었다고 하니 말이다. 우리집도 예외일 수는 없었다. 내일이 입학금 제출 마감일인데 어머니가 입학금 마련할 생각도 않고 행동도 않는 것이었다. "용순이가 360명중 37등으로 합격했대!" 하고 만나는 사람마다 자랑은 하여 놓고 정작 입학금 준비는 않는 것이었다. 기다리다 못해 필자는 어머니에게 다음과 같이 말했다. "엄니 입학금 내일까지 내야 돼. 왜 준비하지 않는 거야?"라고 말하면서 "엉엉" 울어버렸다. 입학금이 준비되면 지금 같이 교통이 편리하고 은행지점이 많아 바로 갖다 낼 수 있는 게 아니고 4시간은 걸려 시외버스를 승차하고 시골에서 공주로 나가야 됐었다. 내일이 그 마감일이므로 지금쯤 준비가 되었어야 됐다. 필자가 울었더니 그제서야 어머니가 이사람 저사람을 만나 돈을 꾸려고 나서는 것이었다. 그래서 겨우 입학금 27만 원(화폐개혁 전이어서 큰돈은 아니었다)을 그날 밤이 돼서야 꿔온 것이다.

너나없이 빈한한 시대여서 우리 마을에서는 초등학교를 필자와 같이 졸업하는 동급생이 8명(남자 6명, 여자 2명)이었으나 학비 문제로 필자를 포함하여 3명만 중학교에 진학하였다.

공주중학교 2학년 5월 어느 토요일 오전수업을 마치고 공주시내를 통과하고 긴 공동묘지길과 모래사장길 300m를 통과하여 공주읍 북쪽의 금강 나루인 곰나루 웅진熊津에 도착하였다.

조부모와 부모가 사시는 사곡면 해월리로 가기 위해서는 반드시 이 나루를 조그마한 선박으로 건너서 30리(약 12km)를 걸어가야 되는 것이다. 나룻배에 약간의 뱃삯을 지불하고 승선하여 건너서 걸어가는데 우성면에서 학교를 통학하는 동급생들 몇 명이 같이 걷게 되었다. 동급생 중 필자가 잘 아는 박병춘(朴炳春, 1939~1995)과 박병석(朴炳奭, 1939~?)이 동행하고 있었다. 그들은 필자의 고향 사곡면과 우성면의 접경마을에 거주하는 사촌 형제였다.

동행하던 동급생 하나(이름 잊음)가 말했다.

"박병석이나 박병춘이는 '정용순'이를 당할 수 없을 것이다."

그 말을 듣고 나는 들은 체 만 체 걸어갔다. 필자가 그들과 다툴 필요가 없는데 그들이 싸움을 붙이는 것이었다. 그것으로 끝난줄 알고 어린 필자는 열심히 걸어 사곡면의 집에 도착했다.

그리고 그 다음 주 수요일 오후 3시 쯤 반대항 축구대회가 있어 운동장가 스탠드에 앉아 우리 반(2학년 2반) 응원을 하는데 누가 뒤에 와서 어깨를 건드렸다. 뒤를 돌아보니 지난 주 토요일 집에 갈 때 동행했던 '박병춘'이었다. 그는 필자보다 한 살이 많았으나 키는 필자보다 약간 작았다. 그가 따라오라고 손짓을 하여 따라갔다. 교실 옆 작은 공간으로 가더니 두 말 하지 않고

"야 너 한 번 붙자!"

하는 것이다. 그래서

"원하면 한 번 해주지."

하고 주먹을 쥐었다. 그리고 오른발로 그의 아랫배를 올려 참과 동시에 그의 어깨에 걸친 체육복을 왼손으로 잡고 오른손으로 그의 왼쪽 볼을 몇 번 가격하였다. 놓았다가 이번에는 왼발로 그의 배를 차면서 그의 왼쪽 어깨 위 체육복을 잡고 이번에는 그의 오른쪽 볼을 가격하였다. 보는 사람도 없이 몇 번을 가격했는데 그의 입에서 피가 흘러 나오고

"야 그만 하자!"

하더니 제 반 응원석으로 갔다. 필자도 2학년 2반 응원석으로 와서 응원을 하였다.

5-2. 중학교 남쪽 마을의 김호성: 또 한 번은 3학년(1954년) 6월 중순 경으로 생각된다. 큰누님이 하숙집을 그만두고 서울로 떠나고 교문 앞 동급생 김규진(金奎鎭, 1939~?, 전북에서 수학교사)의 집에서 하숙할 때의 사건이다. 칠십여 년의 세월이 흘러 그와의 싸움이 어떻게 하여 일어났는지는 잊었다. 김호성(金豪性, 1939~2005)과 주먹다툼이 있었다.

1953년 우리 학년이 사용하였던 교실들은 1950년 6·25전쟁 전 공주중학교 학생들의 기숙사로 사용하던 건물들의 벽을 헐어내고 기숙사 방 3개

정도를 한 개의 교실로 사용했었다. 필자는 그 기숙사 털어낸 교실에서 1952년 3월부터 1955년 2월까지 수업을 받았었다. 본관건물은 전쟁 중 비행기의 폭격으로 사라졌기 때문이었다. 교실 바닥은 기숙사 헐은 벽에서 나온 벽돌을 깔아놓아서 교실에 신발(운동화)을 신고 들어가서 수업을 받았었다.

그런 교실에서 수업을 받는 도중 점심시간이면 각자 자기의 집이나 하숙집에 가서 식사를 하고 와서 오후 수업을 받았다. 공주는 작은 읍이었다. 그러한 점심시간에 식사를 하고 오는 '김호성'을 불러 화장실(변소) 뒤의 공간으로 갔다. 그리고 그에게

"여기서 한번 싸우자!"

라고 했더니 그의 주먹이 먼저 내 얼굴로 뻗어왔다. 그 주먹을 피하고 오른발로 아랫배를 차면서 주먹으로 얼굴을 가격하였다. 그가 또 주먹을 뻗어왔다. 또 피하고 오른발로 올려 찼는데 그가 그 발을 그의 손으로 들어 올려 필자는 중심을 잃고 넘어졌다.

다음 순간 필자는 재빨리 일어나서 다시 왼발로 아랫배를 차는 체하면서 오른손을 힘껏 뻗어 그의 얼굴을 때렸는데 그가 두 손으로 얼굴을 감싸고 돌아서면서 싸움은 끝났다. 동급생들이 20명 정도 몰려 그 싸움을 구경하였었다. 필자의 정문 앞 하숙집의 아들 김규진도 구경하고 있었다.

이때 공주시장 중심부에서 순흥약국의 원장 안순갑(安順甲, 공주중·고교 동창회장)의 아들이 안창남(安昌南)이고 동급생인데 그도 그 싸움판의 구경꾼이었다. 그의 목소리가 들렸었다.

"야 코주부 나른다."

했다. '코주부'는 나의 별명이었다. 65년 전의 일이다.

그 다음 날 김호성을 만났는데 그의 얼굴을 보니 그의 왼쪽 눈 주위가

푸루둥둥하게 멍들어 있었다. 왼쪽 눈 주위가 멍이 들은 것을 보니 하마터면 그의 왼쪽 눈이 장님이 될 번 했다고 생각했다. 필자와 김호성이 싸우는 동안 김호성이 두 손으로 얼굴을 감쌀 때 김규진이

"야 김호성이는 정용순의 상대가 되지 못한다."

라는 말을 한 것을 그 다음 우리와 그가 거리에서 만났을 때 김호성이

"규진이 그런 장소에서 그런 말을 하면 좋지 않아!"

라고 항의 했었다. 그때가 이미 칠십여 년이 흘렀는데 어제인양 생생하게 기억되어 진다.

5-3. 이종사촌 임중길: 임중길(林重吉, 1940~?, 공주중고, 중앙대)은 필자와 나이는 같고 생월이 3개월 정도 늦은 이모의 장남이다. 이종사촌인 것이다. 이모는 어머니의 손아래 여동생이었다. 필자가 학교를 일찍 입학했기 때문에 1년 선배였다.

중길의 아버지(필자의 작은이모부)는 6·25전쟁이 일어나던 해 경찰로 근무했었다. 6·25전쟁이 1950년 6월 25일 발발하고 며칠 후 예산경찰서로 북괴인민군 몇 명이 들어올 때 중길의 아버지가 사무실에서 근무하다가 잡혀 나가서 그놈들에게 총살되었다.

중길의 집은 필자의 고향집에서 약 10km 서쪽 신풍면에 위치했다. 필자가 1952년 4월 공주중학교 1학년에 입학하고 1953년 4월 2학년으로 진급하여 개울동리(중학교 뒷마을)에서 셋방을 얻어 큰누님 윤순과 함께 생활하고 있을 때 그의 6촌형(초등학교교사라 했다)이 '중길'을 데리고 찾아와서 '중길'과 같이 있게 하여 달라고 하고 갔다.

좁은 방에 필자와 중길, 그리고 필자의 초등학교 동창생 정윤희(鄭閏喜,

1938~?, 경찰로 퇴직) 셋의 책상을 놓고 밤 10시 전기가 나가면 등잔불을 켜놓고 공부를 했던 기억이 아직 잊지 않고 남아있다. 중길과 윤희가 우리 집 하숙생이 된 것이다.

중길과의 사이에 그 때 잊지 못할 하나의 사건이 일어났다. 좁은 방에서 필자가 먼저 잠이 들었는데 중길이가 잠이 오지 않는다면서 필자의 허리를 넘어다녔던 모양이다. 그러다가 그의 무릎이 필자의 옆구리를 건드렸던 것이다. 잠결에 옆구리를 세게 때리는 느낌을 받고 놀라 일어나 중길이에게 욕을 하고 왜 때리느냐고 소리를 질렀다. 그런데 그 이튿날부터 잠자다가 돌아누우려면 옆구리가 뜨끔뜨끔 하여 깜짝 놀라는 일이 일어났다.

필자는 학교 앞 도립병원 내과에 가서 진찰을 받았더니 '늑막염'이 생겼다고 했다. 늑막염은 폐와 횡경막 사이에 물이 잡히는 병이라 했다. 잠자다가 깜짝 놀라 중길이에게

"왜 옆구리를 때리느냐?"

하고 소리지른 것이 원인인 것이 틀림없었다.

필자는 한 달 정도 휴학계를 내고 시골로 들어가서 쉬면서 보호되는 한약을 먹었더니 잠자다가 돌아누울 때 뜨끔거리는 현상이 없어져 복학했고, 조심하기 위하여 운동을 하지 않고 체육시간에는 견학을 하였었다.

2학년 2학기에는 좀 넓은 옆집으로 셋집을 옮겨 하숙생들을 더 많이 치렀다.

그때부터 중길이는 우리 학년의 밴드부장 윤정모(尹定模, 1939~2005, 서울경찰청악대장)에게 발견되어 중학 2학년 2학기부터 북을 치는 북쟁이가 되었었다.

큰누나 윤순이 1953년 여름 후생사업 나온 육군하사와 관계를 맺어 아기

를 임신하게 되어 하숙집 운영을 중단하고 서울로 황○○ 하사를 따라 간 다음 중길과도 하숙집을 따로 하게 되었다.

중길은 천성이 공부를 싫어하고, 차분히 숙제를 하는 학생은 되지 않았다. 당시 중학교 등록금이 지금과 같이 많지 않았는데도 농촌의 소년들은 등록금과 하숙비 때문에 진학하지 못했었다. 중길이도 아버지가 돌아가신 뒤에 어렵게 학비를 마련하여 공주중학교를 졸업하고 공주고등학교에 진학하여 어렵게 학교를 다녔다. 그러면 공부를 열심히 하여 등록금이 저렴한 국립대학으로 진학해야 하는데 밴드부에 가입되어 많은 시간을 밴드 연습에 소비하였다.

필자도 가정이 어려운 농촌학생이므로 나름 열심히 노력하여 국립대학인 공주사범대학에 진학하여 비교적 수월하게 대학을 수학하였던 것이다. 중길이는 자신의 실력에 맞는 대학이 중앙대학교 신문방송학과였던 모양으로 그곳에 입학하였으니 그 학비는 신풍면에 있던 그의 아버지로부터 받은 유산을 모두 팔았어도 부족했다고 한다.

졸업 후 취업도 마땅치 않게 하였으나 중앙대 앞 하숙집의 딸과 결혼하여 숙식은 처갓집에서 상당 기간 해결하였다고 들었다. 생활이 어려워 중길의 부인이 화장품 장사를 한다는 이야기도 들었다.

6. 당숙모의 이간질

큰누님이 1954년 봄 공주를 떠난 다음 필자는 학교 앞 동급생의 집에 하숙하다가 2학기가 되면서 봉황동에 거주하는 친척집으로 하숙집을 옮겼다. 다른 하숙생들과 같은 방을 사용하였다. 1955년이 밝으면서 공주고등학교 입학시험에 응시했고, 합격하였다. 친척집에서의 하숙생활은 계속되었다.

그런데 육촌동생 중순(仲淳, 1942~1992)이 공주사범학교 병설중학교에 입학하였다. 그리고 그도 하숙비를 낼 형편이 못되면서 필자가 하숙한 친척집에 하숙을 하는 것이다. 하숙비도 내지 않는 하숙을 하려는 것이었다. 그뿐만 아니라 깔고 덮을 요와 이불을 가지고 오지 않아서 내 이불을 같이 덮고 잤다.

필자는 주말에 집에 와서 어머니에게

"중순이가 요와 이불을 가지고 오지 않아서 내 이불을 같이 덮고 자니 불편해요. 말씀 좀 해 주세요."

라고 했더니 며칠 후에 오죽잖은 이불을 가지고 왔다.

'중순'이는 나이가 필자보다 두 살이 적고 몸집도 작았다. 그러나 마음씨가 착하고 붙임성도 좋은 소년이었다. 그의 아버지가 필자에게는 당숙當叔이 되는 정종제(鄭鍾齊, 1911~2000)였다. 정종제는 일생 동안 자신의 이름으로 된 땅 한 평 없이 산 사람이었다. 그러나 그는 우리 집에 들어서면 큰 소리 치기를 잘 했다. 아버지가 청각장애인이고 언어장애인이기 때문이었을 것이다.

종친회 소유 논 400평을 맡아 농사를 지으면서 논갈이를 할 때는 말도 하지 않고 우리집 소를 끌어다 논갈이를 했다. 만삭이 된 암소를 집에 사람이 없는 사이 강제로 끌어다 일을 시켜 송아지가 사산되는 일도 있었으니 가히 그의 품성을 알만 한 것이다. 그러한 일로 어머니와 다투기도 여러 번 했으나 소송을 하지는 않았다.

고등학교 3학년으로 진급할 때 친척집은 서울로 거주지를 옮겼기 때문에 필자는 반죽동의 월셋방을 얻어서 자취생활을 하게 되었다. 친척집에 있는 것보다 하숙을 하려면 쌀 한 말 값만 더 주면 되는데 그 쌀 한 말이 무엇이길래 하숙을 하지 못하고 친척집에 머물거나 자취를 하였으니 세상이 원망스럽기도 했다.

필자가 친척집에 하숙할 때 육촌 동생 '중순'이와 필자의 이불에서 중순이와 같이 자면 불편하다고 하여 중순이가 자신의 이불을 가져와서 사용하는 것은 당연한 일이다. 그리고 며칠 후의 일이다. 학교에서 하숙방으로 돌아와 책정리를 하고 있는데 아랫방에서 당숙모(중순의 어머니)의 목소리가 들려왔다.

"용순이가 집에 와서 할머니와 영애(친척집 딸, 나보다 2년 나이가 많고

학열도 아버지 학열이다) 아가씨가 음식을 다른 학생들과 차별하여 준다고
해요."

라는 말을 하는 것이다. 친척 할머니가 말했다.

"나는 용순이를 다른 하숙생과 차별하지 않았어, 못된 놈이네."

하는 것이었다. 필자는 그런 말을 집에 가서 한 일이 없는데 당숙모(중순의
어머니)가 이간離間질을 시키는 말을 만들어 하는 것이다. 그 소리를 듣고
필자는 놀랐다.

중순이에게 약 3개월 동안 필자의 이불을 같이 덮게 하여 주었는데 필자
가 불편하니 이불을 가지고 오라고 한 것이 그리도 이간질을 시킬 마음을
일으키게 했는지 모른다.

필자에게 고맙다는 말은 못할지 언정 하숙집 친척 할머니와 멀어지게
하는 이간질을 시킨다는 것은 이해할 수 없는 어른의 처사로 보였다. 친척
할머니는 정말 필자를 친아들처럼 보살펴 주시는 어른이라 필자는 생각하
고 있었다. 그런데 그런 이간질을 하니 "그런 말을 하지 않았어요."라고 친
척 할머니에게 말하여 보았자 믿지 않으실 것만 같아 필자는 문을 살그머니
열고 북쪽으로 올려다 보이는 봉황산(鳳凰山, 147m) 기슭으로 올라가서 하염
없이 눈물을 흘리고 앉아 있었다.

그러고 앉아 있는데 육촌 동생 중순이가 필자가 앉아있는 산기슭으로
올라와 필자의 옆에 앉아서 필자의 눈치를 살피고 있었다. 자신의 어머니가
못된 이간질을 한 것이 미안했을 것이다.

필자는 옆에 와서 앉아있는 육촌동생 중순에게 다음과 같은 말을 하고
싶었으나 말을 하지 않고 눈을 감고 가만히 앉아 있었다. 이러한 이야기를
하여 보았자 그와 필자의 마음에 상처만 만들 듯 하였기 때문이었다. 아니

필자는 그 당시 이러한 말을 할 수 있는 말솜씨도 없었고, 필자의 성격이 그러한 말을 하지 못하는 내성적이었었다.

「너는 나와 같이 나의 이불을 덮고 몇 달을 살아왔다. 이불을 같이 덮고 자게 하여 달라고 말도 하지 않았는데 네가 어린 시절부터 이웃에 살았으므로 네가 이불을 가지고 오지 않고 공주 하숙집으로 왔으니 나의 이불을 같이 덮고 잤던 것이다./ 그런데 너도 중학교 생활을 하려면 이불을 가져와야 하지 않겠느냐?/ 그래서 집에 가서 네가 이불을 가지고 오게 한 것인데 당숙모님이 섭섭했던 모양이다./ 그러나 그것을 섭섭타고 생각하면 안되지./ 몇 달 동안 같이 내 이불을 덮고 잔 것에 대해 고맙다고 말해야지./ 너의 어머니는 고맙다고 말 하기는 커녕 친척 할머니에게 와서 '반찬을 차별한다'고 하는 내가 하지도 않은 말을 하여 이간질을 시키는 것이냐?/ 나는 정말 그런 말을 하지 않았어./ 그러니 이제 어떻게 해야 하니?/ 집에 가서 너의 어머니가 와서 그런 말을 하고 갔다고 말할까?/ 하숙집 친척할머니에게 그런 말을 하지 않았다고 말할까?」

정말 하숙집으로 돌아와서 "반찬 차별한다고 그런 말을 하지 않았어요" 라고 말하지 않았다. 당숙모와 친척할머니가 말하는 것을 못들은 척 지나치고 말았다. 그 주말 해월 중턱골 조부모와 부모가 계신 집에 와서도 어머니에게 당숙모가 공주 하숙집에 찾아와 친척할머니에게 이간질하는 말을 했다고 하는 말을 하지 않고 입을 닫아 버렸다. 만약 그 이야기를 했다가는 어머니와 당숙모(중순의 어머니) 사이에 싸움이 벌어지던가 감정이 상해서 앙숙怏宿이 될 것이 걱정되어 필자가 조금 손해보기로 했던것이다.

어른이면 어른답게 살아야 하는 것이다. 어디 하지도 않은 말을 했다고 이간질하는 말을 하는 것인가? 돈이 원수인 것인가? 집에서도 덮고 잘 이불이 변변치 않으면 아들을 학교에 보내지 않을지 언정 상당 기간 편의를 제공한 당질을 골탕 먹이기 위해 이간질하는 말을 만들어 친척 할머니에게 말을 함은 너무 안타까운 일이다.

돈이 없어 이불을 만들어 주지도 못하고 하숙비도 보내지 못하는 안타까운 인생들이다. 그 당시 취업을 하지 못하여 돈을 벌 수 없으면 나무를 하여 시장에 팔아서라도 돈을 벌어야 되지 않는가? 이 불쌍한 인간들아! 이간질이나 시키지 말아야지! 어린 청각장애인의 아들이 하지도 않은 말을 지어내어 했다고 하느냐? 이 개만도 못한 인간아!

7. 공주고교의 은사들

7-1. 1학년 4반 담임 김현수: 공주읍은 교육도시라 했다. 봉황산, 월락산, 앵산공원, 그리고 산성공원으로 둘러씨인 분지에 20,000명의 주민들이 모여 살고, 학생이 10,000명이라 했다.

일제시대 인문계 중학교로 이름을 날리던 공주중학교는 6 · 25전쟁 중 공주중학교와 공주고등학교로 분리된 것이다. 필자는 1955년(6 · 25전쟁이 휴전된 2년후) 4월 6일(?) 공주고등학교 1학년에 입학하고 분반되어 담임선생이 정하여 졌다.

우리 1학년 입학생이 250명인데 네 개 반으로 편성되고 필자는 4반에 편성되었다. 담임은 역사 담당 김현수(金炫洙, 1925(?)~?)였다. 작은 키에 얼굴이 각진 젊은 교사였다. 그때만 해도 역사책이 상당히 부실한 시덜이었으니 수업이 시작되면 흑판의 중심에 약 20분 동안 강의할 내용을 판서하고 학생들이 노트 필기를 마치면 그 내용을 밑줄을 그으면서 설명하였었다.

서양사를 강의하였었다. 지금도 기억에 떠오르는 강의 내용은 동로오마

제국을 설명하는지도를 간략하게 그리는데 그 수도 콘스탄틴노플(Constanti nople, コンスタンテインノプル, 이스탄불(Istanbul))을 소아시아 반도 서쪽 끝에 그리는 것이었다. 콘스탄틴노플은 보스포로스 해협의 서쪽에 위치한 것을 알고 있는 필자는 그저 그러려니 했고 그것을 틀렸다고 말하는 학생은 없었다.

또 하나 기억에 남아있는 것이 있다. 체력검정을 할 때 학생들이 평행봉을 하실 수 있느냐고 하였더니 옆에 있는 평행봉 끝을 두 손으로 잡고 꺾기로 올라갔었다.

필자가 2학년으로 진급할 때 김현수는 서울 한성여고로 전근하였다.

7-2. 2학년 1반 담임 임양제: 2학년이 되었을 때 필자는 2학년 1반에 편성되었다. 담임은 생물 담당 임양제(任陽齊, 1930(?)~?)였다. 학구파라고 하였다. 조회시간이나 종례시간에 종종 화를 잘 내었다. 학생들은 그때나 지금이나 국어, 영어, 수학을 중요시 하였고, 과학과목이나 사회과목을 중요시 하지 않았지만 임양제는 학생들이 알아듣건 말건 열심히 설명하였었다.

한 가지 생각나는 것은 임양제가 담임일 때 IQ를 측정한 일이 있다. 문제지를 처음 받아본 사람이 많으므로 어떻게 이 문제지를 풀이하는 것인지 그 요령을 설명해야 되는데 설명 한 마디 하지 않고 문제를 풀라 하는 것이었다. 자신의 IQ 측정에 몰두하느라 학생들은 없는 태도였다. 결국 필자는 IQ가 나쁜 학생으로 되고 말았다.

고등학교를 졸업하고 필자는 동대문구 이문동에 사시는 누님댁에 기거하면서 대학입학 준비를 어렵게 할 때 누님댁 근처에서 시내버스 정류장으로 걸어 나오다가 임양제를 우연히 만난 일이 있었다. 악수만 한 번 하고 헤어졌었다. 그것이 그와의 마지막 만남이었다.

임양제는 고등학교 교사를 그만두고 중앙대에서 박사과정을 하고 박사학위를 취득하였으며 중앙대 교수로 근무한 다음 정년퇴직한 것으로 들었다.

7-3. 3학년 2반 담임 김동언: 고등학교 3학년이 되면서 필자는 2반에 편성되었다. 담임은 상업교사 김동언(金東彦, 1927(?)~?)이었다.

필자의 고등학교 3학년 생활은 김충일(金忠一, 1939~?, 영명중, 공주고, 대전에서 사진관 경영), 남궁학(南宮鶴, 1939~1970, 유구중, 공주고, 유구인)과 같이 약 6개월 자취를 하고 2학기에는 하숙을 옮겨가며 학교생활을 하였었다.

그러다 보니 마음이 흩어져 대학입시 준비를 할 수 없었다. 김충일과 남궁학은 정말 가슴이 따뜻하고, 성실한 학생들이었다. 옆방에는 서천 사람 설종록(薛鍾祿)과 부여 사람 이동희(李東熙)가 자취하고 있었다. 이 두 사람도 공주고 3학년 동급생으로 더 없이 믿음직하고 성실한 학생들이었다.

그러하니 저녁 수업을 마치고 돌아오면 저녁식사를 지어먹고 트럼프 놀이(시찌나래비)와 화투놀이(뽕)로 밤이 깊어갈 때까지 놀 때가 많았다. 그래서 대학입시를 포기할 수밖에 없었다. 학교도 소홀히 하여 지각과 조퇴, 그리고 결석을 하였다. 그러다가 학생으로서는 처음이고 마지막으로 1주일간 유기정학의 징계를 받았었다.

김동언은 필자에게 집에 가서 어머니를 모시고 오라 했다. 어머니는 학교에서 17km 떨어진 시골에서 농삿일로 바쁘신 분이시니 도저히 모시고 올

수 없었으나 모시고 올 수 없다고 말 할 수 없었다. 그래서 공주읍 반죽동에 어렵게 사시는 당숙모님을 찾아가서

"당숙모님 제가 결석을 많이 하여 유기정학을 맞았는데 어머니를 모시고 오라 해요. 어머니가 오실 수 없으시니 아주머니가 '저의 어머니' 역할로 담임 선생을 만나 주세요."

하고 애원하여 허락을 받고 이튿날 그 당숙모님을 모시고 학교에 와서 담임을 만나 몇 마디 아들 단속 잘 하셔야 되겠다는 말씀을 듣고 가셨다. 당숙모님이 어이 없으시니 껄껄 웃으시다가 가셨다.

이 정학을 맞고 당숙모님을 모시고 고등학교 교무실로 김동언을 만났던 이야기가 가슴 아픈 기억으로 필자의 가슴에 새겨져 61년이 지난 지금까지 남아있는 것이다.

7-4. 팥죽: 공주중하교 3년 과정을 졸업하고, 공주고등학교에 진학하였다. 선배들은 3학년 국어 담당 김○○이 실력이 대단하다는 말을 하였었다.

그런데 우리가 고등학교 3학년에 진급하였을 때 김○○이 전근 간다는 이야기를 하였다. 학기가 시작되고 4월 초 어느 날 운동장 조회가 있는 날 김○○이 이임인사를 나오다가 학생들이 웅성거리니 돌아서서 교무실로 돌아가는 일이 있었다.

국어교사 김○○는 얼굴의 오른쪽 눈 주위에 커다란 자색 점이 있었다. 그래서 학생들은 그의 이름 대신 '팥죽'이라는 별명을 붙이고 그를 '팥죽'이라고 불렀다. 저 멀리서 그가 지나가면 "팥죽 지나간다."라고 하면서 웃어대곤 했다.

월급도 적고 과외같은 것은 없던 가난한 시절이었다. 그러나 그의 강의는

명강의라 명성이 높았다. 대학입시를 앞둔 고등학교 3학년 학생들에게 영어와 수학이 아닌 국어과목만은 자신 있게 시험 준비를 할 수 있다는 것은 '팥죽'때문이었다.

한 번은 '팥죽'이 지나가는데 학생들 여럿이 놀다가 그 중 한 학생이

"야 팥죽지나간다"

라고 하면서 웃었는데 그 소리를 '팥죽'이 들었다. '팥죽'은 그들 옆으로 와서

"그래 팥죽이 왔다. 먹어라!"

라고 큰 소리로 말했다고 한다.

공립학교에 근무하는 교사가 근무하다가 전근 명령이 나면 '전근' 가는 것이다. 본인에게는 선택의 여지가 없는 것이다. 이임인사를 하지 않았다고 전근이 되지 않는 것은 아니다. 결국 '팥죽'은 이임인사를 하지 못한 채 전근되어 갔다. 그러자 3학년의 학도호국단學徒護國團 간부들이 '동맹휴학同盟休學'을 모의하였다.

그 다음 주 월요일 아침 운동장조회 시간이 되기 전에 3학년 학도호국단學徒護國團 간부들이 1학년과 2학년 학생들에게 '엎드려뻗쳐'라는 기합을 준 다음 웅변대회만 있으면 '대상'을 받던 강대관(姜大寬, 1939~2000)이 단상으로 올라가 선언문을 낭독하였다.

"국어교사 김○○의 전근을 취소하라. 실력이 부족하고 무능한 역사교사 이병덕을 배척한다. 등등. 그리고 이제부터 공주고등학교 학생들은 우리들의 요구가 관철될 때까지 무기한 동맹휴학에 들어간다."

이러한 선언문을 강대관이 읽은 다음 학도호국단 간부들(1950년대는 학도호국단이 있었다. 현재의 학생회이다.)이 전교 학생들에게 책가방을 가지고 집 또는 하숙집으로 돌아가라고 소리쳤다. 그 말에 반항하는 학생은

없었다. 낭독된 선언문은 교장에게 전달되었다.

이 동맹휴학은 3일 만에 끝이 났고, 전근된 교사 '팥죽'은 돌아올 수 없었다.

역사교사 이병덕은 학생주임이었으므로 그를 배척하는 문안이 없으면 학생들이 처벌을 받을 수 있다는 계산에서 그를 무능하다고 배척했다는 것이다. 그는 풀이 죽어 한 동안 수업도 결강하다가 그대로 유임되었다.

얼굴에 자주색 커다란 점이 있어도 자신이 교사로서 자질을 갖추도록 열심히 노력하였으니 학생들에게 인정받아 공립학교에서 전근되는 것을 반대하는 학생들의 동맹휴학을 가져오게도 한 것이다.

필자는 '코주부' 또는 '왕코'라는 별명이 학생시절로부터 고등학교 교사생활을 할 동안(1972~1978), 그리고 대학교수생활을 하는 동안 따라 다녔으나 나름 열심히 노력하여 내 위치를 확고하게 지켰었다. 행복한 일이 아닐까? 자신의 노력이 자신의 생활을 보람되게 함은 여기 기록할 필요가 없는지도 모른다.

필자의 공주고등학교 졸업장을 필자의 보물함에서 오랜만에 꺼내어 그 내용문을 여기에 기록한다.

「졸업장/ 본적: 충청남도/ 정용순/ 단기四二七三년 九월 四일생/ 우자는 본교 三개년의 전과정을 졸업하였기로 본장을 수여함/ 단기 四二九一년 三월 一일/ 공주고등학교장 박격흠(직인)/ 제一一〇一호」

8. 대학 입학 동기

8-1. 애처로운 친구 DCS: 1960년 4월 공주사범대학 화학과 일 학년 입학생은 20명이었다. 그 중에는 홍성고등학교를 1960년 졸업하고 입학한 JJO(1940~?)와 WJL(1941~?), 안성 안법고교를 1959년 졸업하고 입학한 HYO(1938~?), 청주공고를 1959년 졸업하고 입학한 JHK(1941~?, 현재 수원 거주), 대전고교를 1959년 졸업하고 입학한 DCS(1938~1964), 전주에서 올라온 HBS(1942~ , 전주 영생고교 졸업), 공주고교를 1959년 졸업하고 입학한 필자의 1년 후배 JSB(1941~?, 경기도 인천 거주)와 GIL(1940~?, 경동시장 약제상) 등이 있었다. 그 중 몇 동기생 이야기를 기록한다.

JSB의 고향은 필자와 같은 면의 마곡사麻谷寺 인근이라 했다. JSB는 입학하여 태권도를 열심히 수련하여 3학년에 올라갈 때는 태권도 3단을 취득하였다. 그의 고교 동기 BSC(1941~?, 물리학과, 대전 거주)가 그의 태권도 코치였다. 그러나 태권도를 열심히 연마하느라 학업을 게을리하여 성적이 좋지 않았다.

대전고교 졸업생이고 부여가 고향인 DCS의 이야기를 빼놓을 수 없다. 그는 말도 잘 하고, 친화력도 뛰어난 젊은이였으나 담배를 너무 많이 피우는 단점이 있었다. 그의 아버지는 부여군 규암면장이라고 했다.

일학년 1학기와 2학기의 교양과목 강의는 물리·화학·생물학과 1학년 60명이 같이 수강하였다. 그런데 물리학과 화학과에는 여학생이 없고 전부 남자 입학생이었으며, 생물과에는 여학생이 1명 있었다. 생물과의 1명 여학생을 DCS가 짝사랑 한다고 알려져 있었다.

HYO, DCS, 그리고 필자는 다른 학생들보다 만나는 시간이 많았다. HYO와 DCS는 필자보다 나이가 두 살이 더 많았으나 고등학교 졸업년도가 필자보다 1년 늦기 때문에 친구로 지낼 수 있었다. 성격도 비슷한 점이 많은 듯했다. 거의 60년이 흘러간 현재(2019년 1월)도 기억되는 것은 HYO와 DCS의 하숙집에 수시로 모여 놀았던 것과 주말에 그들과 산성공원과 곰나루 솔밭공원에 가서 놀았던 일이다.

DCS는 그의 남동생과 같이 하숙하였다. 그의 남동생은 공주중학교 1학년에 입학한 것이다. 그의 하숙집 옆집이 우리 학과 교수 강용환(姜庸煥, 1915~1983)의 집이었다.

한 번은 우연히 DCS와 공주시내 중심부를 서쪽에서 동쪽으로 흐르는 제민천(濟民川) 옆길을 걸었는데 갑자기 그가 돌을 집어 냇물로 던졌다. 필자는 그저 던지고 싶어 던진 것이거니 했다. 그런데 좀 더 길을 걸어서 DCS의 하숙집 쪽으로 걸으면서 그가 하는 소리는 달랐다. 우리가 걸을 때 그가 돌을 던진 장소 옆집이 그가 짝사랑하는 생물과 여학생 윤화자(尹和子, 1942 ~?, 전주 거주)의 집이 있었고, 필자에게 윤화자를 포기하라는 의미였다고 설명하였다.

"내가 윤화자를 좋아한다고 그 마음을 버리라고?"

"그러면 내가 정 형 마음 모를 줄 알아?"

"아이고 S형 미쳤구먼. 내가 왜 같은 학과에 입학하여 친하게 지내는 S형이 좋아하는 여학생을 내가 좋아해? 그런 일은 없어! 말조심 해야겠어."

이러한 말을 하고 헤어졌다. 그러한 일이 있은 다음 DCS의 행동과 말이 이상해졌다. 수업시간도 결석이 잦았고 길거리를 혼자 헤매었다. 그의 동생이 부여에 가서 그의 아버지를 모셔 왔고, 그의 아버지가 DCS에게 집으로 가자고 했다. 그러니 그가 잠시 정신이 돌아와서

"학기가 아직 끝나지도 않았는데 왜 제가 아버지를 따라서 집으로 가요? 저는 가지 않겠어요."

라고 말하였다. 시외 버스 터미널에 HYO와 필자가 그의 아버지와 함께 그를 데리고 나왔으나 그는 그의 아버지를 따라 가지 않겠다고 말했다. HYO가 그의 곁으로 가서 말했다.

"내가 같이 갈테니 가세!"

했더니 그는 HYO와 함께 버스에 올랐다. HYO는 부여버스터미널에 까지 같이 갔다가 공주로 돌아왔다.

그리고 약 3개월 후 정신이 좀 돌아왔다고 공주에 와서 잠시 그의 동생과 함께 필자의 하숙집에 들렸다가 돌아갔다. 그리고 얼마 후 그의 동생을 시내에서 우연히 만나 DCS의 안부를 물었더니

"정신치료를 한다는 무당집에 보냈다고 합니다. 매 맞으며 나무도 하고 온갖 노동을 한다는 것입니다."

그리고 약 3년 후 필자가 4학년 졸업반일 때 DCS는 영영 이 세상을 떠났다고 했다.

인생은 한 번 왔다가 언젠가는 떠나게 되는 생물체임에는 틀림없으나 20대 같이 수업도 참가했고 같이 재미있게 놀기도 했던 친구가 젊은 상태로 세상을 떠났다는 게 필자의 마음을 안타깝게 했었다.

8-2. 열심히 학업에 매진하지 않았던 동급생들: 필자의 대학 입학동기들은 지금 생각하여 보면 우리나라가 지극히도 어려웠던 1960년대 초인 1960년 3월 입학한 공주읍이라는 시골에 위치한 국립대학에 입학하여 대학교수들의 실력과 학생들을 가르치기 위한 교재준비가 시원치 않으니 학생들의 수업에 임하는 태도가 우선 좋을 수 없었다. 뿐만 아니라 학업에 진력할 수 있도록 참고할 서적도 좋지 않았다. 여러 가지 여건이 좋지 않았었다. 그래서 필자의 대학 입학동기들은 열심히 학업에 정진할 분위기가 좋지 않아서 열심히 학업에 진력할 수도 하지도 않는 듯 보였다.

더구나 필자는 1학년에 입학한 다음 학과 대의원에 선출되고, 여름방학에는 농촌계몽활동에 참여하기도 했으므로 3학년이 되면서 총학생회장 출마를 하게 되었다. 공주고교 동문회 회원들이 필자의 고정표밭이 되어준 것이었다. 그러니 필자 자신도 열심히 매진하지 못했고 입학동기들도 좁은 바닥에서 저녁에 한 하숙집으로 모여 놀기가 좋았으므로 학업에 매진하지 못한 것이었다.

그런데 필자가 학생회장에 출마하는 것마저 마음대로 할 수 없었다. 왜냐하면 같은 학과에 같이 입학한 1년 후배 JSB가 부학생회장에 출마한다고 선언하였기 때문이었다. 한 고등학교 출신이 총학생회장과 부학생회장에 출마한다는 것은 되지 않는 일이었으나 어쩔 수 없었다. 공주고교 동문회를 열어 둘 중 하나만 출마하는 게 좋고 그 둘 중 어느 직책의 후보를 낼 것이냐고 의견을 선거에 붙여 묻게 되었었다.

결과 총학생회장만 출마시키자는 의견이 압도적이어서 필자만 선거에 출마키로 하였었다. 그러나 JSB의 부학생회장 출마를 막을 수는 없었다. 결과적으로 필자는 낙선되고 JSB는 부학생회장에 당선되었다. 그는 태권도부에서 2년 동안 열심히 같이 수련한 태권도부 부원들이 고정표밭이 되었기 때문이었다.

그러나 선거는 선거이고 대학생활은 대학생활이었다. 선거 후 학장의 배척운동에 참여하여 당시의 학장 '임한영林漢永'을 퇴임시키는 운동을 같이 하여 임한영은 물러갔다.

학생시절은 물살같이 흘러가고 필자와 같은 학과 또 다른 입학동기생 HBS는 해병학교 간부후보생 시험에 합격하고 그 어려운 훈련을 참고 견뎌서 해병소위에 임관되었다. JSB(1941~?)는 해병대 사병으로 입대하였음을 알게 되었다. 그래서 HBS와 필자가 전차대대와 수륙양용차대대에 소대장으로 근무할 때 JSB는 1연대 1대대 통신병으로 근무하면서 만난 일이 있었다.

HBS가 그의 근무처를 알아서 필자에게 연락하고 우리가 1대대 통신실로 찾아가 외출을 신청하여 포항시내에 나와 저녁식사도 같이하고 극장구경도 같이 한 다음 출퇴근 트럭에 승차하여 귀대한 일도 있었다.

GIL은 공주고교 1년 후배이나 나아가 같고 생일만 필자가 약간 빠른 편이어서 입학하면서 가깝게 지냈는데 그의 아버지가 한약재 도매상을 하여 상당히 재산을 모은 사람이어서 한 학기만 다니고 그의 아버지를 돕는 일을 하겠다고 자퇴하였다.

입학하면서 다른 하숙집이면서 같은 지붕 밑에서 하숙을 하게 되었던 사람이 있었다. 청주공고를 졸업하고 재수한 다음 입학한 JHK(1941~?)였다.

JHK와도 자주 만나 화투놀이도 하고 백제의 유명한 유적지 산성공원에 올라가 공원길을 걷기도 하였다. 그런데 1학년 1·2학기 성적은 필자가 상당히 좋았다. 그러나 2학년과 3학년에 진급하면서 필자가 선거에 빠지면서 필자의 성적이 하락하였다. 필자는 왜 공부나 할 것이지 농촌계몽을 가고 대의원을 했는지 후회스럽기만 했다.

필자는 여기에 필자의 대학 졸업증서와 졸업하면서 받은 교육공무원 자격증의 내용을 기록한다.

「제2017호/ 졸업증서/ 본적 충청남도/ 鄭籠淳/ 1940년 9월 4일생/ 이 분은 본 대학에서 화학과의 전 과정을 마치고 학사학위규정에 합격하였으므로 이에 이학사의 학위를 준다./ 1964년 2월 15일/ 공주사범대학장 김영돈」

「제17853호/ 교육공무원 자격증/ 본적 충청남도/ 鄭籠淳/ 서기 1940년 9월 4일생/ 화학과/ 자격: 중등학교貳級정교사/ 위는 교육공무원법 소정의 자격기준에 의거하여 두서의 자격이 있음을 인정하고 이 증서를 수여함/ 서기 1964년 2월 15일/ 문교부장관 (직인)/ 부기/ 1. 검정종별: 무시험검정/ 2. 법정해당자격기준: 교육공무원법 제3조 별표제1호 중등학교貳級정교사 자격기준(1)」

8-3. 선거체질의 대학 입학동기: JJO(1940~?)라는 필자와 나이도 같고 생월도 같은 사람이 있었다. 입학성적부터 졸업성적까지 우리 학과(화학

과)에서 1등을 한 사람이다. 학번을 생일순으로 정했으므로 필자가 20명 중 6번이고, 그는 7번이었다. 필자의 생일이 조금 빨랐기 때문이었다.

입학생이 겨우 20명이었으므로 그와도 친밀하게 지내려고 그의 하숙집에 찾아가 이야기를 나누기도 했었다.

우리학과 입학생 중 예산농업고교를 졸업하고 입학한 입학생이 둘이 있었다. NSL(1941~?)와 SIL(1942~?)이 그들이었다. JJO는 이들과 그의 고교 동기 WJL(1941~?)까지 네 사람이 수업시간에도 같은 열에 앉고 같이 몰려 다녔다.

NSL은 예산 사시는 필자의 막내 고모부의 합덕중학교 제자였으므로 그와도 친밀하게 지내려 하였다. 1학년 1학기가 지나면서 필자의 성적이 JJO와 비슷하게 나왔으므로 2학기가 시작되면서 뒤에서 필자를 헐뜯는 소리가 들렸다.

화학과 교수의 한 사람인 강용환美庸煥이 담당한 일반화학 시간에 강의를 알아들을 수 없도록 하였으므로 필자가 질문을 많이 했다.

그때 4명뿐인 학과 교수 사이에 둘씩 파벌을 만들어 싸우니 2, 3, 4학년 학생들도 패를 나누어 싸움질을 하는 현상이 일었다. 그러니 JJO와 WJL은 4학년 홍성고교 선배들이 강용환의 편에 속한 악생들이었으므로 그들도 그쪽 편을 들었다.

어느 날 강용환의 일반화학 수업시간에도 필자가 질문을 많이 했었다. 그 수업시간이 끝난 다음 WJL이

"에이 더럽게 질문도 많이 하네! 에이 기분 나빠!"

이렇게 말하는 것이었다. 필자는 WJL이 강용환을 감싸기 위해 필자에게 싸움을 거는 것을 알았다. 그러나 그러한 문제로 그와 싸움을 하고 싶지는

않아서 못들은 체 하고 말았다.

어느 날 건물 2층에서 수업을 하고 무심히 계단을 내려오는데 갑자기 필자의 등을 떼미는 놈이 있었다. 하마터면 계단에서 딩글 번 했다. 그러나 넘어지지 않고 뛰어 내려갔다가 올라와 보니 그놈이 WJL였다. 필자는 WJL의 뺨을 후려쳤다. 그놈도 자신이 잘못한 것을 알기 때문에 마주 치지는 않았다.

1962년 봄이 될 때부터 필자는 물리학과 정성해(鄭成海, 1942~2015, 천안 고교)와 약 1년 같은 방에서 하숙생활을 하였다. 옆방에 SIL과 NSL가 와서 몇 달간 같이 하숙생활을 하였다. 이때 이들이 부여로 넘어가는 우공고개 중턱 마을에서 WJL가 하숙을 하고 있다고 놀러간다고 하여 따라 가기도 하였다.

그와 같이 WJL과는 특별한 감정 없이 지냈었다. 그가 수업시간에 필자가 강용환에게 질문했다고 못할 말을 했건 말건 층계위에서 떼밀었건 말건 감정은 없었다.

한 번은 JJO가 진로소주 몇 병을 사 가지고 SIL과 NSL이 하숙하는 방을 찾아와 소주파티를 벌리면서 필자가 소주를 마시지 못하지만 저희 셋이 떠들어 제치면서 필자에게는 오라는 말 한 마디 않고 떠들다가 돌아가기도 했다.

드디어 4학년이 되고 교생실습도 마치면서 근무를 원하는 도道를 적어내고 원하는 대로 도배정을 하는 것은 학과장 박성록이 하였다. 그런데 필자는 충청남도에 배정됨을 원한다고 기록하여 제출했는데 박성록(朴成綠, 1917~1990)이 필자의 의견을 무시하고 경기도로 배정한 것이다. JJO가 제가 친하다고 생각한 NSL을 충청남도로 배정받게 하려고 필자를 경기도로 배정되게 박성록에게 강력히 주장한 것이었다. 필자는 이 조치가 섭섭했으나 큰 문제가 아니어서 더 이상 항의를 하지 않았다.

JJO는 대학 1학년 때 군 입대를 판정하는 신체검사에서 을종乙種, 나는 갑종甲種을 받았다. 대학 재학 중 필자와 같이 병역연기를 하였다. 대학 졸업 후 필자는 해병대 간부후보생 시험에 합격하여 강한 교육-훈련을 마치고 해병장교 근무를 하였으나 그는 대학 졸업 후 어떤 조작을 부렸는지 군입대를 면제 받고, 바로 고등학교 교사생활을 하였다.

처음 예산여자고등학교에 발령을 받아 근무했고 얼마 후 온양여자고교로 전근하여 근무했다. 그러다가 공주사범대학 물리학과 교수였다가 인하대학교 물리학과 교수로 옮겨 근무하던 이은성(李殷晟, 1920~1995) 교수가 서울 중동고교에 화학교사 자리가 비어있으니 적당한 교사자격이 있는 사람을 추천하라고 하였는데 마침 JJO가 연락되어 그가 중동고교로 발령받았다. 그는 중동고교 화학교사로 발령받은 다음 상당 기간(약 15년) 근무했다.

필자가 연세대학교 대학원에서 석사과정을 마칠 때는 신촌로타리 가까이 2층 주택을 구입하여 거주하고 있었다. 그러다가 1982년 박성록(朴成祿, 1925~2,000, 공주사대 교수, 황해도인)이 퇴직하면서 그를 자신의 자리에 추천하여 공주사대 화학교육학과 교수로 발탁되어 간 것이다.

그는 석사과정을 성균관대학교에서 마쳤고, 박사과정은 공주사대 근무하면서 동국대학교 대학원 화학과에서 밟았다고 한다.

그리고 공주대학교 총장직이 교수 직접선거로 선출되는 제도가 생기자 1998년 6월 총장선거에 출마하여 공주대학교 총장에 당선되어 4년을 보냈고, 다음 2002년 2월 재선에 도전했다가 낙선되었다.

그리고 충청남도 교육감직이 선거로 결정되게 되니 2004년 7월 그것에 출마하여 충남교육감에 당선되어 4년을 보냈고, 2008년 7월 재선에 도전하여 다시 당선 되었다. 그는 선거체질이라고 생각하고 싶었다.

그러나 충청남도 교육감에 재선되어 3개월도 되지 않아 한 교장의 자살 사건이 발생했고, 그 일로 그는 그 교육감직에서 사직할 수밖에 없었다. 2008년 10월 16일 네이버(Naver) 기사에 'JJO'가 충남교육감직에서 사퇴한다는 글이 게재되었다. 불명예 퇴임한 것이다.

'인사청탁성 뇌물수수'와 일부 교직원들에게 '선거개입을 지시한 혐의'로 검찰의 조사를 받았다고 했다. 2008년 10월 8일 네이버사의 맹창호와 김한준 기자가 네이버(NAVER)에 게재한 JJO 부부 수사상황은 다음과 같다.

「충남교육청 교육감 JJO 재소환 검찰 조사 받아/ 2008.10.13/ 뇌물과 선거법 위반혐의로 수사를 받고 있는 JJO 충남도교육감 부부가 10월 8일 저녁 검찰에 재소환 돼 조사를 받았다./ -〈중략〉- / JJO 교육감의 부인은 이날 오후 2시부터 9시까지 조사를 받고 귀가조치 했다./ 검찰은 JJO 교육감이 1개, 부인이 4개의 차명계좌를 관리했던 것으로 보고, 거래된 수억 원의 자금출처를 집중 추궁한 것으로 전해진다./ 검찰은 또 JJO 교육감이 선출직 공직자로 재산신고를 하면서 일부 현금을 누락시킨 혐의에 대해서도 조사했다./ 검찰은 이와 관련 대전지방국세청으로부터 협조를 얻어 계좌추적 전문가를 수사에 투입했으며, 그동안 밝혀진 20여 개의 차명계좌 이외에 이번에 5 개를 추가로 밝혀낸 것으로 전해졌다./ 검찰은 "이미 드러난 3건의 뇌물혐의 가운데 1건은 제삼자를 통해 JJO 교육감의 부인에게 자기앞수표로 전달되고, 나머지는 인사청탁과 함께 역시 자기앞수표로 JJO 교육감에게 전달됐다."고 밝혔다./ 이재순 천안지청장은 "차명계좌를 통해 수백만 원에서 수천만 원대의 의심스런 돈이 거래됐지만 JJO교육감 부부는 이에 대한 출처와 용처를 밝히지 못하고 있다며 다음주 중으로 사법처리 수위를 결정하겠다"고 말했다./ …⟨이하 생략⟩…」

차명계좌로 된 통장들이 25개나 되고, 그 중 3개는 뇌물혐의로 이미 판명되었다고 했다. 결국 JJO는 2008년 10월 13일 충남교육감직 사직서를 제출했다. 그의 퇴임사는 다음과 같이 네이버에 기록되어 있다. 2008년 7월에 당선되어 3개월 후 사직한 것이다.

「존경하는 충청남도 교육가족과 도민께 드리는 글/ 충남 교육을 책임진 교육감으로서 이번 사건에 물의를 일으켜 큰 심려를 끼쳐 드린 점 참으로 면목 없고 머리 숙여 사과드립니다./ 특히 이번 사건으로 책임자를 잘못 만나 많은 교직원들이 조사를 받았고, 평생을 교육에 헌신하신 교장선생님 한 분이 목숨을 잃었으니 이 죄를 어떻게 감당해야 할지 저는 남은 여생 속죄와 반성의 나날을 보낼 것입니다./ …⟨중략⟩…/ 도민 직선으로 뽑힌 교육감이 사퇴하는 것이 과연 취할 수 있는 일인가?/ 무책임한 일이 아닌가?/ 너무 많은 고민을 하였습니다./ …⟨이하 생략⟩…」

JJO의 이 이임사에서 읽을 수 있듯이 교장 한 사람이 자결한 것이 JJO에게 책임이 돌아간 것이다. 그 이유를 기록하지 않았으니 내막을 자세히는 모른다. 직접선거로 뽑힌 교육감이 사퇴하는 것이 잘 한 일인가(?)라는 어구가 있다. 이번 사건에 대한 수사가 자신이 사퇴함으로서 종결되기를 간절히 바란다고 썼다. JJO의 법에 의한 처벌관계는 이 글에 기록하지 않으려고 한다. 잘 못한 만큼 처벌을 받았을 것이다. 요즈음 판사들의 판결은 신뢰(信賴)를 상실하고 있다고 생각하는 이유도 있다.

필자는 1972년 3월 대광고교 교사로 발령받아 1978년 2월까지 6년 간 근무하고, 1978년 3월에는 연세대학교 대학원 박사과정에 입학하였다. 그리고 1980년 2월에는 박사과정 학점 취득을 완료한 것이다. 그리고 진주(晉州)에 위치한 경상대학교(慶尙大學校) 사범대학(師範大學) 과학교육학과(科學敎育學科) 교수로 임명되었다, 그곳에서 근무하고 있는데 1983년 5월 15일 경 JJO에게서 전화가 왔었다.

"이번 학기 공주대학교 사범대학 화학교육학과에서 분석화학 교수를 모집하는데 사용할 데가 있어 그러니 자네 자필 이력서를 작성하여 나에게 보내줬으면 하네!"

이러한 전화를 받았다. 필자는 대답도 하지 않았고 이력서를 작성하지도 않고 보내지도 않았다.

아마 필자가 몇 년 전 대광고교(大光高校)에 취업되어 갈 때 그의 은사 이영환에게 필자의 이력서를 전해주어 대광고교 교장에게 전달되게 하였다고 그 대가를 요구하는 것이었다. 대가치고는 이상한 것이었다. 필자는 그때 대학원도 겨우 수료할 정도로 가진 것이 아무 것도 없었으므로 그의 도움에 아무런 인사를 하지 못했었다. 그는 신촌 로타리에서 가까운 곳에 2층집을 구입하여 살고 있었고 필자는 월셋방살이를 하고 있으니 그가 이해할 줄 알았었다.

필자는 경상대학교 사범대학 과학교육학과로부터 충북대학교 자연과학대학으로 전근하려고 서류를 제출하고 채택되어 채용이 결정되었는데 경상대 총장 신현천이 동의서에 도장을 찍어주지 않았을 때였다.

경상대 총장이 동의서를 발급하여 주지 않으니 발령이 나지 않았으므로 충북대학교忠北大學校와 경상대학교慶尙大學校 두 대학의 분석화학分析化學 강의를 맡아 청주淸州와 진주晉州를 매주 오르내렸었다. 필자의 가족들은 진주에 거주하고 있었다.

하루는 충북대학교 자연과학대학에서 강의를 마치고 필자가 진주에 내려가니 공주사범대학 화학교육학과 양○○ 조교가 진주까지 와서

"JJO 교수님이 정 교수님의 이력서를 받아 오라고 해서 왔습니다."
라고 말하는 것이었다. 필자는 그에게

"나는 그것을 줄 수 없다고 JJO 교수에게 전하게"
한 마디 말하고 그를 돌려보냈다.

필자가 이러한 그에 관한 이야기를 기록한 것은 그때부터 몇 년 후 교육감이 도민의 직접선거로 선출될 때 당선되어 그런 공직자가 해서는 안되는 행동을 한 사람이니 필자에게 그러한 이상한 요구, 즉 이력서履歷書를 써달라는 요구를 할 수 있었던 것이라고 설명하려는 것이었다. 그런 사람은 필자에게 정신이상자精神異相者로 보였다는 것이다.

40세 정도되는 양梁 조교를 공주公州에서 진주晉州까지 1,000리(400km)가 넘는 먼 길까지 그 이해할 수 없는 이력서를 가져오라고 심부름을 보낸다는 말인가? 그러한 이상한 심부름을 시킨다고 "그러한 심부름은 할 수 없습니다."라고 말하지 못하고 일천 리길을 달려 왔다가 돌아간 양 조교의 충성심도 나에게는 이해할 수 없는 일이었다.

JJO의 이야기는 '공주대 화학교육학과'에서 분석화학 교수를 채용하는데 원하지 않는 사람이 서류를 제출할 경우 그것을 막기 위해 필자의 이력서가

필요하다는 것이었다.

필자는 그 요구가 좋지 않음을 알았다. 그리고 필자가 전근 갈 것도 아닌데 이력서를 보내는 것은 이상한 일이라 생각하여 보내지 않았었다. 필자는 JJO의 말을 따라 이력서를 보내는 것은 모욕이라 생각되었다.

세상의 일을 이렇게 처리하는 인간이 충청남도 교육감이 되었으니 교장 진급자이거나 교감진급자에게 진급대가를 받지 않을 수 있었겠는가(?) 하는 생각이 들었다.

또 그는 수단 방법을 가리지 않고 군입대를 하지 않은 사람이 아닌가? 그런 인간이 뇌물을 받지 않으면 누가 뇌물을 받겠는가(?) 하는 생각도 했었다.

이 세상의 모든 공무원직은 군입대 하지 않은 사람에게는 제외돼야 할 것이라 생각하는 것이다. 물론 소아마비와 같은 특수하게 표시가 있는 사람에게 적용되는 것은 아닐 것이다. 군입대는 우리나라 남자가 지켜야 되는 오대의무五大義務의 하나이기 때문이다.

멀쩡한 인간(신체검사 을종 판정)이 군면제를 받았을 때 그것은 어떤 모략이 들어간 것이 틀림없는 것이라 생각하는 것이다. 그런 사람은 틀림없이 눈 하나 끔쩍하지 않고 뇌물을 받을 수 있는 것이기 때문이다.

9. 닭

— 한국수필 2002년 7월(통권 117)호에 게재된 수필이다. 이 수필은 고등학교를 졸업할 당시의 이야기이다. 한국수필 117호에 게재된 다음, 문학평론가 협회장 임헌영이 좋은 평가를 하여 주었었다.

나는 어릴 적 아버지가 만드신 헛간 한 귀퉁이에 매달아 놓은 암탉이 계란 낳는 둥지를 기억한다. 병아리가 자라서 알을 낳을 때가 되면 그 닭은 집안의 이곳저곳을 돌아다니며 알 낳을 장소를 물색하다가 그 둥지가 적합함을 발견하고 그 곳에 알을 낳고, 알을 낳은 다음에는 한 참 동안이나 "꼬꼬댁 꼭꼭" "꼬꼬댁 꼭꼭" 하면서 소리를 지른다.

조용한 산골마을이 한바탕 암탉의 소리 때문에 시끄러워 지는 것이다. 마당에서 일을 하시던 할머니는 그 소리가 "눈도 코도 없는 자식 낳았다" "눈도 코도 없는 자식 낳았다" 하는 소리라고 하시면서 웃으셨다.

어언 반세기도 더 흐른 옛날 산골마을에서의 일이나 그 생각을 하니 할머니의 그 음성이 들리는 듯하다. 어찌 인생무상人生無常이라 하지 않을 수 있으랴!

보통 암탉 한 마리는 하루에 달걀 한 개씩을 낳는다. 알을 낳기 시작하여 약 3개월이 지나면 그 암탉은 모이를 먹지 않고 둥지에서 나오지도 않는다.

어미가 되고 싶다는 근본적인 본능을 나타내는 것이다. 주인이 병아리를 부화할 생각이 없으면 그 암탉을 둥우리에서 내쫓아 버리고 큰 장애물을 둥지에 올려 놓는다. 그러나 20개 정도의 유정란이 준비되어 있으면 또 주인이 병아리를 부화할 생각이 생각이 있으면 알을 둥지에 넣어 준다.

내가 소년시절 산골마을에서 자랄 때 한 가지 추억과 그 추억을 통한 한 가지 인생교훈, 그리고 조그마한 회한을 적는다.

암탉이 계란을 품기 시작하여 병아리가 알껍질을 깨고 나오는 삼칠일(21일) 동안 그 암탉은 모이를 전혀 먹지 않고, 계란들이 어미의 체온을 골고루 받도록 두 다리를 움직여 위치와 아래 위를 수시로 바꾸어 준다. 그래서 귀여운 병아리들이 태어난 것이다. 그 인고忍苦의 모습은 여러 가지 동물의 본능 중에서 가장 자랑스러운 아름다움이 아닐까(?) 한다. 만약 병아리가 알껍질을 깨고 나올 때 새로운 달걀로 바꾸어 주면 다시 삼칠일이 되어 병아리가 알껍질을 깨고 나오며 "삐악" 소리를 들을 때까지 알을 품는다고 한다.

내가 고등학교를 졸업하고 집에 머무는 해 이른 봄 그 둥지에서 암탉이 품은 20개의 달걀이 거의 완전히 부화된 일이 있었다. 이른 봄이었으므로 아침에는 날씨가 추웠다. 그래서 병아리들은 어미닭의 살며시 편 날개 밑으로 들어가 있으면서 깃털 사이로 머리들을 내미는 모습이 그리 아름다울 수가 없었다.

볏집 덤불을 두 다리로 헤쳐가며 먹이를 발견토록 하여 주고, 어쩌다가 병아리를 노리는 독수리가 하늘에 나타나면 어미는 경계신호를 보내어 병아리들을 덤불 속으로 숨게 하였다. 그리고는 깃털과 날개를 세우고 전투태세戰鬪態勢를 갖춘다. 어찌 훈련이 필요할까? 그들 사이에 본능적 사랑의 언어가 있는 것이다.

어미가 그 20마리의 병아리들을 데리고 다니면서 먹이를 주어먹임으로써 병아리들은 무럭무럭 자라났다. 깃털의 색깔이 바뀌고 , 벼슬이 커지면서 암·수가 구별되었다. 암·수는 벼슬과 깃털의 색깔로 구별되는데 수컷병아리는 벼슬이 커지고 깃털이 곱게 자라났다.

20마리 중 암평아리가 13마리, 그리고 수평아리가 7마리였었다. 이 때가되니 암탉은 어미의 역할이 끝났음을 알고, 병아리들에게 먹이를 찾아주지도 않고, 날개 밑에 품어주기를 거부하였다. 옆에 병아리가 오면 부리로콕 찍어 버렸다. 이러면서 어둑어둑 황혼이 깃들면 병아리들도 병아리 둥지가 아닌 어미닭들이 오르는 둥지로 오르는 현상이 나타났다. 닭의 세계도자라면서 이렇게 생활이 바뀌는 것을 관찰하니 이상한 흥밋거리로 나타났다.

그런데 둥지로 오르면서 자리다툼이 시작되었다. 둥지 내에서 가장 어른은 총수인 장닭이니 그가 가장 중심이 되는 자리를 차지하면 암탉들이 자리를 잡고, 병아리들은 이리 찍히고 저리 찍히다가 가장 말석을 차지 했다. 어띠 닭의 세계에서만 자리싸움이 있겠는가? 인간세계의 자리다툼은 어떠한가? 동물의 힘겨루기 자리다툼에 모략과 로비가 가세하여 더욱 치사하지않은가?

봄이 무르익어 가면서 아침에 닭장의 문을 열어주면 뛰어나와 한 바탕 장닭과 암탉 사이에 사랑의 유희가 펼쳐지고, 아침 모이를 먹은 다음 나의유일한 운동기구인 평행봉에 나란히 앉아서 햇볕을 쬐기도 하고, 울타리밑에 흙을 파면서 목욕을 즐긴다.

어쩌다가 어린 장닭이 여물지 않은 남성으로 어미 닭의 등에 올라 깃털을 물고 성교를 시도하면 이놈을 어미닭은 하찮타고 떨어뜨리고 부리로 찍어 버렸다. 그러다가 새끼 장닭도 몸이 성장하여 남성이 여물면 암탉은 반항하지 못하고 짝짓기를 허락했다. 그 경계선이 있었다. 인간은 도덕을 지키는 동물이나 닭은 도덕이 있을리 없다. 오직 본능이고 힘인 것이다.

병아리들은 자라면서 수시로 싸움을 하고 서열을 가렸다. 몸집이 제일 크고 부리의 힘이 제일 센 병아리가 제일 형님이었다. 시골에서는 계란을 낳는 암탉은 놓아두고, 수평아리들을 귀한 손님이나 객지에 나가있던 아들이 주말에 오면 음식물로 요리하여 밥상에 올린다.

닭의 세계는 전형적인 일부다처제一夫多妻制 사회이다. 한 마리가 살아남는 것은 그 한 마리가 있어야 여러 처와 첩을 거느리고 살면서 후대가 보장되기 때문이다. 나는 그 일곱 마리 병아리 수탉 중에서 힘이 제일 센 제일 형님이 살아남기를 바랐었다. 왜냐하면 이웃집의 장닭 총수와 가끔 주도권 다툼을 벌릴 때 우리집의 총수가 이웃집의 총수에게 찍혀서 머리와 목, 몸통 등이 피투성이로 되는 것이 싫었기 때문이었다.

나는 어머니에게 그 힘센 제일 형님을 기리켜 주고 씨 장닭으로 남기자고 하여 허락을 받았다. 그런데 그것을 모르는 청각장애인이고 언어장애인인 아버지가 할머니의 명령에 따라 수평아리 세 마리를 잡아 요리하는 과정에서 제일 형님과 제2형님도 죽어 요리되어 손님들의 밥상에 올라 그들의 위장 속으로 들어가 버렸다. 안타깝고 아쉬웠다.

결국 수평아리 일곱 마리 중 중간 정도 힘쓰는 놈 한 마리만 남게 되었다. 그 열셋 암평아리들이 자라서 알을 낳게 되면서 어미닭들은 잡아 먹거나 시장에 판매하여 버렸다. 한 마리 남은 수평아리가 열셋 암평아리들을 처와 첩으로 거느리고 총수가 된 것이었다.

그때 일어난 사건 하나를 나는 지금도 기억한다. 이웃에 우리 닭들보다 좀 늦게 태어난 장닭 한 마리가 있었다. 우리집 닭들은 채소밭을 망치는 것을 막으려고 가두어 길렀는데 그 장닭은 풀어 놓았기 때문에 철망으로 만든 우리 닭장 주변을 기웃거렸다. 자신의 집에는 암탉이 없으므로 우리집 닭우리 안의 암탉들에게 연정戀情을 품고 사랑을 맺었으면 한 것이다. 나는 살그머니 우리집 장닭을 내어 놓았다. 드디어 두 수탉들은 일전을 벌렸다. 처음에는 막상막하인 듯 푸드득거리면서 싸웠으나 승부를 가리는데 오래 가지 않았다. 잠시 후 우리집 수탉이 주도권을 잡고 그 장닭을 따라가며 부리로 찍었다.

몇 분 후 우리집의 수탉이 승리의 팡파레를 불렀다. "꼬끼오!" 이긴 닭은 반드시 승리한 다음 승리의 팡파레를 "꼬끼오!" 소리로 나타내는 것이었다. 그 이웃집 장닭이 어디로 도망쳤는지 몰랐는데 그 이튿날 이웃집 아주머니가 와서 그 장닭이 이웃집 똥통에 빠져 죽었다고 하여 그렇게 된 것을 알고 필자가 우리집 장닭을 내어 놓아 싸움을 붙인 게 양심의 가책을 피할 수 없었다.

수탉이 사랑의 씨를 암탉에게 주어서 낳은 계란은 암탉이 품든지 부화기로 부화시키면 '병아리'라는 새 생명으로 태어난다. 그런데 암탉이 품어 태어난 수탉과 부화기로 부화시켜 태어난 것의 큰 차이는 시간을 알리는 계명성鷄鳴聲을 정해진 시간에 울릴 수 있고 없고에 있다.

암탉이 품어 알껍질을 깨치고 나온 수탉은 정확히 1시, 3시, 5시에 "꼬끼오!" 소리를 목청껏 내지만 부화기에 의하여 부화된 수탉은 일정한 시간에 "꼬끼오!" 소리를 내는 게 아니고 아무 때나 "꼬끼오!" 소리를 지른다는 것이다. 그 이유를 어찌 보잘 것 없는 인간이 알 수는 없는 것이다.

"꼬끼오!" 소리를 수탉이 지르기 전에 수탉은 몇 번의 날갯짓을 하는데 이것을 '홰'를 친다고 말한다. 파도가 없는 날 중국 산동반도山東半島에서의 계명성은 우리나라 황해도의 장산곶과 백령도白翎島까지 들리고, 장산곶과 백령도에서의 것은 산동반도에 까지 들린다고 하니 그 소리가 얼마나 강렬한지를 실감할 수 있다.

한이 맺힌 원혼이 그 한을 풀기 위해 저승에서 까마득히 먼 이승을 찾아왔어도 이승에서 머물 시간의 한계가 첫닭이 울 때 까지라 한다. 첫닭이 울면 원혼은 눈물을 흘리며 돌아간다는 이야기는 할머니와 어머니의 노변삽화爐邊挿話에서 여러 번 나오는 오싹한 대목이었다.

남의 돈을 빌려 쓰고 갚지 못해 걱정하는 사람, 고기잡이나 과거보러 멀리 떠난 낭군 그리워 긴 밤을 눈물로 지새는 아녀자, 그리고 애지중지 키우던 아들을 전쟁터에 보내고 걱정하는 어머니가 잠 못 이룰 때 계명성을 한 홰, 두 홰, 세면서 밤을 지새웠다고 하지 않는가?

큰 수저로 한 수저 밖에 되지 않는 흐물흐물 한 액채덩이가 영양이 되어 일정한 온도로 3주 간 유지되면 병아리라는 생명체로 태어난다는 것은 신비스럽다. 달걀이 인간에게 주는 교훈도 신비스러운 것이다. 달걀은 타원형으로 둥글고 주위의 사물에 부딪혀 멍든 곳을 이것으로 문지르면 그 멍이 풀린다. 이것으로 사람의 성격이 모나면 이웃에게 상처를 주고, 자신도 상처를 받음을 말하여 주며, 다른 사람의 상처를 어루 만지며 살라고 하는 교훈을 주지 않는가?

계란의 노른자에는 콜레스테롤이 다량 포함되어 있어 과량 먹을 경우 고혈압과 뇌졸중이 찾아올 수 있듯 인간세상에서 노른자 위에 앉아 있는 인간들은 그러한 삶의 뇌졸중 요소를 포함하고 있어 좀 일찍 저 세상으로 갈 수 있는 것이다. 훌륭한 경고장이다.

동양인은 나이에 따라 정하여지는 12가지 띠(12干支)가 있다. 나는 용龍띠 경진생庚辰生, 아내는 닭酉띠 을유생乙酉生이다. 어릴 적 할아버지께서 나의 사주와 결혼할 여자가 어떤 여자가 좋은지 궁합을 보셨다고 하신 말씀을 지금도 기억하고 있다.

"얘야! 너는 자라서 장가갈 경우 다섯 살 밑의 여자와 혼인하거라!" 하셨었다. 궁합이 있는가 어렴풋이 의심하면서도 그 말씀대로 다섯 살 아래 닭띠 여인과 결혼하고 오늘이 그 결혼 30주년이다.

지금도 닭으로 만든 음식을 판매하는 식당이 도시의 이곳저곳에 많다. 요즈음과 같이 음식이 흔치 않았던 내가 8살 때인 1947년 오랜만에 찾아온 큰자형은 장모(나의 어머니) 앞에서 다음과 같은 노래로 흥을 돋구었었다. 큰자형은 떠들기를 좋아하는 조총련계 빨갱이로 6ㆍ25전쟁이 일어나자 공산당 역할을 하다가 UN군의 인천상륙작전이 성공되자 어디로 사라졌는지 행방불명자가 된 인간이었다.

「장가가면 마누라가 제일 좋다고 하더니/ 처갓집의 장모님은 더욱 좋아요./ 장모님 장모님 우리 장모님/ 이 다음에 오거들랑 암탉 한 마리 잡아주오./ 씨암탉 한 마리 잡아주오./ 장모님 장모님 우리의 장모님」

그런데도 아내는 닭띠여서 그런지 관념적으로 닭으로 만든 요리를 싫어한다. 이것이 지난 주말 주왕산을 등산하고, 귀가하는 길에 청송 달개비 약수골에 식사를 못한 이유가 되었다. 달개비 약수골에는 닭요리 외에 음식이 없었다.

생각건대 닭은 먹이를 많이 주지 않아도 집 주위를 돌며 풀을 뜯어 먹고, 벌레를 잡아 먹으며 자라나서 인간에게 맛있는 고기와 계란을 선물한다. 그리고 온곳도 없듯 간 곳도 없이 사라진다.

세상에서 정치인은 정치인다워야 하고, 교육자는 교육자다워야 하며, 학자는 연구를 해야 하는데 그렇지 못한 인간이 얼마나 많은가? 위계질서位階秩序를 지키면서 일부다처제의 사랑철학을 가지고 시간을 알리는 계명성을 울려가며 짧게 살다가 사라지는 닭은 거짓말과 모략을 좋아하는 인간들보다 나은 것이다.

닭에 얽힌 옛 기억들을 더듬는 글을 쓰다가 나를 더 없이 귀하게 키워주신 저 먼 나라로 가신지 몇 십년으로부터 몇 년 되신 조부모님과 부모님을 그리워 하는 마음 속에 아련한 눈물이 가슴에 흐른다.

한국수필 2002년 7월(통권 117)호 게재

제2장
해병장교 생활

　　대학 4년 졸업 후 해병간부후보생 33기로 입대하여 고된 훈련생활을 이겨내면서 자랑스러운 해병소위에 임관되어 실무생활을 하는 동안 만났던 선후배와의 정겹고 괴로웠던 생활의 아쉬움과 안타까움을 아득하기만 한 53년 전으로 달려가서 생각나는 것들을 기록하였습니다.

　　필자는 군생활을 여러 부대를 옮겨가며 하였습니다. 진해와 창원에서 1964년에는 해병간부후보생 33기와 해병학교 장교기초반 13기 교육훈련을 받았고, 1965년 1월 실무에 들어와 전차대대(포항과 김포) 소대장 근무를 1년 6개월 수행하면서 1965년 4월부터 8월 7일까지 육군기갑학교 초군반 제25기 교육훈련을 광주 상무대와 동복 유격훈련장에서 받았습니다.

　　다음 1967년 6월부터 부산 해운대 소재 육군병기학교에 가서 전과장교반 제1기 교육과정과 탄약장교반 제35기 교육과정을 각각 3개월씩 11월 4일까지 받았습니다. 그리고 포항기지 근무대대 탄약보급소에 근무하다가 1968년 4월 해병중위로 파월되어 호이안에서 근무하였습니다.

　　1968년 6월 해병대위로 진급하고, 열대의 더위와 싸우며 탄약보급업무에 열성을 다 했습니다. 그리고 1969년 5월 30일 귀국했습니다. 귀국하여 포항 해병제1상륙사단 본부 병기참모실에 3개월 근무하고 1969년 8월 31일 해병대위로 예편되었습니다.

1. 해병간부후보생33기 동기생들

1-1. 바르고 친화력 있는 문둥이 동기생: 1964년 1월 10일 해병간부후보생 입교 학과시험은 동국대학교 강당과 강의실에서, 체력검정은 용산고등학교 강당과 운동장에서 측정되었다. 대학졸업자들이 장교로 군생활을 하고 싶어서 시험치르려고 서울지역에서만 약 2,000여 명이 응시했었다. 그 중 214명이 선발되고 합격자 명단이 조선일보와 동아일보에 발표되었었다.

1964년 2월 중순 어느 날 공주군에는 눈이 무릎까지 빠지도록 내렸었다. 그날 필자는 2km 남쪽의 사곡면 소재지에 학용품을 구입하러 나갔었다. 그리고 눈이 무릎까지 빠지는 길을 헤치고 집으로 돌아오니 사랑방에 또 한 사람 무릎까지 빠지는 눈을 헤치고 찾아온 젊은이가 있었다. 필자를 찾아왔다고 하여 사랑방 문을 열고

"누구신데 이 눈 덮인 험한 길을 헤치고 찾아오셨습니까?"

하고 물으니

"나는 해병대사령부에 근무하는 ○○○ 중사입니다. 이번에 '해간33기'에 합격하셨지요? 신원조회 나왔습니다."

하는 것이었다. 아무튼 그런 사람이 찾아 왔었다. 해병간부후보생33기에 합격된 것은 틀림없는 사실인 것이었다. 그래서 그가 묻는 질문에 성실히 대답하고, 저녁식사와 아침식사를 대접하고 따뜻한 사랑방 아랫목에서 잠을 자게 하여 주고 세숫물도 준비하여 준 다음 눈길을 헤치고 버스길까지 안내하여 주었다. 그때 여비를 보태 주었는지는 모른다. 세월이 오십여 년이 흘러 어떻게 했는지 잊었다.

드디어 1964년 3월 7일에는 진해시 경화동의 해병학교에 입교하였다. 그리고 가입교 시간 1주일이 시작되었는데 임시 편성된 소대는 1소대였고, 같은 내무실에는 경상도 출신 젊은이들이 많았다. 경북대 졸업생 성훈成勳, 부산대 영문과 졸업생 천홍규千洪圭, 마산사람이나 고려대 졸업생 김영달金永達 등이었다. 그때의 일로 생각나는 일이 하나 있다. 집에서 10시까지 늦잠을 자던 필자에게 5시에 주번병 후보생의 "총기상" 구령에 맞추어 일어나는 것은 괴로웠다.

가입교시절 1주일이 지나가고 자진 퇴교생이 60명이 생겼다. 해병대사령부에서는 34기해간으로 선발된 60명으로 다시 충원하고 이들은 가입교시절 없이 해병간부후보생 33기로 해병학교에 입교하고 내무실 배정을 받았다.

1개 소대 70명, 3개 소대로 편성하고 삭발하고 분배된 정복을 입혀 3월 16일 해병 진해기지 해병교회에서 입교식을 하였다. 필자는 3소대에 편성되고 신장순으로 번호를 정했는데 127번이고 2내무실에 배정되었다.

같은 내무실에 5명이 배치되었는데 우리 내무실에는 강계철(姜啓哲, 외대 중국어과), 김희(金熙, 한양대 건축과), 필자, 서준창(徐準昌, 군산고교, 중앙대 정치과), 그리고 송해인(宋海仁, 고려대 철학과, 충남 조치원인)의 5명이 배정된 것이다.

우리 내무실 5명의 실원들은 상부상조하면서 교육훈련에 참여하였다. 그리고 8주 훈련이 지나면서 주말에 외출이 허용되었을 때는 진해시내에서 발을 맞추어 걸으면서 외출을 즐겼었다.

1-2. 책임을 느낀 후보생: JLC(1941~?, 경남 사천 사람, 연세대 대학원 공학석사, 카나다 거주)는 경상남도 사천이 고향이다. 필자보다 한 살이 어린 사람이다. 대하소설 '태백산맥'의 저자와 동명이인이다.

JLC를 필자가 처음 만난 것은 진해시 경화동 소재 해병진해기지 해병학교에 1964년 3월 7일 도착하고 가입교 한 바로 그날 저녁이었다. 가입교하여 첫 날 저녁 임시 소대 배정이 되었을 때 JLC와 필자가 같은 소대 옆 내무실에 배정되어 처음 만난 것이다.

저녁 식사 후 순검(육군의 점호) 준비를 하려고 청소를 해야 하는데 걸레 하나도 없으므로 옆의 내무실을 들여다보니 그 내무실에는 어디서인지 걸레를 가져와 바케스에 물을 떠다 놓고 그 걸레를 빨아 마루를 닦는 것이었다. 그 마루를 닦는 사람이 JLC였다. 필자가 그에게 닥아가서 "청소한 다음 걸레를 좀 빌려주소!" 했더니 그가 필자를 바라보는 눈길이 얼마나 험악하고 엄숙한지 내가 무안했었다. 그러면서도 걸레와 바케스는 가져다 쓰라고 했다.

JLC는 연세대학교 대학원 화공학과 석사과정에 합격하고 휴학한 다음 해병간부후보생 33기에 입대한 사람이었다. 자신은 대학원에 입학한 사람이고 더구나 일류 대학이라는 연세대학교를 졸업하고 그 대학원에 입학한 사람이니 시골의 일반 대학교를 졸업한 상대편 사람은 저 밑으로 보였을 것이다. 그럴 것이라고 생각되었다.

1964년 3월 16일 정식으로 해병학교 간부후보생 33기로 입교한 다음 간부후보생 중대로 된 다음 간부후보생중대는 다시 3개 소대로 편성되었는데 JLC와 필자는 같은 소대(3소대)에 편성되어 같은 건물의 다른 내무실을 사용하게 되었었다. 그래서 교육·훈련 중에도 자주 만났었다.

JLC는 후보생 과정 훈련을 받던 중 유명한 일화를 남긴 후보생이 되었다. 그 이야기는 다음과 같다.

「후보생과정에 입대하고 그 다음 주의 일이다. / 저녁 11시에 순검이 끝나고 12시 정도에 주번병 후보생의 "팬츠바람 총 병사떠나!"라고 하는 긴 구령이 병사에 울려 퍼졌다. / 그 구령이 세 번 진해시 경화동의 해병학교에 울려 퍼지자 막 잠이 들었던 후보생들은 깨워지고 일어나 팬츠바람에 훈련화만 신은 채 병사 앞에 뛰어나와 일렬로 서면서 번호를 붙였다. / 진해 바닷가의 3월 20일 경 저녁 바람은 유난히 차가웠다. / 이 날은 더구나 우박雨雹이 내리며 싸늘한 바람이 부는 것이었다. / 번호를 붙이며 옆 사람의 어깨가 닿으면 그리 따뜻할 수가 없었다. / 마지막 나온 60명(번호가 140번 뒤의 후보생) 정도의 후보생은 다른 줄로 세운 다음 몽둥이(불에 그을린 야구배트)로 엉덩이를 3 대씩 때렸다. / 그리고 인원 파악하니 한 후보생이 없는 것이었다. / 구대장은 중대장 후보생과 소대장 후보생들에게 찾아오라고 했다. / 찾았더니 한 후보생이 3소대 청소도구실에 숨어있어 데리고 나왔다. / 그 한 사람이 JLC였다. / 구대장이 "왜 청소도구실에 숨어 있었는가?" 하고 물으니 JLC가 "책임을 느끼고 나오지 않았습니다."라고 대답하는 것이었다.」

찬바람이 불고 우박이 몸을 때려 오돌오돌 떨면서 옆 사람의 살갗에 자신의 살갗을 대어 따뜻함을 즐기면서도 "킥" "킥" 하고 웃음을 터트렸다. JLC는 배트 10대를 맞고 엉금엉금 기었었다.

그 다음부터 JLC는 "책임을 느낀 후보생"으로 불리웠다. 지금도 그의 이름은 잊었어도 '책임을 느낀 후보생'이라 하면 동기생 사회에서는 미소를 짓고 아는 것이다.

이 훈련은 누가 책임이 있어 하는 훈련이 아니고 교육계획표에 따라 훈련이 진행된 것뿐인데 JLC는 "책임을 느끼고 나오지 않았습니다."라고 하였으니 "킥" "킥" 하고 웃지 않을 수 없었던 것이다.

해병학교 후보생과정 12주(3개월)와 기초반 교육과정 30주(7개월) 훈련을 마치고 1965년 1월 실무에 배치될 때 JLC는 병기병과를 받고 필자는 기갑병과를 받았다. 그래서 JLC는 포항기지 탄약보급소에, 필자는 포항시 남쪽에 위치하여 있는 해병제1상륙사단 전차대대에 배치되었었다.

그리고 그 해(1965년) 9월 JLC는 월남에 파병되어 청룡부대 근무중대 보급소대 탄약반에서 1년 간 근무하고 귀국했었다. 그런데 필자는 1967년 5월 육군병기학교 전과장교반 교육 3개월과 탄약장교반 3개월 교육을 받고 병기병과로 전과한 다음 JLC가 근무했던 포항기지 탄약보급소에서 약 4개월 근무하고 1968년 4월 10일 파월되어 그가 근무했던 해병제2여단(청룡부대) 근무중대 탄약반에 배치 되어 1969년 5월 30일까지 근무하고 귀국하였었다.

다만 그는 월남의 츄라이 지역에 청룡부대가 배치되어 있을 때 1965년 9월부터 1966년 10월까지 탄약반장을 하였고, 필자는 그보다 3년 후에 파월되었으므로 청룡부대가 이동되어 호이안 지역에 1968년 4월 10일부터 5월

30일까지 탄약반장으로 근무한 것이다.

필자와 JLC는 똑같이 1969년 8월 31일 해병대위로 예편되었다. JLC는 연세대 대학원 석사과정에 바로 복학하였다. 필자가 연세대 대학원 석사과정에 입학하려고 그의 연구실로 찾아갔더니 전공시험은 어쩔 수 없고, 영어와 독일어 시험문제로 출제되었던 문제와 출제되는 교과서의 해설서를 구하여 주어 입학시험에 합격하는데 큰 도움을 주었다. 필자는 1970년 2월에 합격 통보를 받고 3월부터 석사과정 학점을 취득하기 시작하였다.

필자의 연구실은 1층에 있었고, JLC의 연구실은 같은 건물 5층에 있어 수시로 만날 수 있었다. 그와 필자는 수업이 끝나고 저녁에 전화로 연락하여 만나면 바둑을 두게 되고 어떤 날은 밤을 꼬박 새워 바둑을 두기도 했다. 바둑 실력이 비슷하였기 때문이었다.

그는 석사학위를 취득하고 카나다(Canada) 토론토에 위치한 대학의 대학원의 박사과정에 입학하여 박사학위를 취득하였고, 마침 카나다 같은 대학에 박사과정 학업을 진행하고 있던 연세대 화공과 교수의 딸과 만나 결혼하여 가정을 이루고 카나다 사람으로 귀화하였다.

1-3. 붙임성 있는 필자의 친구: HBS(1942~?)는 공주사대 화학과 동창생일 뿐만 아니라 해간33기 동기생이 되었다. 나이는 필자가 두 살 많다. HBS는 간부후보생 때 필자와 같은 고향 사람인 GDK와 같은 2소대에 속하였으나 GDK의 키가 크기 때문에 같은 내무실을 사용하지는 않았다. HBS는 붙임성이 좋고 필자와는 같은 대학 같은 학과에서 4년 간 같은 강의를 수강하였으므로 마음이 통했다. 만나면 반가웠다.

HBS도 1964년 3월 7일 진해 경화동 해병학교에 도착하여 만나 다시 동기생이 된 것이다. 10개월 교육훈련 받는 동안 같은 소대에 배치되지 않아서 3개 소대가 교육훈련 받는 동안은 같이 교육·훈련을 하였으나 내무실에 와서는 만나지 않았다.

8주 고된 교육훈련이 지난 다음 주말에 가족면회가 허용되었을 때의 일이다. 해병학교 본부에서 해간33기 각자의 가정에 주말에 면회가 허용되니 면회 오라는 편지를 보냈다. 우리집에서는 형이 어머니를 뫼시고 오려나 했으나 오지 않았다. 지금 생각해 보니 형이 청각장애인 아버지를 모시고 왔으면 얼마나 좋았을까 하는 생각이 들었다.

그러나 HBS의 아버지는 면회를 왔다.

필자는 가족이 오지 않았으니 계절의 여왕 5월의 토요일 오후를 내무실에서 군화와 파클을 닦고, 내복을 세탁하여 침대 밑에 널어 말리고 총기손질을 하면서 시간을 보내고 있었다. 그런데 소대 향도가 우리 내무실 문을 열고

"정용순 면회!"

라고 소리치고 "나일론" 하고 갔다. "나일론" 면회라는 것이다. '나일론 면회'는 본인 가족이 면회 온 것이 아니고 다른 후보생의 가족이 면회를 신청했다는 이야기이다. 작업복을 입고 있다가 정복으로 바꾸어 입고 단화(외출화)와 정모를 신고 쓴 다음 구대장실 앞에 집합하여 신고하고, 향도후보생이 인솔하여 면회실로 갔다.

면회 온 가족에게 거수경례하고 자리에 앉아 가지고 오신 음식을 먹는다. 음식을 먹은 다음 다시 가족에게 거수경례를 하고 면회실 앞에 정렬하여 구대장실 앞까지 발을 맞추어 와서 신고한 다음 각자의 내무실로 돌아가 작업복으로 바꾸어 입는다.

청곡의 사랑방

HBS의 요청으로 HBS의 아버지가 필자에게 면회를 신청한 것이었다. 그런데 HBS의 아버지가 준비하여 온 음식은 불고기를 비롯하여 몇 가지였지만 면회가 끝나갈 시간에 나일론 면회로 나간 필자가 먹을 음식은 없었다. HBS와 같은 내무실에 있는 후보생들이 면회를 오지 않았으므로 그들부터 HBS의 아버지가 나일론 면회를 신청하여 그들이 모두 먹고 들어간 것이었다.

그럴 것 같았으면 필자를 나일론 면회로 불러내지 말았어야 할 것이지했다. 면회신청을 하는 바람에 옷을 바꾸어 입고 나오느라 소란만 피운 것이다. 내무실에 돌아가서 또 옷을 바꾸어 입어야 되고 옷을 개어 정돈대에 넣어야 하는 복잡한 절차를 밟은 것이었다. 살다보면 이러한 일도 있구나 했다.

필자와 HBS는 똑 같이 병기병과를 지원했으나 다 같이 기갑(18)병과로 바꾸어져 배치 되었었다. 필자는 사단 전차대대(戰車大隊, a Tank Battallion)로 배치되었고, HBS는 수륙양용차대대(水陸兩用車大隊, Landing Vehicle-Tracted Battalion, LVT Battallion)로 배치되었다.

필자는 육군기갑학교 초등군사반을 수료하고 전차대대에 귀대한 다음 부대교대로 김포반도에 위치한 해병제1여단 전차중대로 근무지가 옮겨져 1년여 근무하다가 1967년 6월부터 육군병기학교 제1기 전과장교반 입교명령을 받아 부산의 육군병기학교 장교숙소에 거주하며 12주 동안 교육을 열심히 받았다. 그리고 1967년 9월 수석首席으로 졸업하였다. 그리고 연속되는 탄약장교반彈藥將校班 교육을 받았다. 1967년 12월에는 탄약장교반을 졸업하면서 우등상(2등상)을 받았다.

병기학교 교육을 받은 다음 필자는 병기병과로 병과가 변경되고 포항에 위치한 제1상륙사단 포항기지 탄약보급소 근무를 명령 받고 1968년 3월까지 3개월 탄약보급소(탄약고)에서 보좌관으로 근무하고 1968년 4월 월남 청룡부대에 파병되어 근무중대 탄약반에 배치되어 탄약반장으로 13개월 근무하고 1969년 5월 귀국하였다.

필자와 HBS는 1968년 8월 31일 해병대위로 예편되었다. 나는 직장 없이 연세대학교 대학원에서 박사과정을 수료하고 이학박사 학위를 취득하였으나 HBS는 경기도에서 고등학교 교사생활을 하면서 인하대학교 대학원에서 이학박사 학위를 취득하였다. 박사학위 취득 후 필자는 경상대학교에 채용되어 근무하다가 충북대학교로 전근와서 교수생활을 하였고 HBS는 경기도에서 고등학교 교사생활을 1980년까지 하다가 경기대학교 이과대학 화학과 京畿大學校 理科大學 化學科로 자리를 옮겨 교수생활을 한 것이다.

1996년 필자의 저서 '분석화학 기본실험' 인세를 지급하려고 찾아온 형설출판사 직원에게 고등학교 화학교과서 저작을 할 생각이 있다고 했더니 사장과 상의하여 결정하겠다고 하고 올라갔다.

그리고 그 다음 주 계약서와 원고지 한 박스를 가지고 찾아와 계약이 성립되고 교과서 작성에 들어갈 수 있었다. 그런데 혼자 작성하려면 힘이 너무 들기 때문에 HBS에게 같이 화학교과서를 저작하자고 했더니 대찬성이었다. 그래서 그와 원고를 나누어 작성하고 형설출판사螢雪出版社를 드나들면서 교과서를 발간하였다.

그와 같이 협력하여 저술한 교과서가 1996년 교육부 6차교육과정 '고등학교 화학I'과 '고등학교 화학II'였고, 2004년의 7차교육과정 '고등학교 과학'이었다.

HBS는 1남 3녀의 아버지이다. 딸 셋을 낳고 네 번째로 아들을 낳은 것이다. 그 아들이 이제 동국대학교 문화관광과를 졸업하고 여행사 직원으로 활동하고 있다.

그 아들이 조치하여 2,010년 우리 부부와 HBS부부는 중국 소림사小林寺와 장안長安, 진시왕릉秦始王陵 옆 땅속의 토룡들도 관광하였다.

그 때 장안에서의 이야기이다. 낙양洛陽으로부터 2시간을 고속열차로 달려 장안역長女驛에 도착하였는데 초가을의 찬비가 주룩주룩 내렸다. 여행가방을 끌고 자동차가 줄줄이 달리는 길의 건널목을 건너고 자동차 도로 옆길을 2km는 걸어서 간 곳에 우리 여행객이 승차하여 갈 관광버스가 서 있었다. 필자는 화가 치밀었다. 관광버스 있는 곳에 도착하여 가이드(안내원)를 찾으니 사십대 여자였다. 그 여자에게 다음과 같은 말을 크게 했다.

"이거 똥개훈련을 시키는 거야 뭐야! 나는 이러한 여행 안해, 내일 한국으로 돌아가겠어!"

그 가이드가 그 소리를 듣더니

"저 잘못한 것 없는데."

라고 했다. 필자가 잘못한 것 있다 소리를 들으려고 소리 지른 것은 아니었다.

"찬비 오는데 2km를 여행가방 끌고 오게 하고서 잘못한 게 없다니?" 하고 다시 한 번 소리를 질렀다. 그리고 관광버스에 승차하였다. 필자가 여러 번 관광여행을 했지만 가이드에게 소리 친 것은 처음이었다.

그리고 세월은 빠르지도 늦지도 않게 말없이 흘러갔다. 2013년 어느 날 HBS에게서 전화가 왔다.

"김희에게 정교수가 이메일 보낸 것을 김희가 모든 동기생에게 복사하여 보내서 말썽이 일고 있어. 그런 이메일 보내지 않으면 안돼? 왜 그런 이메일을 보냈어?"

라는 말을 했다. 나는 당시(2004년) 동기회장인 GIJ(1941~?)가 동기회비 관리를 잘 못 한다는 글을 김희 부회장에게 보냈었다.

GIJ는 필자가 동기회비 지불했는데 지불하지 않았다고 하다가 영수증을 복사하여 송부하자 그때에서야 받았다고 한 사람이다. HBS가 필자에게 다음과 같은 말을 하였었다.

"그런 이메일을 정 교수가 보내지 않았으면 욕을 먹지 않았을 텐데 그런 것 보내서 왜 욕을 먹어?"

그렇게 말하고 전화를 끊었었다.

1-4. 대전이 고향인 같은 내무실 배치 후보생: 필자가 해병학교 해간 33기 입교식 후 같은 소대 같은 내무실에 배치된 다음이었다. 첫날 내무실장은 키가 제일 큰 GCK가 임명되었다. GCK는 인천 송도고교와 외국어대 중국어과를 졸업한 인천이 고향인 사람이었다.

구대장 안병훈이 내무실장들을 집합시켜 다음과 같은 말을 했다고 전했다.

"같은 내무실에 배정되고 같은 소대에 배정된 군 입대 동기후보생들이니 처음 만났다고 경어를 쓰지 말고 터놓고 지내라."

고 했다는 것이었다. 그리고서 약 5분 후 필자가 지급받은 총(M1)을 손질하고 있는데 뒤에서 "야!"하고 부르는 소리가 들렸다. 필자는 누가 감히 필자에게 "야!" 하고 부를 것인가 하여 대답을 하지 않았다. 그랬더니 또 "야!" 하는 것이 아닌가? 이제 필자가 뒤를 돌아보았다. 그랬더니 우리 5명 중 키가 제일 작은 HIS가 필자를 쳐다보고 있었다. 필자는 구대장이 트고 지내

라고 한 말은 까맣게 잊어버리고

"언제 봤다고 처음 만난 사람에게 '야' '야' 하는 거야!"

라고 말하고 노려보았다. HIS는 얼굴이 노래지더니 밖으로 나가버렸다.

필자도 대학시절 유도로 몸을 단련했고 한 가닥 한다 소리 듣던 사람인데 만나자마자 "야"는 너무 한다고 생각되었다. 나가서 한 판 붙자고 하면 붙을 생각도 있었다. 그 날은 그것으로 끝났고 2~3일이 지나면서 반말을 서로 하고, 이름을 부르게 되었다.

우리 내무실 5명은 교육과 훈련, 불침번 근무, 식사당번, 등 한 번도 지적 당하지 않고 12주 해병간부후보생 33기 교육과 훈련을 마치고 임관되었다. 8주가 지난 다음 진해와 부산 외출이 허락되었는데 부산이 집인 'HK'도 부산으로 외출가지 않고 진해시내로 같이 외출 나가 앞에 3명, 뒤에 2명이 발을 맞추어 걸으며 같이 행동하고 같이 점심과 저녁식사를 하고 귀대했다. 우리 내무실 후보생들은 정말 모범적이었다.

1964년 6월 5일 우리들은 대통령 명에 의하여 해병소위에 임관되었다. 임관식은 신병훈련소 연병장에서 해병장교 정복과 정모를 착용하고 국방부 장관 참석하에 성대히 거행되었다. 원하던 다이아본드 계급장을 어깨와 목에 부착한 것이다. 그리고 1주일 간의 휴가를 갔다오게 되어 있었다.

통일호 열차에 승차하고 달려서 대구와 김천을 거쳐 대전역에 HIS와 같이 하차하였다. 6월 5일 저녁 10시 대전 거주 HIS의 숙부댁에 들어가서 잠을 잤다. HIS의 숙부댁에는 HIS가 사용하는 방이 별도로 있었다. HIS의 부모는 일찍 별세하여 숙부와 숙모가 부모와 같이 HIS를 길렀다고 했다. 형제와 자매도 없었다. HIS는 충남 연기군이 고향이고 초등학교와 중학교를 조치원에서 졸업하고 고등학교를 대구에 내려가 대구상고를 졸업하였다고 했다. 그리고 고려대 철학과를 졸업한 것이다. HIS의 숙부와 숙모가 그를 극진히 보살펴 대학까지 졸업시킨 것이다.

아침에 일어나 HIS의 숙부집에서 아침식사를 하고 버스정류장으로 나와 예산행 버스에 몸을 실었다.

1-5. 독도법 실습시간의 해병소위들: 후보생과정 교육과 훈련에서 독도법 실습讀圖法 實習은 중요 훈련 과목 중 한 과목이다. 교관의 독도법 강의가 끝나면 교관과 함께 진해에서 부산으로 연결되는 국도의 중간 지점까지 트럭에 승차하고 가서 해변쪽으로 가서 교관이 할당하여 준 표식판을 찾고 위치와 그 번호를 좌표표시법과 번호 숫자를 기록하여 교관에게 제출하는 수업을 하는 것이다.

후보생 시절 필자가 속한 3소대는 15명씩 4개조로 나뉘어 그 실습을 하였다. 표지판을 찾으러 가는 도중 목표 표지판을 찾으러 가는 방향을 "이 쪽으로 가는 것이 좋다." 또 한 사람은 "저 쪽으로 가야 된다." 이렇게 의견이 엇갈리는 일이 벌어졌다. 그 중심에 EHC(1941~?, 부산고-해병중사)와 JHK(1943~?, 이리남성고-중앙대 상학과)이 서로 다른 주장을 하다가 13명의 조원들이 바라보는 가운데 키가 크고 군 생활이 5년은 되는 EHC의 주먹이 먼저 JHK의 얼굴을 향하여 날라 갔으나 피하였고, EHC가 높은 언덕에서 발차기로 JHK의 얼굴을 향하여 2차 공격을 했으나 JHK가 피하면서 그의 다리를 낚아 채어 넘어트리고 그의 복부를 공격하였다.

JHK가 이긴 것이다. 그날 EHC가 싸움에서 패했으나 조를 이끌었고 민가에서 음식을 시켜 먹고 놀다가 가장 늦게 집합장소에 돌아갔다. 표적지 지적지 위치 표시와 표적지 표시판 번호를 거짓으로 기록하여 갔다. EHC가

대내 중사 출신이고 방첩대 근무했던 군인생활 6년차인 사람이어서 그러한 짓을 할 수 있었던 것이다. 한편, JHK는 나이가 적었으나 체력도 좋았고 민첩했으므로 싸움에 이길 수 있었다. 싸운 다음에는 EHC가 하자고 하는 대로 하였었다.

1-6. 해병소위 기초반 학생: 우리 '해간33기 동기생'들은 1964년 6월 5일 '해병소위'로 임관되어 일주일 간 고향집으로 휴가를 다녀왔다. 귀대하여 '해병소위'에 임관된 상태로 해병학교 기초반 13기 교육훈련이 계속되었다. 해병소위 임관 전 해간교육훈련 과정과 똑 같은 과정의 교육◦훈련이 반복되는 것이었다.

휴가에서 해병학교에 돌아오던 날 저녁식사 후 2소대 내무반 복도에 구대장 3명이 1, 2, 3구대장 순으로 약 10m 간격으로 야구배트를 들고 서서 한 명씩 들어오게 했다. 1구대장 앞에 서서 몸을 구부려 45도 각도로 자세를 취하면 한 구대장이 엉덩이에 배트 5대를 때렸고, 다음 2구대장 앞으로 가서 같은 자세를 취하면 다시 5대, 다음 3구대장 앞으로 가서 같은 자세를 취하면 또 5대를 때려 엉덩이에 불이 났다. 임관 기념 배트라 했다.

그리고 그때부터 교육·훈련 계획표에 따라 한 치의 오차도 없게 교육·훈련을 진행하였다. 하루의 일과를 마치면 순검시간이 있다. 당직구대장이 1소대 1내무실부터 차례로 정돈상태 건강상태, 암기상태 등을 검사한다.

입교한 첫날이었다. 필자가 내무실장으로 내무실 앞에 열중 쉬어 상태로 서 있었다. 그러자 1소대로부터 2소대의 각 내무실을 들어가 일일이 확인하고 오느라 당직구대장이 3소대까지 오는데 거의 두 시간이나 걸리다보니 지루하여 필자와 몇 내무실장들이 뒷문에 몸을 기대 서 있었다. 그런데 갑자기 당직구대장이 아닌 3구대장 안병훈(安秉勳, 1938~ , 서울고, 서울법대, 조선일보 부사장, 기파랑출판사 사장)이 나타나서

"문에 몸을 기댄 내무실장들 이 앞으로 나와!"

하고 소리쳤다. 소대 입구의 회의실과 식당 사이의 복도로 벽에 몸을 기댄 기초반 학생들을 모이게 하고 한 학생에게 45도 각도로 몸을 구부려 자세를 취하게 한 다음 5대씩 엉덩이에 배트를 내려쳐 엉덩이가 불이 났다. 해병소위로 진급하자마자 두 번째 엉덩이에 불이 났던 것이다. 필자는 이때 맞은 배트가 그렇게 기억될 수 없다.

그리고 다음 날 소대가 다시 편성되었는데 2소대로 되고 내무실이 6내무실에 배정되었다. 제2구대장은 하사관에서 해간29기로 들어와 해병소위로 임관되었다가 중위로 진급된 지순하(池順夏, 1936~2000)였다.

같은 내무실에 배치된 기초반 학생(해병소위)은 다음과 같다. 윤석훈(尹錫勳, SHY, 1942~?, 성균관대 영문학과), 하춘웅(河春雄, CWH, 1940~?, 고려대 행정학과), 이자기(李自基, JGL, 1938~?, 영남대 법학과), 김원조(金元造, WJK, 1941~?, 외국어대 서반아어과), 그리고 '필자' 이렇게 5명이었다. JGL은 내무실 5명 중 가장 연장자이므로 필자는 그를 '내무실 형님'이라 부르는 것이다.

우리 내무실 기초반 학생 5명 중 김원조는 두 달 정도 교육·훈련을 같이 받다가 질병(장염)으로 입원하여 4명이 같은 내무실을 사용하였다. 철침대 두 개를 2층이 되도록 연결한 것 두 개를 창 쪽으로 놓고, 필자는 침대1층 두 개 중 하나를 사용하고, 필자의 윗층 침대에는 'JGL'이 사용하였었다. 이 자서전의 뒷부분에 설명하겠으나 'JGL'은 병과를 기갑으로 같이 받아서 실무에 배치될 때 같은 부대(전차대대)에서 근무하였다. JGL은 필자보다

나이가 2년이 위였으나 고등학교 졸업년도는 같았다. 그는 마음이 착한 건강한 사람이고 글씨가 명필이어서 훈련 중 환경정리를 할 때는 환경정리 전담으로 수고하였었다.

JGL은 우리 33기 동기생가를 작사작곡한 음악에도 조예가 깊은 젊은이였다.

1-7. 1964년 7월 4일(토요일)의 CSC: "나는 1964년 7월 4일 충무공동상 구보를 생각하면 잠자다가도 벌떡 일어나. 간부후보생 훈련을 잘 받았는데 그 무더운 여름날 충무공동상 구보를 한 다음 정신을 잃었으니 50년이 지난 지금도 그 생각을 하면 아찔해."

동기생들이 모여 이야기를 할 때마다 위와 같은 충무공동상 구보에 대한 이야기는 약방의 감초처럼 항상 토론의 주제가 되었다. 그 감초를 식탁에 가장 많이 올려놓는 중심인물이 동기생 CSC(1942~ , 제물포고교, 연세대 경제학과)이었다.

진해시내 중심부 해군 통제부 앞 충무공동상 구보는 아침에 기상한 다음 또는 저녁식사 후 일상적으로 하는 훈련의 하나였다. 경화동의 해병학교로부터 충무공동상까지의 거리는 약 4km이므로 동상구보를 하면 8km를 뛰는 것이다. 그런데 1964년 7월 4일(토)의 동상구보가 왜 동기생들의 모임 때마다 약방의 감초로 식탁에 오르는가?

일반인들은 이해가 되지 않는 이야기일 것이다.

그날은 소위 임관 후 30일이 지났을 때이고 남쪽 지방인 진해는 이때가 낮이 대단히 뜨거운 날씨였다. 그 날 아침 9시 단독무장(훈련복 착용, 군화 신고, 철모 쓰고, 수통과 대검을 장착한 탄띠 맨 상태)으로 운동장에 집합하고, 군장검열을 받았다. 10시 30분 군장검열은 끝났는데 차렷자세로 서 있게 하고 구대장들은 구대장실로 들어갔다. 약 1시간을 차렷자세로 서 있었는데 소변이 마려워 화장실에 갔으면 했었다. 그러나 구대장들이 그때에야 나오더니 충무공동상구보를 명령했다.

해병학교 13기 기초반 중대 160명은 4열 종대(구보대형)로 다시 집합하여 앞에총 자세로 진해해병교육사령부 정문까지 줄을 맞추어 구령을 붙여가면서 걸어가고, 정문에서부터 구보가 시작되었다. 중대장 학생(소위)이 구령을 붙이고 발을 맞추어 구보를 하는 것이었다. 아스팔트길에서는 한여름의 열기가 품어져 올라와 숨이 막힐 듯하였다.

구령에 맞추어 시내 도로를 구보할 때에는 도로 옆 음식점에서 풍겨 나오는 고기 굽는 냄새가 코를 자극하기도 했으나 철모 밑에서 흘러나오는 땀은 얼굴을 적시고 훈련복을 적시었다. 충무공동상이 세워져 있는 진해 해군통제부 앞 둥근 로타리를 "해병정신"을 합창하면서 다섯 바퀴를 돌았다. 이때부터 몸이 약한 학생(해병소위들)이 낙오(쓰러짐)하기 시작하였다.

왔던 도로 4km를 다시 구보하여 경화동 진해 해병기지사령부 정문까지 구보할 때 약 30여 명이나 낙오하였다. 뒤를 돌아보니 낙오자들을 일으켜 세우고 낙오자의 M1소총을 받아 뛰는 학생들이 보였다. 겨우 줄을 맞추어 구보를 하였으나 발을 맞출 수는 없었다. 7월 남쪽지방의 한낮의 뜨거운 태양열에 달구어진 아스팔트에서 풍겨 오르는 열기에 필자의 코도 막혀 숨을 쉴 수 없었다. 체력이 우수한 권혁창과 김승의는 낙오자의 M1소총을 네 개씩은 받아 왼쪽 어깨와 오른쪽 어깨에 걸치고 달리는 학생 중의 전형적 학생이었다.

드디어 진해 해병교육사령부 정문 앞에서 구보는 멈추고 해병학교 내무반 건물 앞까지 빠른 걸음으로 '앞에총'을 하고 걸어서 내무반 앞까지 가서 멈추었다. 필자는 구보를 시작할 때부터 방광이 터질 듯 했으니 이때는 정말 참기가 어려웠다. 물건을 내 놓고 쌀 수는 없으니 바지에 오줌을 싸고 말았다.

이제 내무실로 들어가 세탁소에 보낼 옷을 내어 놓고 옷을 바꾸어 입고 있는데 어디서 "영차!", "영차!" 하는 소리가 크게 들렸다.

복도를 중심으로 양편에 내무실이 배치된 구조였으므로, 우리 6내무실에서 복도 건너 내무실 안에 앞에서 약방의 감초로 '충무공동상 구보'를 이야기 했던 'CSC'가 팬츠만 입고 드러누워 팔과 다리를 움직이며 하는 소리였다. 구대장 지순하(池順河)가 와서 쳐다보더니 해병학교 의무실에 연락하여 의무실의 입원실로 CSC를 옮겼다.

다음 날이 일요일인데 아침 식사 후 집합하였을 때 제2구대장 지순하(池順夏)가 'SML(1940~?, 부산대 영문과, 거창인)'을 앞으로 나오라 하더니

"내가 너를 왜 앞으로 나오라 했는지 아는가?"

했다. SML이

"모릅니다."

그러자 제2구대장이 다음과 같이 소리쳤다.

"너는 어제 구보한 다음 정렬하였을 때 왜 물건을 내 놓고 오줌을 싸는 것이야! 차라리 옷을 입은 채 싸는 것은 괜찮아."

하고는 야구배트 맞을 자세(45도 각도로 몸을 구부린 자세)를 취하라 했다. 그리고 엉덩이에 불이 났다. 야구배트로 다섯 대를 친 것이다.

이제 이 글에서 CSC가 어떤 젊은이인지를 기록하려 한다.

CSC는 인천에서 태어나고 인천에서 고등학교의 명문인 제물포고등학교

濟物浦高等學校를 졸업한 우수한 인재이다. 그리고 연세대학교 경제학과에 입학하고 졸업하였다. 키가 167cm 정도이고 미남이다. 큰 질병은 없으나 훈련 중 발가락 사이와 발바닥에 '무좀'이 심하여 고생하였다. 해병간부후보생 과정 교육훈련 중 8주가 지난 다음 경화동 해병학교로부터 현 창원시청이 위치한 해병상남훈련대로 교육장을 도보로 이동할 때 CSC는 발에 무좀이 심한 것을 3구대장 안병훈(安秉勳)이 알고 의무대 차량으로 이동케 했다는 이야기를 들었다.

필자와 서준창(徐俊昌, 군산고교, 중앙대 정치학과)은 그때 전위 첨병분대 중 첨병으로 가장 앞에 완전무장을 하고 걸었었다.

CSC는 경주 최씨로 그가 자랑하는 선조로 신라말의 유명한 학자이고 정치가인 최치원(崔致遠, 857~?)과 20세기 중반 유명한 한글학자이고 연세대 교수였던 최현배(崔鉉培, 1894~1970)가 있다. 최치원은 그 옛날 중국에 유학하여 벼슬살이까지 했고, 황소의 난 때 유명한 시, 토황소격문(討黃巢檄文)을 지어 공을 세운 정치가이니 많은 사람이 익숙하게 아는 사람이고, 최현배도 유명한 한글학자이니 많은 사람들이 잘 알고 있다. 최현배는 일제시대 말 한글장려운동을 하다가 1941년부터 1945년 해방을 맞을 때까지 4년 간 경성감옥에서 옥고를 치른 어른이시다. CSC는 천성이 착한 사람이면서 신체적으로 곱고 맑으며 웅장한 목소리를 가진 해병장교였다. 해병학교장교기 초반 13기 훈련 중 '나가자 해병대'라는 해병대 군가를 선창할 때는 반드시 그가 선창하도록 지적되었었다. 지금까지도 우리 동기생들이 모임을 가질 때 '나가자 해병대' 군가를 합창할 때면 CSC가 선창을 한다.

1969년 해간33기가 매월 15명씩 예편되어 나갈 때 CSC는 1월 31일 제일 먼저 예편하였다. 1969년 7월 31일부터 예편한 동기생들은 '해병대위'로 예편되었는데 최창식은 1월에 예편하였으므로 '해병중위'로 예편한 것이다. 그는 '해간33기 동기생 모임(철맥회)'에는 한 번도 결석하지 않고 참석한 동기회 사랑이 극진한 사람이다. 동기회 회장직도 맡아 4년을 잘 운영하였다.

1-8. 대구 사람 똑똑이 공병장교: 1964년 6월 10일 진해시 경화동 해병학교에서 장교기초반 교육·훈련이 시작되어 12주 교육·훈련이 끝난 다음 9월 10일 창원의 상남에 위치한 야전훈련장으로 이동하여 11월 15일까지 야전훈련 8주가 진행되었다. 그곳에는 막사가 충분치 못해 2명이 사용하는 개인텐트를 설치하고 그 개인텐트 80개가 줄을 맞추어 설치되었을 때 그 모습이 아름다웠다.

잠과 순검은 해병학교 내무실에 있을 때와 똑같이 했으며, 식당으로 식사를 하러 갈 때와 교육훈련을 나갈 때는 기초반 중대 사무실에 배치된 실무 해병들이 텐트를 지켜주었다.

이 텐트를 사용한 훈련은 그렇게 불편하지 않았다. 단지 가을비가 좀 많이 내리면 텐트 밑으로 비가 스며들어 잠을 잘 수 없도록 습기가 몸을 괴롭혔다. 가을이 깊어감에 따라 날씨가 차가워지자 사람의 훈기로 따뜻한 텐트 속으로 주위에 살던 구렁이가 찾아들어와 놀란 텐트도 있었다.

화장실은 텐트에서 조금 떨어진 곳에 지붕이 없는 야전화장실을 만들어 놓고 배설했다. 이것도 비가 내릴 때 큰 것을 하려면 대단히 불편했다.

그 개인텐트에서 교육·훈련이 진행될 때 필자와 같은 텐트를 사용한 해병학교 기초반 13기 학생(해병소위)이 JWK(1942~?, 경북고, 인하대 기계공학과)이었다. 그는 체력도 우수하고 특유의 경상도 억양의 거칠은 말씨로 말을 하였으나 목소리도 우렁찼다. 그래서 기초반 2소대 군기부장軍紀部長으로 선발되었다. 군기부장이어서 잘못하지 않았어도 소대내에서 군기문란 행위가 일어나 가끔 대리배트를 맞았다.

군용 개인텐트에서 취침시간이 되어 자리에 누우면 그는 그의 과거에 있었던 일을 곧잘 이야기했다. 붙임성도 좋고 말도 조리있게 했다.

JWK는 병기장구도 깨끗하게 관리하여 점검받을 때 지적을 받지 않았다. 한 번은 순검시간에 당직구대장이 야전삽 검사를 하였다. 야전삽에 조금이라도 녹슬거나 흙이 묻어 있으면 그 소지자는 쪼그려뛰기라는 벌칙을 주거나 심한 경우 야구방망이로 엉덩이를 때리기도 하고, 범칙보고서를 제출하게 했다.

당직구대장이 오늘 순검시간에는 야전삽 검사를 한다고 야전삽을 들고 순검을 받으라는 그날 근무 소대장의 연락이 있어 야전삽을 들고 있었다. 그런데 필자의 야전삽은 깨끗하여 벌칙을 받지 않았는데 같은 텐트의 JWK 의 야전삽에 흙이 묻어 있어 벌칙으로 쪼그려뛰기 50회를 하고 범칙보고서도 제출하였다.

순검 후 나의 야전삽을 보여 달라 하여 보여 주었더니

"야 이것이 내 야전삽이다."

하면서 깔깔거리고 웃었다. 순검준비하는 동안 야전삽의 위치가 바뀌어서 필자가 그의 야전삽을 들고 순검을 받은 것이었다.

JWK는 장구를 어찌나 잘 관리하는지 M1소총, 대검, 수통 등이 깨끗했다.

1-9. 해병 간부후보생 33기의 맏형: 해병학교 해병간부후보생 33기의 맏형은 HCK(1936~?, 안성인, 대동상고-해병중사 출신)이었다. 그를 부를

때 보통은 "HCK 학생!"이라 불렀다. 그러나 가끔은 구대장들보다 나이가 많으니 동기생들이 'K형'이라 부르기도 했다.

경기도 안성이 고향인 'K형'은 해병대 신병으로 거의 10년 전에 입대하여 상병으로 근무하다가 해병하사관 시험에 합격하여 해병하사관 훈련을 마치고 하사관 근무를 하다가 중사 진급시험에 합격하고 신병훈련소와 해병하사관학교에서 신병들과 해병하사관의 구대장과 교관으로 근무하다가 해병간부후보생 시험에 합격하여 해병간부후보생 33기에 입교한 것이다.

K형은 군번이 3개라 했다. 해병 신병군번, 해병 하사관 군번, 그리고 해병장교 군번을 가진 것이다.

'K형'은 키가 165cm로 작았으나 건강하고, 마음씨가 착하여 믿음성이 있고, 두뇌도 명석하여 우리 기수가 1964년 6월 5일 입관할 때 수석으로 졸업하였으므로 동기생 중 군번이 가장 빠른 '62418'이다.

K형은 해병학교 장교기초반13기 교육훈련 과정 7개월 후 1964년 12월 30일 수료할 때의 성적도 수석이어서 국방부 장관상을 수령하였다. 필자는 장교기초반 교육훈련 과정 6개월 후 1964년 12월 30일 수료할 때의 성적이 160명 중 51등이었다.

장기복무하여 장군이 되어도 충분한 태도와 실력의 소유자인데 단지 나이가 좀 많다는 것이 단점이라는 이야기를 하였었다. 그는 1973년 9월 10일 해병대위로 예편하였다.

해병간부후보생과정에서 'K형'은 필자와 같은 3소대였다. 필자의 내무실은 2내무실이고, 'K형'이 속한 내무실은 11내무실이어서 우리 내무실에서 복도 건너 맞은 편 내무실이었다. 그래서 새벽 5시 기상 때와 저녁 모든 일과가 끝나 순검 받을 때 수시로 만날 수 있었다. 'K형'은 해병 신병교육대

구대장과 교관을 역임한 경력이 구대장으로부터 알려지면서 우리 3소대 군기부장 겸 후보생 중대 군기부장으로 선임되었었다. 군기부장은 소대나 중대에서 범인을 알 수 없는 군기문란행위가 발견되었을 때 때때로 불려나가 야구 배트로 엉덩이를 맞았다.

교육훈련 때 군기부장이 불려나가 엉덩이에 불이 나는 일은 무엇보다 후보생들이 먹는 것을 참지 못하여 잠자는 시간에 잠자지 않고 매점이나 철조망 밖 상점에 신호를 보내 빵 등 음식물을 구입하여 섭취하다가 발견될 때 가장 많이 군기부장의 책임으로 엉덩이에 불이 났다.

배식 식사당번은 주어진 번호순으로 맡겨졌다. 식사당번하는 중 기억되는 일이 하나 있다. 필자와 HSJ(순천인)은 3소대 식사당번이고 GDK(공주인)는 2소대 식사당번으로 각각 식기통과 국통을 가지고 1분이라도 먼저 배식 받으려고 줄서기 경쟁을 하던 중 HSJ와 GDK의 몸싸움이 벌어졌었다. 서로 밀다가 GDK가 넘어졌다. 그 결과 아마 3소대가 배식을 먼저 받아왔다.

그날 저녁식사가 끝났을 때 GDK가 3소대 1내무실 앞에 나타났다. 3소대 1내무실은 HSJ가 속한 내무실이다. 필자가 마침 그곳에 있다가 GDK에게

"GDK가 어쩐 일이야?"

하고 물었더니

"용순이도 아침에 봤잖아. 그 무슨 망신이야?"

GDK가 HSJ를 혼내주겠다는 이야기이다. 필자는 그렇건 말건 내무실로 돌아왔다. 나중에 GDK로부터 들은 이야기인즉 HSJ가 잘못했다고 사과했다고 했다. 꼬리를 내린 것이다.

식사당번일 때 하는 일은 보리밥과 콩나물 된장국을 배식처에서 받아가

지고 소대 식당으로 와서 후라이팬과 캔팅컵에 인원에 맞게 나누어 담는 것이다. 특식으로 마아가린이라도 나오면 후라이팬 뚜껑에 한 수저씩 나누어 주고 수저와 젓가락을 각각의 후라이팬 옆에 1개씩 놓아 주는 것이다.

그다음 소대원들이 차례대로 들어와 자리에 모두 앉으면 소대장후보생이 "식사시작!" 구령을 씩씩하게 외치면 모든 소대원들이 "항상 충실한 해병이 되자!" 하고 크게 소리치고 식사를 하였다. 수저와 젓가락도 직각보행을 해야 했다.

먹는 문제로 단체기합을 받은 사건은 입교한 후 5주가 지난 다음이었다. 그날 저녁식사가 끝난 다음 강의실로 집합하라고 하여 강의실에 집합하였다. 그랬더니 제1구대장 이강직이 단상으로 올라가서 책상을 어깨넓이로 정렬시키고 책상 위에 팔을 걸치고 자전거 타기, 원산폭격 등의 기합을 주었다. 그리고

"점심시간에 구두방에서 떡을 사 먹은 학생 앞으로 나오라!"
하고 호통을 쳤다.

후보생 중대가 사용하는 건물 옆 건물에 해병학교 기초반 12기(해사18기) 소대 내무실과 세탁소, 그리고 구두(군화)수선실이 있었다.

구두수선실에는 구두를 수선하여 주는 칠십대 할아버지 1명이 구두를 수선하여 주었다. 그 70대 할아버지는 아침 8시만 되면 구두 수선 재료를 구두통에 넣고 해병학교 구두수선소에 들어오는데 그 때 그 구두통에 떡을 수십 봉지 넣어 가지고 들어와서 간부후보생들에게 판매했다. 그것을 알고 구대장들이 그 떡을 사먹은 간부후보생은 나오라고 하는 것이다. 이 기합은 교육계획표에 없는 것이었다.

필자는 정말 구두수선소에 가지도 않았으니 떡을 사먹지 않았었다. 기합

을 받다가 떡을 사먹은 후보생들이 약 15명 쯤 앞으로 나가 줄을 맞추어 섰다. 필자가 생각건대 구두수선소에서 떡을 사먹은 후보생들은 80명은 되었다. 그런데 겨우 15명이 나간 것이라고 생각했다. 앞으로 나간 15명이 솔직하고 마음이 깨끗한 사람이라 생각했다. 사먹고 나가지 않은 65명 정도의 간부후보생들은 거짓말 하고 마음속이 엉큼한 인간들인 것이다.

1964년 6월 5일 임관하고 12주가 지났을 때 진해시와 창원읍의 경계에 우뚝 솟은 장복산(長福山, 582m) 중턱에서 산악훈련을 2주간 실시하였다. 2인용 개인텐트를 산기슭에 설치하고 숙식을 개인별 2인 1조로 해결하였다. 이때 필자와 같은 조가 된 해병학교 기초반 13기 학생은 하춘웅(河春雄, 1940~?, 고려대 행정학과)이었다. 산악훈련은 루프를 이용하여 바위에 오르고 올라간 바위위로부터 바위 밑으로 내려가는 훈련이었다. 저녁식사 후에는 오락회를 열어 즐거운 시간을 갖기도 했으나 저녁에 창원읍의 시장에 15명 쯤의 작업원을 동원하여 식빵을 구입하여 와서 분배하여 먹기도 하였다.

그 때 아쉽게 생각했던 일이 지금도 뚜렷이 생각난다. 식빵의 중심부에 조미료가 들어있어 그 부분이 맛이 있는데 그 작업원들이 가지고 오는 도중 다른 후보생들이 먹을 빵에서 그 맛있는 부분을 빼 먹었다는 것이다. 빵을 받아 먹은 사람은 한결같이 빵에는 빵의 중심부가 없었다는 것이다.

우리 후보생 동기 160명 중에는 그러한 못된 인간들이 많은 것은 부끄러운 일이다. 어찌 작업원으로 가서 동기생들의 십부름을 하면서 그러한 못된 짓을 했다는 말인가? 그런 인간이 과연 올바른 장교가 되어 해병들과 하사관들을 인솔할 수가 있겠는가?

나누어 준 빵이 속이 없는 껍데기 빵으로 만든 것이 작업원으로 나간 15명의 짓임이 구대장들에게도 알려져 구대장들도 화가 치밀었다. 제일 구대장 이강직(李康植, 1935~2010, 천안인, 해군사관학교 14기)이 해병학교 13기 기초반중대원들 전부를 산기슭에 집합시키고 기초반 학생들의 잘못을 꾸짖었다. 작업나갔다 온 학생들15명의 엉덩이에 배트가 떨어져 불이 났어야 하는데 이강직은 군기부장 HCK를 앞으로 나오게 했다.

"중대 군기부장 나오라!"

이강직이 HCK에게 45도로 몸을 구부려 배트 맞을 자세를 취하라 명령하고 배트 5대를 때렸다.

배트를 맞은 HCK가 기초반 중대원 앞에 서서 울면서 다음과 같이 말했다.

"나는 내가 잘못해서 배트 맞은 일은 없다. 너희들 때문에 지금까지 배트 많이 맞았다."

지금도 그 말소리가 들리는 듯 하고, 그 눈물을 흘리는 모습이 보이는 듯하다.

HCK의 칠순 기념 저녁 모임은 2005년 4월 중순 어느 날 그의 하나뿐인 아들이 서울 강남의 한 호텔 뷔페에서 가족들과 여러 동기생들의 참여 속에 축하행사로 이루어졌다. 필자는 저녁식사 전 축하행사가 이루어지기 전 일찍 도착한 약 10명 정도의 동기생들과 둥근 테이블에 앉았을 때 농담을 하여 웃게 하였다.

"K형은 지금 처녀장가 들어도 되겠어. 얼굴에 주름도 하나 없고 미남이며, 태도가 우리 훈련 받을 때와 똑같아. 지금도 정력이 대단하겠어"

그랬더니 앉아있던 동기생 중 김동현(金炯賢, 1942~?, 부산 해동고-부산대 상학과)이 웃으며 나에게 물었다.

"K형이 정력 좋은 것 봤어?"

내가 대답했다.

"우리 훈련 받을 때 선착순만 하면 1등을 했으니 힘이 좋은 것 증명되었고, 지금도 몸이 변하지 않았으니 하는 말이야."

모두 함께 즐겁게 웃었었다.

그런데 2011년 어느 날 안타까운 소식이 들려왔다. 아버지 HCK의 칠순 기념행사를 예쁘게 준비하였던 아들에게 '암'이란 인류 최악의 질병이 찾아와서 속으로 앓다가 부모님을 이 세상에 남겨둔 채 먼 세상으로 먼저 떠났다는 것이다. 그 애처로운 아버지 'HCK'에게 무슨 인사말을 어떻게 해야 될지를 몰라서 'K형'을 만나지 못하고 있다.

1-10. 같은 내무실원을 의심한다는 말을 하는것: 1994년 6월 5일은 우리 동기생들의 임관 30주년 기념일이었다. 그 당시의 동기회장은 정치섭(鄭治燮, 1942~?, 경기상고·연세대 법학과)이었다. 정치섭은 깨끗하고 붙임성도 좋으며, 정직한 동기생 중 한 사람이다. 그가 주도하여 「철맥회鐵脈會 30년사(470쪽)」를 발간하고 기념행사도 호텔에서 멋있게 진행시켰다.

필자는 1964년 5월 어느 날 해병간부후보생 33기 교육·훈련을 받는 도중 같은 내무실에서 2개월여를 같이 보낸 GCK에게 큰 수모를 당했다. 성격이 너무 온순하고 치밀한 GCK를 나쁘게 대한 적이 없었는데 단지 군인으로서는 적성이 맞지 않는다고 생각을 했는지는 모른다.

필자가 한 번 소대 식당에서 음식을 별도로 두고 먹는 오상근(吳相根, 1941~2017)을 한 차례 화를 내어 야단친 일이 있는데 그것을 보고 그런 것인지 필자가 공주사대라는 조그마한 시골에 위치한 대학을 졸업한 사람이라서 그랬는지 모른다. 임관 전 같은 소대원들의 군인 적성문제를 각자 비밀로

기록하여 제출하는 일이 있을 때 GCK가 HIS에게

"야 정용순이 평가서에 'GCK 적성불량'이라 써내면 어찌한다니? 걱정이다."

라고 하는 말을 하는 것이다. 필자가 내무실 한편에서 의복을 정돈하고 있어서 듣는데 그런 말을 하는 것이다.

필자는 필자를 GCK가 모욕하는 것이라 생각했다. 그렇게 기록하여 제출하든 말든 그런 말을 한다는 것은 필자가 받은 커다란 수모였다. 필자와는 영영 친구가 될 수 없다는 말로 들렸다.

또 한 가지 내 가슴을 아프게 상황이 있다.

필자가 해병학교 기초반13기 상남 야전훈련을 하는 동안 1964년 10월 어느 토요일 오후 창원 상남역 앞 어느 음식점에서 2구대장 지순하他順夏, GDK, HK(1942~1987, 항공대 조종과, 미얀마 상공에서 김현희의 KAL기 폭파로 산화), GCA(1941~?, 영주농고-항공대 통신학과), SGO(1941~2017), 필자, 그리고 SGC(1941~1917, 숭문고-항공대 조종학과), CMK(1940~?, 부산덕원상고-항공대 조종학과) 등이 둘러 앉아 커피 한잔씩을 마시는 자리가 마련되어 있었다. 이 자리에서 GCA가 지순하 구대장에게 하는 말이 내 가슴에 모욕감을 주었다.

"구대장님 이 자리에서는 '정용순'이 가장 위험합니다만 이강직 구대장님보다는 2구대장님을 제일 존경합니다."

라고 말하는 것이다. 이날 우연히 10여 명 동기생이 앉아 있는데 하필 '정용순'이 가장 위험하다는 것인가? 필자와 GCA는 대화를 많이 나누지도 않았으나 이러한 자리에서 필자 이름을 거명하는 것이 과연 올바른 언어태도인가? 필자가 지순하 구대장에게

"GCA가 가장 위험합니다만 이강직보다 지순하를 존경합니다."
했다면 GCA의 마음은 어떠했겠는가? 생각하여 볼 일이다.

가만히 앉아 있다가 벼락을 맞은 것이다. 기왕 필자와 친하지도 않으니 필자와 원수를 맺자는 것인가? 지금도 그때의 일을 생각하면 치욕을 느낀다. 한편 필자가 얼마나 못났으면 이러한 자리에서 그런 말을 듣는 것인가(?) 하는 자책감도 들었다. GCA는 키는 필자와 비슷하지만 체격이 늠름하고 인물도 미남이어서 필자는 그가 밉다고 생각하거나 합리적이지 못하다고 생각하지도 않았었는데 그가 그러한 말을 하여 필자의 자존심을 흔들어 놓은 것이다. 그 일을 잊지 못하는 것이다.

해병학교 간부후보생 과정이 끝날 때 GCK가 필자에 대하여 HIS에게 지껄인 말과 장교기초반 13기 과정 때 상남역 앞 어느 식당에서 GCA가 지껄인 말은 지금까지도 필자의 마음을 괴롭히고 있다. 우리는 살아가면서 이웃에게 이러한 상처를 입히는 말은 하지 말아야 할 것이다.

1-11. 공포탄 해병소위: PY가 해병학교 기초반 13기 교육◦훈련을 받는 과정 중 공포탄에 맞아 피를 흘린 사건이 생각나서 그것을 기록하면 다음과 같다.

「1964년 10월 경이었다고 생각된다./ 지금의 창원시에 해병상남훈련대가 있었다./ 해병학교 장교기초반13기 교육 · 훈련 12주를 진해 경화동에서 마치고, 상남훈련대로 교육◦훈련장을 옮기고, 분대공격과 분대방어훈련을 할 때였다,./ 그날은 유난히 훈련에 공포탄이 많이 지급되었다고 생각된다/ 분대공격과 분대방어 훈련에 소총탄을 사용하는 것은 위험하기 때문에 공포탄을 소총탄 대신 사용하게 한 것이다./ 공포탄을 사용하면 사격하는 실감이 날 수 있기 때문이었다./ 그런데 공포탄을 사용하여 훈련하면 훈련할 때 M1 소총의 약실과 총렬에 까쓰 찌꺼기가 끼어서 노리쇠가 후퇴하는데 힘이 들어 노리쇠를 발로 밟아 후퇴시켜야 다음의 공포탄을 장진할 수 있었다./ 뿐만 아니라 공포탄을 많이 사용하면 할수록 훈련 후 약실과 총구손질이 힘들었다./ 비례해서 까쓰가 많이 끼기 때문이었다./ 그래서 그날은 지급된 공포탄의 30% 정도만 사용하였었다./ 그러자 교관 X-대위는 그 남은 공포탄들을 M1소총의 약실에 한 발씩 넣어 방아쇠를 당겨 터트려 달라고 하였다./ 우리 동기생들 약 10명이 일렬로 쪼그린 자세로 앉아서 그것들을 열심히 터트리고 있었다./ 그 중 한 사람이 강창만(姜昌萬, 1940~?, 항공대 조종학과, 대한항공 기장)이었다./ 그런데 하필이면 강창만이 공포탄을 M1소총의 약실에 넣고 방아쇠를 당기는 순간 그 총구앞을 PY가 지나다가 품어져 나오는 불꽃이 PY의 턱과 입부근을 스친 것이다./ PY의 입 부근이 상처를 입어 피투성이가 된 것이었다./ 공포탄도 위험성을 가진 하나의 탄약인 것이었다.」

그 다음은 사고를 일으킨 당사자와 피해자가 문제가 아니고 기초반 13기 전체가 저녁 내내 특별훈련에 시달렸었다.

이제 해병학교 기초반교육·훈련 30주가 흘러가고 실무배치가 될 때 PY 와 필자는 기갑병과(18병과)를 받아 같은 해병사단 전차대대에 배치되고, 1965년 4월 5일에는 육군기갑학교 초등군사반 교육 명령을 같이 받았던 사람이다. 그리고 기갑학교 초등군사반 교육이 시작되었다.

육군기갑학교는 열차 전라선 송정리역에서 광주(광주)시내로 연결되는 도로 남쪽에 육군보병학교와 함께 위치하여 있었다. 그때 같이 초군반 교육을 온 해병장교는 해병간부후보생 32기 김진호金鎭浩와 박수길朴秀吉, 33기 동기생들은 SHC(진해고), PY(고려대 정치학과), JGL(대구대 법과), JGC(중앙대 체육학과), 필자, 그리고 HGC(부산대 영문과)였다.

필자는 광주시 양림동 한 하숙집에서 김진호와 같은 방에서 하숙하고 통근트럭으로 기갑학교를 등·하교 하였다. PY는 시내에 거주하는 그의 누님댁에서 등·하교 하였다.

이 기갑학교에서 3개월 교육받는 동안 가슴 아픈 사건이 발생했던 것이 지금도 필자의 가슴에 좀 더럽게 남아있다. 그것은 동기생 PY에게 좋지 않은 병마가 찾아와서 결석을 하다가 기갑학교를 퇴교 맞은 일 때문이었다. PY는 전북 곡성이 고향인 사람이다.

낮에 수업을 받고 퇴근하면 우리 해병장교 8명이 시내를 주름잡았다. 술집도 들리고 극장에도 갔었다. 그러나 돈이 없어 곤난을 받는 경우가 많았다.

PY가 퇴교명령을 받았을 때 필자는 어떻게 돌릴 수 있을까 하여 기갑학교 교장댁 주소를 알아 가지고 저녁에 PY와 같이 찾아가 만났었다. 그러나 그 기갑학교 교장 K 대령은

"군에서는 한 번 징계위원회에서 결정되면 교칙에 따라 처벌하는 수밖에 없네."

라고 말하고 더 이상 이야기 하지 말라고 하였다.

PY가 퇴교된 다음 기갑학교 초등군사반 교육과정이 끝나고 산악훈련(Ranger Course)에 들어가 동복에서 산악훈련을 하였다. 그곳에서 교관으로 활동하고 있는 고등학교 동기 김동수金東洙를 만나 오랫만에 만남의 기쁨을 갖기도 했었다. 산악훈련은 육군이 자랑하는 교육훈련 중 으뜸이었다.

우선 이 훈련장에 입장하면 장애물 교육장을 매일 아침 통과하여 체력을 보강하고 등산용 루프(밧줄)를 잡고 절벽 오르기와 절벽을 내려오는 훈련을 하였다.

이렇게 기록하고 보니 PY는 군생활의 운이 좋지 않은 한 해병장교라고 할 수밖에 없지 않나(?) 하는 생각을 하여 보는 것이다.

1-12. 꿩총후보생: 철맥회(해병간부후보생 33기 모임) 중부동기생 모임은 YIK(1942~?, 옥천공고, 외국어대학 러시아어과)가 중심이 된 동기생 모임이다. 철맥회 중부동기생 모임은 1994년 6월 5일 해병간부후보생 33기 임관(任官) 30주년 기념 행사 때부터 시작되었다.

임관 30주년 기념행사장에 도착하여 등록하고 먼저 도착한 동기생들과 악수를 나누고 있을 때 누군가 뒤에서 "야! 정용순!" 하고 부르는 소리가 들려 돌아다보니 바로 꿩총 YIK이었다. 그와 악수를 나누었다. 그랬더니 또

"야 정용순 우리 자주 만나자!"

그러는 것이다. 그래서 대전, 충북 영동과 옥천, 청주, 그리고 군산 거주 동기생들이 만남의 장소를 바꾸어 가며 만나 즐거운 이야기를 나누게 되었다.

YIK(외국어대 러시아어과), BJB(1942~2006, 영동고교, 외국어대학 서반아어학과), JHK(1942~?, 마산고교, 중앙대 신문방송학과, 35기 구대장), JCS(1942~?, 군산고교, 중앙대 정치학과, 군산실전교수), SSH(1940~2013, 강경상고, 한양대 영문과), SDL(1942~?, 청주고교, 수산대학 수산경영학과, 청룡부대 3중대 3소대장), 그리고 필자, 이렇게 7명이 중부 동기생 모임 회

원이었다.

중부 동기생 모임 회원들은 가끔 만나 맛있는 음식을 시켜 먹으면서 즐거운 대화를 나누었을 뿐만 아니라 매년 현충일에는 서울에서 내려오는 철맥회 회장단과 함께 대전현충원大田顯忠院에 모여 그곳에 먼저 가 묻혀있는 동기생들의 비석 앞에서 묵념 하는 행사에 참가하였다.

다른 동기생 회원들은 참석하지 못하는 경우가 있었으나 YIK과 필자는 1995년부터 올해(2019년)까지 24년 동안 한 번도 빠지지 않고 그 행사에 참여하였다. 개근한 것이다.

중부 동기생 모임에서 가장 많은 전투경험담과 군생활 경험담을 재미있게 이야기 하는 사람은 YIK였다.

YIK가 가끔 이야기하는 해병학교에 입교하여 해병간부후보생 교육ㆍ훈련 기간 중 일어났던 이야기 중 하나는 내무실에서 구병회(具炳會, 1940~1983, 해병중사, DI(신병훈련소 및 해병하사관 학교 교관))와 싸운 이야기였다.

「해병간부후보생 33기 과정에 1964년 3월 16일 입소하여 YIK는 2소대에 배치되었고, 내무실은 구대장들의 내무실에서 가장 가까운 내무실인 7내무실이었다./ YIK는 6월 5일 해병소위에 임관된 다음 12일부터 시작된 해병학교 장교기초반 13기 과정에서도 2소대 7내무실에 배정되었었다고 한다./ 해병간부후보생 33기 과정에서 같은 내무실에 배정된 후보생 중에 구병회가 있었다./ 3월 30일 정도에 주간 교육ㆍ훈련을 마치고 저녁식사를 후라이팬에 반 쯤 담긴 보리밥과 캔팅컵에 부어주는 멀건 콩나물국으로 한 다음 내무실 청소, 병기장구를 손질하여 순검준비를 하고 있었는데 청소를 하지 않고 왔다갔다 하는 YIK에게 구병회가 "같이 청소 좀 하자!"고 충고를 하였다./ 그러자 YIK가 "네가 무엇인데 나에게 이래라 저래라야?" 하고 성질을 내었다./ 해병하사관학교 DI출신인 구병회가 "같은 내무실에 생활하니 같이 청소하자는 것이 무슨 잘못인냐?"고 하였다./ YIK가 M1소총 총기거치대에 세워 놓았던 M1소총을 들어 거꾸로 총렬을 잡고 휘둘러 구병회를 후려쳤다./ 그러자 구병회가 엎드리는 바람에 구병회는 맞지 않고 M1소총의 개머리판이 옆에 있는 철침대 모서리를 쳤다./ 그래서 M1소총의 총목이 부러져 버렸다./ 순검에 후보생들이 다투다가 총목이 부러졌다는 것이 발견되면 다툰 두 사람은 퇴교조치 되는 것이다./ 그것을 잘 알고 있는 구병회는 총목이 부러진 M1소총을 들고 뛰어 나갔다./ 그리고 구대장이 2소대에 순검을 들어오기 직전에 총목이 부러지지 않은 M1소총을 가지고 내무실로 들어와 M1소총 거치대에 소총을 세우고 순검을 받아서 두 후보생들이 싸운 것이 발견되지 않았다고 한다./ 이러한 이야기를 너무 재미있게 말하는 사람이 YIK이다./ 구병회와 화해를 어떻게 하였는지는 생각나지 않는다고 했다./ 그는 그때 퇴교할 각오를 하였다고 했다./ 구병회는 해병하사관학교 DI를 하였으므로 그곳의 당시 DI들과도 잘 알기 때문에 그 총목이 부러진 M1소총을 해병하사관학교로 가지고 가서 그곳의 M1소총과 바꾸어 온 것이었다.」

모임을 계속하는 동안 2006년에는 변봉준 동기생이 신병으로 타계하여 대전현충원에 묻혀 비석이 세워졌으며, 2013년에는 한수승 동기생(개신교 목사)이 신병으로 별세하였다. 2013년 어느 날 충남대병원 중환자실로 찾아갔을 때는 한수승은 이미 사람을 얼아보지 못했으며, 그 한 달 후 충남대병원 장례식장으로 문상을 하였을 때 교회 전도사인 고 한수승 동기생의 부인 안춘자(安春子) 여사가 쓸쓸히 우리 동기생들(이상두, 김영인, 김정훈, 그리고 필자)을 맞았었다. 한수승 목사는 교회묘지에 묻혔다고 했다. 우리 동기생 160명 중 41명이 소천하였으며 2019년 살아있는 동기생들의 평균 나이가 79세라 했다.

해병간부후보생 33기 교육·훈련 과정 3개월 동안 성실하게 책임을 다 하여 해병소위로 160명을 임관시켰으며, 해병학교 장교 기초반 13기 과정 7개월 해병소위들을 다듬고 다듬어 실무로 내보낸 중대장 해병대위 조형구(군산고교, 해병간부후보생 19기)와 두 구대장 해병중위 이강직(해군사관학교 14기)과 지순하(해병 간부후보생 29기)도 현재(2019년) 이 세상에 없다. 동기생들이 한 명 두 명 타계함은 어쩔 수 없는 인생사인 것이다.

YIK의 별명은 '꿩총'이다. 그 내력을 간단히 기술하면 다음과 같다.

「"소총을 소지하고 보행할 때는 개머리판 밑에 손을 대고 총렬을 어깨에 얹는 '오른편어깨총'을 하고 품위있게 걸어야 된다."고 제식교련 시간에 구대장으로부터 배웠다./ "오른손으로 총목을 잡고 총렬을 어깨에 메는 '꿩총' 메는 것은 하지 말라"는 것도 가르쳤다./ 해병간부후보생과정에 입교하고 약 2주가 지날 때 어느 날 오후 내내 해병학교 연병장에서 단독무장(훈련복, 군화차림, 탄띠를 매고 철모를 쓰고 M1총 소지)으로 제식교련 수업을 하면서 보행법을 배운 다음 오후 5시 정도 되어 수업이 끝나고 헤쳐서 내무실로 들어갈 때 제식교련을 가르치던 이강직 구대장이 병사 앞에 다시 집합하라고 명령을 내렸다./ 후보생들은 소대별로 다시 집합하였다./ 그랬더니 구대장은 "YIK는 앞으로 · 나와라!"고 했다./ 그리고 "YIK는 좀 전에 걸어가던 대로 걸어보라!" 했다./ YIK는 후보생들이 정렬하여 있는 앞에서 '꿩총'을 멘 상태로 얼굴에 미소를 띠고 앞에서 걸어갔다./ 후보생들이 바로 5분 전까지 하지 말라고 강조한 그 걸음으로 걸어간 것이다./ YIK는 전혀 긴장하지 않은 모습으로 걸어가고 후보생들 중 몇 사람은 웃음을 참지 못하고 "킥" "킥" 웃었다./ YIK의 엉덩이에 묵직한 불에 그을린 야구 배트가 다섯 번 불을 뿜었다./ 이때부터 그는 '꿩총'이라는 이름이 하나 더 생긴 것이다.」

현재 대전현충원에 잠들어 있는 동기생들은 7명(김윤배, 김세창, 변봉준, 정재룡, 최우식, 황정삼, 홍기만)이다. 대전현충원 묵념행사에는 우리 동기생들 묻힌 곳 뿐만 아니라 애국지사 묘역에 묻히신 YIK동기생의 외조부 독립유공자 백영무(白英武, 1893~1971)의 묘지와 홍수길 동기생의 아들 홍정준이 묻힌 곳도 찾아 묵념한다.

YIK는 낚시를 좋아하는 사람이다. 이상두 동기생과 필자가 대전 유성에 위치한 그의 집을 방문한 일이 한 번 있었다. 그의 방을 보여 주어 들어갔더니 방안이 온통 낚시 기구들로 장식되어 있는 것을 볼 수 있었다.

정말 오랜만에 임명장과 졸업장, 수료증들을 넣어둔 봉투를 열어 그 속에서 1964년 6월 5일 받은 소위 임관장을 펼쳐 읽어보았다.

「임관장/ 성명 정용순/ 군번 六二五四五(육이오사오)/ 해군소위에 임함/ 서기 一九六四年(일구육사년) 六月(유월) 五日(오일)/ 대통령명에의하여 국방부장관」

1-13. 해병간부후보생 35기 구대장 JHK: JHK는 마산에서 태어나고 자란 사람이었다. 마산고와 중앙대 신문방송학과를 졸업하였다.

묵직한 체구와 엄격해 보이는 인상인데 막상 그와 약 30분만 이야기하여 보면 그는 마음이 여리고 착한 사람임을 알 수 있다. JHK는 체격도 우람하면서 운동신경도 예민한 사람이다. 1964년 해병학교 장교 기초반 13기 교육·훈련 중 소대 대항 9인조 배구를 할 때면 항상 전위 센터를 하여 선수단을 이끌었다.

JHK는 필자와 같이 1965년 9월 해병학교 교관◦장교반에서 4주간 교육을 같이 받았었다. 그 때 하루의 일과가 끝나고 경화역 앞 탁구장에서 선후배가 탁구를 같이 한 때가 몇 번 있었는데 탁구선수를 하지 않았는데 그의 실력은 수준급이어서 감탄했었다.

그는 그러한 운동신경이 예민하고 성격이 곧고 규칙을 잘 지키는 사람으로 인정받았으므로 우리 해병간부후보생 33기에서는 첫 번째로 후배들을 교육하는 해병학교 구대장으로 차출된 것이었다.

우리 동기생 중 후배장교 교육에 구대장으로 차출된 사람은 셋이었다. JHK(마산고교, 중앙대 신문방송학과, 35기 구대장), YSJ(통영고, 대내출신, DI출신, 36.37기 구대장, 49기 중대장), 그리고 TJK(연세대 국문과, 36기 구대장)의 셋이다.

JHK는 구대장을 하는 동안 1966년 8월 8일 해병학교 장교기초반 18기(해병간부후보생 35기)와 김해 비행학교 훈련중이었던 공군 소위들간의 패싸움이 일어나 거의 사망하는 단계까지 갔던 불운을 겪었던 사람이다. 해병소위들과 공군소위들 간의 싸움의 진행과정을 간단히 기록하면 다음과 같다.

「1966년 8월 6일(토요일) 해병학교 기초반 학생들은 1박 2일의 외박이 주어졌다./ 귀대시간은 8월 7일(일요일) 20시였다고 한다./ 8월 7일 19시 20분 부산발 진해행 마지막 시외버스를 타려던 공군비행학교 소위 3명과 사소한 시비가 붙은 해병장교 8명이 이들을 심하게 때려주었다./ 이것을 본 공군 상병이 비행학교 후문에서 내려 공군비행학교 당직실에 연락하고, 당직사관이 공군 소위 16명을 두 대의 트럭에 승차시키고 시외버스를 추격하여 진해 웅천에서 따라잡고 시외버스의 앞을 트럭으로 막고 시외버스 창문을 부순 다음 해병소위들을 심하게 구타한 것이었다./ 심하게 각목과 비행기 조종간 등으로 맞아 중상자가 있었다 한다./ 해병소위들은 귀대신고와 순검을 마친다음 부상자들을 제외한 135명이 새벽 2시 철조망을 빠져나가 경화역에서 부산으로 가는 3시 열차에 무임승차하여 김해 구포역에서 하차하여 8일 5시 50분 비행학교를 습격하였다./ 해병소위들은 눈에 띄는 공군소위들을 폭행하고 당직실 앞에 도열하여 비행학교장의 공식사과를 요청하고 '해병대 군가' '나가자 해병대'를 우렁차게 불렀다./ 그러자 비행학교 내 공군 장·사병 300명이 각목, 조종간, 철막대 등을 하나씩 들고 나와 해병소위들을 공격히였다.」

JHK는 8월 8일(월요일) 6시경 해병학교장의 찜차에 중대장 송재신 대위, 제2구대장 신종철 중위와 함께 승차하고 김해비행학교에 도착하였더니 상황이 끝난 듯 했다고 한다. 그래서 해병학교장과 중대장은 비행학교장실로 가고, 신종철 중위와 함께 의무실로 가서 환자들을 돌아보고 있는데 공군 소위 약 30명이 각목과 쇠파이프 등을 들고 팔각모를 쓰고 있는 JHK와 신종철을 공격하려고 몰려왔다고 했다.

신종철은 문 가까이 있었으므로 발 빠르게 군의관실로 피해 들어가 문을 잠그는 바람에 폭행을 피했다. 그러나 JHK는 좀 늦었으므로 건물 뒤로 달아났다. 그 건물 뒤는 평강천의 갈대밭이었다. 도망가다가 갈대에 걸려 넘어졌는데 공군 소위 20여 명이 각목과 쇠 파이프로 내려치는 바람에 정신을 잃었다고 했다. 그 다음 그놈들이 안됐다고 생각해서 입원실에 입원시켜 겨우 살아났다고 한다.

JHK는 1969년 4월 30일 예편한 다음 충남지방병무청 공무원으로 입사하여 오랜 동안 대전에 거주하고 2002년 퇴직하였다. 우리 33기 중부 동기생들이 모일 때는 빠지지 않고 참석하였다. 그의 둘째 아들 결혼시에는 못난 필자에게 주례를 부탁하여 영광스러운 주례를 하기도 하였다.

JHK는 2남 2녀의 아버지이다. 우리 동기생 모임에 몇 번 부부가 참석하였는데 그의 부인에게 필자가

"사모님 부부가 남매처럼 닮으셨어요!"

하고 말했더니 그 부인

"아이고 부부가 닮았다고 해서 죽겠네예!"

하고 크게 웃었었다. 그 부인의 노래 솜씨는 가수보다 낫다고 말하면 될까(?) 모르겠다. 마음씨가 훌륭한 JHK. 자녀들도 부모 닮아 잘 자라서 좋은 직장을 잡아 생활한다. JHK의 노후가 편안할 것이라 생각한다.

1-14. 태권도 달인 동기생: 간부후보생 동기생 중 GDK(1941~?)는 단 한 사람 필자와 고향이 같은 사람이다. 공주군 탄천면 신영리가 그의 고향 마을이다. 필자가 공주사대 1학년 여름방학 중 농촌계몽운동에 참여했는데 그 때 농촌계몽운동을 갔던 마을이 그의 고향 마을이었고, 그곳에 10일 간 계몽운동을 하는 동안 그를 만나 알게 되었는데 진해시 경화동의 해병학교에 입교하면서 그를 다시 만나게 되었었다.

그는 경희대학교 상과 졸업생이었는데 체격도 훌륭하고 태권도를 연마하여 공인 3단으로 사범 자격증까지 갖추고 있었다. 교육훈련 중 태권도 시간이 있을 때 2단 1명과 초단 1명을 1 : 2로 상대하여 그 둘을 몰아 붙였었

다.

필자는 3소대, GDK는 2소대 소속이었다. 입교하고 얼마 되지 않았을 때의 일이다. 아침 식사 당번으로 배식을 받으러 옆의 같은 식사당번 HSJ(1939~?, 목사)과 같이 식당에 갔을 때 GDK도 2소대 식사당번으로 식사통을 들고 배식을 받으러 와서 가볍게 눈인사를 했었다. 그런데 3소대 필자와 같이 배식당번으로 갔던 HSJ와 자리다툼을 하다가 GDK가 밀려 넘어져 GDK의 얼굴이 울그락불그락 했으나 그곳에서는 그대로 지나쳤다. 그리고 그날 저녁 순검(육군에서는 점호)이 끝난 다음 GDK가 3소대 식당 입구에 왔다. 필자가 "어쩐 일이야?" 하고 모르는 체 물었더니 "아침에 내가 밀려 망신을 당했지 않아. 그놈 좀 만나러 왔지."라고 말했다.

결국 HSJ가 진심으로 사과했다고 들었다.

GDK의 키는 필자보다 약간 크고 몸이 균형 잡혔으며 미남이었다. 그의 큰형이 해병대 항공대장으로 중령이었다. 필자가 공주사대 1학년일 때 GDK의 고향 마을로 농촌계몽을 갔었는데 여러 번 만난 것도 아닌데 해병학교 도착하는 날 그가 필자를 알아보고 인사를 하는 것이었다.

그런데 GDK는 해병간부후보생 교육훈련 기간 동안 매 주 토요일마다 평가하여 점수가 기록되고 합산하여 그 점수 순위로 군번이 주어지는데 그 점수가 같이 교육훈련을 받는 동기생 중 가장 낮아 동기생 중 가장 마지막 군번을 받게 되었다.

필자도 좋지 않은 낮은 군번이었는데 그는 필자보다 훨씬 뒤의 군번을 받은 것이다. 해병소위 임관 후 해병혁교 장교기초반13기 교육훈련을 받을 때는 그가 금요일이면 어느 틈에 필자에게 와서 그 다음 날 치를 시험에 대하여 묻곤 했었다. 성적을 올리기 위해서였다.

GDK는 1994년 우리 동기생들의 임관30주년 기념 문집의 뒤편의 동기생 수첩에 공주고교를 1959년에 졸업했다고 기록하였다. 그래서 그런가 하고 있다가 2010년 동기회에서 주관하여 경주여행을 갔을 때 그도 와서 만나 이야기 할 시간이 있어 물어 보았다.

"GDK야 너 1959년에 공주고등학교 졸업했어? 그러면 나의 1년 후배야!" 하고 말했더니 공주고교를 졸업하지 않았다고 말했다. 자신은 다른 사람이 그렇게 써 놓았다고 말 하지만 필자는 더 이상 묻지 않았다.

GDK는 소위시절 파월되어 청룡부대 경비소대장으로 1년여 간 근무하고 귀국하였다. 귀국 후 대만 육전대와 보병학교에서 태권도 교관요원 파견요청에 그가 선발되어 파견되었다. 1980년대까지 그곳에서 근무하면서 대만 문화대학에서 정치학 박사 학위도 취득하였다.

그리고 교관으로 근무하는 동안 전두환 대통령의 아우 전경환을 만나 GDK의 실력을 전경환에게 인정받게 되었다. 1985년 경이었을 것이다. 전경환의 요청으로 GDK는 인천 영종도에 건립된 새마을운동 연수원 원장으로 발탁되어 근무하였다. 그러다가 전경환이 기소되어 새마을운동이 축소되었으므로 GDK의 새마을운동 연수원장직도 내려놓았다. 1988년 그는 해병대령으로 예편되었다.

1-15. 세무군화와 조형구: 1964년 3월 16일 해병학교 간부후보생과정에 입교하면서 지급받은 보급품은 다음과 같았다. 훈련복, 외출복, 훈련모, 정모, 외출화(단화), 실내화, 훈련화, 세무군화 등이었다. 그 중에서 '세무군화'는 처음 보았고 이름도 처음 들은 군화였다.

'세무군화'는 대학을 졸업하고 해병간부후보생에 입대한 다음 나에게 다가온 작은 흥밋거리의 하나였다. 입대 전 필자가 본 육군들이 신고 다니는 군화는 겉이 보통의 구두와 같이 매끈하고 반짝반짝 윤이 나는 구두였는데 필자가 지급받은 '세무군화'는 겉이 꺼칠꺼칠하였다.

필자의 발에 맞는 '세무군화'를 지급받았는데 검렬을 받을 때는 그 꺼칠 꺼칠한 겉에 검은 구두약을 두껍게 발라서 물을 바르면서 구두솔과 헝겊으로 문질러 반짝거리게 만들어 놓아야 하는 문제가 생겼었다. 다 같은 입장인데 같은 내무실의 후보생들은 그 작업을 잘 하는데 필자는 그렇지를 않았다. 그래서 순검 때 구대장에게 지적을 받았다. 순검 때 3구대장 안병훈이 윤을 내는 방법을 자신의 침을 발라서 문지르면서 가르쳐주기도 했었다. 그런데 약 2주가 지나면서 계속 손질을 하니 필자의 '세무군화'도 윤이 났다. '휴' 안도의 한숨을 쉴 수 있었다.

이 '세무군화'를 신고 후보생과정과 장교기초반 동안 연병장과 진해와 상남의 산과 들을 누비는 동안 필자의 발을 지켜주었고 매일 구두솔과 구두약, 그리고 헝겊으로 손질하면서 정이 들었다.

그런데 해병학교 기초반13기 교육-훈련을 마감하는 우리 기초반중대와 해병 신병훈련을 마감하는 신병158기 해병들이 대대를 편성하여 1주일 동안 1964년 12월 24일부터 12월 30일까지 훈련을 하게 될 때의 이야기가 있다. 크리스마스 작전(X-Mas 作戰)이라 했다.

문제는 크리스마스 작전 전 날 새로운 '세무군화'가 지급되면서 조건이 있었다. 지급받은 새로운 '세무군화'를 받아 신던지 아니면 지금 신고있는 '세무군화'를 그대로 신고 새로 지급된 '세무군화'를 반납하라는 것이었다.

거의 10개월 동안 신어서 정들였던 '세무군화'는 내 발에 길들여져서 신으면 발이 편안하였다. 낡았다고 하나 구두창과 구두끈이 낡을 때마다 구두창은 구두수리하는 할아버지에게 부탁하여 수리하여 신었고, 구두끈이 낡아서 끊어지면 새것을 구입하여 바꾸어 꿰어 사용했다. 그랬더니 그 '세무군화'는 아직도 새것과 같이 튼튼했다.

그래서 새로 지급된 '세무군화'를 반납할까도 생각했었다. 그러나 새로 지급된 '세무군화'도 발에 잘 맞고 새것에 대한 욕심으로 10개월 정든 임을 떠나보냈다.

그리고 이튿날 이 새로 받은 '세무군화'를 신고 신병과 같이 'X-Mas 작전'에 참여한 것이다. LST라 하는 해군 수송선에 탑재하여 남해 바닷물의 물보라를 날리며 통영항에 도착하고, 통영의 북쪽 뒷동산을 공격하고 고지를 점령하고 방어하는 훈련을 첫 날 수행하였다.

다음날부터 통영에서 마산으로 연결되는 국도 주위의 산들을 공격하고 방어하는 훈련을 하면서 마산에 12월 30일 도착하고 마산馬山 시내에서 마진馬鑪터널을 통과하여 진해시내로 들어와 해병학교로 행진하였다.

그런데 이 행군을 하면서 3일 정도 지났을 때 발바닥이 아파서 군화와 양말을 벗고 발바닥을 보았더니 커다란 물집이 잡혀 있었다. 그동안 수많은 훈련에 임하였으나 발바닥에 물집이 생기지는 않았는데 이 훈련에서 물집이 생긴 것이다. 필자가 생각한 원인은 새로 지급된 '세무군화'를 신었기 때문이었다. '세무군화'와 발바닥이 화해를 하지 않았기 때문이라 생각되었다.

필자는 훈련을 마치고 실무에 배치되어 해병장교로서 전차소대장, 월남에 파병(1968.04. 10~1969.05.23)되어 청룡부대 탄약반장을 할 때, 1969년 8월 31일 예편 후 사회생활에서 어떤 선택의 문제가 있을 때 그 낡은 '세무군화'를 생각하곤 했다.

새롭고 좋아 보여도 생활에 상처를 가져올 수 있으면 그런 것이 조금이라도 예측된다면 그런 것은 선택하지 않아야 됨을 하나의 원칙으로 삼게 되었다.

마진터널을 통과하여 진해 해병교육사령부로 행진할 때 필자는 후위 첨병분대장이었다. 신병들과는 헤어지고 우리 기초반 중대가 별도로 행진을 하였다. 그런데 진해 해병교육사령부 장사병이 정문에 나와 환영하고 있으니 속도를 내라고 연락이 왔으나 후위첨병분대는 본대와 떨어질 수밖에 없었다. 2열 횡대로 행진할 때에 흔히 나타나는 현상이다. 그래도 해병교육사령부 장사병들은 후위 첨병분대를 기다려 박수를 쳐 환영하여 주었었다 우리가 해병학교 연병장에 도착하였을 때 늦었다고 화가 나 있는 사람은 중대장 대위 조형구(趙亨九, 1935~2005) 였다. 후위첨병분대장인 필자의 앞으로 다마냉이(조형구의 별명)가 와서 "왜 이렇게 늦게 도착해?" 한마디 했다.

1964년 해병간부후보생에 합격했을 때 기쁨이 있었다. 서울 용산고등학교 뒤 해병대사령부에서 합격자 발표를 보고 합격증을 받아 공주 집으로 올 때 차비가 부족하여 온양까지 오고 그곳에서 이원우(李元雨, 1942~?, 온양고교, 공주사대 물리학과)의 집에서 하루를 쉬고, 차비가 없어 걸어 온 일은 하나의 고단한 인생길을 대변하여 주고 있다. 어려울 때 어려우면서 도와주는 것이 너무 중요한 인생행로인 것이다.

진해시 경화동에 위치한 해병학교에 입교하여 보리밥과 멀건 콩나물국으로 식사를 하던 것이 고달픈 인생길을 대변하여 준 것일 것이다. 그때 저녁을 먹은 다음 주번병의 "병사떠나 5분전"의 구령이 울려 퍼지면 다음 순간 줄을 맞추어 서 있다가 어느 순간 엉덩이에 불이 났다.

그러나 1964년 6월 5일 모자와 턱밑, 그리고 어깨에 반짝이는 다이아몬드가 달렸을 때 정말 "장교가 되려면 해병장교가 되라!"는 말과 같이 해병대장교가 되었으나 '해병소위'가 보잘 것 없는 존재임을 알기에는 긴 시간이 걸리지 않았었다.

해병학교 장교기초반 13기 수료증의 내용은 다음과 같다.

「수료증/ 계급 소위/ 군번 62545/ 성명 정용순/ 1940년 9월 4일생/ 윗 사람은 제13기 기초반의 전 과정을 수료하였음을 증함/ 1964년 12월 26일/ 해병학교장 해병대령 장대길」

1-16. 해룡작전(海龍作戰)과 박희봉: 해병제1상륙사단에서는 1년에 한 번 상륙훈련을 한다. 1966년 1월의 상륙훈련은 동해안 흥해興海지역에서 해룡작전이라는 작전명으로 시행되었다. 1개 여단 규모의 상륙작전인 것이다.

내가 근무했던 전차대대에서는 1개 소대가 차출되었는데 차출된 소대장은 JGC(1941~ , 대구계성고, 중앙대 체육학과)였다. 필자는 가적소대장으로 차출되었다.

가적중대에 차출된 병력이 사단본부에 집합하였다. 가적중대장은 해병간부후보생 18기 ○○○ 대위, 부중대장은 김세창(金世昌, 1941~2018, 청주고교, 서울대농대), 1소대장은 박희봉(朴熙奉, 1942~1989, 경북고, 경북대 물리학과), 2소대장이 '필자', 그리고 3소대장은 이동한(李東漢, 해병간부후보생 34기)이 임명된 것이다.

중대장이 3개 소대를 집합시켜 전입신고를 받고, 훈화를 하였다. 각 소대를 차례대로 제식교련을 시키고 평가도 하였다.

약 3일 이런 훈련을 수행한 다음 가적중대는 트럭3대에 승차하고 흥해 야영지로 가서 가적활동 준비를 하였다. 작전이 시작되었을 때 가적 소대들이 이동하여 갈 지역의 지형을 사전 정찰하고 단합을 위한 훈련을 시행하였다.

이제 상륙군이 수륙양용차(LVT)에 승선하여 상륙을 하는 작전개시가 되고 상륙하여 공격할 때 가적소대는 각 소대별로 상륙군에 공격당하며 흥해 서쪽 산을 넘어갔다. 그리고 오후 2시 경에는 최종 집결지에 3개 소대가 집결하였다. 이제 해안 숙영지로 내려가기만 하면 해룡작전의 상륙훈련 중 가적중대의 활동은 끝나는 것이다. 김세창과 박희봉이 필자와 이동한에게 마침 인근 마을에 막걸리집이 있으니 한 잔 하고 트럭을 보내 달라고 했으니 그 트럭들이 올라오면 트럭으로 내려가자고 했다.

그런데 이를 어쩌나! 필자는 막걸리를 한 모금도 마실 수 없으니. 김세창과 박희봉에게

"나는 막걸리를 한 모금도 마시지 못하니 우리 소대원 데리고 천천히 내려갈테니 한 잔씩 하고 오거라!"

하고 필자의 소대원(가적중대 2소대원)들을 이끌고 비포장길을 천천히 걸어 내려갔다. 중간 정도 내려 왔을 때 중대장이 빈 트럭 3대를 인솔하고 올라가는 것을 보았다. 그리고 우리 소대는 숙영지에 무사히 도착하였다.

도착하여 약 30분 있으니 김세창, 박희봉, 그리고 이동한이 병사들을 트럭에 승차하여 내려왔다. 박희봉이 필자를 좀 보자고 하여 따라갔다. 그랬더니 그가 눈물을 흘리면서 다음과 같은 말을 했었다.

"너 내려가고 우리 셋이 한 잔씩 부침개 안주를 시켜 마셨지. 그런데 그때

중대장이 트럭을 가지고 온 거야. 그러면서 우리가 막걸리 마시고 있는 것을 보고 쫓아 오더니 주먹을 휘두르는 거야. 그러면서 '정 소위는 걸어 내려 오는데 너희들은 술 마시려고 트럭을 불러!' 하고 한 대씩 더 때리는 거야 그러니까 김세창이 도망을 갔는데 중대장이 권총을 겨누는 거야. 그러니까 김세창이도 권총을 꺼내어 겨누었어."

아무튼 그렇게 소동이 일었다고 했다. 그 일에 대한 잘못은 필자에게는 없었다고 생각되었다. 한편, 막걸리를 마시지 못하는 것이 필자의 잘못이라 하면 잘못일 것이고, 못 마시더라도 행동을 같이 했어야 되지 않느냐고 하면 내 잘못이 있는 것이다.

그것도 53년 전의 일이다. 자서전을 작성하다 보니 그 때 그 훈련했던 일과 박희봉의 눈물이 생각난 것이다. 두 동기생 박희봉과 김세창은 지금 이 세상 사람이 아니다. 박희봉은 대구 사람으로 1989년 8월 어느 주말, 새로운 승용차를 구입하였다고 동기생 이대재(李大載, 1941~, 영남고교, 중앙대 행정학과)를 불러내어 대구시 북쪽에 위치한 팔봉산 유원지로 올라가 시원한 술집에서 술을 거나하게 마셨단다. 그런데 다른 손님이 승용차를 좀 빼 주어야 자신의 차가 나갈 수 있겠다고 하여 승용차를 빼 주다가 승용차 바퀴 하나가 다리 난간 아래로 빠져 그것을 자신이 수습하다가 실수로 그 차에 깔려 사망했다 했다. 술을 너무 좋아하다가 결국 이런 사고를 당한 게 아닌가 생각되었다.

이 이야기를 필자는 군산 거주 동기생 서준창(徐準昌, 1942~, 군산고, 중앙대 정치학과)의 따님 결혼식에 2,000년(?) 경 참석하였다가 역시 하객으로 찾아왔던 대구 거주 동기생 이대재로부터 들은 것을 기억하고 있다가 기록하는 것이다.

김세칭은 해룡작전 훈련이 끝나고 약 2개월 후에 파월되어 포병관측장교로서 큰 공을 세운 영웅이었다. 해병대 청룡부대에서 자랑하는 '짜빙동 전투'에서 베트콩 1개 연대가 한국의 해병대 1개 중대를 공격하여 왔는데 관측장교로서 포사격 유도를 정말 잘하여 베트콩들을 거의 전멸시키는 전과를 올렸다는 것이다. 태극무공훈장을 받았어야 되는데 충무무공훈장을 받았다고 동기생들은 아쉬워하고 있다. 그도 2018년 2월 6일 심장마비로 이 세상을 떠나 지금 시신이 대전현충원에 묻혀있다.

1-17. 대통령 경호실장: 동기생들 중 예편 후 가장 높은 공직에 오른 동기생의 이야기를 기술하려 한다. 1943년 생이고, 1964년 고려대학교 법과 졸업생인 SBP는 충북 옥천 출신이다. 1960년 성남고교를 졸업하고 바로 고려대학교 법학과에 입학한 것이다. 그리고 1964년 2월 고려대를 졸업하면서 3월 7일 해병간부후보생 33기의 한 후보생으로 입대한 것이다. 그래서 필자와 같이 교육과 훈련을 받았었다. 후보생 과정 12주 교육과 훈련을 받고 해병소위에 임관되었으며, 임관된 후 해병학교 기초반 13기 중대에 편성되어 30주의 혹독한 교육과 훈련을 같이 받은 것이다.

SBP는 항상 자세가 똑바르고 항상 웃음띤 모습인 장교로 기억되고 있다. 1969년 동기생들이 한 달에 15명씩 전역되어 사회로 나갈 때 SBP는 일찍 나가고저 하여 4월 30일 전역되었으므로 중위로 예편되었었다.

예편 후 절에 들어가서 조용히 사법고시를 준비하고 있는데 대통령 경호실장 박종규(朴鍾圭, 1930~1985)의 눈에 이미 경호실 요원으로 점 찍혀 경호실 근무 요청을 받고 고시공부는 접고 말았다고 한다.

필자는 1979년 10월 26일 박정희 대통령이 시해되던 날의 SBP를 소개하고, 그 후 그의 발자취를 기술코져 한다. SBP는 1979년 10월 26일 박정희 대통령을 경호하여 KBS 당진 송신소 개소식과 삽교천 방조제 준공식에 참석한 다음 귀경하여 궁정동 안가에서 경호실장(차지철), 비서실장(김계원), 중앙정보부장(김재규)과 연회를 가질 때는 연회장 옆 식당에 있었다.

이 사건은 국가적인 큰 사건으로 벌써 40년 전의 너무 국민들에게 잘 알려져 있다. 이 글에서는 이 사건에서 SBP에 관련된 사항만 간단히 기록하려고 한다.

김재규(金載圭, 1926~1980) 중앙정보부장이 궁정동 안가 연회 도중 경호실장 차지철(車智澈, 1934~1980)과 박정희(朴正熙, 1917~1979) 대통령에게 권총을 발사하는 소리를 신호로 전 중앙정보부 의전실장 박선호(朴善浩, 1934~1980)는 같은 방에 앉아있던 절친이고 동기생인 경호처장 정인형과 아끼는 후배 안재송을 사살하였다. 식당 밖에 대기하고 있던 중정 직원들은 식당 창문으로 식당에 들어와 있던 SBP를 비롯한 대통령 경호원들을 소총으로 사살했다. 이때 SBP는 소총탄이 허벅지를 관통했다고 한다. 허벅지에 소총탄이 관통되어 넘어지면서 벽에 머리를 부딪혀 정신을 잃고 쓰러졌다고 했다.

식당의 창 밖에서 소총을 난사한 중정 직원들은 이제 식당 안으로 들어와서 쓰러진 경호실 경호원들을 확인사살했다고 한다. 그런데도 SBP는 확인사살 되지 않아서 살아났다고 한다. 필자가 듣기로는 주위의 모든 사람에게 공손하게 말을 하고, 조금이라도 섭섭해 할까 항상 챙겨준 SBP를 중정 요원들이 차마 확인사살하지 못한 것일 것이라고 했다. 중정 직원들은 SBP에게 항상 웃으면서 대했고 "형님!" "형님!" 하고 따랐다고 하는 것으로 짐작할 수 있는 일이다.

SBP는 천우신조天佑神助로 살아나서 경호실에 계속 근무하고 직책은 높아졌다. 그렇게 세월이 흐르다가 1993년 김영삼이 대통령에 당선된 후 경호실장에 임명되었다. 이 시절 김영삼이 평양으로 가서 김일성(金日星, 1912~1994)과 만나자는 약속을 하고 그것을 준비할 때는 정말 목숨을 걸고 했다는 이야기를 들었다. 그러나 김일성이 1994년 7월 사망하여 평양에는 갈수 없었다. SBP는 1994년 12월 민평통자문회의 사무처장에 임명되어 1997년까지 근무하다가 1997년 국가 보훈처장에 임명되어 1998년까지 신뢰받는 보훈처가 되도록 열심히 근무하였다고 했다.

필자는 그가 보훈처장 재임시 찾아가 괴롭히는 일을 한 것을 부끄럽게 생각한다. 필자가 근무하는 충북대학교 자연과학대학 증축을 위한 자연대 2호관 건립 예산 순위가 가급적 빠른 배정이 되도록 부탁하였었다. 교육부에 상신한 서류를 복사하여 주고 부탁했었다. 장춘단공원 옆 신라호텔 로비에서 만났었다. 그가 건설부 차관에게 부탁을 하여 예산이 정말 빠른 순서로 배정되어 자연대 2호관 건립이 순조로웠다. 그 후 만날 기회가 없어 고맙다는 인사도 전하지 못했고 지금까지 살고 있다. SBP 정말 고마웠다. 이 글로 인사를 전한다.

2. 해병제1상륙사단 전차대대의 하사관들

2-1. 무능한 하사 이인식: 해병소위에 임관된 후 첫 번째 배치된 부대가 해병제1상륙사단 전차대대 제2중대였다. 부임된 소대가 사고뭉치 하사관과 병들의 집합소대의 소대장이었다.

무엇보다 문제되는 것은 고참 대위이고 무능한 중대장 김태선(金泰善, 해간18기)의 지휘-통솔력의 부재였다.

필자가 소대장에 임명된 다음 첫 번째 문제가 일어난 것은 사고뭉치 일병 서경순 때문이었다. 그는 인천 출신에 사고를 몇 번이나 일으키다가 영창을 드나드는 바람에 입대하여 5년이 흘렀는데도 제대를 하지 못하고 계급도 일등병 밖에 되지 않은 것이다.

전차 주위에 근무병을 세워 놓아봤자 이놈이 가서 전차의 연료탱크를 열고 휘발유를 5갈론 통으로 뽑아 가도 제지 하지 못하는 것이다. 강도가 소대원으로 근무하는 것이다.

길게는 가지 못하고 헌병대에 구속되고 필자에게 연락이 와서 배트를 때려 보았자 소용이 없고 중대상에게 보고하여도 답이 없었다. 소대원들에게 추운 겨울밤 기합을 주어 봤지만 그를 막지 못하여 결국 그는 다시 헌병대 영창으로 들어갔다.

이 소대에는 고참 하사(신병 30기)라는 이인식이 있었다. 후배들이 모두 중사와 상사로 진급해도 이 인간은 진급이 되지 않는 것이다. 상관에게 인사는 깍듯이 하였으나 저녁만 되면 어디에서 술을 마시고 내무실에 들어와서 난장판을 일으키는 것이다. 어느 날 저녁 순검이 끝나고 소대 대원들이 자리를 펴고 있는데 소란이 일었다. 문을 걷어차고 내무실에 걸어놓은 거울도 깨쳐버렸다. 말리는 사람도 없었다.

필자는 알면서 놓아두었다. 군생활 20년은 한 하사를 몽둥이로 때려주는 것은 생각할 여지가 있었다.

그러나 그때 그놈을 몽둥이로 때려 놓았어야 하는데 하는 후회가 따라왔다. 필자의 처신은 해병장교로서의 처신으로 적절치 않은 것이었다. 군생활을 걸고 그놈을 몽둥이로 때렸던지 영창으로 보냈어야 했었다. 그를 놓아둔 것은 필자가 광주 육군기갑학교 초군반 입교가 예정되어 있었기 때문이기도 했었다.

또 한 가지 그 소대장 생활 3개월 동안에 잊지 못할 일이 하나 더 있었다. 2개월 소대장 근무를 하고 있는데 사단에서 운영하는 '화생방교육' 명령이 내렸었다. '화생방교육'을 받는 도중 소대에 오니 부산에 외출나간 김○○ 상병이 미귀未歸하였다고 했다. 건강하고 말이 없는 소대의 일꾼이었다. 만약 도망보고서를 헌병대에 올리면 제대가 6개월 연장된다는 것이다. 필자는 바로 부산에 가 있는 그를 데려오려고 부산으로 갔다. 그의 외출증을 만들어 가지고 간 것이다. 부산 다대포에 있는 그의 집에 갔을 때 그는 시내에 나가고 집에 없었다.

그의 누나에게 찾아온 이유를 말하고 그를 불러오게 했다. 필자가 살펴본 그의 집안은 건전한 집이었다. 그의 누님이 차려 준 신선한 해산물 반찬을 곁드려 저녁식사를 하고 그를 데리고 귀대하였다. 그랬더니 중대장이 화를 냈다.

"너 전에도 한 차례 도망갔던 일이 있었지?"

꾸짖고 그를 군화 신은 발로 밟는 것이었다. 물에 물탄 사람인 것으로 알았는데 곤조가 있었다.

중대장 김태선은 필자에게도 한차례 화를 내더니 그 이튿날 헌병대에 사람을 보내 도망보고서를 찾아왔다.

2-2. 순검시간 소란 피운 김철진: 육군기갑학교 초등군사반 교육을 마치고 포항 해병 재1상륙사단 전차대대에 귀대하니 제1중대 3소대장의 직책이 보임되었다. 중대장은 깡패 기수라고 별명이 붙은 해병간부후보생 23기생이었다. 이름이 정덕영(鄭德永, 1936~?, 경신고교). 제1소대장 겸 부중대장이 32기 소건중(蘇建重, 1938~?, 영남대 약학), 2소대장은 최재교(崔在敎, 1941~?, 중앙대 체육학과)였다.

귀대하여 약 10일이 지난 어느 날 저녁 순검시간이었다. 저녁에 중대 당직사관이어서 대대 순검시간에 중대 사무실 앞에 서 있는데 본부중대 쪽에서 큰 소리가 들려 소리나는 곳으로 갔다. 그곳에는 술에 취한 중사가 복장도 갖추지 않고 욕설을 퍼붓고 있었다. 필자가 다가가서

"순검시간인데 이렇게 해도 되는 것인가?"

하고 주의를 시켰더니

"니는 이새끼 뭐야?"

하고 대들었다. 순검받던 본부중대 내무실의 하사관들이 나와서 그를 데리고 들어갔다.

필자는 내 위치로 돌아와 순검을 받고 내무실에서 잠을 잔 다음 이튿날 아침 2중대 2소대장 천홍규에게 어제 저녁의 일을 이야기 하고 도움을 청했더니 쾌히 응했다. 점심시간에 그 중사(김철진)를 나의 소대 내무실로 불렀다.

김철진이 필자 소대의 내무실로 오더니

"어제 저녁 술에 취해 소대장님에게 실례를 했습니다."

라고 말하며 사과를 했다. 이때 문앞에 있던 천홍규가 들어오면서

"너 정말 그리했나?"

하면서 멱살을 잡고 주먹으로 얼굴을 가격했다. 그때 필자는 곡괭이 자루를 들어 그의 등을 가격했다. 그는 외마디 소리를 지르고 병들의 침상에 넘어졌다. 넘어진 놈의 등을 또 몇 대 때렸다.

그 다음 본부중대장 정성진(鄭成鎭, 간부후보생 18기)이 불러서 갔더니 발로 가격하고 주먹을 날리는 일도 있었다. 김철진은 사단본부 법무참모실로 기어가서 우리를 고발했다.

필자는 그 다음 날 법무참모실로 불려가서 조사를 받고 그의 순검시간의 난동을 자세히 말했다. 곡괭이로 그의 등을 가격한 것은 잘못이겠으나 김철진이 순검시간에 난동을 피운 것은 군 사회의 적인 것이 틀림없었다.

몇일 후 부대대장 소령 심우택(沈友澤, 간부후보생 12기)이 불러서 천홍규와 같이 나갔고, 짚차(부대대장용)에 승차하라고 하여 승차했더니 사단 북문 앞에서 짚차가 멈추었고, 부대대장이 중국집 어느 방으로 들어가 따라갔

더니 그 방에 김철진이 앉아 있었다. 그와 우리가 사화하라는 것이었다. 저녁 같이 먹고 술 한 잔 같이 마시고 잊어버리자고 했다. 해병소위 시절 일어날 수 있는 일 중 하나라 했다.

3. 해병간부후보생 34기 곽철준

1966년 1월 중순 후보생 34기 후배 장교 소위 2명이 배치되어 왔다. 곽철준(郭哲俊, 1942~1967, 경기고교, 서강대 물리학과)과 변종철(卞鍾喆, 1942~1972, 인하대 공과대학)이 배치되어 온 것이다. 곽철준은 필자가 속한 1중대로, 변종철은 천홍규가 근무하는 2중대에 배치되었다.

필자가 속한 1중대에도 소대장들의 보직 변화가 왔다. 1소대장 해병간부후보생 32기 소건중은 본부 작전보좌관으로 자리를 옮기고, 우리 동기생 JGC는 1소대장, 나는 2소대장, 그리고 해병간부후보생 34기 곽철준은 3소대장이 된 것이다.

그리고 1966년 4월에는 김포 제1여단과의 부대교대가 있었다. 여단의 전차대대 3중대는 사단으로 내려오고 우리 1중대는 김포로 자리를 옮겼다. 우리 1중대는 트럭에 중대원과 필요한 물자를 싣고 양포로 가서 수송선 LST에 승선하여 남해안을 달리고 서해로 나가 북진하여 인천항에 도착하고 다시 트럭에 승차하여 김포반도의 전차중대로 갔다.

여단 전차중대에서 필자는 편안하게 지냈다. 장교숙소가 별도로 마련되어 있어서 소대장들과 부중대장이 같은 방을 사용하고 주말에 서울 외출도 편리하게 할 수 있었다. 그러나 필자는 진해 교육기지사령부 해병학교에 가서 4주간의 교관교육을 수료하는 일도 있었다.

또 같이 소대장 근무를 하는 JGC가 결혼을 하여 뜻 아니게 필자가 사회를 하기도 하였다. 흑석동 JGC의 처가에서 같은 중대 고급하사관들과 결혼 축하를 하여 줄 때 곽철준이 술에 취해 해롱거려서 보기 좋지 않았다. 체면을 지키지 못하고 마음대로 행동하는 것이 그의 단점이었다.

JGC, 필자, 그리고 곽철준은 같은 방에서 1년 정도 생활을 하여 그런대로 정이 들었다. 중대장실은 별도로 있었다. 중대장 DYJ 대위는 고졸자들을 후보생으로 선발한 해병간부후보생 23기로서 성벽이 활발하다고 알려진 기수에 임관된 사람이어서 활발하고 체력도 우수하고 모든 운동에 능숙한 사람이었다. 기분이 상하면 눈의 검은 눈동자가 보이지 않는다고 했다.

1966년 2월 중순의 일이다. 중대 탄약고 보초를 서던 병사가 파카를 입고 근무를 서다가 졸음이 와서 졸다가 잠이 들었던 모양이었다. 마침 그때 중대장 DYJ가 그곳에 갔었다. 그리고 잠들어 있는 탄약고 보초(근무병)의 M1 소총을 가지고 와서 전령에게 감추어 두라고 하였다. 그리고 그날 당직사관에게

"탄약고 근무병의 총이 사라졌다. 총을 찾아 오도록 해."

라고 명령을 내린 것이다. 당직사관은 중사 이상이 매일 교대로 근무하는 제도로 만들어 놓은 것인데 그날은 악질로 소문난 본부 선임하사 '김일성(金日星, 1939~?)'이었다. 북한에는 6·25전쟁을 일으킨 김일성이 있고 대한민국에는 해병대에 악질 해병중사 김일성이 있다고 하는 것이다. 근무병도

중대본부에 속한 병이었다.

중대원 전체가 동원되어 중대 캠퍼스 구내와 중대 뒷산을 샅샅이 뒤졌다. 그러나 그 M1소총은 찾을 수 없었다. 중대장이 자신의 침상 밑에 감추었는데 찾을 수 있겠는가?

중사 김일성은 근무병의 옷을 팬츠까지 벗기고 신발과 양말까지 벗긴 다음 탄약고 앞에 방화수통이 하나 있었는데 "해병정신"을 외치며 그 방화수통을 돌게 만들었다. 이른 봄이어서 아직 날씨가 추울 때였다. 그래서 방화수통을 구보하며 돌아가는 그의 고추와 호두는 쪼그라들어 있었다. 어떻게 사라졌는지 그 총을 잃어버린 보초병도 며칠 후 사라졌다.

전차중대에 있었던 두 번째 사건은 춘천 출신 '전문용'이라는 하사관에 대한 이야기이다. 이 하사관은 JGC가 소대장인 1소대 전차장이었다. 미남이고 체격도 한국인의 표준형이었다. 꽤 똑똑하다고 생각되었던 하사관이었다. 이 하사관이 외출 나갔다가 돌아오지 않은 것이다. 그래서 중사 한사람이 그의 집 춘천으로 찾아가서 데리고 왔다. 중대장 정덕영은 간부회의를 열어 그 하사관에게 어떠한 벌책을 가할지를 모두에게 의견을 물었다. 결론적으로 '배낭에 돌을 가득 넣어서 짊어지고 하루에 20회씩 위병소와 탄약고를 왕복하라!'는 벌칙을 주기로 하였다. 1주일 동안 그는 돌이 들어있는 배낭을 짊어지고 위병소와 탄약고를 왕복했다. 하사관인데 병들이 바라보는 가운데 그런 벌칙을 받는 그가 안스러워 보였다. 그 벌칙이 끝난 다음 어느 날 그도 도망가고 말았다.

곽철준은 1967년 3월 18일 갑자기 태릉 국가대표 훈련장 사격장에 사격선수 단장으로 차출되어 명령이 하달되었다.

곽철준은 1961년 경기고등학교를 졸업하고, 서강대 물리학과에 입학하고 1965년 1월 서강대 물리학과를 졸업하고 해병간부후보생 34기로 입대한 사람이었다. 그의 가정도 단촐하면서 괜찮은 집안이었다. 그의 하나 밖에 없는 형은 서울대 의대를 졸업한 성형외과 의사로 미국 워싱턴DC에서 의사 개업을 하고 있어 혼자 된 어머니를 모셔갔다고 한다. 곽철준에게는 성이 다른 누나 두 분이 있었다. 그의 어머니가 첫 결혼하여 두 딸을 낳았는데 남편이 교통사고로 일찍 세상을 떠나 곽씨에게 두 번째 시집을 와서 아들 둘을 낳았는데 그 두 번째 남편도 일찍 병으로 세상을 떠난 것이라 했다.

곽철준은 경기고등학교 시절부터 산악반 활동을 한 사람이라 했다. 그래서 경기고교를 졸업하였으면서도 공부에 몰두하지 못해 서울대학교에 입학하지 못하고 서강대학교에 입학한 것이다. 서강대학교에 입학한 후에도 산악반 활동을 계속하였다.

곽철준이 태릉사격장에 왔다고 등산을 같이 했던 친구들에게 알려지자 그들이 술과 안주를 준비하여 가지고 사격장으로 찾아왔다. 사격장 지휘관실에서 술을 마시고 22시까지 놀다가 돌아갔다.

1967년 4월 4일에도 경기고교 산악반이었던 친구들이 술과 안주를 사가지고 찾아왔다고 한다. 해병여단 전차중대에서 사격장으로 온 다음 15일 되는 날이었다. 밤 10시가 되어 돌아가려고 방을 나왔는데 비가 내렸다. 사격선수 운반용 3/4톤 닷치차의 열쇠를 운전병에게 가져오라 하여 3/4톤 닷치차의 뒤에 친구들을 승차시키고 자신이 운전하여 중량교까지 데려다주려고 하였다.

이 닷치차의 오른쪽 헤드라이트가 불이 들어오지 않았다. 왼쪽헤드라이트만 켜고 친구들을 승차시킨 다음 비가 오는 길을 달렸다. 운전면허증도 없는 운전수가 술을 마신 채 운전하고 비가 와서 앞이 보이지 않는데다

오른쪽 헤드라이트는 켜지지 않으니 앞이 보이지 않았다. 사격장 문을 나가서 500m 정도 달렸는데 걸어가던 민간인 세 명이 있는 것을 보지 못하고 이들을 치어버렸다.

세 사람 중 두 사람이 중상을 당했다고 한다. 술취한 곽철준은 이들을 가까운 큰 병원으로 싣고 가려고 다시 달렸는데 급커브길에서 급브레이크를 밟자 차가 전복되었다.

중상 입은 사람이 죽고 다치지 않은 사람은 중상을 입었다고 한다. 친구들은 다행인지 다치지 않았다고 했다. 곽철준은 사격장으로 뛰어 들어가 사격선수들에게 "앞의 다리 옆에 차가 뒤집혔으니 수습하라!"고 말하고 자신은 자신의 방에 갖다 놓았던 권총과 실탄, 그리고 종이 한 뭉치와 볼펜 하나를 들고 사격장 뒷산으로 올라가 비가 내리니 비를 피할 수 있는 바위 밑에 앉아 보이지도 않으니 가지고 올라간 종이 뭉치를 한 장씩 넘겨가면서 개발세발 유서를 작성하였다. 그리고 권총에 실탄을 장진한 다음 자신의 이마 중심에 총구를 대고 방아쇠를 당겼다.

필자는 중대장이 해군병원 영안실에 가서 장례절차를 밟고 오라 하여 1967년 4월 5일 해군병원 장례식장으로 정복을 입고 나갔다. 그곳에는 곽철준과 전날 저녁 술을 같이 먹은 친구들 5명이 와 있었다. 그들이 사실상 곽철준을 죽게 한 살인자들인 것이다.

4월 6일 해병대 사령부 영안관리장교(후보생 35기)와 곽철준과 같이 산악반 활동을 했던 친구들, 그리고 두 누나들의 부부들과 필자는 장례절차를 같이 돌보았다. 지금은 사라져 아파트 단지가 들어선 홍제동의 화장장에서 곽철준의 시신은 화장되었다. 태워지고 남은 뼈조각들 몇 개를 나무상자에 담아 밀봉하고 그것을 필자가 안고 도봉산 소재 한 암자(곽철준이 경기고 산악반 시절 몇 번 갔었다고 함)까지 가서 그 절 대웅전에서 한 스님에게 전하였다.

태릉사격장 사격선수들의 지휘자에게 친구들이 찾아오고 트럭을 운전수가 아닌 운전면허증도 없는 지휘자가 열쇠를 달라고 하여 음주운전을 한 것은 그가 마음대로 행동하는 습성을 나타낸 것이다, 그런 것은 그 인간을 파멸로 이끌어 간다고 함을 이 글을 읽는 독자들도 동의할 것이다.

1967. 04. 30.

4. 육군병기학교 생활

　　필자는 탱크소대장 2년 3개월 동안에 일어난 여러 가지 사건들이 정말 싫어서 기갑병과로부터 다른 병과로 옮겨 근무했으면 했다. 중사 김일성도 싫고, 중사 김철진과의 사건도 싫었다. 무엇보다 싫은 것은 같이 근무하는 동기생 JGC였다. 그는 중앙대학교 체육학과 졸업생으로 해병 간부후보생 33기에 오직 한 사람의 체육학과 졸업생이었다.

　　그러한 인간이 어떻게 기갑병과를 선택하여 같이 근무하게 된 것이다. 그는 당직사관 교대보고를 해도 자기가 항상 오른쪽에 서서 보고자가 돼야 했다. 군번이 어찌하여 조금 빠르게 되었다고 그는 1소대장이고 필자는 2소대장이 된 것이다. 체육학과를 나왔으니 달리기도 잘 했고, 태권도가 3단이라고 자랑했다.

　　필자가 육군기갑학교 초등군사반에 그와 같이 갔을 때 점심시간에 필자의 작업모를 발로 차버린 그의 행동을 잊을 수가 없다. 그 내력은 다음과 같다.

「육군기갑학교에서 교육 받는 하루의 일과가 끝나고 시내 하숙집으로 돌아오면 저녁식사를 한 다음 해병 장교들은 도정 앞 금남로에 나와 놀았다./ 그런데 최재교가 어느 사이에 광주의 젊은 여자를 새긴 것이다./ 그런데 그 여자가 어찌 필자가 최재교의 동기생임을 알고 필자의 하숙집에 찾아와 문밖에서 필자를 만나자고 하여 나갔더니 별 이야기도 하지 않았다./ 최재교에 대해 묻는 것도 아니고 필자와 새기자는 것도 아니었다./ 이 사실을 같이 하숙하는 1년 선배 김진호 해병중위가 보았고 필자가 그에 대하여 김진호에게 말했었다./ 그래서 이튿날 그 이야기를 최재교에게 말하기 전에 김진호가 해병장교들이 점심 도시락을 먹는 장소에서 최재교에게 말한 것이다./ 그러니 단순한 최재교가 필자의 작업모를 벗기더니 발로 차버린 것이다.」

동기생 같은 고향 공주 청년 GDK의 형님이 필자의 고등학교 10년 선배인데 그가 용산구 후암동 해병대사령부 항공대장임을 알고 그를 찾아가서

"제가 공주고등학교 31회 졸업생입니다. 선배님으로 알고 있습니다. 선배님 저도 항공병과로 옮길 수 있었으면 하여 왔습니다."

라고 말하니 상당히 긍정적으로 말하고

"2주 후 쯤 다시 찾아오게."

라고 말했다. 그래서 물러나오고 그때로부터 2주 후에 필자는 또 해병대사령부 항공대장실로 찾아갔다. 그랬더니

"자네 너무 섭섭하게 생각말게! 너무 기수가 높다고 항공장교들이 말하는군."

하는 것이었다.

"제가 선배님을 괴롭히기만 했습니다."

하고 나와서 병기감실로 가서 기획실장을 만나서

"실장님 기갑병과로 전차중대 근무하는 것이 괴롭습니다. 병기병과로 병과를 바꿀 수 없겠습니까?"

하고 물었더니 교육계획표를 살피더니

"자네 기회가 될 수 있을 듯하네. 지금 곧 육군 병기학교 전과장교반 위탁교육에 해병대 장교 차출 인원이 1명 배정되어 있으니 여기에 소속과 군번, 그리고 이름을 써놓고 가서 약 10일만 기다리고 있게. 교육명령을 내려 보내겠네."

라고 말했다. 필자는 기획실장에게

"감사합니다."

라고 정중하게 인사드리고 김포 해병제1여단 전차중대로 돌아왔다. 그리고 10일은 금시 지나갔다. 바로 육군병기학교 전과장교반 명령이 발령되었다고 행정실에서 연락이 왔다.

필자는 여단 병기참모실 병기참모를 만나 확인하였더니 틀림없었다. 이 교육을 수료하면 병과가 병기병과로 변경되고 병기병과로 근무하게 되며 월남전에도 참전할 수 있는 것이다.

며칠 후 나는 부산시 해운대구에 위치한 육군병기학교 제1기 전과장교반에 입교하였다. 전과장교반은 육군 장교 74명과 해병대 장교 1명(정용순) 합계 75명으로 편성되었다. 교육받는 동안 월요일부터 금요일까지 배운 것을 토요일 오전 평가하였다.

12주 교육기간 동안 육군의 교육과 평가는 정확하였다. 필자는 진심으로 열심히 교육을 받았고 금요일은 다음 날의 평가를 위한 시험준비를 밤 늦게까지 하였다. 결과적으로 12주 후 수료식에서 필자는 육군장교 74명을 제치고 수석(1등)을 하였다. 부산 육군군수기지사령관상을 받은 것이다.

수료식에서 교수부장 육군대령이 한 장교, 한 장교 악수를 나누면서

"야 이놈들아 육군장교 74명이 해병대장교 한 명을 못당하느냐?"

라고 크게 말한 것이 벌써 오십여 년이 흘러간 것이다. 그때 받은 상패가

필자의 서가 한 편을 지금도 장식하고 있다. 상패에 기록된 글자들을 이곳

에 기록한다.

「우등상/ 군기사관/ 중앙에 육군병기

학교 마크가 부착됨./ 육군병기학교 제1

기 전과장교반/ 1967. 9. 9./ 육군병기학

교」

이 상패는 낡아서 '우등상'이라는 표제 글자가 반은 떨어져 나갔다. 그러

나 상패 중앙의 색깔이 들어간 육군병기학교 마크는 1967년 상패를 받을

당시 상태 그대로 남아있다. 이 상패의 사진을 이 자서전의 편집후기 다음

의 '자서전 관련 사진들'에도 게재하였다. 위 상패에서 '군기사관'은 육군병

기학교가 속한 육군군수기지사령관의 약칭이다.

이어지는 탄약장교반彈藥將校班 교육을 신청하여 그 교육도 육군병기학교

탄약교육부에서 받도록 명령이 내려왔다. 그런데 그 탄약장교반 교육을 받

기 위해 위탁교육을 온 해병소위가 한 명있었는데 그가 해병간부후보생

36기 JHK(1943년생, 동아대 화학과, 경북 영덕인)였다. 이 때 필자는 이미

해병중위로 진급되었다. 이 탄약장교반과정은 8주 교육이었고, 토요일마

다 그 주에 강의 들은 것을 시험 보는 것은 똑같이 하였다.

시험볼 때 해병간부후보생 36기 JHK가 옆에 앉으면 괴로웠다. 그놈은 전혀 시험준비를 하지 않고 와서 답안지를 보여 달라고 안달을 하는 짓을 했다.

그러건 말건 필자는 답안지를 보여 주지 않았다. 수료식에서 이번에는 육군장교들의 항의로 해병장교인 필자에게 1등을 주지 않고 2등으로 깎아 내린 현상이 나타났다. 다음은 탄약장교반 우등상장에 기록된 내용이다.

「우등상장/ 해병중위 정용순/ 군번 六二五四五/ 우기명 장교는 당교 제25기 탄약장교반 과정 재학 중 학업성적이 우수하였으므로 이에 상장을 수여함 / 1967년 11월 4일/ 육군병기학교장 육군대령 신우철/ 제134호」

그렇게 해서 필자는 병기병과로 전과되었고 병기장교가 되었다. 필자가 보직명령을 받은 것은 1967년 11월 10일이었고 해병 제1상륙사단 포항기지 사령부 탄약소대였다. 탄약소대 보좌관에 임명된 것이다. 그곳의 소대장은 해병간부후보생 28기 대위 이찬택(李燦澤, 1936~?)으로 고향이 목포라고 했다. 이찬택은 탄약소대 가까이 세를 얻어 부인 그리고 3남매와 생활하고 있었다.

가족이 생활하는데 해병대위 월급으로는 생활이 되지 않으니 모든 수단과 방법을 가리지 않고 돈을 마련하는데 놀랐다.

1968년 3월 25일에는 파월 명령이 이찬택과 함께 필자에게 발령되었으므로 특수교육대에 입교하여 월남전에 참전을 대비하여 교육·훈련을 2주간 받았으며, 4월 10일에는 포항역에서 열차에 승차하고 부산항으로 이동하여 미군 수송선에 승선되었다.

월남 다낭(DANANG)항에 도착하여 차량에 승차하여 청룡부대본부에 하차하였다. 처음 만나는 월남의 산하와 도시, 그리고 월남인들은 신기한 존재로 나타났다.

드디어 필자가 일 년을 보낼 모래사장위의 탄약보급소에 도착하여 전임자가 사용하던 방카에 입실하고 탄약반의 최성환 상사를 비롯한 중사, 하사관, 병들을 만났다.

미군 해병대에서 큰 츄레일라 트럭으로 탄약을 날라오면 육군 11군수지원단 탄약소대에서 수령하여 쌓아놓는다. 그러면 청룡부대 근무중대 탄약반에서는 탄약을 수령하려고 트럭을 타고 오는 각 대대 보급반의 병기하사에게 그들이 요청한 만큼의 탄약을 종류와 수량을 맞추어 그들이 승차하여 온 트럭에 실어주는 임무를 수행하였다.

일이 이렇게 단순한데 제일 복잡한 것은 인사문제였다. 근무중대에서 배치되어 오는 하사관은 성격이 더러운 하사관이었다. 그것이 제일 큰 문제였다.

다른 하나의 문제는 병기참모 해병소령 HJJ가 필자가 하지 않아도 될 일을 시키는 것을 하지 않을 수가 없었다는 것이었다. 1969년 1월부터 필자가 귀국을 3개월 남겨놓고 근무중대 탄약반장 직책에서 근무중대 부중대장 직책을 수행하였었다.

이곳에서 필자가 근무중대 부중대장 근무를 할 때 육군병기학교 탄약장교반 교육받을 때 필자에게 주말 시험볼 때마다 답안지 보여달라고 하던 해병간부후보생 36기 JHK가 병기반장으로 와 있었다. 근무중대 뒤 숲에 베트콩이 접근하는 것을 방지하기 위하여 매복 분대를 편성하여 내 보냈는데 어느 날 내보낸 매복분대가 베트콩의 공격을 받아 부상자가 발생하여 철수하면서 병기수리반의 병이 자신의 총(M16)이 아닌 다른 병의 총을 가지고 나오고 그 병은 총을 잃어 버린 사건이 발생하였다. 그때 그것을 말하려고 병기반장 JHK가 필자를 찾아온 일이 있었다.

5. 청룡부대 병기참모실의 장교들

5-1. 할 일도 아닌 것을 시키는 상급자: 필자는 근무중대 탄약반장과 근무중대 부중대장을 13개월 동안 수행하고 귀국하였다.

탄약반장 직책을 수행하는 동안 하지 않아도 될 일을 시킨 병기참모 해병소령 HJJ(1930~?, 진해인, 해병간부후보생 12기)가 필자에게 전언통신문을 보낸 한 일 두 가지를 기록하면 다음과 같다.

한 번은 여단본부에 파견 나온 미해병부대가 모래해변에 위치하는데 포탄박스를 실은 트럭이 넘어지면서 모래 속에 묻힌 것이 있을 수 있다고 필자에게 대원들을 인솔하여 그 모래사장을 뒤지라고 연락이 와서 대원 10명을 인솔하여 그 모래사장으로 가서 모래속을 4시간이나 파헤쳤으나 탄약박스는 없었다. 대원들이 배가 고파하는데 식사해결 방법도 없었다. 필자가 미해병대 사무실로 가서 대원들이 배가 고프니 C-레이션이라도 줄 수 없느냐고 말했더니 대원의 수만큼 주어서 겨우 해결하였다.

그것은 그렇다 하고 한 번은 각 소총 대대 병기 담당 병들에게 폭파처리

교육을 시키라는 전통을 여단장 명령으로 내려보냈다. 필자는 궤도를 작성하고 공병대대에 실습장을 이용하여 폭파처리 교육을 하는 일을 진행시키지 않을 수도 없어 2주간 약 100명의 병기병들에게 폭파처리 교육을 시켰다. 쓸모없는 교육을 수행한 것이다.

이제 병기참모실 보좌관으로 파월되어 온 JWL(1935~?, 해병간부후보생 24기)의 이야기를 몇 가지 기록하겠다. 7월 어느 날 여단 본부 병기참모실에 잠깐 들어오라고 전화가 와서 근무중대 트럭을 이용하여 갔다. 그랬더니 일도 없는데 오라고 한 것이었고, 필자가 포항 기지사령부 탄약소대에서 한 번 만난 이종욱(李鍾旭, 1936~?, 해병간부후보생 24기)이 병기참모 책상 앞의 보좌관 책상에 앉아 있었다. 그가 말했다.

"각 보병중대 검열단이 조직되는데 정 대위(이때 나는 대위로 진급되어 있었다)가 병기분야 검열관으로 참가해야 겠어."
라고 말했다. 필자가

"그것은 보좌관님 임무인데 왜 나보고 검열관을 하라고 해요? 탄약보급 업무가 나의 임무입니다."
하고 항의하였다. 그랬더니 그는 그의 책상 위의 책과 서류들을 나에게 던지고 욕을 했다.

필자는 탄약반으로 돌아왔지만 검열단 명단에 병기참모실에서 필자의 이름을 기록하여 넣었으므로 약 한 달 간 검열단을 따라 헬리꼽터를 타고 해병여단의 소총중대를 돌지 않을 수 없었다.

5-2. 해병장교를 졸병취급하는 인간: 근무중대 부중대장인 이찬택이 병기참모실 보좌관으로 가고 JWL은 청룡여단 병기참모실 보좌관에서 근무

중대 부중대장으로 자리바꿈을 했다. JWL이 해간24기(고교 졸업자)이고, 이찬택은 해간 28기였으므로 가능했던 일이었다.

그러던 어느 날 근무중대 북쪽 숲에 베트콩이 있음이 증명되었으므로 보병 1개 대대가 그곳을 소탕하는 작전을 수행했다. 공격하기 전에 우리 탄약반의 남서쪽에 위치한 포병대대에서 근무중대 뒤 숲으로 포탄을 쏟아 부었다. 아침 9시 우리 탄약반 위로 수 백, 수 천 발의 105mm 포탄이 지나 갔다. 그러니 그 포탄이 육군 11군수지원단 탄약덤프 구내에 두 발이나 근 탄으로 떨어져 폭발되었다. 다행히 인원 손실이나 장비나 포탄더미에 떨어 지지는 않았다. 필자는 그 상황을 포병대대 상황실에 연락하였다.

그랬더니 포탄 사격은 잠시 후 멈추었다. 그리고 잠시 후 근무중대 부중 대장 JWL이 전화를 걸어왔다.

"포병대대에 정 대위가 전화를 했냐?"

하고 묻기에

"근탄이 탄약 덤프 주위에 떨어져 그랬습니다."

라고 대답했더니

"왜 네가 전화를 해 이 새끼야!"

하고 욕을 퍼부었다. 필자가 그에게

"왜 욕이요? 욕하지 말아요! 나도 급해서 그랬어요."

라고 말했다. 그는 벌써 세 번째나 "이새끼" "저새끼" 하는 욕을 필자에게 한 것이다. 후배 장교에게라도 욕은 하지 말아야 하고 더구나 잘못도 하지 않았는데 욕을 해서는 안되는 것이다.

그는 필자에게 쌍욕을 하니 욕을 하지 말라고 한 것이다. 그랬더니 "너 좀 기다려라!"했다. 필자에게 온다고 기다리라는 것이었다.

필자는 군화를 신고 작업모를 쓰고 기다렸다. 그는 중대장 찝차에 승차하여 왔다. 그리고 찝차에서 내리더니 주먹이 날라왔다. 그 주먹을 피하면서 필자도 주먹을 날려 그의 턱을 가격했다.

그래서 그와 필자는 병들이 관망하는 가운데 한판을 뛰었다. 그리고 필자가 몸을 피했다. 그리고 그가 돌아갔다. 필자는 방카에 돌아와 앉아 있는데 다음에는 곡괭이 자루를 들고 다시 왔다. 필자도 곡괭이 자루를 들었다. 곡괭이 자루를 휘두르면 필자도 후려치겠다는 것이었다. 그가 곡괭이 자루를 던지고 필자의 방카로 들어왔다. 그리고 탄약반의 중사와 상사 6명이 와서 싸움을 막았다.

6. 청룡부대 근무중대 탄약반의 장병들

6-1. 해병대 최고참 상사 최성환: 월남의 다낭항에 도착하고 군용트럭에 승차하여 다낭항 남쪽 20km 정도에 위치한 호이안시 바닷가에 위치한 청룡부대 본부에 도착하였다. 청룡부대 본부에서 근무중대는 약 5km 서쪽에 위치하고 있었다. 내가 근무하게 된 근무중대 보급소대 탄약반은 육군11군수대대 탄약반과 같은 진지에 위치하고 있었다.

탄약반에 도착하니 해병포항기지 탄약보급소에서 가끔 탄약 수령하려고 왔던 최성환(崔成煥, 1927~?) 상사가 나를 맞았다. 이 탄약반에는 상사 3명, 중사 3명, 하사 6명, 그리고 상병과 병장이 20명 근무하고 있었다.

탄약반이 육군탄약반과 같이 업무를 분담하고 있으니 우리는 각 예하부대에 탄약을 불출하고, 이적작업을 돕는 정도로 업무가 그렇게 많지 않았다.

최성환은 부인과 아들 하나가 포항의 남쪽 해병사단 인근 오천에 살고 있었다. 최성환은 해병대 내 상사 중 최고참이어서 6·25전쟁에도 참전했

청곡의 사랑방

던 역전의 용사이다.

최성환은 1965년 청룡부대가 파월될 때부터 파월을 원했으나 번번히 파월장병 명단에서 빠졌다고 한다. 그래서 그것을 바라보며 안타깝게 생각한 초등학교 5학년 다니는 아들 최재종(崔載鍾, 1955(?)~?)이 당시의 대통령 박정희(朴正熙, 1917~1979)에게 편지를 보냈다는 이야기는 부대 내에서 널리 회자膾炙되었었다.

> 「대통령 각하/ 우리 아버지 '최성환 상사'를 월남전에 참전하게 해병대 사령관에게 말씀 좀 하여 주세요./ 우리아버지는 해병 포항기지 사령부 사격장에서 병기탄약 상사로 근무하고 있습니다./ 대통령 각하께서 말씀 한 번 하여 주시면 갈 수 있을 듯하여 편지 올립니다./ 월남전 참전을 원했지만 여러 번 실패하였습니다.」

이러한 내용으로 편지를 열심히 써서 보냈다고 한다.

이 편지를 받아 읽은 박정희 대통령은 미소를 띠고 한 번 웃었을 것이다. 그리고 곧 바로 해병대 사령관에게 전화하였을 것이다. 그래서 최성환은 파월되어 월남에 왔는데 필자가 근무하게 된 근무중대 탄약반에 와 있었던 것이다.

사람의 마음이야 고지식하고 나쁜 행동을 하지 않는 사람이었다. 키가 작고 얼굴이 오종종하게 생겼다. 그런데 어떤 판단력이 부족하고, 언어 구사 능력이 부족하며 기분이 나쁘면 곧 바로 뱉어 버리는 습성이 있었다. 붙임성이 없으니 같이 근무하는 상관들이 좋다고 말하는 사람이 없는 것이다. 해병대도 인간사회이니 붙임성, 유모어 등은 해병 사회에도 필수적인 것이다.

식사시간이 되면 항상 나와 같은 테이블에서 이야기 하며 식사를 하였다. 탄약 관리관은 큰 바쁜 일이 없는 직책이었다. 근무중대 병기반에서 쇠톱 몇 개를 구하여 와서 상병 두 사람을 데리고 포병대대에서 반납되어 오는 105mm와 155mm 포탄 탄피 중 신축 재질의 것을 골라 밑 부분을 자르고 쭈그려 귀국 박스에 채워 넣는 일이 그의 과업이 되었다.

박스가 채워지면 귀국하는 병장 한 사람에게 포항까지 옮겨가는데 이름을 빌려 보내곤 했다. 신축재질의 탄피가 놋그릇을 만드는데 상당한 가격을 받는다는 것이다. 포항에 귀국하는 사람들이 도착하면 부인과 최성환의 아들 최재종이가 나와서 그 신축탄피 박스를 찾아간다고 했다.

필자 앞의 탄약반장은 해병준위 최○○가 맡았었다. 이 사람의 이름은 잊었고, 성은 또한 최崔씨 였다. 최 준위와 최성환은 오랜 동안 군생활을 같은 부서에서 했다고 했다. 최성환은 놀음을 못하지만 최 준위는 수준급이 었다고 한다. 최 준위와 최 상사가 근무중대 병기반에 근무할 때 부중대장으로 오랜 동안 같이 근무했던 병기장교가 이현종이었다고 했다.

이현종도 놀음에 일가견이 있고, 놀음을 좋아하는 사람이어서 일과가 끝난 다음 저녁에 최 준위와 이현종은 놀음판을 벌렸다고 한다. 그러나 최 준위가 몇 수 위여서 놀음판만 벌리면 털리는 것은 이현종이었다고 했다.

최성환은 근무중대 수위실 담당 이중사를 만나 그와 만났던 일을 이야기 하곤 했다. 이중사는 나이도 몇 살 최성환보다 아래이고 계급도 아래여서 최성환은 그를 만나면 욕으로 시작해서 욕을 하면서 헤어진다고 했다.

"야 이중사 이자식아 복장이나 단정하게 하고 위병소 근무를 해라!" 하는 이러한 식의 이야기로 시작된다. 이중사도 고집이 있고, 바른 말을 잘 하는 사람이어서 반항한다.

"선배님 그러시면 안됩니다. 아무리 상급자라 해도 만나자마자 이자식 저자식 하면 듣는 하급자가 기분이 나쁩니다."

라고 말한다 했다. 그러면 최성환은

"이 자식아 뭐가 그리 기분이 나빠 이 자식아!"

라고 말했다고 한다.

최성환은 파월되어 1년이 되자 현지 취업을 하려고 했다. 여단 본부 인사과에 서류를 제출하고 면접을 보아 현지 취업을 하였었다.

6-2. 부모에게 바친 귀한 귀국선물: 월남의 호이안(Hoian)에서 해병 대위로 근무하던 때로부터 52년이 흐른 현재 여름철 어느 사무실이나 집에 들어 갔을 때 선풍기를 보면 또 더운 여름 팬츠만 입고 시간을 도둑질할 때면 내 기억의 쳇바퀴는 1969년 3월 중순 어느 날 다낭(Danang)이라는 월남의 제2의 항구에서 약 30km 남쪽에 위치한 호이안시 외곽의 청룡부대 탄약반 반장이었던 시절로 마음이 달려간다.

나무가 거의 없는 모래벌판에 미해병 공병대가 지은 방카를 사방에 모래를 넣어 채우고 그것을 방카 주위를 둘러치고 그 속에 목침대를 놓고 잠을 잤다.

그때 필자는 상사 2명, 중사 3명, 하사 5명, 병들 20명을 이끌고 탄약반장으로 근무하였었다. 이 탄약반으로 전입되어 오는 병기병과 해병들은 파월 되어 보병대대 소총소대로 배치되어 3개월 동안 근무하고 배치되어 왔다. 1969년 3월 우리 탄약반에서 근무한 다음 해병들은 아침 6시 기상하여 주위와 방카 내부를 청소한다. 청소가 끝나면 세면과 아침식사를 하였다. 그런 다음 각 보병대대와 포병대대에서 병기 하사들이 탄약을 받으러 트럭에 승차하여 오면 그들이 기록하여 온 만큼의 탄약을 그들의 트럭에 실어 주었다. 그러한 일과가 끝나면 저녁식사를 했다.

월남이라는 전쟁터는 12시가 되면 점심을 먹고 15시까지 복사열을 피하기 위해 쉬는 시간이다. 그러나 해가 서쪽 라오스 쪽 산을 넘으려 하면 남지나해에서 불어오는 바람이 그리 시원할 수가 없다. 해가 서쪽의 산맥을 넘어가고 둥근 보름달이 떠 있을 때는 또 미국 정찰기들이 하늘을 돌면서 항공조명탄을 이곳저곳에 떨어뜨려 놓았다. 그러면 고향의 부모와 형제자매가 그리워지기도 하는 것이다.

이러한 시간에는 대원들을 방카 옆에 모아 놓고 고향생각을 덜어줄 겸 어릴 적 들은 재미있는 이야기를 말하게 하거나 월남에 와서 이곳에 오기 전 3개월 동안 소총소대에 근무할 때 일어났던 경험담을 이야기 하게 하였다.

건장한 대원 한 상병은 나와서 소대에서 베트콩을 포로로 잡아서 죽인 이야기를 웃어가면서 신바람나게 했다.

「이야기인 즉 그의 소대 전체가 매복을 나갔다가 남자 포로 3명을 잡았다고 했다./ 그 포로들에게 그의 마을이 어느 곳이며 그 마을에는 몇 명의 베트콩이 있느냐고 물었다./ 그랬더니 그들은 말을 하지 않았다./ 이들의 하의는 검은 팬츠 하나만 입고, 위에도 얇은 검은색 반팔 런닝 같은 옷 하나만 입고 다닌다./ 소대장은 이들을 나무에 두 팔과 다리를 묶어 놓게 하고 대원 한 사람에게 한 베트콩의 팬츠를 벗기고 성기를 흔들어 주라고 했다./ 그러니 이 베트콩의 성기가 부풀어 오르고 빳빳하게 벌떡 일어났다./ 그러자 소대장은 날카로운 칼을 주고 그 성기를 잘라 버리라고 명령했다./ 그 대원은 차마 그 포로의 성기를 자르지 못하였다./ 오히려 얼굴을 외면했다./ 그 소대장은 하사관에게 그 성기를 자를 때까지 그 해병의 따귀를 때리라고 했다./ 몇 대 맞고도 해병은 그것을 자르지 못했다./ 그 베트콩은 살려 달라고 애원하는 소리를 냈다./ 눈물도 흘렸다./ 그러나 따귀를 맞아 얼굴이 부어오른 해병은 "에이 모르겠다" 하면서 그 성기를 잘라버렸다고 했다.」

이 이야기가 정말 있었던 일인지는 알 수 없는 일이다. 그 이야기를 한 상병이 대원들을 재미있게 하기 위해 이야기 한 일일 가능성이 많다.

보병 대대 소총소대에 배치되었다가 그가 속한 보병분대가 매복을 나갔다가 죽을 고비를 넘겼다고 하는 해병병장 서한근(徐漢根, 1947~?, 전남 해남군)의 이야기는 무용담이라 하기보다는 대원들의 가슴을 섬뜩하게 했었다.

「소총소대에 배치되어 한 달쯤 지났을 때 였어요./ 우리 분대 13명은 중대에서 1km 정도 떨어진 숲속에 가서 매복하였다가 지나가는 베트콩을 사살하라는 명령을 받았어요./ 매복지점에 갔을 때 철조망으로 둘러쳐진 미군이 사용하던 진지가 보였어요./ 분대장이 그곳에 들어가 있자고 했어요./ 대원들이 안전하다고 생각하여 그 철조망 안으로 들어갔어요./ 들어가 호도 파지 않고 있다가 분대원들은 모두 잠이 들었어요./ 그런데 한참 잠이들었을 때 아마 새벽 1시쯤었을 거예요./ 수류탄 몇 발이 날라와 터졌어요./ 아마 대원들이 잠들기를 기다린 베트콩들이 수류탄으로 공격한 거예요./ 13명 중 10명 정도가 죽거나 다쳤어요./ 저는 요행히 다치지도 않아서 철조망 밑을 통과하여 밖으로 나와 숲 속에 들어가 엎드려 있었어요./ 가만히 바라보니 베트콩들이 철조망 안으로 들어가는 것이 보였어요./ 더 멀리 기어서 도망가기 위하여 움직이려 하니 옆에서 누가 잡는 것이었어요./ 선임 상병 한 명이 저보다 먼저 철조망 밑을 통과하여 나와 있었던 거예요./ 그래서 가만히 엎드려 있었더니 그놈들이 시체에 총을 쏘는 거예요./ 확인 사살을 하는데 소름이 끼쳤어요./ 그리고 총과 장구들을 끄르고 군복도 벗겨 가지고 철조망을 나가면서 크게 웃었어요./ 날이 샌 다음 중대에서 구원병들이 나왔어요./ 시체가 후송되고 선배 상병과 저는 방첩대와 헌병대에 가서 조사받았어요.」

이야기는 여기까지였다. 매복 분대나 소대는 완전히 어두워 진 다음 매복지점으로 이동해야 되고 설치되어 있는 기존 시설은 이용하지 말아야 하며, 새로운 지점에 방공호를 파고 그 방공호에 들어가 있어야 한다. 호 앞에는 크레모아 지뢰를 설치하고 분대원이나 소대원들은 끈으로 연결하여 분대장과 소대장이 끈을 잡아당겨 졸지도 않게 해야 한다.

그런데 서한근이 속한 매복 분대는 이러한 수칙을 하나도 지키지 않아서 거의 몰살을 당한 것이었다. 누구를 원망하겠는가? 만약 분대장이 매복나가서 지켜야 될 사항을 교육 받은 대로 하였더라면 이렇게 당하지 않고 모든 대원들에게 훈장을 안겨주었을 것이다. 배운대로 하는 것이 이렇게 중요한 것이다.

서한근은 귀국일자가 가까워 오자 필자에게 와서 여단본부에 외출을 갔다 오겠다고 했다. 그리고는 여단에 갔다 올 때 조그마한 박스 하나를 들고 왔다. 무엇인가 보았더니 선풍기 한 대를 구입하여 가져온 것이었다. 맥주 한 캔 사서 마시지 않고 그 적은 월급을 남겨 놓았다가 선풍기 한 대를 구입한 것이다. 귀국준비로 그렇게 선풍기 한 대를 구입하지 못하고 귀국하는 병들이 많은 것이다. 그의 마음 씀씀이가 그렇게 기특하게 보일 수가 없었다.

매복갔다 분대장을 잘 못 만나 잃을 법한 생명을 가지고 가는 것만도 부모에게 큰 선물인데 선풍기를 준비하여 가지고 가서 부모에게 드리는 것이다.

서한근은 마음씨가 그렇게 착하여 옆의 병들과 한 번도 얼굴을 붉히지 않고 생활했으며 얼굴도 미남이고 몸매도 한국인의 표준이었다.

그때 탄약반 주방에 근무하였던 병들 중 한 명은 현재 경기도 가평에서 안경점을 하고 있는 이충선(李忠善)이다. 가평읍 중심부에 안경점이 있고 살림집은 변두리에 아늑하게 자리잡고 있었다. 그는 1남 6녀의 아버지가 되어 있고 막내로 둔 아들이 결혼할 때 필자가 주례를 맡은 바 있다.

2018. 12. 18.

7. 귀국선물과 원하는 사람

귀국하여 귀국박스를 소지하고 고향 공주의 산골로 갔으나 반기는 사람은 모두 전쟁터에서 무슨 선물이나 가지고 오지 않았나 하고 쳐다보는 듯했다. 안타까운 일이었다. 텔레비전 3대를 가지고 왔으나 이것들은 판매하여 필자의 대학원 등록금과 생활비로 사용하는데 사용되었다.

말이 났으니 한 가지 기록하기로 한다. 필자가 월남 호이안에서 근무중대 탄약반장으로 근무하는 동안 귀국할 때 TV 한 대만 갖다 달라고 편지한 사람이 세 명 있었다. 이들은 편지에 필자의 안위를 걱정하는 편지를 한 번도 보내지 않은 사람들이다.

한 사람은 중·고교 동기생인데 필자보다 우리 마을의 친구 김창룡(金暢庸, 1940~?)과 친해 중고 시절 우리 마을에 놀러와서 알게 된 사람인 이은완(李股完, 1939~?, 고려대 행정학과, 영등포 세무서 근무), 또 한사람은 필자가 중학교 2학년 일 때 하숙을 치며 밥을 하여 주었던 큰누님 윤순(閏淳, 1928~2017), 그리고 세 번째 사람은 김포 해병제1여단 전차중대장

DYJ(1935~?, 경신고교, 해간23기)였다.

필자도 귀국하여 대학원 과정을 밟기 위해 학자금이 필요한 사람이고, 나이가 삼십을 넘었으니 결혼도 해야 하는 사람이므로 결혼자금이 필요한 사람인데 텔레비전을 한 대씩 갖다 달라는 것인가? 마음이 대단히 좋지 않았다. 전쟁터에 가서 죽을 수도 있는 사람에게 귀국선물로 텔레비전이라니?

그간 귀국한 장교들이 텔레비전을 선물로 많이 갖고 간 모양이어서 이들이 그러한 예의에 어긋난 편지를 한 것이다. 가슴이 막히는 듯했다. 어찌 세상이 그렇게 변했다는 말인가?

이은완이야 텔레비전을 갖다 주고 값을 받으면 되겠지만 필자가 병기학교로 떠나기 전 중대장을 했던 DYJ와 큰누님에게 텔레비전 장사를 한단 말인가? 이은완이도 그렇지 텔레비전의 원금과 운반비는 어쩌란 말인가?

귀국하여 나의 형을 만났을 때 형이 하는 말은

"친구에게 어떻게 선물(텔레비전) 값을 받니?"

라고 말했다. 그 말을 듣고 놀랐다. 전쟁터인 월남에 갔다 오는 사람은 텔레비전을 무료로 나누어 주고 노숙하라는 것인가? 결혼도 하지 말고 대학원 진학도 하지 말라는 것인가? 정말 한 마디로 가슴이 '찡'했다.

필자도 귀국하여 예비역으로 편입되면 나이가 30살을 넘은 노총각이므로 결혼하고 생활할 셋집이라도 얻어야 하는데 가지고 온 텔레비전까지 선물로 모두 줄 수는 없는 것이다. 세상 사람들에게 점잖게 말하고 싶은 것이 하나 생겼다. 전투지역에 용병으로 갔다 오는 사람에게 아무리 살기가 어렵고 텔레비전이 갖고 싶어도 선물로 텔레비전을 하나 갖다 달라는 말은 삼가야 할 것이다.

필자는 국방부장관으로부터 1969년 5월 20일 14608호로 '월남참전기장증'을 받았다. 내용에 '해2여단 계급 대위, 성명 정용순, 위와같이 '월남참전 기장'을 수여함'이라 기재되어 있었다.

지금 월남참전 군인들의 월급이 국가에 의해 90%가 착복되었음이 김성웅 회장에 의하여 밝혀져 그 착복한 금액을 배상하라는 운동이 벌어지고 있으니 어찌될런지 귀추가 주목되고 있다.

2004년 6월 8일에는 노무현 대통령의 이름으로 국가보훈처의 제21-25-019228호로 월남전 참전越韓戰 參戰 '참전유공자증서參戰有功者證書'가 나에게 전달되었다. 월남전에 참전하고 귀국하여 35년의 세월이 흐른 후에 이 증서를 받은 것은 참전유공자에 임명되었다는 증거로 된 것이다.

「참전유공자증서/ 정용순/ 귀하는 월남전에 참전하여 자유민주주의 수호와 국가발전을 위하여 헌신하였으므로 그 명예를 기리기 위하여 이 증서를 드립니다./ 2004년 6월 8일/ 대통령 노무현(직인)/ 이 증서를 참전유공자증서부에 기입함./ 제21-25-019228호/ 국가보훈처장 안주섭(직인)」

2011년 10월 1일에는 이명박 대통령의 이름으로 나에게 '국가유공자증서國家有功者證書'가 전달되어 받았다. 국가유공자증부國家有功者證簿에 '제21-25019228호'로 기록되었다는 증서가 전달되어 온 것이다.

「국가유공자증서/ 정용순/ 1940년 9월 4일생/ 우리 대한민국의 오늘은 국가유공자의 공헌과 희생위에 이룩된 것이므로 이를 애국정신의 귀감으로서 항구적으로 기리기 위하여 이 증서를 드립니다./ 2011년 10월 1일/ 대통령 이명박(직인)/ 이 증을 국가유공자증부에 기입함./ 제21-25019228호/ 국가보훈처장 박승춘(직인)」

월남참전자 모두에게 수여하는 것일지라도 필자는 '국가유공자國家有功者'
가 되었으니 작은 즐거움이 있었다.

청룡부대 근무 13개월(1968년 4월 10일~1969년 5월 23일)을 마치고 귀
국할 때 필자는 귀국하는 청룡부대원들 중 탑재보좌관으로 임명되어 활동
하였었다.

귀국하는 날 해병제2여단장(청룡부대장) 준장 이동호(李東湖, 1926~2010)
의 표창을 받았는데 그 내용은 다음과 같다.

> 「제327호/ 표창장/ 해병제2여단 해병대위 62545 정용순/ 상기자는 1968년
> 4월 파월 이래 왕성한 책임관념과 강인한 실천력을 발휘하여 상관의 명령을
> 성실히 이행하고 맡은 바 직무수행에 헌신함으로써 청룡부대의 전투력 증진
> 은 물론 부대발전에 기여한 공이 현저하였음./ 이는 오로지 투철한 애국지성
> 과 불굴의 군인정신의 발로로서 타의 귀감이 되므로 그 공을 높이 찬양하여
> 이에 표창장을 수여함./ 서기 1969년 5월 20일/ 해병제2여단장 해병준장 이
> 동호」

이동호 해병제2여단장은 해병소장으로 예편되어 1973년부터 경북 구미
에 위치한 금오공고 교장으로, 1980년 금호공대가 설립되면서 초대 학장으
로 근무한 사람이었다. 그의 아들이 필자가 대광고교 교사(1972~1978)일
때 대광고교 학생이었으므로 한 번 대광고교를 방문한 일이 있었다. 그 때
한 번 만난 것이 그와의 마지막 만남이었다.

제3장

연세대학교 대학원생 그리고
대광고등학교 교사 생활

　해병장교생활에서 예편된 다음 연세대 대학원 석사과정에 입학하여 학점취득하여 수료하고, 이학석사 학위를 취득하였습니다. 석사학위 과정을 수행하는 동안 숙식문제가 시골에서 올라온 필자에게 커다란 문제로 다가왔었습니다.

　석사학위 취득 후 서울의 사립고등학교인 대광고등학교 교사로 임명되어 6년 간 근무하였습니다. 고등학교 교사로 처음 임명되었으므로 학생 지도에 많은 공부가 필요하였고, 같이 근무하는 교사 사이에도 설명할 수 없는 애환이 있었습니다.

　더구나 필자는 대광고등학교에 취업하면서 결혼을 하여 가정생활을 하여 나가는 데도 남모르는 갈등이 있었습니다.

　그리고 다시 연세대학교 대학원 박사과정에 39세 나이로 입학하여 학업연마와 연구논문 작성의 고통을 겪었습니다. 그리고 세상에서 말하는 이학박사 학위를 취득했습니다.

1. 연세대 대학원 석사과정과 거처

1-1. 왕십리 역 앞 빵집: 1970년 1월 15일 경이었다. 필자는 연세대학교 대학원 석사과정 입학시험에 응시하여 합격통지서를 수령하고 등록금을 지불한 다음 충남 공주군 사곡면에 있는 필자의 고향집으로 내려와 쉬고 있었다.

그때 필자의 고향집에는 할머니와 청각장애인이시고 언어장애인이신 아버지, 그리고 어머니가 살고 계셨다. 필자의 형 관순(觀享, 1934~?, 초등학교 교사)은 고향집에서 약 8km 떨어진 마곡사(麻谷寺, 천년 고찰) 인근에 위치한 마곡초등학교(麻谷初等學校) 교사로 근무하고 있었으므로 형수 윤임순(尹妊順, 1936~?), 첫딸 기영(基英, 1968~?)과 함께 초등학교 근처에 셋방을 얻어 생활하고 있었다.

그런데 1월 20일 경 셋째 숙부 종옥(鍾天, 1919~1972, 왕십리 역앞 거주, 식빵집 경영)이 집으로 내려왔다. 빵집을 열고 있던 숙부가 자리를 비우고 내려온 것이다. 할머니를 뵐 겸 내려왔다고 하나 그 이유를 자세히는 몰랐다.

숙부는 말이 비교적 적고, 사회성이 좋으시며, 청각장애인이고 언어장애인인 자신의 큰형과 함께 살고 있는 형수의 말에 말대답을 하거나 저항하지 않았었다. 그래서 어머니도 셋째 숙부를 욕하지 않으셨다. 그런 숙부가 집에 내려오자 어머니가 걱정거리를 이야기 했다.

"서방님 저 애 용순이가 군대 제대하고 나오더니 취직을 하지 않고 서울 가서 대학원 공부를 더 하겠다고 하니 걱정이야. 먹고 잘데가 있어야지."

하는 것이었다. 그 말을 기다렸다는 듯 숙부는

"형수님 용순이 우리집으로 보내요. 먹고 자는 것이야 어떻게 못하겠어요?"

했다. 필자는 갑자기 석사과정에 입학하면서 숙식문제가 해결되었구나 했다.

그런데 필다가 숙부댁에 가서 숙식하기를 꺼리는 것은 11년 전 숙모와의 관계 때문이었다. 1959년 4월 어느 날 필자는 재수를 하기 위해 책보따리를 들고 동대문구東大門區 리문동里門洞 외국어대학 옆에 사시는 누님댁으로 올라갔으나 얹혀 있을 수 없도록 생활이 어려웠다. 그래서 얹혀 있을 수 있을까(?) 하고 그곳에서 가까이 사시는 셋째 숙부 종옥의 집에 누님과 같이 갔었다.

문 안에 들어갔더니 숙부는 집에 없고 숙모만 있는데 살기 어려운 것은 똑 같았다. 인사를 드리자마자 숙모가 눈을 똑바로 뜨고 바라보면서 필자가 하지 않은 말까지 하면서 호통을 치는데 그대로 나왔다. 아마 필자에게 숙식을 제공할 수 없음을 그렇게 나타낸 것이다.

필자는 어렵게 사시는 누님댁으로 오면서 눈물을 흘리고 소리 내어 울었었다. 우리 국민 모두가 살기 어려운 시절인 1959년의 한 풍경이었다.

그런 일이 11년 전 있었던 것을 조금 잊고 1970년 3월부터 그 숙부댁에서 숙식을 하면서 연세대학교 대학원에 등○하교 하였다. 대학원 생활은 주당 12시간 학부학생 실험지도, 수강신청한 강의 학점취득을 위해 9시간 강의 듣고 세미나 1시간 하고, 지도교수의 논문지도도 받는 고된 생활이었다. 그때의 지도교수가 대학원장 GSL이었는데 그에게 휘달림 받은 것을 생각하면 지금도 소름이 끼치는 것이다.

그러한 정신없이 시달림을 받으며 생활하던 1970년 4월 초 어느 날 지도교수가 부른다는 전화가 왔다. 대학원장을 맡고 있던 지도교수 GSL이 있는 대학원장실로 갔다. GSL은 필자가 그의 앞으로 가자 필자에게 "자네 형에게 밤나무 밭을 일구어 밤나무를 기르게 할 수 있느냐?" 하고 물어 내가 "할 수 없습니다."라고 대답했더니, 며칠 후에 또 나를 부르는 전화가 왔다고 하여 대학원장실로 갔더니 이번에는

"내 친한 은인의 딸이 결혼하는데 선물하려고 하니 목화를 구하여 오게!" 하는 요구도 거침없이 하는 것이었다.

그러다가 7월 여름방학이 되어 좀 나의 시간을 가질 수 있었다. 연구실에 나가서 연구논문도 읽고 같은 연구실의 박사과정을 밟는 DWL이 수행하는 연구실험도 도와주기도 하였다. 그런데 8월 말쯤 어느 날 하교하여 12시경 잠을 자려고 할 때 아랫방에서 숙모의 앙칼진 목소리가 어두운 밤공기를 찢어 놓고 있었다.

"그애 어머니가 살아 있는 한 되지 않으니 그런 줄 알아요."
하는 소리였다. '그애'는 '필자'를 말하는 것이었다. '어머니가 살아 있는 한 되지 않는다'는 말은 '필자를 양자로 삼게 하여 달라는 말을 우선 필자에게

하여 허락 받아 달라는 것'에 대한 답변이었다.

필자도 양자로 들어가는 것을 원하지 않았다. 숙부보다 숙모가 맘에 들지 않았고 아무 것도 없고 빚이 얼마인지 모르나 대단히 빚이 많은 양부모 밑에 양자로 들어가 모실 생각은 없었다.

필자는 숙부 내외가 일수돈을 얻어 생활함을 알았었다. 일수돈을 얻어 사용하면서 그 이자를 갚지 않을 경우 빚이 얼마로 불어나는지 모르는 것이다. 물론 어머니도 허락하지 않을 것이었다. 조카를 양자로 삼으려면 평소 잘 도와주어야 하고 상속할 재산이 있어야 되는 것이다. 필자 자신도 가진 것이 없는데 양부모의 빚을 어떻게 갚을 수 있겠는가?

그 말을 듣고 그 이튿날 필자는 연세대학교 정문 앞 마을의 복덕방을 찾아갔더니 마침 저렴하고 조그마한 월셋방이 있다고 했다. 그래서 바로 필자의 책가방과 이부자리를 그 월셋방으로 옮기고 자취를 시작하였다. 점심과 저녁은 연세대학교 식당에서 해결하고, 아침만 남비에 끓여 먹는 생활을 한 것이다. 반찬 구입은 가까운 신촌시장新村市場을 이용하였다.

이제 필자의 셋째 숙부에 대한 이야기를 몇 가지 기록하려 한다. 숙부는 사곡면 소재지에 위치한 초등학교(일제시대의 소학교)를 마친 다음 충남 천안天安에 있는 천안공업학교天安工業學校에 입학하고 학업을 진행하였다. 방을 얻어 자취를 하였는데 한 번은 할아버지가 그 월세방에 갔더니 한 여자와 같이 생활하는 것이 발견되었다. 그래서 이왕 그럴 것이면 장가를 일찍 들인다고 조치원의 숙부보다 두 살 위의 여자와 결혼시켰다고 한다. 어머니가 일찍 돌아가셔서 계모 밑에서 자란 처녀였다.

1936년에 18세 소년이 20세 처녀와 결혼한 것이다. 공업학교를 졸업하고 일제시대 북한(일제시대 이북이라 했음) 함경남도 장진발전소에 취업되어 몇 년간 함경남도에 가서 살다가 해방이 되면서 귀향한 것이다. 둘이 결혼한 다음 딸을 셋이나 낳았으나 셋이 모두 5세를 넘기지 못하고 사망했다고한다. 6·25전쟁 중에도 두·세 차례 첩을 얻어 생활하였으나 아기를 얻지못한 것이다. 결국 필자가 숙부의 마음에 점찍힌 양자 후보자로 된 것인지모른다.

그래서 필자가 1970년 1월 대학원 입학시험에 합격하고 고향집에 내려와 있을 때 빵 제조를 하는 상점 주인이 자리를 비우고 고향에 따라 내려와자신의 집에서 숙식을 하라고 어머니에게 말했고, 1970년 8월 말 잠자리에서 숙모에게 양자 애기를 꺼내 숙모가 소리를 지른 것이다.

필자가 숙부 댁에서 나온 다음 숙부가 운영하는 왕십리역 앞 빵집이 되지않자 술집으로 개조하여 술을 팔았으나 그것도 여의치 않았다. 그렇게 이것저것 열었다 닫기를 몇 번 하다가 사기꾼에게 조금 가지고 있는 재산마져털리고 말았다. 그리고 어느 순간 그 사기꾼을 만나 화를 내다가 혈압이올라 뇌진탕이 와서 1972년 1월 말 눈을 감고 말았다.

시신을 공주군 사곡면 해월리 뒷산에 필자가 상주로 되어 모셨다. 필자가이학석사 학위 논문 심사를 받은 다음 이학석사 논문을 발간하여 책으로엮어 연세대학교 대학원에 제출하고 일주일 뒤의 일이었다.

1-2. 석사과정 지도교수 이야기: 1969년 5월 23일 월남전에 참전을 마치고 필자는 귀국했다. 새로운 필자의 직책은 해병제1상륙사단 본부 병기참모실 병기참모 보좌관이었다. 그 직책으로 8월 31일까지 근무하다가예편되었다.

예편된 다음 공주군 사곡면의 부모님 계신 곳으로 와서 연세대학교 대학원 석사과정 입학시험 준비를 했다. 귀국박스를 가지고 왔으나 주위의 모든 사람들이 선물을 원하고 있어 필자는 실망하였다.

필자가 월남으로 출발할 때 한국에서의 1년 월급을 받아 형에게 송금했더니 초등학교 교사로 월급을 받고 논농사와 밭농사를 지어 생활에 충분한 돈이 있으면서 형은 그 돈을 '어머니 약값'으로 사용했다고 수첩에 기록하여 그 수첩을 필자가 잘 볼 수 있는 방바닥에 펴 놓은 것을 볼 수 있었다. 동생이 불쌍치도 않은가?

아무래도 석사과정 입학시험은 집에서 준비할 수는 없다고 생각되었다. 책을 펴 놓고 정리할려고 하면 어머니가 필자의 방문을 열고

"용순아 소를 냇가에 매고 와서 하거라!"

또는

"용순아 이리 나와 이것 좀 도와 주거라!"

했다.

그렇게 하다가는 대학원이고 개나발이고 모두 틀렸다고 생각하고 서울로 올라가 이미 연세대하교 대학원 화공과 석사과정에 재학하고 있는 군대 동기생 '조정래(趙晶來, 1941~?)'를 찾아갔다. 그의 하숙집에 같이 하숙하면서 시험준비를 하였다. 연세대학교 정문에서 멀지 않은 곳에 있는 하숙집이었다.

그렇게 준비하여 연세대 대학원 화학과 석사과정 입학시험에 합격하였다. 1970년은 대한민국이 북괴보다 GNP가 적었던 시절이었다. 이런 시절 연세대 대학원 석사과정 화학과에 입학하여 전공과목으로 분석화학(分析化學, Analytical Chemistry)을 선택하였다.

당시 연세대 대학원장인 GSL(1913~1982)의 전공과목이 '분석화학'이어

서 그가 자동적으로 지도교수가 되었다. 1970년 2월부터 연세대 이과대학 1층에 위치한 그의 연구실에 들어가서 필자의 대학원 석사과정 생활이 시작되었다. 그는 수십 권의 대학 전공서적과 고등학교 화학교과서를 저술 또는 편집하였고 수필도 여러 편 저작한 교수이니 잘됐다 생각을 했었다. 그가 작성한 어느 수필에서 그는 「내가 이길상인데 나를 이길 수 있는가?」라고 기록하고 있었다.

그 연구실에는 필자와 호적상 동갑인 연세대 화학과 출신이고, 석사과정을 마치고 전임강사가 되었으며 박사과정에 입학한 이대운李大云과 연세대 화학과를 졸업하고, 석사과정에서 분석화학을 전공하고 시간강사를 하고 있는 필자와 동갑이고 생월까지 같은 강삼우(姜三祐, 현재 한남대학교 명예교수)가 책상을 나란히 놓고 있었다.

필자는 왕십리역 앞에 거주하시는 셋째 숙부댁에서 연세대학교 정문 앞을 운행하는 시내버스를 이용하여 연세대를 등하교 했었다. 필자는 대학원에 입학하면 학점만 취득하고 석사학위 논문만 작성하여 심사만 통과하면 되는 것으로 알았다.

그런데 필자는 학기가 3월 2일 시작되면서 두 가지의 예상치 못한 일들이 다가왔다. 하나는 분석화학 실험 조교를 일 주일에 12시간(6개 학과) 맡아야 된다는 것이고, 또 하나는 지도교수라는 사람이 무리한 금품을 요구한다는 것이었다. 실험강의는 필자가 몸을 열심히 움직이면 되었으나 두 번째 요구는 도저히 견딜 수 없는 것이었다.

사실 알고 보니 다른 대학원생들은 일반화학실험 4시간만 들어가면 되는데 필자는 그들보다 3배의 시간을 맡은 것이었다. 그러나 전공과목이 분석화학이므로 어쩔 수 없다고 생각했다. 그런데 그것보다 필자가 견디기 정말 힘든 것은 지도교수의 금품요구였다.

3월 중순 어느 날 지도교수 대학원장 GSL이 오라는 연락이 와서 500m나 되는 거리를 달려갔었다. 그랬더니

"자네 형님에게 밤나무를 심어서 기르게 하여 주게!"

하는 말을 하였다. 필자는 하숙비도 없어 숙부댁에서 등·하교하는 것도 겨우 하고 있는데 더 이상 돈이 들어가는 것은 할 수 없었다. 석사과정 다니는 것을 마땅치 않게 생각하고 경기도 교육청에 신청만 하면 어느 고등학교에 발령 받아 교사를 할 수 있기를 바라는 사람에게 밭을 사서 밤나무를 심어 달라고 그리고 관리를 해 달라는 요구는 되지 않는 것이다. 그래서

"저의 형님은 초등학교 교사라 밤나무 못기릅니다."

했더니 대단히 못 마땅한 표정을 했다. 이것은 이렇게 지나갔지만 다음에 무엇을 요구할지 몰라서 겁이 났다.

옆 연구실에 석사과정을 마치고 시간강사를 하고 있는 필자의 대학 3년 선배 여철현(呂鐵鉉, 1936~?)이 있어 찾아가 이를 어찌해야 하느냐고 상의를 했으나 웃기만 했다. 그래서 그대로 필자의 일과를 계속했다. 학점 신청한 과목의 강의를 듣고 학생들의 실험을 지도 했다.

아니나 다를까 1970년 4월 20일이었다. 대학원장이 또 부른다고 하여 갔다.

"내가 신세를 많이진 사람의 딸이 결혼하는데 목화를 선물했으면 하는데 좀 구하여 오게!"

했다. 필자를 잡아먹으려 하는 것이다. 정말 대학원 석사과정을 그만두고 싶었다. 그리고 주말에 집에 내려가 어머니에게

"어머니 목화를 한 푸대 구할 수 있을까요?"

하고 물었더니 어머니가

"지금 누가 목화를 심느냐? 한 번 알아보기는 하마"

하고 이웃에 보따리 장수하는 아주머니에게 부탁했더니 겨우 한 푸대 구해왔다. 필자는 석사과정에 입학하여 학문이 아닌 이러한 물질적인 것으로 고통을 받으리라고는 생각지 못했었다. 정말이다. GSL은 이런 인간인 것을 모르고 입학한 것이었다. 낙담하고 실망하였다.

다행히 그 더러운 GSL은 그 이상의 요구는 하지 않고 다음 학기 스웨덴에 연구교수로 떠났다.

같은 연구실에서 동갑인 이대운이 실험하여 논문 쓰라는 대로 밤을 새워 실험을 하여 실험값을 얻고 이 실험값을 정리하여 표를 작성하고 그래프 (Graph)를 그렸다.

같이 화학과 석사과정에 입학한 연세대 화학과 졸업생은 3명이었다. 김보원(金保源, 1943~?), 양현상(梁賢相, 1945~?), 그리고 이후영(李厚榮, 1948~?) 이었다. 김보원과 양현상은 사업을 하는 사업가가 되었고, 이후영은 도미하여 미국국적을 취득하여 미국 사람이 된 것으로 알고 있다.

석사학위 수료식에는 어머니와 형, 미래의 빙장 어른과 빙모님이 오셔서 축하해 주셨다. 많은 친척, 예를 들어 숙모님과 중순까지 참석하여 축하하여 주었다.

이 글을 기록하면서 임명장과 학위등록증을 모아놓은 봉투를 열어서 정말 오랜만에 이학석사학위등록증을 펼쳐 읽어 보았다.

「학위등록증/ 학위명 이학석사/ 등록번호 71(석) 76/ 본적 충청남도/ 성명 정용순/ 생년월일 1940년 9월 4일생/ 위 사람은 연세대학(교)에서 이학석사의 학위를 받고 교육법시행령 제125조의 규정에 의하여 등록하였음을 증명함/ 1972년 2월 21일/ 문교부장관」

학위등록증과 학위증서는 다른 것으로 학위증서의 번호는 석사제834호였다. 학위증서에는 연세대학교 대학원장은 이학박사 이길상, 연세대학교 총장은 신학박사 법학박사 박대선이라 기록되어 있었다.

2. 대광고교의 교사들

2-1. 대광고교 교사로서 결혼: 1972년 2월 어느 날 동대문구 신설동에 위치한 대광고교에 교사로 근무하던 김시준(金時俊, 1937~?, 서울대 화학과)이 연세대학교 교육대학원에서 교육학석사 학위를 취득한 후 화학과에서 분석화학 강사로 1년 출강하더니 1972년 한양대학교 화학과 교수로 채용되었다.

공주사범대학 화학과 동기생 SIL(1942~?, 예산농고)이 창덕여고 교사로 재직함을 알기 때문에 그를 찾아가

"신설동 소재 대광고교에 화학교사 자리가 비어 있다고 하므로 그 자리에 갔으면 하는데 어떤 방법이 없을까?"

하는 말을 했더니 그가 그와 친밀한 친구 JJO를 만났을 때 그 이야기를 그에게 하였다.

그랬더니 마침 JJO의 고등학교 시절의 은사가 대광고교에 옮겨 근무한다 하고 이력서를 준비하여 오라고 했다. 그의 은사는 대광고교 수학교사 이영

환(李燦煥, 1934(?)~?, 서울공대 기계과)이었다. 이력서를 가지고 JJO와 같이 대광고교 인근에 거주하는 이영환 선생을 찾아가서 부탁하였다. 그리고 그가 필자의 이력서를 대광고교 교장 이창로(李昌櫓, 1914~2015)에게 전달하였다.

그래서 1972년 1월 27일 면접하러 오라는 통보를 받고 대광고교 교장실로 가서 교장 이창로를 만났다. 그리고 2월 10일 채용되었음을 통보 받은 것이다.

그런 일이 진행되는 동안 SIL이 그의 외육촌 여동생이 있으니 만나 보라 하였다. 그것도 1월 말 어느 날이었다. 필자는 SIL에게

"나는 가진 것이 너무 없어 결혼은 할 수 없으니 만나 봤자 결혼을 할 수 없을 것 같다."

라고 말했다. 그랬더니 SIL이 다음과 같이 말했다.

"공주교육대학(2년제)을 졸업하고 집 인근 초등학교에서 근무하고 있으니 저축한 돈도 좀 있고, 아버지가 응봉면 소재지에서 응봉양조장을 운영하고 있으니 그 아버지의 지원도 있을 것이야. 그러므로 돈 문제 때문이라면 걱정하지 말고 한 번 만나봐. 나이는 우리나라 나이로 스물여덟이야."

라고 말했다.

서대문 인근에 SIL의 큰누님과 응봉양조장 딸의 막내 고모가 살고 있었다. 그래서 바로 연락되어 이튿날 바로 선을 보려고 그 처녀가 올라왔다. 필자는 석사과정을 마치는 과정에 있었으므로 연세대 화학과 연구실에서 숙식을 해결하고 있었다.

서대문 SIL의 누님댁 가까운 다방으로 나오라 하여 시내버스에 승차하여 서대문 옆의 다방으로 갔다. 아침 11시였다. 1972년 음력 설날 3일 전이었

다. 다방에는 SIL의 누님, SIL, 처녀의 고모가 나와 있었다. 앉아서 할 이야기가 특별히 있는 것도 아니어서

"추운데 일찍 예산에서 올라오느라 어려웠겠습니다."

하고 인사를 하였다. SIL이

"양조장은 잘 운영되고 부모님도 안녕하신가?"

라고 인사를 했다. 그 처녀는 SIL의 외육촌(SIL 어머니의 친정 사촌 동생의 딸)이었다. 그래서 예산에서 초등학교 다닐 때부터 SIL과 그 처녀는 알고 지냈다. SIL은 예산농고 재학할 때 예산읍의 예산농고에서 4km 북쪽 외곽에 살았었다.

이 처녀가 예산여자중학교에 다닐 때는 처녀의 아버지가 예산세무소에 근무했고 예산 시장 옆이 집이었으므로 장날이면 SIL의 어머니가 항상 이 처녀의 집에 들려 점심식사를 하였다고 한다. 이 처녀의 아버지는 세무서 직원으로 근무하다가 퇴직한 다음 응봉면소재지의 양조장으로 나가서 거기에 거주하고 양조장을 운영하기 시작하였다고 한다.

그녀는 키는 작지만 얼굴이 차분해 보였다. 미녀는 아니지만 밉상도 아니고 윗니가 조금 뻗은 것이 마음에 걸렸다. 그러나 아버지가 양조장을 운영하고 3남 3녀의 장녀이니 우리집보다는 다복한 집이었다. 무엇보다 우리집은 아버지가 청각장애인이고 언어장애인이라 하는 약점으로 필자를 짓누르고 있지 않는가?

한편, 나이가 28세로서 나보다 다섯 살 아래라는 것이 마음에 들었다. 어렸을 때 할아버지가 필자의 사주를 보시더니 나에게 "너는 나중에 자라서 장가갈 때는 다섯 살 아래 처녀에게 가거라."라고 말씀하신 것과도 맞았기 때문이다.

청곡의 사랑방

다방에서 인사말만 나누고 나왔다. 그리고 그 처녀에게 필자는

"경복궁에 가서 경복궁 내를 돌면서 이야기를 나누기로 하시지요."

하면서 찻값을 지불하고 나와서 택시에 승차하여 경복궁 정문 앞에서 하차하고 경복궁에 들어가 걸었다. 음력 설 3일 전날인데 함박눈이 우리들이 걷는 마당과 우리들의 머리와 어깨에 소복소복 쌓였었다 경복궁의 여러 건물의 기와지붕에 소복히 쌓였었다.

필자는 부모의 연세도 묻고 고향도 묻고, 형제자매와 아버지의 형제자매에 대해서도 물었다. 그 처녀가 필자에게 묻지는 않았다. 묻지 않으므로 필자의 가족관계는 필자가 자청해서 이야기했다. 필자가 처녀에게 이름을 물었다. 그랬더니

"이수현이예요."

했다.

"한자로 어떻게 쓰나요?"

"받을 수受자 물깊을 현泫자를 써요."

했다. 그러나 이것은 그녀의 거짓말이었다. 이 처녀의 호적명은 '옥희玉姬'였다. 옥희인데 그의 어머니가 몇 년 전 예산의 유명하다는 작명소에 가서 '玉姬'라는 이름의 좋고 나쁨을 물으니 좀 "나쁘다"고 새로 지어서 집에서만 부르고 호적명은 그대로 밖의 직장에서 사용하면 운이 좋아진다고 하여 이름을 '受泫'으로 지어 집에서는 '수현'이라 부른다는 것이다.

그러한 상세한 이야기는 그 다음 약혼 후 들은 것이었다. 이런저런 이야기를 나누다가 필자가

"오늘 결정하고 내려가시지요."

하고 제안했더니

"부모님과 상의하여 말씀 전해드리겠어요."

했다. 그리고 우리는 경복궁 정문을 나와서 가까운 음식점으로 들어가 점심을 시켰다. 그때가 벌써 48년 전이어서 복잡한 일상생활을 살면서 그것이 그리 중요한 것도 아니어서 필자는 그때 무엇을 시켜 먹었는지 까맣게 잊었었다. 이 글을 기록하면서 수현에게

"우리 처음 만나 점심으로 무엇을 시켜 먹었어?"

하고 물으니 수현은 잊지 않고 있었다.

"자기 돈이 없을 듯하여 싼 것으로 '떡국'을 시켜 먹었지."

했다. 물론 다음날 수현의 아버지가 올라와서 SIL이 근무하는 창덕여고 가까운 다방에서 만나 급속도로 결혼은 진행되었었다.

그 다음 수현이 올라와서 만났을 때 필자가 대광고등학교에 채용되었다는 말을 할 수 있었다. 수현은 대단히 기뻐하며 공중전화 박스로 가더니 응봉양조장으로 그 소식을 전달하였다.

예식장은 필자가 창덕궁(비원) 앞 '신혼예식장'으로 결정하였고, 결혼일을 4월 29일(토요일)로 결정하였다. 주례를 대광고교 교장 이창로에게 부탁하였다.

처음 맡는 고등학교 교사직이어서 교재준비에 바쁘면서 3개월이 전광석화電光石火 같이 지나가서 결혼식을 하고 신혼여행을 속리산 관광호텔로 갔었다. 결혼식에 청각장애인이고 언어장애인이신 아버지는 참석하시지 않으셨다.

장애인이셔서 서울까지 모시고 올라오셨을 때의 불편함을 생각하여 모시고 오시지 못하게 어머니에게 말씀드렸었다. 장애인 아버지가 참아주시길 바라는 것은 생각할수록 가슴 아픈 일이었다.

결혼식은 토요일 오후 2시에 시작했는데 15분 후에는 다음 결혼식이 있도록 시간계획이 짜여진 것은 안타까운 현실이었다. 하객들에게 점심대접도 못하도록 가난했던 시절인 1972년 봄의 일이었다. 북한보다도 못살았다니 어쩔 것인가?

우리는 신혼여행을 속리산 관광호텔로 갔지만 수현에게 아버지가 청각장애인이고 언어장애인임을 어느 기회에 어떻게 해야 하나(?) 하고 속으로 안타까워 했다. 이것이 청각장애인 이고 언어장애인인 사람의 아들에게 가장 큰 고민이었다.

이제 속리산 호텔에서 신부복(한복)으로 바꾸어 입고 공주시외버스터미널까지는 갔는데 그 앞에서 자전거 타고 지나가는 소년의 자전거에 신부의 치마가 걸려 약간 찢어지는 사고가 일어났다. 수현이 그 소년에게 소리소리 지르며 야단치는데 어이가 없었다. 화가 난 것은 어쩔 수 없으나 신부라는 사람이 이렇게 사람이 많은 거리에서 성질을 부리고 소리를 질러야 되는가? 그것이 잘 한 행동인가? 필자는

"옷이 크게 찢어지지는 않았고 새색씨가 사람이 많이 보는데서 소리지르는 것은 좋지 않으니 참아."

하고 말렸으나 듣지 않고 필자에게 왜 가해자의 편을 드는 것이냐고 달려들었다.

사곡까지 시외버스로 가고 그곳에서 집으로 걸어갈 때는 겨우 성질이 가라앉아 있었다. 그때는 필자가 아버지의 이야기를 하지 않을 수 없었다. 기회가 없었다.

"한 가지 내가 얘기하기가 곤란하여 얘기를 못한 게 있는데 들어 주겠어?"

하고 물어 보았다.

"말해봐요."

했다.

"실은 알았을 것이나 아버지가 청각장애인이고 언어장애인인데 그것을 말하지 못했어. 이해하여 줘야겠어."

"괜찮아요. 이해해야지 어쩌겠어요."

하고 말하니 필자의 큰 숙제 하나가 풀린 것이었다. 필자는 한숨을 내쉬었다.

집에서 동리에 사시는 친척 어른들에게 인사를 드리고 서울의 월세방으로 돌아왔다. 1972년은 우리나라가 북한보다도 가난했던 어려운 해 였는데 필자는 그래도 서울의 사립고등학교에 채용되어 셋방에서 생활할 수 있었으니 다행이지 않았겠는가?

수현과 신혼살림을 살면서 행복이라 할 수 있는 사건이 하나 찾아 왔다. 결혼한 다음 해인 1973년 3월 6일(음력 2월 2일) 아침 5시에 귀여운 우리들의 맏아들 원석元碩이 태어나 정말 기쁘게 새 식구를 안암동 로타리의 산부인과에서 맞았었다. 점심시간에도 산부인과에 와서 산모를 위로하고 어여쁜 아기를 들여다보고 학교에 가서 수업을 하였었다. 그리고 그 가을에는 구장위동에 우리들의 새 둥지를 마련하여 이사하였었다.

새 둥지는 길가에 있는 작은 집이었으나 방이 네 개였다. 그런데 그때는 벌써 둘째 민석이가 엄마의 뱃속에서 자라고 있었다. 이때 아내 수현은 조금이라도 돈을 더 모으려고 모여 놓은 돈을 우리 둥지의 작은 방에 들어와 세를 살고 있는 여인의 친정에 빌려주었던 모양이다. 그런데 겨울이 되면서 신장위동의 좀 더 넓은 가옥을 계약하게 되면서 그 빌려준 돈을 돌려받으려 하니 그 집의 사정이 그렇지를 못해 둘이 저녁에 찾아갔다. 돈이라 하는 것이 없을 때는 없는 것인데 그렇지 않은가? 그 적은 돈을 꾸어 준 것이 잘못이고 모두 어려웠던 70년대의 일이다.

지금 필자의 임명장들을 모아두었던 봉투를 열어보았더니 대광고교에 채용되었을 때의 사령장이 그대로 보관되어 있다. 그것을 그대로 기록해 본다.

「辭令(사령)/ 교사 정용순/ 대광고등학교교사(大光高等學校敎師)를 명(命)함/ 給二拾三號奉(급이십삼호봉)/ 一九七二年(일구칠이년) 三月(삼월) 二日(이일)/ 學校法人(학교법인) 大光學園理事長(대광학원이사장) 韓景職(한경직)」

2-2. 사진기술이 능란한 교사: 1973년 3월 6일(음 2월 2일)에는 큰애 원석元碩이 태어났다. 이날은 안암동 로타리 가까이 사시는 정음전(鄭陰全, 당시 85세) 노인의 집에서 셋방살이를 할 때였다. 이날 새벽 3시부터 수현에게 진통이 시작되어 안암동 로타리 부근의 산부인과 병원의 문을 두둘겼었다. 결국 안암동 로타리에 위치한 산부인과에서 아침 5시 원석이 태어나고, 이날은 월요일이어서 출근해야 되었는데 한참이나 있다가 아침식사도 하지 못하고 출근했었다. 그런데도 직원 조회에 늦지 않았었다. 점심시간에 잠시 산부인과에 가서 아기 엄마와 아기(원석)를 들여다보고 왔었다.

이때는 필자가 2학년 9반 담임을 맡고 있었다. 그 때 같이 2학년 담임을 맡았던 교사의 이름을 기록하면 다음과 같다. 이희환(역사), 윤경조(수학), 김덕균(물리), 이석기(수학), 최흥규(영어) JCK(지구과학), 조영운(영어) 등이었다.

YWK(대광고교, 연세대 수학과)라는 3학년 수학 담당 교사가 있었다. 이 인간이 필자가 처음 대광고교에 채용되어 왔을 때는 자신이 연세대를 졸업했다고 아는 체를 하더니 한 번은 필자가 시험감독을 하고 필자의 학급에 잠시 들렸다가 교무실로 내려갔더니 화를 벌컥 내는 것이었다. 시험답안지를 늦게 가지고 왔다는 것이었다. 화를 내건 말건 필자는 참았었다.

필자와 같은 2학년 담임을 하던 JCK(1940~?, 서울대 사범대)라는 사람은 서울대 사범대 지질교육학과 졸업생었다. 그가 필자보다 2년 먼저 대광고교에 채용된 인간이었다.

한 번은 학생들의 실력평가고사를 공동출제하여 시험을 치르고 답안지 채점도 같이하였다. 과학과목은 물리, 화학, 생물, 지구과학이므로 같은 문제지에 출제하고 답안지도 같은 답안지에 있으므로 같이 채점하였다. 시험문제가 모두 5지선다형이었으므로 같이 채점한 것이다. 국어, 영어, 수학, 사회, 과학 이렇게 다섯 과목으로 채점하고 5과목의 점수를 각 개인별로 합산하여 학생들의 석차까지 산출한 다음 필자는 화학실험 준비실로 올라가려고 교무실 밖으로 나갔다가 볼펜을 놓고 나왔음을 생각하고 그것을 가지러 JCK 옆으로 갔더니 JCK가 앞의 윤경조에게 하는 말이 바로 나를 헐뜯는 소리를 하는 것임을 필자가 들었다. 윤경조가 눈짓을 하여 필자가 와 있음을 가리켜주었는데도 필자가 채점속도가 늦다고 험담을 하는 것이었다.

성질이 강한 사람이었으면 멱살잡이를 할 수 있었는데 필자는 못 들은 체 하고 말았다. 교무실에서 싸운다는 것이 좋지 않고 무엇보다 옆의 교사와 싸우고 싶지 않았기 때문이었다. 필자가 싸우지 않고 놓아두더라도 그는 서울대 사범대를 나온 인간이면서 옆의 교사를 이유 없이 헐뜯은 부끄러운 한 사람이 된 것이다.

JCK는 필자와 동갑이었다. 아마 고등학교까지는 내가 1년 선배였을 것이다. 필자는 1년 조기입학 하였기 때문이다. JCK는 좋은 장점을 가진 젊은이였다.

예술감각이 뛰어난 젊은이였다. 사진 촬영 기술뿐만 아니고 흑백사진과 칼라사진 현상기술도 전문가를 능가하고 있었다. 그래서 금요일 오후에 있는 특별활동에서 사진반을 운영하였다.

JCK는 음악에도 남다른 조예가 있고 음성도 좋았다. 1973년 가을 학생들 전체가 강당에 집합하여 오락회를 할 때 그가 부른 '오쏠레미오'는 학생들의 인기를 독점하였었다.

3. 대광고교에 찾아온 DSJ

필자가 취직이 어려운 1972년 3월 대광고교 교사로 채용되었다. 그런데 수업준비와 수업에 바쁜 나를 꽤나 여러 손님들이 찾아오는 것이었다. 필자가 생각하기에는 정말 찾아오지 말았으면 하는 인간들이 찾아오는 것이었다. 그래서 가슴앓이를 한 이여기를 기록하려고 한다.

정말 생각하기도 싫은 이야기들인데 독자들은 이러한 이야기 듣기를 즐기기도 하므로 기록하여 본다.

어느 날 수업을 하고 교무실에 오니 면회실에 누가 와 있다고 하는 쪽지가 책상 위에 놓여 있었다. 마침 다음 시간은 수업이 없기 때문에 면회실로 갔다. 그랬더니 약 5년 동안 어디 가서 살고 있는지도 모르던 6촌 동생 DSJ(1950~?)가 앉아 있었다. 필자가

"오랫만인데 어쩐 일로 나를 찾아 왔느냐?"

하고 물었더니

"형님의 중·고등학교 교사 자격증을 빌렸으면 해서 왔습니다. 중학교

교사 모집이 있으면 제출하려고요."
하였다.

"어이없고 가슴이 답답한 소리를 하는구나!"
하고 한참이나 그 애 얼굴을 바라보았다. 그리고 그에게 말했다.

"그러한 되지 못한 생각을 하다니? 정말 어이가 없구나! 내가 그것을 빌려주면 이름을 고쳐 넣고 네 이력서도 거짓으로 써서 재출한다는 말인데 이 세상은 네가 생각하는 것처럼 어리숙하지 않다! 만약 취업이 되었다고 할 때 네가 학생들을 가르칠 수 있느냐? 다시 그러한 것 때문에 나를 찾아오지 말아라! 또 이것은 큰 범죄행위이다. 네가 무엇인데 그런 범죄행위를 내가 도와주겠느냐?"

또 한 번은 형이 결혼도 않고 동거하다가 출생한 형의 딸(아마 15세 정도 되었다)이 화학실험 준비실로 찾아왔다. 필자가 그 아이에게

"왜 나를 찾아왔느냐?"
하고 물었으나 고개만 푹 숙이고 서 있었다. 그때 필자의 지갑에 돈이 없어 차비도 줄 수 없었다. 그 아이에게

"얘야 여기 찾아오지 마라! 나는 너와 아무런 관계가 없는데 왜 찾아오는 것이냐? 다시는 찾아오지 마라!"
하고 말하여 보냈다. 형이 판단력이 부족하여 그러한 여자관계를 맺었으나 필자에게 그 딸이 찾아올 줄은 정말 몰랐었다.

세 번째, 어느 날 나의 사촌형 정석순(鄭奭淳, 1936~2005)이 대광고교 교무실로 찾아왔다. 그는 필자의 둘째 작은아버지 정종완(鄭鍾完, 1913~1976)의 외아들이었다. 어린 시절 같은 마을에 살았으나 고등학교는 예산농업고등학교를 졸업한 사람이다. 필자보다 네 살 위이나 고등학교를 같은 해 입

학하여 같은 해 졸업하였다.

여름방학과 겨울방학만 되면 우리집(할머니집)으로 와서 방학이 끝날 때 갔으나 책가방을 가지고 와서 책 한 번 펴서 읽는 일이 없도록 공부를 싫어 한 인간이다. 예산농고는 그러한 인간도 낙제시키지 않고 졸업시킨 것이다.

예산농고 뿐이겠는가? 많은 교육기관에서 그렇게 할 것이다. 그러니 대학에 가지 못한 것이고 직장도 잡지 못하고 이곳저곳을 떠돌아다니다가 사촌동생이 근무하는 고등학교에까지 온 것이다. 필자는 다음 시간이 수업이 없으므로 학교 앞 신설동로타리에 위치한 중국집으로 가서 잡채밥 한 그릇을 시켜주고 학교로 들어왔다. 필자도 그때 돈이 없어 차비를 줄 수도 없었고 있다 하여도 동생이 사촌형에게 차비를 주는 것이 좋지 않다고 생각되었었다.

대광고교도 1972년 다른 고교와 같이 월급이 많지 않았었다. 누가 찾아온다고 차비를 줄 수 있도록 충분한 월급이 지급되지 않았었다.

4. 연세대 교수들

4-1. 박사과정과 아내 이수현: 대광고교 교사생활이 6년이 되어갈 때 신문과 텔레비전 뉴스에 각 대학이 확장되는 것이 보였다 연세대, 고려대, 동국대, 중앙대 등이 서울에서 좀 떨어진 지방에 분교를 건설한다고 했다. 연세대는 원주에, 고려대는 조치원에 단국대는 천안에, 그리고 동국대는 경주에 분교를 건축한다고 했다.

필자는 위에서 기록한 바와 같이 대광고교 교사들 YWK와 JCK, 그리고 SBK의 언어와 행동에 구역질이 나왔다. 거기에 교감 이동범(李東範, 1922~2015)의 차별대우가 필자를 괴롭게 했다. 이동범은 아침 조례 때 교사들이 돌아가며 기도하는 순서에서 필자가 기도를 못할 것이라 하여 제외하는가 하면 수업시간 3분 전에 교무실을 나가지 않으면 소리를 질렀다. 그뿐만 아니고 새로 부임했다 하여 담임을 주지 않는가 하면 나이가 필자보다 적은 사람들에게도 책상을 주면서 담임을 맡은 다음에도 교무실에 책상을 주지 않았다.

그래서 연세대학교 대학원 박사과정에 입학하여 대학으로 자리를 옮길 생각을 하였다. 1977년 12월 초 시행되는 연세대학교 대학원 박사과정 입학시험에 응시하였다. 그리고 그 입학시험에 합격하였다.

　　박사과정 시험에 합격한 다음에도 대광고등학교 교사직을 그만두어야 되나 마나 하는 결정이 어려웠다. 대광고교에 그대로 근무하면 아내와 두 아들(이때는 둘째 아들 민석이 태어나 세 살이었다.)이 먹고 사는 문제는 해결되는데 박사과정을 밟으면 가족의 생활이 걱정되었다. 그래서 박사과정을 그만두려니 그동안 시험준비한 노력이 아까웠다.

　　아내 수현에게 필자가 이러한 이야기를 하자 그 이야기를 한 다음날이 일요일이었는데 그 일요일 새벽 아침을 지어 놓고 필자에게 예산 응봉의 친정에 가서 친정 부모와 상의하고 오겠다고 하면서 집을 나갔다.

　　이때는 수현의 노력으로 서울 성북구 장위동에 집을 마련하여 살고 있을 때였다. 필자의 나이 설흔 아홉 살이었다. 수현이 저녁에 충남 예산의 친정 집에 갔다가 돌아와서

　　"아버지가 대광고교 사직하고 연세대학교에 가서 공부를 계속하라고 했어요. 먹고 살고 하는 비용은 아버지가 보내주신다고 그 걱정은 하지 말라고 했어요."

라고 말하는 것이었다. 등록금도 책임지겠다고 말씀하셨다고 했다는 것이다. 그래서 이 말에 힘을 받아 대광고교에 사직서를 제출하고 연세대학교에 등록금을 지불하였다. 연세대학교에서 석사과정을 수료했다고 하여 입학금은 면제되는 혜택도 받았다. 그런데 입학하고 찾아간 연구실은 석사과정을 했던 바로 그 연구실이었는데 이제 이길상이 퇴직하여 그 방에서 박사과정을 수료한 이대운이 지도교수로 된 것이다.

박사과정에서 학점을 취득하는 과정에서 학과장인 유학수(劉鶴秀, 1925~ 2004)는 박사과정에 입학한 필자에게 조교들의 실습지도 하는 것을 계획하는 직책을 주면서 등록금 면제 혜택을 주어 지불한 등록금을 환불받았었다.

거기에 대학 같은 학과 동기이고 수현을 중매하기도 한 SIL이 저녁에 입학지도하는 과외를 소개하여 생활에 큰 보탬을 주었다. 그 시절 저녁식사를 간단히 하고 서울 시내 두 곳을 들려 학생들을 가르치고 집에 들어가면 밤 11시가 되었었다.

4-2. 어느 학과목보다 어려웠던 세미나학 학점취득: 연세대학교 대학원 박사과정에 입학한 다음 필자는 학생 전공실험 준비와 강의, 필자의 대학원 학점취득을 위한 강의 수강 등 바쁜 생활을 하였다.

이러한 생활을 하면서 학점을 취득하기 위한 수업에 참가하는 것은 대단히 피곤한 생활이었다. 학점 취득 중 가장 힘든 과목은 CSH(1926~2010, 유기화학) 교수가 담당한 세미나(Seminar)였다. 세미나 1시간을 하기 위한 준비가 다른 과목 5과목 수강하면서 준비하는 것보다 어려웠다.

CSH 교수를 앞에 앉혀 놓고 그가 읽고 해독하여 설명하라고 던져 준 발표 논문은 한 화학자가 일생 동안 연구한 여러 편의 논문을 통합하여 제출한 논문으로 만들어진 논문집인 '어카운트 오프 켐이칼 리서치(Account of Chemical Research)'에 게재된 논문 중 하나였다.

그 논문집 중 유기화학분야 논문 한 편을 복사하여 주는 것이었다. 이 논문을 필자가 연구한 것 같이 발표하라는 것이었다. 필자의 전공분야가 아닌 유기화학 분야 논문을 해독하려면 그 논문에 참고논문으로 기록된 논문들을 도서관에 가서 우선 복사하여 해독하고 그 다음에 이 논문을 읽고 해독

해야 했으니 어려웠다. 며칠씩 밤을 새워 논문들을 번역하고 해독해야 했다.

이 세미나를 준비하다가 두통이 생겨 신경과 의원을 두 번이나 찾아가 주사를 맞고 약을 며칠씩 먹어야 했다. 한 편 발표를 끝내면 또 다른 논문을 주었다. 이러한 생활을 하다가 1979년 10월 26일 중앙정보부장 김재규가 박정희를 사살하는 사건이 발생하여 모든 대학교에 휴교령이 내려지는 사건이 발생하여 필자가 수강하던 모든 수업도 휴강하게 되었다. 무엇보다 그 세미나학이 휴강하게 된 것이 좋았다.

CSH 교수에 대하여 필자가 알고 있는 몇 가지를 기록하면 다음과 같다. CSH(1926~2004)는 연세대학교 이과대학 화학과 1회 졸업생이라 했다. 대학 졸업 후 미국으로 건너가서 신시나티대학에서 석박사과정을 마치고 이학박사학위를 취득하고 박사후과정(Post Doc. Course)도 한 다음 중앙대학교 화학과 교수로 초빙되어 약 10년 중앙대 교수로 근무하였다. 그런데 연세대학교 화학과에서 유기화학 교수 채용이 있자 연세대학교로 전근한 사람이었다.

연세대학교 화학과에 호랑이 교수가 부임한 것이다. 그는 본래 함경남도 북청北淸이 고향인 사람으로 6·25전쟁 전에 월남하여 연세대 화학과에 입학하고 졸업한 사람이다. 인물도 멋스럽지만 신체조건도 좋아서 많은 운동이 수준급이었다.

연세대학교 내 각 대학 대항 교수축구대회에서 이과대학의 포드 센터를 맡아 운동장을 누볐다. 그래서 이과대학 교수팀의 우승을 이끌었다. 그는 또한 테니스 선수였다. 약 오십여 세까지 전국 교수테니스 대회에서 개인전 우승을 몇 번 한 경력이 있다고 했다.

4-3. 지도교수 이대운: 필자가 대학원 석사과정에 입학하여 GSL 교수의 연구실로 갔을 때 처음 만난 사람이 나와 동갑인 이대운(李大云, 배재고, 연세대)이었다. 그는 석사과정을 마치고 시간강사를 하고 있었으며, 필자가 석사과정에 입학했을 때 박사과정에 입학하여 있었다. 이대운의 아버지는 의사였다. 그러므로 그는 우리나라에서는 상류 가정에서 자라난 사람이었다. 그의 형이 연세대 이과대학 지질학과의 원로교수였다. 이대운은 배재고교를 1958년 2월 졸업하고 연세대 화학과에 입학하여 3년 수료하고 학보로 군생활 18개월을 마친 사람이었다. 예편하여 화학과 4학년에 복학하여 다음해 학부를 졸업한 다음 석사과정에 입학하고 수료한 것이다. 지도교수가 GSL이었다.

이대운은 글재주도 훌륭하여 좋은 수필을 여러 편 발표하였다. 발표한 한 수필에서 그는 「나는 사람들이 다치거나 병으로 앓아 눕는 것을 두려워했다. 왜냐하면 사람들이 다치거나 아프면 우리 아버지가 돈을 벌게 되는 결과로 되는 것 같아서였다.」라고 기록하고 있다.

이대운은 그 형제자매 중 막내이고 그 맏형을 만날 기회가 많지는 않았으나 한두 번 뵌 적은 있는데 점잖으신 분으로 보였었다. 이대운은 학보 18개월로 군생활을 마치고 복학했을 때 같은 학급에서 수업을 받던 유의경(劉義京, 1942~2010)과 결혼하게 되었다. 유의경이 미국 매사츄세츠(Massachusetts)주 매사츄세츠 대학캠퍼스가 위치한 앰허스트(Amherst)에 가까운 곳에 위치한 스미스대학(Smith College)에 가서 석사과정을 수료한 다음 이대운의 재촉으로 귀국하여 결혼하였다고 한다.

유의경이 스미스대학에서 석사과정(M. S. Course)을 마치고 박사과정(Ph. D. Course)을 하려하자 이대운이 유의경에게 「우리가 가정을 이루고 사는 것이 이학박사 학위 취득보다 더 중요하게 생각합니다.」라는 편지를 하여 유의경이 그러겠다고 답장을 하고 귀국했다고 한다.

필자가 1984년 경상대학교 과학교육학과로부터 충북대학교 자연과학대학으로 전근하여 와서 6개월 후 매사츄세츄대학교(UMASS)에 박사후과정(Post Doc. Course)을 밟기 위해 앰허스트(Amherst)에 간다고 하는 말을 이대운으로부터 듣고 유의경이 선물꾸러미를 필자에게 가지고 와서 스미스대학에 근무하고 있을지 모르는 옛 지도교수에게 전하여 주라고 했다.

벌써 30여 년 전의 일이 되었다. 필자가 그곳에 가서 시간을 내어 스미스대학 화학과 사무실에 찾아가 그 지도교수에게 전달해 달라고 하는 선물이라고 사무원에게 이야기 했다.

그랬더니 그 사무원의 이야기는 그 교수가 퇴직하였고 지금 치매(癡呆, dementia)를 앓고 있다고 말했다. 그 다음해 2월 28일 귀국하여 전화로 그 말을 이대운에게 전했었다.

유의경은 미녀는 아니지만 건강하고 활달하며 명랑한 여인이라 생각했었다. 그런데 2013년 봄 찾아온 병마를 견디지 못하고 타계하였다. 이 세상에 남편과 1남 2녀를 남겨두고 떠난 것이다. 아들 이름은 동욱(東旭, 1974~?)이다.

필자가 연세대학교 대학원 박사과정 2년을 마칠 때 불혹의 나이가 되었다. 너무 늦게 시작한 것이었다. 그러나 어쩌랴! 나이가 많아짐으로 교수채용 공고가 신문에 게재되면 서류를 구비하여 제출하였다.

진주 소재 경상대학교 사범대학 과학교육학과에서 분석화학 교수채용 공고가 여러 신문에 게재 된 것을 보고 서류를 제출한 것이 1979년 11월이었다. 그런데 이대운도 그 공고를 보고 같은 연구실의 나보다 약 10년 연하인 김용남(金勇男, 1949~?, 연세대 화학 이학석사)에게 서류를 구비하여 제출하라고 지시했다고 한다.

1980년 1월 10일 경 면접 통보가 왔다. 경상대 과학교육학과에 1978년 전임강사로 채용되어 간 백우현(白禹鉉, 1941~?, 동국대 화학과, 동국대 대학원)이 동국대 교수 최찬유(崔澯裕, 1926~2010, 연세대 화학과 1회)에게 연락하고, 최찬유가 이대운에게 연락하여 필자에게 전달된 것이다. 필자는 박사과정을 이수한 사람이므로 선택된 것이었다. 그 시절 연세대나 고려대, 서울대 대학원에서 분석화학 전공으로 박사과정을 이수한 사람은 없었다.

필자는 1980년 3월 1일 경상대 과학교육학과 교수로 채용되고, 1980년 11월에는 연세대학교 대학원에서 이학박사 자격시험을 통과하였다.

그리고 경상대에서는 기기가 불충분하므로 매주 목요일이면 저녁열차에 승차하고 서울역으로 와서 연세대 화학과 이대운의 연구실로 가서 하루 종일 실험하여 실험값을 얻고 귀가하면 밤 12시였다. 이러한 생활을 두 학기가 넘도록 하여 얻은 실험값들을 정리하여 표를 작성하고 그래프를 그린 다음 학위논문을 작성하여 1981년 8월 이학박사학위를 취득하였다.

이대운은 GSL과는 전혀 다른 사람이었다. 깨끗하고 대범한 교수였다. 평소 식사량이 너무 적어서 질병은 없으나 뼈만 남아있는 사람 같이 보였다. 학생들에게 존경 받는 교수여서 많은 학생들이 지도를 받고저 석·박사 과정에 입학하였었다.

항상 미소를 지으며 생활하고 적이 생기지 않도록 생활하므로 보직이 끊이지 않고 찾아왔다. 화학과 학과장을 2회, 학부장 1회, 총무부장 1회, 연세대학교 원주캠퍼스 부총장을 2회 역임하였다.

1987년 그가 연세대 총무부장을 하고 있을 때 필자가 근무하는 충북대에서 분석화학 교수 1명을 채용하려고 채용공고를 신문에 게재하였었다.

필자가 근무하는 충북대 화학과에 YGK라는 1953년생 젊은이가 있었다. 이자가 연세대학교 화학과를 나오고 석사과정을 할 때의 일이었다. 석사과정생이 일반화학 조교를 하게 되어 있었다. 1976년 1학기 기말시험 때였다.

맡은 반 학생들이 시험을 치른 뒤 답안지를 조교인 YGK가 걷어 와서 시험답안지를 채점하면서 0점 맞은 학생에게 답안지를 다시 작성하게 하는 일을 하였다. 그것이 담당교수에게 발견되어 석사과정 중에 그는 퇴출당하였다.

이 자 YGK가 충북대에 채용되어 와서 화학과 분석화학 교수 채용하는데 표준과학연구소에 근무하는 서울대 출신(유기화학 전공)에게 서류를 제출하게 하고 채용되게 하려고 갖은 짓을 하는 것을 당시 학장인 서울대 사대 화학교육과 졸업생 QC와 같이 하고 있었다. QC가 학장선거에 나가자 그를 밀어주어 당선된 것을 이용하는 것이었다.

이대운이 자기 밑에서 학위를 받은 사람에게 서류를 구비하여 넣게 할까 하고 YGK를 불러 충북대 화학과 상황을 물어 보았던 모양이었다. 그러니까 YGK가 무슨 소리를 지껄였는지 서류 넣는 것을 포기했다고 했다.

그때 자연과학대학장인 QC가 서류심사위원으로 필자를 제외시키고 그 해(1987년) 새로 부임한 필자보다 12년 연하이고 물리화학 전공인 NSL을 넣어 필자가 고통 받았었다. NSL은 서울대 졸업생이었다. 결국 서류심사위원이 NSL로부터 김동원으로 교체되게 하여 SHK(경상대에서 필자에게 고통을 주었던 인간)이 또 충북대 필자의 옆으로 올라온 것이다. 이것이 필자가 인생에서 가장 고통스러웠던 한 달간이었다. 그 사건이 필자가 80년 살아오는 동안 가장 고통스러웠던 사건이었다.

이대운은 호적상 나이가 1940년생으로 필자와 동갑인데 생일이 필자가 2개월 빠르다. 실제 나이는 한 살 자기가 많은 1939년생이라 말한다. 고등학교 졸업년도 1958년까지 나와 같다. 그러나 인생에서 그러한 것이 그렇게 중요한 것은 아닐 것이다.

지도교수 이대운은 그의 장인어른(개신교 목사)을 모시고 살던 양재동의 주택(시가 30억 상당)을 장인어른이 타계하시자 사회복지재단에 기증하고 용인에 건축된 아파트를 분양 받아 그곳으로 옮겨 거주한다고 했다. 그런데 이대운은 퇴직 후 찾아온 불청객 '파킨스병'으로 고통 받고 있다.

여하튼 필자가 환경이 열악하여 공부가 늦었으므로 그가 지도교수가 된 것이다. 그 동안에 필자는 해병장교 생활 6년을 자랑스럽게 하였고, 월남전에 참전하는 훌륭한 일도 하였지 않는가? 나는 고등학교 교사생활도 6년을 하였고, 석·박사 과정 4년도 직장 없이 수행한 것이었다.

그렇지만 훌륭한 교육자인 이대운은 건강하게 오래 살아야 되는데 '파킨스병'으로 고통받으니 안타깝다. '파킨스병'은 현대 의학으로도 어쩔 수 없다는 병이라 들었다. 그의 말대로라면 그는 지금 우리 나이로 81세이다.

세상에서 살다보면 한 쪽이 좋으면 다른 쪽이 나쁘고, 다른 쪽이 좋으면 한 쪽이 나쁘다. 이것을 세상이 공평하다고 하면 필자는 세상이 싫다. 이대운은 성실한 기독교 신자이기도 하다.

훌륭한 교육자이고 성실한 기독교인이다. 또한 재산 전부를 사회봉사단체에 헌납할 정도로 재산에 대한 욕심도 없다. 훌륭한 인간의 표본일 것이다.

4-4. 하바드 출신 교수: YGK는 필자가 6년 간 교사로 근무했던 사립 고등학교인 대광고등학교를 졸업하고 연세대학교 화학과에 입학하고 졸업

한 인간이다. 필자는 해병대에서 장교생활 5년 6개월, 대광고등학교에서 6년 교사생활, 그리고 경상대학교에서 4년 교수생활을 하고 1983년 2월 충북대에 전근되고자 서류를 제출하여 채용되었는데 경상대학교 총장 신현천(申鉉千, 1922~1999, 서울대 수학과, 포항출생)이 심술부리는 통에 충북대학교로 바로 전입되지 못하고 1984년 2월 10일에야 전입되었었다.

그러나 YGK는 1953년생으로 필자가 충북대에 전입될 때 신규채용된 과학원에서 박사학위를 수료하고 온 인간이었다.

그런데 충북대 화학과로 발령받은 날자가 빠르다고 학과 사무실 우편함도 나보다 앞에 놓은 것이다.

YGK는 1973년 3월 연세대 대학원 화학과 석사과정에 입학하였었다. 지도교수가 최재시(崔在時, 1925~1990, 연세대 화학과 1회)였다. 석사과정에 입학하면 한 교수가 맡는 일반화학 강좌의 조교를 맡는 조건으로 등록금이 장학금 명목으로 면제된다. YGK는 석사과정 첫 학기 JHK(1937~, 하바드 대학 학사박사, 연세대 명예교수)교수의 조교로 임명되었다. 그런데 1학기 기말고사를 보는 현장에 JHK가 둘러보는 가운데 시간이 끝나가는데 학생 하나가 거의 글씨 하나 쓰지 못하고 앉아 있음을 발견하고 나왔다고 한다. 그 시험이 끝나고 답안지를 걷어서 가지고 가서 채점한 것은 조교를 맡은 YGK였다.

채점하고 성적을 분류하여 YGK가 JHK 교수에게 가져왔다. 그런데 JHK가 그 백지로 답안지를 가지고 있던 학생이 0점으로 채점되고 'F'로 주어졌는지를 확인한 결과 백지 시험지도 없고 'F'로 분류된 학생이 없었다. 그래서 이유를 YGK에게 물으니 YGK가 다음과 같이 대답했다고 한다.

"백지를 제출한 학생을 불러서 백지를 제출한 이유를 물었더니 다음과 같이 말했습니다. 「부친상을 당하여 시험공부를 전혀 할 수 없었습니다. 공부하여 다시 시험 볼 수 있게 하여 주십시오.」 그래서 제가 그 학생에게 3일간의 시간을 줄테니 공부하여 와서 시험을 자기 연구실에서 다시 치르라 했습니다."

그 학생은 그렇게 했다. 그런데 그렇게 하려면 문제지를 다르게 출제하여 시험보게 할 수 있으나 그것은 교수만이 할 수 있는 권한이 있는 것이다. 조교가 같은 시험지로 3일 후 답안을 작성하게 한 것은 부정행위를 시킨 것이었다.

JHK는 학과장에게 학과교수회의를 열자고 제안하여 학과교수회의에서 논의 하기로 하였다. 학과장은 유학수(劉鶴秀, 1926~2000, 연세대 화학과 1회)였다. 이 교수회의에서 JHK 는 YGK가 져지른 행위를 설명하고 법에 제소하겠다고 했다. 그러자 YGK의 지도교수 최재시가

"자퇴하면 되겠습니까?"

하고 JHK에게 물었다고 했다. JHK는 그렇게 하면 고려하여 보겠다고 했다. 그래서 자퇴한 것이다. JHK만이 할 수 있는 조치였다. 필자는 JHK 교수를 존경한다.

필자는 신현천의 심술이 없었다면 충북대로 전근하여 근무하는데 수모를 적게 받았을 텐데 그 심술은 필자의 가슴을 깊게 긁어 놓았었다. 필자보다 14년 연하이고 충북대 채용 결정이 6개월 늦은 HSY(1954~?, 서울대 화학과, 과학원 화학과)가 필자보다 먼저 학과장을 하게 한 인간이 QC(1944~1996, 서울대 화학교육학과, 텍사스대 대학원)였다.

YGK는 필자보다 13년 연하인 젊은 인간이었다. 그도 필자보다 먼저 학과장을 하려 했고, 화학교양주임도 필자보다 먼저 하려 하였다.

또한 그는 필자가 학과장을 할 때 강의 하는 것 강좌 이름을 가지고 학과 교수회의를 열자고 하여 서울대 졸업생 HWL, HSY, NSL만이 참석하게 하여 싸움을 걸은 버릇없는 인간이다.

그러니까 그가 JHK교수의 조교를 할 때 한 학생에게 부정행위를 하게 한 인간이었던 것이다. 그는 QC, NSL과 합작하여 서울대 출신 유기화학 전공 ○○○을 분석화학 전공 교수 채용에 채용되게 하려 한 못된 인간이다.

4-5. 연세대 의과대 원주분교 강호석: 1979년 2월 10일 경 필자는 지도교수 이대운에게

"원주분교 의과대학에 조교자리가 비어 있는 것으로 들었습니다. 내가 그곳에 가서 근무하면 안될가요?"

하고 의견을 물어 보았다.

이대운은

"얘기해 보겠어요."

했는데 그날 바로 이야기가 되어 필자가 조교로 가게 되었다. 연세대 의과대학 원주분교 조교는 의과대학 1학년과 의료기기학과와 보건학과 1학년 학생들에게 일반화학, 일반화학실험, 유기화학, 물리화학 강의를 하는 것이었다. 직원으로 채용되는 것이어서 월급을 받게 되니 입시과외는 그만두게 되었다.

연세대학교 의과대학 원주분교에는 원주의료원 부원장 김순일이 부드럽게 재미있게 대해 주어서 좋았다. 해부학 담당 교수 강호석(姜鎬錫, 1941~?, 고려대 생물과)이 필자와 나이가 비슷하여 그와 재미있게 지낼 수 있었다.

그런데 교무과장 연세대 생물과 졸업생 고○○이 필자를 괴롭혔다. 예를 들어 본교에서 한 교수가 휴강을 하면 조교인 필자에게 실험으로 그 시간을 보충하라 했다. 무척 괴로웠다. 그렇다고 못한다고 하면 이대운에게 연락되어 얼굴을 찌푸리게 될 것 같아 하지 않을 수 없었다.

1979년 2학기에는 화학과 박사과정생이 필자 한사람이었으므로 필수과목으로 세미나 1학점을 신청해야 되었고, 앞에서 기록한 바와 같이 CSH 교수 앞에서 무리한 세미나를 하였다.

1979년 12월 중순에 여러 신문에 교수 채용공고가 발표되고, 경상대학교 사범대학 과학교육학과慶尙大學校 師範大學 科學敎育學科의 분석화학分析化學 교수 채용공고(採用公告)를 보고 서류를 구비하여 보냈다. 그리고 그것이 잘 되어 채용되었음은 위 글에 기록한 바 있다. 그때 진주시晉州市에 위치한 경상대학교慶尙大學校 교무과에 갔더니 과학교육학과科學敎育學科 학과장 DHK(1938~?, 마산고, 부산대 화학, 유기화학)가 앉아 있었다. 그를 만나고 교무처장을 만난 다음 귀경하였다.

그런 다음 1980년 1월 중순 어느 날 필자가 연구실에 앉아 있는데 이대운이 필자를 의과대학 세브란스 병원 주차장으로 오라 하여 갔더니 운전석 옆 자리에 앉으라 하고 다음과 같은 말을 하였다.

"동국대학교 최찬유 교수님이 전화를 하셨는데 경상대학교 과학교육학과에 채용이 결정되었다고 해요. 오늘 저녁 과일이나 한 박스 사 가지고 댁으로 한 번 찾아 갑시다."

했다. 그래서 신촌로타리 옆의 신촌시장으로 나가서 몇 가지 가일을 구입하여 박스에 담아서 예쁘게 포장하여 이대운의 승용차 트렁크에 싣고 최찬유 교수님 댁으로 갔다. 이대운이 그 집의 위치를 잘 알고 있었다.

"경상대학교에 백우현이라는 내 제자가 2년 전에 채용되어 갔는데 그가 연락을 주었어. 축하해요."
라고 했다. 그러면서 경상대학교에 내려가면 백우현 교수부터 찾아가도록 하라고 했다. 이렇게 하여 경상대학교 교수로 채용되었다고 수현에게 알리게 되어 기쁨을 같이 나누었다. 그날 저녁에는 예산에서 빙장 어른과 서대문의 처고모, 그리고 대학 동기생 SIL 등 여러 사람들이 축하의 전화를 주어 가슴이 뛰었었다.

5. 그리운 대광고교의 아들들

―이 글은 1978년 1월, 『대광고교 교지 19호』(개교 30주년 기념)에 게재 하였
   떤 글이다

나의 두 아들이 다섯 살과 네 살로 제법 의젓한 재롱을 피우는 것을 볼
때면 내가 대광에 채용된 다음 적지 않은 세월이 흘러갔음을 느끼게 한다.
두 아들 모두 내가 대광에 근무하면서 태어난 것이다.

기실 일상의 정해진 굴레 속에서 하루 하루를 보내다 보면 규칙적인 시간
표의 울타리 안에서만 맴돌게 되고 어제의 나를 망각해 버리는 것이 이
도시에서의 내 생활의 전부이다. 그렇지만 오늘과 같이 잠시 병상에 눕게
되는 시간에는 나의 발자국이 새겨진 어제의 그 숱한 길들이 떠오르곤 한
다.

또한 이 길에서 만난 사람들―어렸을 적 부모형제, 가난했던 이웃들, 초
등학교 시절 반우들, 이국 월남의 밤하늘을 누비던 조명탄을 헤아리던 전우
들 등등 - 에 대한 많은 추억들이 나타났다 스러진다. 그러나 그 많은 추억
들 중 내 인생에서 가장 높은 산맥을 이루는 이 대광고등학교에서 만난
소년들은 내 마음 속 깊은 곳을 차지하고 있다.

대광에서 내가 5년여를 근무하면서 몇 소년이 써 놓고 간 인생관을 들추어 본다.

　지금 S대에 재학하는 N군과 Y대에 다니는 K군을 잊을 수 없다. 1972년 가을 어느 날 수업이 끝난 다음, 내가 과학관 뒤 중학교 건물 동쪽에서 따스한 햇볕을 받아가면서 한가로운 시간을 즐기고 있을 때 사진을 찍으며 그들 나름의 시간을 즐기다가 다가와 친밀하여 졌던 소년들이었다. 벌써 그들이 대학 4학년이다. 방학이 되면 이들은 나의 집으로 찾아와 지난 학기 동안 배운 것과 사회에서 일어나고 있는 일들을 이야기 하고 등산도 같이 하는 일이 있어 방학이 다가올 때면 이들과 만나 이야기 하는 것이 나의 기쁨의 하나로 되고 있다. 앞으로도 오랜 동안 만남과 대화가 지속되기를 바라는 마음 크다.

　1973년 담임한 학생으로 S대에서 농학과에 다니다가 지금은 군에 입대하여 군생활을 하고 있는 P군이 있다. 작은 체구에 조금 곱슬머리. 학교에서 성실했고 성적도 좋았으나 가정 형편이 좀 어려운 편이었다. 그 해 겨울방학에 마침 초등학교 5학년 아동의 가정교사를 구하는 가정이 있어 소개하여 주려고 그의 집을 찾아 상계동 산비탈의 판자집들을 두 시간여나 헤맨 끝에 찾았던 기억이 새롭다. P군은 없고 병환 중인 그의 그의 아버지만 있었다. 그 아버지에게 그 이야기를 하고 다음 날 찾아온 그를 그 가정에 보낸 일이 있었다. 해가 저물어 갈 때 그는 X-mas 카드를 보내 온다. 지난 겨울 그가 군에 입대하기 전 대광고교 과학관으로 나를 찾아왔을 때는 연말 성적 정리에 너무 바빴으므로 몸조심하라는 말도 잘 못한 듯하다. 그 나름 미소 지으며 이야기 하던 모습이 지금 눈에 선하다.

　1974년 담임한 학생으로 지금 장로회신학대학에 입학하여 열심히 신학

공부를 하고 있는 B군을 잊을 수 없다. 신앙심이 대단하여 그의 청산유수 같이 흘러 나오는 아침 조례시간에 흘러 나오는 기도는 어느 목사님의 기도와도 견줄 수 있었다. 지난 겨울 대학입학 예비시험 원서를 준비하기 위해 왔다가 과학관으로 나를 찾아와서는 다음과 같은 말을 한 것아 인상적이었다.

"하느님께서는 저에게 선교의 권능을 허락하여 주셔서 여름방학 동안 많은 선교를 하였습니다. 이번에는 하느님께서 일반대학에 진학할 수 있는 길을 허락하여 주실 것으로 믿고 있습니다. 그런 기도도 많이 했습니다."

이 말이 지금도 들리는 듯하다. 방언도 한다는 그는 내가 그가 속한 반을 담임할 때 기록하여 놓고 간 '되고 싶은 인간상'을 펼쳐 본다. 「어려운 이웃에게 조금이라도 아량을 베풀 수 있는 인간」

J라는 소년은 지금 Y대학교 학생이다. 천주교 신자라는 그는 혀를 굴리는 말씨를 사용하고, 글씨가 그리 명필이 아니다. 그는 다음과 같은 고민이 있다고 했다. "어릴 적부터의 여자 친구가 있는데 그 여자친구와 후에 꼭 결혼하고 싶은데 그것이 변할까보아 고민입니다." 했다. 그의 되고 싶은 인간상을 맥아더 장군이 그의 아들을 위해 지은 기도문이 마음에 맞다고 다음과 같이 기록했다. 「신이여 나의 아들을 이러한 인간이 되게 하여 주소서! 약할 때 자신을 분별할 수 있는 힘과 무서울 때 자신을 잃지 않는 대담성을 갖게 하여 주소서! 정직한 패배에 부끄러워 하지 않고 대범하며 승리에 겸손하고, 온유하고 겸손한 자가 되게 하여 주소서! 바라옵건대 나의 아들을 쉽고 안락한 길로 인도하지 마시고, 곤란과 불의에 항거하게 하여 주소서! 그리하여 폭풍우 속에서도 용감히 싸울 수 있고, 패자를 가엾게 여기도록 하여 주소서! 마음을 깨끗이 하여 목표가 고상하고 이웃을 정복하

기 전에 자신의 마음을 정복하게 하여 주소서!」

　1975년 나의 담임반 학생 중 한 학생이 가출하였다. 전혀 그럴 학생으로 보이지 않았던 의젓한 학생이었다. 그것도 시험기간 중에 그런 것이다. 그의 가족들은 시내 갈만한 곳을 모두 찾아 보았다. 그러나 찾을 수 없었다. 그러다가 3일 후 청량리 로타리에서 그의 할머니가 발견하였다. 그 이유는 다음과 같았다. 「학교 등굣길에 깡패에게 잡혀 몸수색을 당하다가 학교에 늦게 되자 학교에 다닐 생각이 없어져 사설 독서실에 가서 3일 동안 지냈다는 것이다.」 이것이 사실인지 거짓인지는 지금 생각해도 알 수 없다. 그 때는 그대로 속아 주었다. 그의 되고 싶은 인간상은 무엇일까? 그가 학년말에 기록하여 놓은 것을 읽어본다. 「어릴 적부터 아버지는 저에게 '너는 자라서 판사가 되어야 한다.' 하셨어요. 중학교를 졸업할 때까지 성적이 좋아 고등학교에서 열심히 공부하여 아버지가 바라는 판사가 되려고 했어요. 그러나 그 꿈은 고등학교에 입학하여 1년이 지날 때 무너졌어요. 그렇지만 지금은 자동차의 왕 포드 같은 인물이 되는 것이 꿈입니다.」 부디 그런 인물이 되거라! 시시하게 가출 같은 것 하지 말고.

　K라는 아마도 지금은 어느 시골에 내려가 있지 않나 하는 학생이 있었다. 그해 가을 수학여행 때 여행비를 아끼려고 잔류자로 남았다가 같이 잔류자로 남은 학생과 싸움이 벌어졌었다. 주먹다툼을 벌릴 수 있으나 상대 학생의 앞니를 때려 부러뜨리는 사고가 일어났다. 부모들이 학교로 불려와서 타협한 결과 수학여행비의 10배도 더 되는 치료비를 배상하고 말았다. 그가 기록한 되고 싶은 인간상은 다음과 같다. 「수사관이 되고 싶습니다. 그래서 상대 눈에서 눈물이 날 때 자신의 눈에서는 피눈물이 나온다는 사실을 많은 사람에게 알려 주겠습니다.」

K는 무척 열심히 노력하는 듯 하는데도 성적이 오르지 않았다. 일요일에 교실 하나를 나와서 공부하는 학생들을 위해 개방하는데 내가 당직일 때 보면 매번 그 학생은 보였었다. 공부하려는 집념은 있는 소년이었다.

G군. 영리한 학생으로 이야기 할 때 항상 미소를 잃지 않는 조용조용히 말하는 G군은 그림 솜씨 또한 좋았다. 그래서 그가 그린 그림 하나를 얻어서 나의 집 거실 벽에 걸어 두고 그를 가끔 생각하였었다. 지금은 I대학교 산업공학과에 재학하고 있다. 그의 희망은 다음과 같았다. 「최소한 이웃에게 해를 끼치지 않는 사람이 될 것이다.」 그가 사는 사회에는 싸움이 없을 것이다.

K군. 또 한 사람 나의 기억의 한 모퉁이를 차지하고 있는 소년 K. 반장도 했고 학생회 간부도 했다. 좀 우둔하여 보이기도 하고 건강해 보이는 우람한 체구의 소년이었다. 생활이 단정하고 가정에서는 부모에게 효성스럽다고 했다. 학교 수업이 끝나면 바로 귀가를 서두른다. 귀가하여 학비를 벌기 위해 연탄 배달을 하기 위해서라고 했다. 그러나 하느님이 모두 좋게 세상을 만들지는 않으신 모양으로 전문학교 원서를 준비하는 것을 보았는데 어찌되었는지?

1976년 K라는 학생이 나의 담임반 학생이었다. 훌쭉한 키와 비척 마른 얼굴, 그리고 장난스러운 어음이 분명치 않은 말소리를 가진 소년이었다. 그러한 말소리 때문에 학급회의를 할 때면 곧 잘 학급 전체를 웃음의 소용돌이로 몰아 넣었다. 이 학생의 성적은 그리 좋지 못하였다. 기말이 가까워질 무렵 무단 결석이 잦아졌다.

조용히 불러 상담할 때면 그렇게 순진할 수가 없었다. 그러나 잠시 지나고 나면 그가 한 말들이 모두 거짓이었다. 생모와 새어머니가 있어 생모의 집에 가 있고 싶으나 가 있을 형편이 되지 않았다. 집에는 엄한 아버지와 새어머니가 있어 들어가기 싫다고 집 주위를 빙빙 돌았다. 그러다가 학년이 바뀌고 담임도 바뀌었다가 자퇴하고 말았다. 교사와 학부모의 의도에 따라 생활하는 것이 그렇게 어려울까? 인간을 교육하는 것이 얼마나 어려운 것인가를 그가 가르쳐 준 것이다. 그가 기록하여 놓은 '되고 싶은 인간상'은 다음과 같다. 거짓말일 것이다. 「아직 확고부동한 신념은 없지만 친구를 위하여 몸을 희생할 수 있는 마음과 현실에 얽매이지 않고 꿈을 가지고 살아가는 인간이 되려고 합니다.」 갖은 범칙을 골라서 하던 어리석은 소년이었다.

나의 담임반 학생으로 S라는 학생은 선생님이나 부모님 앞에서는 그렇게 얌전할 수 없는 학생이었으나 살피는 눈만 없으면 제멋대로 행동하였다. 역시 범칙을 골라서 하다가 무기정학을 당하자 자퇴하였다. 그가 반성문을 작성한 것을 읽어보면 천연덕스럽다. 그가 기록하여 놓은 '되고 싶은 인간상'을 이곳에 옮긴다. 「저는 사립대학에 진학하는 것을 포기하였습니다. 가정사정이 그 이유임은 물론입니다. 저는 부모님을 원망하지 않습니다. 저의 노력이 부족하기도 하기 때문입니다.」 검정고시를 준비한다고 자퇴한 그가 지금은 어찌하고 있는지 조금은 궁금하다.

1977년도의 담임반 학생들의 이야기는 여기에 기록하지 않으려 한다. 이 학생들은 현재 내가 만나고 있기 때문이다. 만나 이야기 하는 사람의 이야기를 다른 사람들에게 하는 것- 특히 눈에 거스르는 소년들의 이야기를 기록하는 것은 아름답지 않다고 생각해서이다.

그들 중 물론 좋은 학생들이 많이 있으나 글을 쓸 때는 안타까운 일들을 쓸 때가 많다는 것이다. 그래도 몇 가지 이야기를 기록할 것이다. C라는 학생은 집에 어머니가 없고 아버지와 함께 살고 있다. 그의 말솜씨는 상당

청곡의 사랑방

하다. B라는 학생은 얌전하여 색씨 같은데 공부는 어찌 할 수 없는지 성적이 별로다. K라는 학생은 세 쌍둥이 중 맏형으로 생활이 차분하다.

이렇게 감기·몸살로 누워 있으면서 나의 담임반 학생들이었던 소년들이 기록해 놓은 '되고 싶은 인간상'을 넘기면서 읽어보니 기억의 모서리를 장식하는 제자들이 꽤나 많다. 어제와 오늘, 또 내일에도 600여 명 대광고교에 배우기 위해 내 밑으로 찾아 온 소년들을 가르치며 이들과의 사이에 기억에 남을 일들이 생겨날 것이다. 지난여름 내가 노모를 모시고 제주도 남쪽 중문해수욕장에 갔을 때 그 전 해 졸업생 7명에게 뜻하지 않게 인사를 받았었다. 똑 같이 몇 년 후 이들이 성인이 되어 먼 지방이나 외국에서 내를 만나게 될 때 나는 이들을 알아보지 못할지라도 이들은 나를 알아보고 인사하리라 생각하면 마음이 흡족하여 진다.

이러한 일들을 생각하며 이 글을 기록하고 나니 엄습하여 온 감기도 사라졌다. 밖에서는 두 아들 원석과 민석이 이웃집 승환이와 뛰어 노는 소리가 들린다.

하느님의 말씀 잠언 3장 3절에는 「성실하게 신뢰를 지켜라」 했고, 1장 7절에는 「어리석은 자는 교육을 받아 지혜로워 지는 것을 멸시한다.」하였음을 생각하고 내 제자들이 생활하면 분단되어 있는 우리나라의 통일을 성취시키는 역군이 될 것이다.

1978. 01.

6. 거지의 말

— 1995년 08월 30일, 충북대 신문 서재여적(書齋餘商)란에 게재한 글임

거짓말에는 착한 것과 횡포스러운 것 등이 있다. 그런데 착한 것은 적고, 못된 것이 많다. 착한 거짓말에는 암과 같은 못된 중병에 걸린 환자에게 '사소한 염증에 불과하다고 말하는 것이 전형적인 예일 것이다.

눈이 소복소복 내린 겨울 날, 내가 어릴 적 시골마을의 따뜻한 온돌방에서 웃음을 머금고 들었던 무남독녀無男獨女 어여쁜 딸을 가진 무척이나 거짓말을 좋아한 부자 시골영감의 이야기도 또 다른 착한 거짓말의 한 예이다. 어릴 적 너무 재미있게 들어서 지금도 기억에 새롭다.

「거짓말을 세 가지 하는 청년에게 내 딸과 결혼을 허락할 것이다.」라는 소문을 이 영감이 퍼지게 했다는 것이다. 이 소문을 들은 나름 거짓말을 잘 한다는 미끈하게 생긴 젊은 청년들이 그 영감의 집앞에 줄을 서서 차례를 기다렸다. 이렇게 도전한 많은 청년이 두 번째 거짓말을 하면 "그건 거짓말이지" 하다가 세 번째 거짓말을 하면 그 영감 "그럴 수도 있지." 하여 실패하군 했다.

그러던 어느 날, 이웃 동리의 한 청년이 도전을 하여 왔다.

"첫 번째 거짓말."

"우리 할아버지는 돼지가 중돼지 쯤 됐을 때 철사로 돼지의 몸을 감아 놓고 그 사이로 자라 나오는 살을 베어 요리해 잡수십니다."

"허허 통과. 두 번째 거짓말."

"우리 아버지는 돗자리를 논에 펴 놓고, 돗자리 틈을 비집고 모를 심습니다. 그래서 가을에 벼가 다 여물면 돗자리를 들어 벼를 수확합니다."

"허허 통과. 세 번째."

"어르신께서는 저의 아버님으로부터 현금 일만 냥을 작년 삼월 삼일 꾸어 가셨습니다. 여기 그 차용증서가 있습니다. 일만냥을 아버님께서 받아오라 하셨습니다."

"허허 통과."

지난 7월 말 어느 날 더워서 땀이 흘렀다. 연구실험실에 찾아 온 불청객 때문에 나는 사랑하는 아내에게 착하지도 않고 그렇게 횡포스럽지도 않은 거짓말을 하였다. 연구실에 찾아 온 뜨내기 상인이 좋은 물건이라 하여 산 물건이 몇 번 사용하지도 못하고 망가져 버렸다. 연구실에 찾아오는 상인의 물건은 구입하지 말라고 하는 아내의 엄명을 어긴 것이다.

이 더운 날, 연구실험을 수행하려고 나온 교수가 찾아온 장사꾼의 입놀림에 속아서 그 엄명을 망각하는 행위行爲를 했으니 어찌하랴! 그 물건을 저녁에 가지고 집에 가서 시장에서 세일(sale) 한다고 하여 저렴한 가격에 샀다고 거짓말을 했다.

횡포스러운 거짓말에는 너무 많은 종류가 있다. 위와 같이 나쁜 물건을 좋은 물건이라 하여 속이는 것, '안두희'처럼 애국자 '김구'를 암살하고 하는 거짓말, 건축비를 아끼려고 설계도 대로 건축하지 않고 설계도 대로 건축하였다고 하는 거짓말, 뻔뻔한 사람이 자신의 뜻만을 관철하면 된다고 꾸며서 하는 거짓말, 그리고 비굴한 사람의 자기 잘못을 감추려는 거짓말 등등.

백범 김구의 암살범 안두희는 김구를 암살하고 지금까지 몇 번을 반복하여 윗 사람 누구의 지시였다 아니다를 반복하여 거짓말을 했다. 역사를 아프게 한 횡포스러운 거짓말을 한 것이다.

지난 6월 말, 대학들의 여름방학이 시작되고 며칠 되지 않았던 29일 서울 삼풍백화점 5층 건물이 무너져 백화점에 들어왔던 고객 들 수백 명이 묻히는 참사가 일어났다. 그래서 그 사고를 모든 신문과 TV와 라디오 방송은 7월 내내 뉴스 시간에 그 큰 건물이 무너진 현장 상황, 붕괴의 원인, 무너진 건물더미에 묻혔다가 구출된 생존자들에 대한 방송을 하였다.

500여 명이 넘는 사망자가 발생한 이 사고는 세계에 한국의 신뢰도(信賴度)를 몇 단계 추락시킨 큰 사고였다. 이 큰 사고의 뒤안길에는 건설사 사주와 백화점 사장, 그리고 관련 공무원들의 뒤엉킨 거짓말들이 뉴스 시간마다 방송됨을 듣고 보는 괴로움을 가슴으로 흐느꼈다.

그러면서 최명석군, 유지환양, 그리고 박승환양이 각각 10일, 12일, 그리고 17일만에 구출될 때 많은 국민들은 마치 자신의 아들과 딸이 죽었다 살아오는 듯 기뻐 하였었다. 이것은 거짓이 난무하는 세상에도 인정의 샘은 솟는다는 말이 되는 것이다.

거짓말을 하게 만드는 악질적 집단도 있다. 죽지 않을 만큼 주는 음식과 추위를 견딜만 하게 누더기옷을 아바이 수령 동무래 주었다고 감사해 하라는 북쪽 김일성 수하의 동포들은 가엾기만 하다.

새 학기가 되어 익어가는 오곡백과五穀百果와 함께 개신벌에도 열성어린 강의가 시작된다. 학생들은 열성을 다하여 배우겠다 라고 자신에게 약속하고 부모님과도 유언무언有言無言의 약속을 하였을 것이다. 그런데 많은 학생들은 한 달도 지나지 않아 그런 약속을 언제 하였느냐는 듯 놀이에 바쁘다. 시험이 다가올 경우 허둥지둥 옆 친구의 노트를 복사하여 한 번 읽어 본 다음 시험장에 나온다. 그러한 학생은 그래도 'C' 학점은 된다. 나의 경험으로는 시험 전날까지 놀이에 바쁜 학기 첫 날의 약속을 잊은 학생들이 많다. 그런 학생들은 'D'나 'F'학점을 받게 된다. 자신의 마음과 부모님께 횡포스런 약속을 한 것이다.

나는 오십여 년을 살아오면서 헤아릴 수 없는 많은 횡포스러운 거짓말로 마음을 움추린 적이 많다. 무엇보다 젊은 학생들을 가르치는 직업을 가진 만큼 같은 직업의 인간들이 횡포스러운 거짓말을 할 때 나의 몸과 마음이 움추려졌다.

거짓말의 횡포는 사람들에게만 있다. 동물에게는 있을 수 없다. 그렇다면 인간은 동물보다도 못난 존재가 아니겠는가? 자연은 거짓이 없다. 식물과 바위, 흙, 모래 등이 말을 못하는데 어떻게 거짓말을 하는가? 화학반응(化學反應, Chemical Reaction)에도 거짓은 없다. 두 물질을 섞어 반응을 일으키면 반응은 일어나거나 일어나지 않거나 둘 중 하나이다.

거짓을 말하면서 생활폐수生活廢水, 공장폐수工場廢水를 강으로 흘려 보내면서 나는 그러한 일이 없다고 오히려 화를 내는 것이 요즈음의 인간들이다. 횡포스러운 거짓말을 하는 것이다. 강과 바다의 오염과 인간 마음의 오염은 정확히 비례하는 것이다.

거짓말은 인간 이웃의 마음을 괴롭히고, 역사도 바르게 기록되지 못하게 하며, 아름다운 인간관계人間關係를 해친다. 또한 삼풍백화점 붕괴崩壞로 인한 대참사와 같은 큰 비극의 원인이 되며, 지구를 오염汚染 시키는 것이다.

인간은 자신이 더럽힌 지구에서 살 수는 없다. 그러니 거짓말을 하지 않게 하거나 줄이는 교육이 필요하다. 거짓말은 거지가 말을 타고 가는 것이다.

1995. 08. 30.

제4장
대학 교수 생활 1

경상대학교 사범대학 과학교육학과에서 1980년 3월 필자의 대학교수 생활은 시작되었습니다. 4년 간 진주晉州 소재 경상대학교慶尙大學校에서 근무하였고, 그동안 박사과정 자격시험에 합격하였으며, 학위논문을 제출하여 이학박사 학위를 취득하였습니다.

그리고 1984년 2월 10일 충북대학교 자연과학대학忠北大學校 自然科學大學으로 전근하여 교수 생활을 계속하였습니다.

충북대학교 교수 생활을 22년 계속하고 2006년 2월 28일 충북대학교 명예교수(名譽教授, an Emeritus Professor)로 되어 우리나라 반도의 삼면에 있는 섬마을들을 여행하면서 만난 역사와 섬마을 주민들과 만나 나눈 이야기들을 기행수필로 작성하였습니다.

그래서 '섬마을 설화'와 '섬마을 징검다리'라는 수필집을 출간한 것입니다.

대학교수 생활 중 만난 교수들과 제자들의 이야기를 기록하였습니다.

1. 경상대학교 교수들

1-1. 경상대학교 과학교육학과의 어떤 교수: 필자는 1980년 2월 중순 진주晋州로 내려가 백우현을 만나 고맙다고 인사를 나누었다. 그리고 DHK(1938~?, 마산고교, 부산대 대학원)와 GCS(1944~2003, 부산대)를 만나 인사하고 경상대학교 과학교육학과 가족이 되었다.

과학교육학과는 물리학교육 전공, 화학교육 전공, 그리고 생물학교육 전공의 세 전공 분야의 집합체인데 필자는 화학교육 전공 분야의 분석화학 교수로 채용된 것이었다.

화학전공 분야에는 DHK(유기화학), GCS(물리화학), CEO(1941~?), WHB(물리화학), JHJ(1947~?, 무기화학) 등이 있었다. 필자와 함께 채용된 교수로 YJY(1949~?, 유기화학, 성균관대학 대학원)가 있었다.

과학교육학과 화학전공 학생은 각 학년 30명으로 총 120명, 분석화학은 2학년 과목이고, 기기분석이라는 과목으로 4학년 선택과목이 있었다.

필자가 교수로 채용되었으나 바로 진주로 이사 오는 것은 준비해야 하는 것이 많아서 곤란했다. 더구나 필자는 연세대 대학원 박사과정 학생이므로 서울에서 해결할 일들이 남아 있었다. 필자는 진주고등학교 앞의 하숙집에 하숙하였다. 그러나 이제 박사학위 자격시험과 학위논문을 제출해야 하므로 논문실험이 가능한 연세대의 연구실로 매주 목요일 밤 열차로 올라가 금요일부터 실험하는 강행군을 했다. 그러므로 1980년도는 나에게 고단한 한 해가 되었다.

지금과 같이 KTX가 있는 것도 아니어서 열차에 앉아있는 시간이 많았었다. 경상대학교 총장은 전 국무총리 신현확(申鉉碻, 1920~2007)의 동생 신현천(申鉉千, 1922~1999))이 부임하여 있었다. 종합대학이어서 인문대, 사회대, 자연대, 공과대, 농과대, 사범대가 설립되어 있었다. 그러나 아직 건물과 기계 등을 갖추지 못하고 있었다.

우선 진주고교에 근무하는 해병간부후보생 33기 필자의 동기생 이진식(李進植, 1941~?, 진주고교, 경희대 화학과)을 전화하고 진주고교 앞에서 만났다가 그 앞의 그가 아는 아주머니 댁을 하숙집으로 추천하여 주어 그곳에 하숙을 정하고 그 하숙집에서 칠암동 경상대 캠퍼스로 출근하였다. 좀 멀어서 자전거를 구입하여 자전거로 출퇴근을 한 것이다. 연구실이라고 YJY와 함께 사용하도록 할당된 연구실의 밖에 자전거를 세워두고 강의와 학생실험을 지도했었다.

자전거의 잠금장치를 좋은 것으로 구입하여 도둑맞지 않게 할려고 했으나 당시로서는 잠금장치가 좋은 것이 판매되지 않아 허술한 잠금장치로 잠가 놓았다. 약 3개월은 그대로 누가 건드리는 사람이 없더니 3개월이 지난 다음 어느 날 퇴근하려고 나가보니 3개월 정든 자전거가 사라져 버렸었다.

그러면서 대단히 불편한 것이 하나 있었다. 나이는 필자보다 2년이 위였으나 고등학교나 대학이 나보다 2년 늦은 DHK가 여러 가지 일을 사리에 맞지 않게 요구하는 것이었다. 한 번은 화학교육학과 교직과목인 '화학교육'의 강의(4학년 수강과목)는 필자가 맡고 강의 담당자로 교무처에 보고하는 것은 자신의 이름 DHK로 해 달라는 것이었다. 필자가

"그것은 안돼요! 그렇게는 못합니다."

하고 강력하게 말하였더니 담당자가 CEO로 되었다.

필자는 그 일로 치욕을 느꼈었다. 필자가 힘이 없으니 필자보다 후배인 사람에게 그런 수모를 당하는구나 하고 한탄까지 했었다. 그 DHK라는 인간은 어떤 방법을 사용했는지 모르나 군대도 면제 받은 인간이니 그러한 짓을 하는 것이다. 남자라 하면 국민의 5대의무의 하나인 군복무를 해야 되는데 멀쩡하면서 군입대를 하지 않은 우리나라의 젊은이는 이상한 사리에 맞지 않는 일을 하는 것이니 군입대를 하지 않은 한국의 남자는 공직(고교 교사직, 공무원, 대학 교수직, 국회의원 등)을 갖지 못하게 해야 하는 것이다. 헌법으로 정하여 놓아야 되는 것이다. 앞에서 기록했으나 JJO(전 공주대 총장, 전 충남교육감)가 그렇고, 경상대 과학교육학과 교수라 하는 DHK가 그런 사람이며, 충북대 화학과에 근무한 YGK가 그러한 보기이다.

또 한 번은 같은 전공 교수들이 같이 테니스를 가자고 하여 가방에 테니스복을 넣고 가려고 하는데 나의 가방이 꼭 차 있는데 가방의 작크를 열더니 자기의 테니스복과 신발을 넣는 것이었다. 가방이 찢어질 듯하였다. 본부에서 학과장이 같은 전공 교수들과 테니스 간다고 하는 것을 표시하지 않으려고 그짓을 한다는 것이었다. 필자는 정말 그렇게 하는 행동이 싫었었고, 지금도 싫은 것이다.

그렇게 세월이 흐르면서 필자는 이학박사 학위 자격시험은 1980년 11월 합격하였고, 이학박사 학위는 1981년 8월 28일 취득하였다. 이학박사학위 수여식 날 형이 연세대학교 강당에 올라와 수현에게

"정말 수고 많았어요!"

라는 인사를 했다. 처음이면서 마지막인 인사일 듯했다. 어머니도, 빙장·빙모님도, 연세대 학위수여식장에 오셔서 학위수여를 축하하여 주셨다. 그리고 신장위동 우리집에 오셔서 노시다가 가셨다.

필자의 학위논문 제목은 '폴리우레탄포움에 대한 유기화합물들의 흡착성 연구'였다. 과학논문을 이 자서전에 설명하는 것은 지루한 느낌이 있을 듯하여 이 정도로 소개한다.

이곳에 나의 '학위기'를 기록한다.

「학위기/ 鄭龍淳/ 1940년 9월 4일생/ 이 이는 본 대학교 대학원에서 정한 과정을 마쳤으므로 학칙에 의하여 이에 이학박사의 학위를 수여함/ 1981년 8월 28일/ 연세대학교 대학원장 신학박사 한태동/ 총장 이학박사 안세희/ 박사제305호」

필자의 박사학위 논문을 심사하여 주신 분들은 김장환(金長煥, 1937~?, 하바드대학, 연세대 화학과), 강삼우(姜三祐, 1940~?, 한남대), 이원(李垣, 1942~2019, 경희대), 이용근(1932~?, 연세대), 그리고 이대운 지도교수였다.

경상대학교에 근무하면서도 이제 여유가 생겨 좀 넓은 집으로 전셋집을 옮겨 살았다. 빙장어른 이정각(李廷珏, 1924~2006, 건국대학교 행정학과)과 빙모님 신각순(申珏淳, 1926~2009, 평산신씨)이 진주 우리가 전세 얻어 사는

집에 내려오셔서서 약 10일씩 쉬시다 가셨다. 이때는 예산 응봉에서 운영하시던 양조장도 큰처남 덕규(德奎, 1948~?, 예산농업고교)에게 인계하였으므로 편안히 진주의 우리집에 내려오셔서 쉬실 수 있으셨다.

평일에는 내가 수업 때문에 같이 여행갈 수 없으니 두 내외분이 시외버스에 승차하시고 지리산 기슭에 위치한 대원사(大元寺)도 가시고, 불일폭포(佛日瀑布)도 다녀오셨다.

그러나 여름방학에는 우리 가족 네 사람(필자와 수현, 원석과 민석)과 삼천포에 나가서 항구에서 여객선에 승선하여 거제 해금강을 돌아오기도 하고, 사천비행장에서 비행기에 승선하여 제주도에 가서 제주도 일주여행을 하고 제주비행장에서 비행기에 승선하여 사천비행장으로 돌아오기도 했었다.

경상대학교 과학교육학과 화학전공 교수들은 회합을 갖고 일반화학과 일반화학실험 교과서를 집필하기도 하였다. 일반화학 교과서는 편집순서를 정하고 각 장의 집필자를 정하여 원고지에 내용을 작성하였다.

일반화학실험 교과서는 각자 작성할 수 있는 실험의 이름을 세 가지씩 기록하여 내도록하여 YJY가 수합하였다. 각 실험은 실험설명 순서를 필자가 정하여 원고지에 각자 작성하여 제출하도록 하였다.

DHK는 머릿말만 작성토록 하여 주었다. 그랬는데 DHK가 그 머리말 한 페이지 작성을 하지 않아서 서적의 출판이 늦어지게 되었었다. 다른 사람들은 작성기한을 지키지 않은 사람이 많았으나 출판에 지장을 주지는 않았는데 DHK는 개학이 임박하는데도 그 한 쪽 쓰는 것을 하지 않은 것이다. DHK에게 쓰기 싫으면 필자가 작성하도록 하게 하여 달라 했더니 그것도 대답하지 않았다.

선정된 출판사를 교섭한 사람은 YJY였다. 출판사로 삼아사(三亞社)가 선정되었다. 일반화학실험 교과서도 DHK에게 머릿말만 작성하도록 했는데 출판 기일을 강의를 고려하여 원고를 작성해야 되는데 그가 또 그 한 쪽을 작성치 않아서 다른 공동 집필자들을 애타게 했다.

결국 YJY가 아무도 없을 때 그의 연구실로 들어가 자신이 머릿말을 작성하고 DHK가 작성한 것으로 하겠다고 하여 대답을 얻고 그렇게 했다. DHK는 공동저작을 글자 하나 쓰지 않고 두 권에 이름이 제일 앞에 들어갔다.

이러한 DHK 같은 인간이 많아서 우리나라가 1910년부터 1945년까지 35년간이나 일본 놈들에게 갖은 수모를 받은 것이다. 이 세상에서 그와 같은 인간은 살지 말아야 할 것이다.

실험 집필 항목의 수는 대부분 세 가지 실험을 작성했으나 필자는 일곱 가지를 작성하였다. 수집과 교정은 YJY와 필자가 하였었다.

1-2. 경상대 의과대학의 CWK: 1981년 9월이 되어 2학기가 개학되면서부터 필자는 마음이 조금 편안한 상태로 되었다. 바로 며칠 전 연세대학교 대학원에서 이학박사 학위를 취득하여 연구실험과 학위논문 작성에서 해방되어서일 것이었다.

그 해 강의가 끝나 학생들의 학점을 산정하여 학적과에 제출한 다음 우리 부부는 오랜만에 원석과 민석이를 데리고 예산 응봉의 양조장을 운영하는 외가집에도 갔고 강릉과 설악산으로 여행도 하였다.

1982년 2월에는 서울 신장위동으로부터 진주 상대동에 위치한 촉석아파트로 전세를 얻어 이사를 내려왔다. 이사 내려올 때 같은 전공의 교수들 DHK, GCS, CEO, WHB, JHJ, 그리고 YJY가 아파트 거실로 찾아와 커피 한 잔씩을 마시면서 이사 내려옴을 축하하여 주었었다.

원석과 민석은 장곡초등학교에서 진주 상대초등학교로 전학하였다. 원석은 3학년, 그리고 민석은 2학년이었다.

경상대학교는 발전단계에서 의과대학이 설립되어 이 해 1학년생 50명이 입학하였는데 강윤세(姜允世, 1934~?, 진주고교, 서울농대, 전직 가톨릭대 의대교수)가 준비 교수로 채용되어 있었다. 그런데 그가 1982년 1월 의과대학에 생화학 교수를 특채하려 하니 연세대에 적당한 좋은 인재가 있으면 추천하라고 하는 연락이 왔다. 그래서 몇 번 보았던 나의 대학시절 은사 조영동(趙英東, 1936~?, 중앙대 학사, 연세대 석사, 캐나다 앨버튼대 박사, 현 연세대 생화학과 명예교수) 밑에서 박사과정을 밟고 있는 CWK(1954~?)에게 전화하여 의향을 물어보았다. 그랬더니 부모와도 상의하고, 지도교수 조영동 교수와도 상의하여 전화하겠다고 하더니 약 2일 후

"가능하면 경상대학교에 가고 싶습니다."

라는 전화를 하였다. 그래서 강윤세에게 추천하였다.

CWK는 서울고교를 졸업하고 연세대 생화학과에 입학하고 졸업한 다음 연세대학교 대학원에서 석사과정을 마치고 박사과정에 입학하여 학점 취득이 끝난 젊은이였다. 똑똑한 사람인데 어렸을 때 얼굴에 화상을 크게 입어

여러 번 성형수술을 받았으나 좀 안면이 일그러짐이 있으나 크게 혐오감을 주지는 않았다.

CWK의 부친은 한학자이고, 사업가였다. 테니스를 오랫동안 즐겨 거의 선수 수준의 실력을 갖추고 있었다. CWK도 아버지를 따라 테니스를 어릴 적부터 연습하였으므로 부자는 서울에서 열리는 가족테니스 대회에 출전하여 준우승까지 한 이력이 있다고 했다.

CWK가 면접하려고 내려와서 강윤세를 만났고 합격점을 받아 채용되었다. 필자는 채용되는 과정에서 중요한 역할을 한 것이다. 그는 그의 아버지가 재력이 튼튼한 분이어서 아버지도 아들의 채용을 도와준 필자에게 진주까지 내려와서 감사하다는 인사를 하였다.

수현은 CWK의 부친이 아들의 살 집을 마련하기 위해 진주에 내려왔을 때 CWK의 부친과 강윤세를 집으로 초대하여 저녁 한 끼를 같이 하게 했다. 두 분은 기꺼이 초대에 응하시어 즐겁게 식사를 같이 하고 귀가하였다.

CWK와 그의 부모도 CWK의 채용에 만족하였고, 2019년 1월인 지금은 그때로부터 40년의 세월이 흐르고 있다. 강윤세가 퇴직하여 20년이 되었고, CWK도 퇴직을 앞두고 있다. 세월의 흐름은 정말 빠른 것이다.

CWK가 경상대에 채용된 1982년 가을 어느 날에는 CWK 부부와 우리 가족 4명이 진주 남강댐 입구에서 대여하는 선박에 승선하여 남강댐 상류 한가한 곳으로 가서 낚시를 즐기기도 하였다. CWK는 초등학교 3학년 원석이를 안고 낚시를 하더니

"저도 빨리 아기를 낳아서 이런데로 낚시를 데리고 와야 겠어요."

하는 말을 했었다.

1-3. 부산 사람 이병규: 필자는 1982년 3월부터 1년 간 조교로 와 있었던 이병규(李炳奎, 1956~?)를 잊을 수 없다. 이병규는 연세대학교 석사과정을 화학과 김장환(金長煥, 1936~?, 하바드대 학사, 박사)을 지도교수로 들어와 석사학위를 취득한 젊은이였다.

이병규는 성격이 온순하고 점잖으며 합리적인 젊은이였다. 단지 어릴적 소아마비가 와서 왼쪽 다리를 조금 절룩였다. 그러나 걷는 데는 문제가 없는 듯했다.

새옹지마塞翁之馬라는 말이 그에게 맞는 것 같았다. 좀 불편하지만 군면제를 받았기 때문이다. 초등학교로부터 고등학교까지 부산 지역에서 졸업하고, 대학은 전북 전주시 소재 전북대학교 자연과학대학 화학과에 1975년 3월 1일 입학하여 1979년 2월 28일 졸업하였다. 연세대학교 대학원 석사과정에 1980년 3월 2일 입학하여 1982년 2월 10일 석사학위를 취득하였다.

1982년 1월 중순 어느 날 경상대학교 화학과에 근무하는 필자를 찾아온 것이다. 필자가

"어쩐 일이야? 이병규 선생. 이렇게 먼 곳까지."

하고 반갑게 맞이하고 마침 점심시간이 되어 진주 칠암동 고속터미널 앞의 식당에서 점심을 같이 먹을 때 그가 찾아온 이유를 말했다.

"여기 과학교육학과에 조교로 근무하였으면 해서 왔습니다."

라고 말했다. 필자는 알았으니 그의 주소와 전화번호를 적고 혹시 모르니 부산 집의 약도를 그려달라고 했다. 그리고 학과장 DHK에게 가서

"학과장님 혹시 조교 채용계획이 있습니까? 연세대학교 대학원에서 석사학위 마친 사람이 조교로 왔으면 하는데요,"

하고 물어보았더니 DHK

"채용계획이 있습니다. 이력서를 우선 기록하여 가져와야 합니다."
했다. 그래서 알았다고 말하고 이병규에게는 전화하여 이력서를 속달등기로 보내라고 했더니 그 이튿날 송달되어 왔다, 그 이력서를 DHK에게 주었다. 그리고 이튿날 채용되었다고 DHK가 필자에게 말을 전하여 왔다.

필자는 빨리 그것을 전달하기 위해 부산으로 가서 그의 집을 찾아가 전하고, 이병규는 3월 2일부터 화학전공 조교로 근무하게 되었었다.

이병규와 우리 가족은 여름방학이 가까워 오는 어느 주말 시외버스에 승차하여 남해도 충무공이 순국하신 해안 가까이로 낚시를 가기도 하면서 같은 연세대 대학원 선·후배로서 친밀하게 지냈다.

한편 1982년 7월 15일 경 이병규와 필자는 지리산 피아골 계곡을 통하여 지리산을 등반하였다. '피아골' 계곡은 지리산 동쪽 구례군 토지면의 연곡사鷰谷寺에서 지리산 천황봉으로 등산하는 등산로 중 가장 험한 등산로로 알려져 있었다. 올라가다가 쉬기를 몇 십 번 하면서 지리산의 주능선에 올라가서 텐트를 설치하고 잠을 잤다. 그리고 이튿날은 뱀사골을 통하여 지리산 서쪽으로 내려왔다. 피아골이나 뱀사골은 각각 12km의 긴 계곡이었다.

이병규와 필자는 1982년 1년 동안 같은 학과 같은 전공에 근무하면서 야간의 시간과 휴일, 또는 여름방학 기간을 이용하여 힘을 합하여 연구실험을 하여 훌륭한 논문 한 편을 작성한 것이 가장 훌륭한 업적으로 남아있다. 대한화학회에서 발행하는 영문 잡지인 '뷸레틴 오브 더 코리안 켐이칼 쏘사이에티'(Bulletin of the Korean Chemical Society, SCI 등재)에 우리가 작성한 논문이 받아들여져 심사를 통과하여 발간된 것이다. 이 논문집은 대한화학회에서 발간되는 논문 중 유일하게 SCI(과학인용문헌)에 목록이 있는 논문집이다.

1982년 한 해는 이병규가 옆에 같이 있어 '피아골계곡'의 험한 등산로를 등산할 수 있었고, SCI에 목록이 기록된 훌륭한 논문집에 좋은 논문을 게재할 수 있었던 기억에 남는 한 해가 되었다. 이병규는 필자보다 나이는 16년이나 어린 젊은이였으나 진주 칠암동 경상대학교 캠퍼스에서 좋은 친구로 지낸 아름다운 친구였다.

이병규는 이러한 좋은 추억을 남겨놓고 1983년 2월 말 독일로 유학을 떠났다. 두 번 편지를 보내 와서 답장을 보냈고, 크리스마스가 가까울 때는 카드를 보내와 답하는 카드를 보내기도 했다. 그 다음 소식이 끊기더니 지금까지 35년이 흐르는데 소식이 없다. 그가 건강하고 좋은 사람으로 살길 바랄 뿐이다.

1-4. 경상대 체육교육과의 정선태: 경상대학교에 교수로 재직하는 공주사범대학 졸업생은 4명이었다. 정선태(鄭善泰, 1948~?, 체육학), 임현영(林賢榮, 1942~?, 일어학), 이재술(李在述, 1952~?, 독어학), 그리고 필자였다. 일어교육학과 임현영은 공주사대에는 물리학과로 입학한 필자보다 1년 후배인데 언제 그렇게 일어를 습득하였는지 일어교육학과 교수가 되어 경상대에서 만나니 반갑게 인사하는 것이었다.

이재술은 고아 출신이었다고 한다. 그의 가정에 대하여는 자세히 듣지는 못했다. 고아원에서 생활하며 고등학교까지 졸업하고 공주사대 독일어과에 입학하여 졸업하였다. 1983년 경상대 사범대 독어교육학과에 교수로 채용되었다.

1983년 8월 15일 그는 경상대 총장 신현천의 주례로 경상대 강당에서 하객들의 축하를 받으며 결혼식을 하였다. 경상대 교무과 직원의 여동생을 아내로 맞은 것이었다. 그렇게 결혼이 이루어진 이유는 듣지 못했으나 아내로 맞은 여인의 오빠가 건강하고 건실한 사람으로 평이 좋은 사람이고 그 집안이 형재자매가 많다고 알려져 있으므로 외롭게 자란 이재술이 처갓집이 융성하여 외롭지 않게 될 수 있겠다고 생각되었었다.

이재술은 키가 좀 작은 편이나 미남이었다. 우리 공주사대 동문 모임에서 그 아내를 '우리 부인'이라고 불렀다. 그래서 필자가 그에게

"아내를 우리나라에서는 '집사람'이라 부르는 것이네"

라고 했더니 체육교육학과 정선태가

"'우리 부인'이라 부르는 것이 맞아요."

하며 이재술의 말이 괜찮다고 한 일도 있었다.

이제 30여 년이 흐르면서 이재술도 정년퇴직 하고 명예교수가 되었으니 그보다 여러 해 선배인 임현영과 정선태는 벌써 몇 년 전에 정년퇴직하고 명예교수가 된 것이다.

정선태는 원래 진주 사람으로 진주고교 졸업생인데 어떻게 하여 공주사대에 입학했는지 알 수 없다. 진주 사람과 억양이 맞지 않으니 그러한 것을 물어보는 것이 싫었었다. 정선태는 경상대 교수 중 가장 체중이 많이 나가는 우람한 사람이었다. 그러나 균형이 잡혀 있었고, 미남이었다. 체육이 전공이므로 많은 구기 운동에 숙달되어 있었다. 특히 여름 방학에 열리는 전국 교수테니스대회에는 경상대 교수테니스 선수로 출전하였다.

1-5. 경상대학교의 위계 높은 교수: 경상대학교 사범대학 과학교육과 화학전공에 근무하는 동안 옆에 있었던 교수로서 잊지 못할 교수들이 셋이 있다. WHB(1941~?, 동국대), JHJ(1948~?, 한남대, 고려대대학원), 그리고

SHK(1952~?, 충북대 과교과, 고려대대학원)이 그들이다.

필자가 경상대에 채용되었음을 동국대 최찬유를 통해 연락하여준 인간이 WHB이다. WHB는 필자와 나이가 비슷하면서 같이 경상대에 채용되었다고 거의 10년 연하의 JHJ와 친한 체를 하는 것이 보기 좋지 않았다.

JHJ는 겉으로는 점잖은 척 하지만 뒤에서 사람을 욕하는 정신병적인 인간이었다. 심지어 자신에게 정을 주는 WHB에게 어느 날 술에 취하여 쌍욕을 퍼부어 인연을 끊기도 하였다.

JHJ가 DHK에게 소개하여 조교로 채용되게 한 사람이 SHK였다. SHK는 전공과목이 분석화학이라 하였다. 이 인간이 분석화학실험을 맡는다고 했다. 필자는 교수이고, SHK는 조교이니 실험 진행만 하고 학점은 필자가 관리하는 줄 알았더니 JHJ가 SHK에게 학점을 주게 하는 것이었다.

JHJ는 필자보다 거의 십 년 연하이면서 경상데에 1년 먼저 채용 됐다하여 제가 선임이라 했다. 한 번은 그의 연구실에 지나다가 들려 그냥 나오려 했더니 뜬금없이

"우리 전공도 '위계질서'를 지켜야겠습니다,"

라고 말하는 것이었다. 그러니까 그가 1년 먼저 채용되어 왔다고 선임이라는 것이다. 아무런 대꾸도 안했으나 필자는 속으로

"너는 애비도 없고 에미도 없느냐? 형도 없고 누나도 없는 놈이냐?"

했다. 필자는 해병장교 생활 6년, 고교교사 생활 6년, 그리고 석사 · 박사과정 4년을 직장 없이 수행했다 이 작자야!

1-6. 젊은 교수들에게 고통을 주었던 경상대 총장: 1982년 5월 초 어느 날이었다. 충북대학교에 근무하는 공주사대 4년 선배 김동원(金東垣,

1937~2013, 공주사대, 오스트리아 인스브르크대 대학원)으로부터 필자에게 편지가 왔다.

자신이 근무하는 충북대학교 화학과에 분석화학 교수 채용이 있으니 서류를 구비하여 제출하라는 것이었다. 진주보다는 청주가 고향에 가까우니 모든 것이 편리할 것 아니냐는 것이었다. 신문에 공고된 충북대학교 교수 채용광고가 동봉되어 있었다.

필자가 퇴근하여 촉석아파트의 집에 와서 아내 수현에게 그 이야기를 했더니 수현의 의견은 청주로 올라가 살자고 했다.

경상대 같은 학과 같은 전공의 회의 때마다 필자의 의견을 반대하는 GCS(1944~2003, 부산대), '강의를 대신하라는 DHK', '정보탐색이 주임무처럼 생활하는 WHB', '위계질서를 지키자고 하는 JHJ', '위 사람을 몰라보는 SHK'라는 반발자들이 충북대에도 있을 것이지만 서류를 구비하여 충북대 교무처로 송부하였다.

며칠 후 면접하러 오라는 편지를 받고 충북대학교 자연과학대학 사무실로 갔더니 필자보다 13년 연하이고 연세대에서 석사과정 중 부적격 행위(학생에게 부정행위 시키는 월권행위)를 하다가 퇴출되어 과학원으로 입학했던 YGK도 면접하려 와 있었다.

학과장이라는 QC(1944~1995, 서울사대, 텍사스공대)와 만나고, 학장이라는 홍성렬(洪性烈, 1934~2004, 연세대하교 물리학과)도 만나서 묻는 말에 응답했다.

결과적으로 필자와 YGK는 충북대 화학과에 채용되었다. 필자는 충북대에 채용되었는데 경상대 총장의 동의서가 필요했다. 총장실로 총장 신현천(申鉉千, 1922~1999, 서울대 수학과)을 찾아가 전근을 허락해 달라고 했다.

그랬더니

"동의하여 줄 수 없습니다."

라고 한 마디로 거절하였다.

같은 상대동 촉석아파트에 총장의 공관이 있음을 알고 저녁에 공관으로 아내 수현과 함께 소고기 3근과 사과 한 상자를 가지고 찾아가 한 번 더 동의하여 주시라고 요구했으나

"절대 불가합니다."

라고 했다.

아내는 문밖에 나오자 주저앉아 통곡을 했다. 그 다음 신현천이 서울로 올라가 내려오지 않으므로 서울집으로 찾아갔다. 신현천이 목디스크를 앓는다고 하여 뼈치료에 능하다는 의사를 데리고 찾아갔다. 그리고 치료를 하면서 부탁했으나 동의서를 보낼 수 없다고 하였다.

필자는 할 수 없이 경상대와 충북대를 왕복하면서 두 대학의 분석화학과 기기분석 강의를 맡을 수밖에 없었다. 한편으로 경상대학교 교무처장 장○○를 집으로 찾아가서 부탁했으나 대답을 하지 않았다.

그래서 한 가지 생각이 떠오른 것은 신현천의 형 전직 국무총리 신현확(申鉉碻, 1920~2007)에게 찾아뵙지 못하고 편지 올리는 이유를 구구절절(句句節節) 기록한 편지를 보냈다. 그리고 며칠 뒤 교수식당에 점심식사를 하기 위해 가서 식사를 하고 있는데 신현천이 들어오다가 나를 보고 점심식사한 다음 총장실로 오라고 말하는 것이었다.

총장실에 올라갔더니 필자가 그의 형에게 보낸 편지를 내어 놓고 호통을 치는 것이었다. 자기 형에게 편지 보낸 것이 대단히 기분 나쁘다고 하는 것이었다. 학처장들을 불러놓고 하는 호통이었다. 필자는 듣고만 있었다.

청곡의 사랑방

그렇게 두 학기를 지냈다. 1984년 1월 10일 경 어느 날 밤 늦게 찬바람을 맞아가며 충북대 전근을 포기하다 시피 한 필자가 경상대 자연대 필자의 연구실에서 일을 하다가 퇴근하고 있었다. 그리고 본관 건물 옆길을 지나는데 누가 "정 교수!" 하고 불러서 바라보니 교무처장 장○○이었다. 필자가 가까이 가서

"안녕하세요? 처장님 아니십니까?"

했더니

"충북대에 동의서를 보내기로 했으니 절차 밟아서 전근 가세요."

라고 말하는 것이었다. 충북대로 전근 가지 못할 줄 알았다가 1년을 기다려 충북대 전근동의서를 보낸다는 이야기를 들은 것이었다.

이튿날 필자는 진주 시외버스터미널로 가서 대전 시외버스터미널로 출발하는 시외버스에 승차하여 대전시외버스터미널에 가고, 그곳에서 청주시외버스터널로 향하는 시외버스를 승차하였다. 그리고 청주시외버스터미널에서 하차하고 택시에 승차하여 충북대 본부로 갔다.

당시 충북대 교무처장은 박연규(농학과)였다. 그에게

"경상대 교무처장님이 어제 충북대 교무처로 전근동의서 송부한다고 했습니다."

라고 말했다. 그리고 필자는 1984년 2월 10일자로 충북대에 전근되었다.

전세 얻은 집은 충북대 정문에서 멀지 않은 '청우아파트'였다. 진주 전셋집의 주인에게서 전세금을 돌려받고 이삿짐을 꾸려 이사온 날은 1984년 2월 25일이었다. 두 아들 원석과 민석은 충북대 후문에 가까운 곳에 위치하고 있는 청주창신초등학교 5학년과 4학년으로 전학되어 온 것이다.

이제 필자는 두 대학을 왕래하면서 강의하는 고단한 교수생활도 끝났다.

신현천의 심술도 끝나 필자가 전근되면서 필자와 똑 같이 전근 가지 못하고 묶여 있던 경상대 여러 대학의 6명 가슴앓이를 하던 교수들도 고삐가 풀려 원하는 다른 대학으로 자리를 옮겼다.

2. 충북대 내 충남이 고향인 교수 모임

1983년 3월 말 경 어느 날 충북대 교수로 채용되었으나 경상대 총장 신현천이 전출동의서를 보내주지 않아 충북대 화학과 분석화학 강의만 맡으면서 진주와 청주를 오르내릴 때 어느 목요일 강의를 마치고 나오면서 김동원을 만났다.

"정 교수 잘 만났어요. 오늘 천장회라고 충남이 고향인 교수들이 한 음식점에서 모임을 갖는데 같이 갑시다."

라고 말하여 같이 학교 버스에 동승하여 갔다. 사직 사거리에서 하차하여 부근에 위치한 비교적 큰 음식점의 넓은 방으로 들어갔다. 그 방의 가운데 놓인 음식상 둘레에 여러 교수들이 앉아 있었다. 김동원 교수가 필자를 소개하고 필자는 "정용순입니다. 잘 부탁합니다."라는 인사를 하고 자리에 앉았다.

그 자리에 나온 교수들의 이름은 다음과 같다. '조성진(농화학), 문영모(물리), 김기철(식품공학), 김태영(사회교육), 김창한(생물교육), 전홍실(영어교육), 서민석(사회대), 이경순(약대), 이재구(농화학), 이융조(고고미술사학), 김동원(화학) 등'이었다.

약학대학 이경순이 한 마디했다.

"여기 나오신 교수님들 모두 충북대학교에서 쟁쟁한 교수님들이요!"

천안에서 장항으로 연결된 철도를 '장항선'이라 하는데 이 교수들은 모두 이 장항선 인근이 고향인 교수들이었다. 조성진, 김태영, 김동원은 예산, 김기철과 전홍실은 온양, 문영모, 이융조는 서산, 김창한과 서민석은 홍성이다. 그래서 이 모임을 '장항선'이라 할까(?) 또는 천안의 '천'자와 장항의 '장'자를 따서 '천장회'로 할까(?) 하다가 '천장회'가 좋다고 하여 '천장회'라고 정했다고 했다.

사실 그렇다면 필자는 그 장항선에서 좀 떨어진 '공주'가 고향이니 이 모임의 회원으로는 자격이 모자라지만 김동원이 추천하는 바람에 회원으로 되었다. 이 모임은 보통 월말에 가까운 '목요일' 저녁 퇴근하면서 저녁을 같이 하는 모임이었다. 그래서 필자가 강의 올라와 강의를 하는 날이 목요일이어서 이 모임에 처음 참석한 것이었다.

이제 1984년 2월 10일 경상대 총장의 전출동의서가 충북대에 도착하였다. 도착하기 전에도 이 모임에는 참석하였고, 그 후로도 이 모임이 있으면 결석하지 않고 퇴직 때까지 참석하였었다.

사회교육학과 김태영(金泰永, 1932~2017, 예산농고, 서울사대)이 1990년 '천장회' 회장을 맡았을 경우에는 필자가 총무를 맡아 회비를 관리하였고, 모임 2일 전부터 일일이 모임이 있는 날과 시간, 장소를 각 회원들에게 통보하였다. 뿐만 아니라 2002년부터 2년 간은 필자가 이 '천장회' 회장을 맡기도 했다. 필자가 회장을 맡는 동안 새로 회원이 된 농화학과 김영기가 총무로 수고 하였다.

이 천장회 모임은 조성진(趙成鎭, 1925~2008, 서울농대, 충북대 총장(1986~1990))이 퇴직한 후, 김기철, 김태영, 서민석, 김창한 순으로 퇴직하여 나갔으나 신규 채용되거나 충남 지역 출신 교수들이 입회하는 경우가 있으므로 회원수는 증가하였다. 10대 충북대 총장을 역임한 약학대학 윤여표(尹汝杓, 1956~, 서울약재, 충북대총장(2014~2018), 김주성(金周成, 1953~, 충남대, 경북대박사) 등이 회원에 가입하여 회원이 증가한 것이다.

1990년 3월부터 회비(5천원)를 거출하자고 하였을 때 반대하고 참가를 하지 않는 회원은 전홍실이었다. 모임만 있으면 목소리를 높이고 쌍욕 잔치를 벌리는 교수가 있었다. 생물교육 전공 교수 김창한(金昌漢, 1933~2008)이었다. 김창한은 호탕하여 모임에 참석한 교수에게 만나자 마자 반말을 하였고 1시간 만 만나 이야기 하면 쌍욕을 했으나 밉지가 않았다. 제 3대 총장 선거에 후보로 출마했으나 낙선되었다.

김태영은 2006년 2월 28일 필자가 퇴임하면서 '퇴직기념논문집退職紀念論文集'을 편집할 때 안표지에 넣을 글로 「진리를 알찌니 진리가 너희를 자유케 하리라 佳峰」는 글을 서예 붓글씨로 정성들여 써 주신 분이다.

佳峰(가봉)은 그의 호號이다. 얼굴이 좀 검으시고 아프리카의 가봉이라는 나라의 대통령이 1970년 대 어느 날 한국에 와서 텔레비전에 나왔을 때 그 모습이 김태영과 비슷하다고 친구들이 김태영을 만나면 '가봉'이라 부르자 김태영은 아예 호를 가봉佳峰이라 하였다는 일화가 있다.

필자의 차남이 2008년 5월 25일 청주의 '선프라자' 예식장에서 결혼식을 할 때에는 주례를 맡으셔서 좋은 덕담을 들려 주셨다.

김창환과는 총장에 출마하는 과정에서 마찰이 몇 차례 있었다. 김태영은 2017년 가을 조용히 영면하셨다. 향년 86세.

3. 소록도의 이춘상

—이 글은 필자의 기행수필집 '섬마을 징검다리'(2018년 6월 15일 수필과비평
사 출간, 230~236쪽)에 게재된 글임

필자의 고향은 공주시의 산골 마을이다. 그 편안하고 고요한 마을에도
1940년대부터 30세 정도의 나병(癩病)환자 한 사람이 살고 있었다. 사람들은
그를 문둥이라 불렀다. 필자의 어린 시절 같은 마을의 그 문둥이 때문에
문밖을 나갈 때는 그가 나와 있는지를 살피고 나갔고, 여름철 시냇물로 목
욕하러 나갔다가 그가 시냇물에서 목욕을 하고 있으면 목욕을 하지 않고
들어 왔었다.

1917년부터 개원된 나병 전문병원인 소록도자혜의원(小鹿島慈蕙醫院, 현 국
립소록도병원)이 있는 것은 몰랐다. 있다는 것을 알았어도 우리 마을의 나
병환자와 같이 부모가 잘 보살피는 환자는 소록도의 수용능력 때문에 갈
수 없었을 것이다. 다행인지 무엇인지 모르지만 그 나병환자(지금은 한센병
환자)는 필자가 중학교 2학년 때 사망했다.

필자는 오래 전부터 나병환자들을 집단수용한다는 소록도(小鹿島, 3.79㎢
(111만 평))를 찾아가 보았으면 했는데 2015년도 저물어가는 12월 17일 찾

아가게 되었다.

녹동시외버스터미널에서 소록도까지는 약 8km이므로 걸어갈 수도 있겠으나 대합실에서 밖에 나가보니 12월 중순 해남군 녹동읍이 남쪽이지만 이곳의 겨울 바닷바람도 싸늘했다. 그래서 택시를 이용하기로 하고, 택시에 승차하니 택시는 시외버스터미널에서 동남쪽으로 연결된 도로를 달렸다. 5분쯤 후에 2009년 3월 개통된 소록대교(小鹿大橋, 길이 1,160m) 입구에 멈추어 필자가 몇 장의 사진을 카메라에 담을 수 있는 시간을 주고 다리를 건너갔다. 그리고 5분도 되지 않아 국립소록도병원國立小鹿島病院의 현대식 4층 건물 앞에서 필자를 하차시켜 주었다. 필자는 우선 병원의 입구에 건설된 두 빌딩 사이를 지나 왼쪽 낮은 언덕 위에 건축된 자료관으로 들어갔다. 자료관을 관람하면서 본 몇 가지 사항을 거록하려 한다.

자료관은 중앙공원 쪽으로 들어가는 길의 언덕 위의 아담한 1층 건물이고 하나의 박물관이었다. 내부 벽에 돌아가면서 소록도병원의 연혁과 이 병원이 개원되면서부터 이 병원에서 일어난 특기할만한 사건들을 설명하여 놓았고, 개원되면서부터 병원에서 사용했던 수술기구, 약품들은 진열대에 진열되어 놓은 것이다.

이 자료관은 1996년 5월 17일 개관하였다고 입구에서 가까이 걸린 판넬에 기록되어 있었다. 이 자료관은 소록도 자혜의원(현 국립소록도병원) 개원 80주년을 기념하는 의미에서 개관하였다고 하고, 5년 후인 2001년 5월 17일 병원 개원 85주년 기념으로 내부 시설을 전면 보수하고 전시물도 대폭 늘려 재개관했다고 국립소록도병원 제25대 원장 오대규(吳大奎, 재임: 1994년 1월 5일~1996년 10월 11일)와 제26대 원장 김윤일(金潤一, 재임: 1996년 10월 11일~2002년 5월 13일)의 인사말이 기록된 판넬에서 읽을 수 있었다.

두 원장의 안내 인사말이 기록된 판넬 옆에는 국립소록도병원의 연혁沿革이 기록된 판넬이 걸려 있었다. 우선 이 연혁으로부터 이 병원의 이름이 수차례 변화하였음을 알 수 있었다. 1917년 소록도자혜의원, 1934년 소록도 갱생원, 1949년 소록도중앙나요양소, 1951년 다시 소록도갱생원, 1960년 국립소록도병원, 1968년 국립나병원, 그리고 1982년 다시 국립소록도병원으로 되어 지금도 그렇게 부른다고 연혁표에 기록되어 있다.

그리고 1916년 소록도가 한센(Hansen)병 환자 수용의 최적지로 선정된 다음 1917년 5월 17일 자혜의원 개원식을 할 때에는 의료시설과 건물의 환자 수용능력이 100명 정도였다. 그러나 1917년 말에는 조선총독부에서 소록도 전체(111만 평)를 매입하고 수용시설을 확장하여 나갔다. 1933년에는 3,000명 환자들의 수용시설로, 1936년에는 4,000명, 그리고 1939년에는 5,000명의 환자 수용시설로 확장하였다. 이렇게 확장하여 나가 1947년에는 6,254명의 한센병 환자들을 수용하였다고 한다. 그러나 전국에 흩어져 있는 10만여 명의 한센병환자를 수용하기에는 너무 미약한 수용능력이었다.

그러면서 이 확장공사가 모두 수용된 한센병환자들의 뼈를 깎는 강제노동으로 이루어졌다. 이러한 내용이 그 다음 판넬에 기록되어 있었다. 그러지 않아도 몸이 불편한 한센병환자들이 동물취급을 받았다는 것이다. 그래서 자살자들이 많아지고, 수영으로 해협을 건너 녹동항으로 탈주하다가 익사하는 일이 빈번히 일어났다는 것이다. 반항하거나 일을 기피한 환자는 감금실로 보내져서 금식 등의 고통을 주다가 해금될 때는 정관수술精管手術을 한 다음 풀어주었다 한다.

소록도갱생원 제4대 원장 수호마사히데(周防正季, 원장재임: 1933년 9월 1일~1942년 6월 20일)의 살해사건이 소개된 판넬의 내용을 하나의 설화로서 기록하고 이 글을 마치려고 한다. 그는 소록도갱생원 역대 원장 중 가장 악질적 왜인 원장이었다. 소록도 내 수용시설 확장공사를 위한 붉은 벽돌 굽는 일부터 시설 증·개축공사, 중앙공원 조성공사까지 환자들의 노동력을 갖은 강압적인 수단으로 이용하였다.

한편으로 가엾은 한센병환자들에게서 기금을 강제로 갹출醵出하여 그 돈으로 자신의 동상銅像을 중앙공원 중심부에 거대하게 세웠다(전체 높이 9.6m). 그 건립일이 1940년 8월 20일(음)인데 그 음력 20일에 어떤 의미를 두어 매월 음력 20일을 보은감사일報恩感謝日로 정하였다. 그리고 매월 음력 20일 12시를 한센병 환자들이 자신의 동상에 참배하는 시간으로 정하였다.

1942년 6월 20일(음) 경증 한센병환자 이춘상(李春相, 1920(?)~1942)은 이 보은감사일에 식도를 가슴에 품고 동상 앞 광장 올라가는 도로가에 환자들과 함께 서 있다가 품고 있던 식도를 꺼내어 그곳으로 올라오는 원장 수호 마사히데의 가슴을 찔렀다. 그리고 다음과 같이 소리쳤다고 한다.

"너는 한센병환자에 대하여 지독하게 악독한 짓을 했으니 칼을 받는 것이다."

이춘상은 체포되어 감금되었고, 수호마사히데는 원장 사택으로 옮겨졌으나 과다출혈로 숨을 거두었다. 이춘상은 1942년 8월 20일 광주지방법원에서 열린 제1심 재판에서 사형이 선고되고, 상소하자 10월 20일(음) 대구복심법원에서 열린 제2심에서도 사형선고가 다시 선고되었다. 또 다시 상소하자 총독부고등법원에서 열린 제3심에서는 상고가 기각되어 사형이 확정되어 형장의 이슬로 사라졌다. 재판을 받으면서 수호마사히데의 악독한 행위를 진술했으나 일본인들 재판관들은 들은 적도 하지 않았다 했다. 그 사실을 들어서 알게 된 조선인들은 이춘상을 소록도의 안중근(安重根,

1879.9.2~1910.3.2)이라 불렀다 한다.

안중근은 1909년 10월 26일 만주 하루빈역에서 우리 민족의 원수 이또히로부미(伊藤博文, 1841~1909.10.26)를 권총으로 저격 사살한 우리나라 최고의 의사義士이다. 한센병 환자들은 이춘상을 소록도의 안중근이라 불렀다. 한센병 환자들을 동물처럼 사역하고, 한센병환자들에게 금전을 각출케 하여 그 돈으로 자신의 동상을 세우고 한센인들에게 자신의 동상에 참배를 강요한 수호마사히데를 죽인 이춘상은 안중근의사가 이또히로부미를 사살한 것과 같은 의로운 일을 한 의사라는 것이다.

이춘상이 1942년 12월 사형선고를 받고 형장의 이슬로 사라졌다는 소식이 소록도갱생원에도 전달되었다. 이 소식을 들은 한센병환자들은 이춘상이 그들에게 "수호마사히데를 죽여야 환자들이 살 수 있다"라고 말하던 그의 모습이 어른거린다며 "참으로 아까운 사람이 죽었다."며 울었다고 한다.

일제시대는 말할 것도 없고 지금의 우리나라 정부와 사회 각 분야에는 일본인 소록도갱생원 제4대 원장 수호마사히데와 같은 인간이 많이 있음을 나는 칠십여 년 세상을 살아오면서 보아왔다. 이들을 어찌 해야 하는가? 그들을 제거하는 가장 좋은 방법은 우리나라 각 사회의 이곳저곳에 소록도의 안중근 의사와 같은 인사가 있어야 하는 것이 아니겠는가? 〈2015년 12월 22일〉 〈수필과비평사간 '섬마을 징검다리' 2018.06.15, 230~236쪽 게재〉

[참고 1] 이춘상李春相의 인생로정: 이춘상은 1920년 경북 성주군 대가면 용흥리의 한 가난한 농부의 아들로 태어났다./ 어렸을 때 아버지가 세상을 떠났다./ 그리고 이상하게 14살에 한센병이 발병하였다./ 그는 맨손으로 상경하여 살기 위하여 이것저것 행상을 하다가 1939년 봄 경성 본정 경찰서에

연행되었다./ 1939년 5월 12일(음) 경성지방법원에서 절도교사와 장물수수죄의 죄목으로 징역 1년과 벌금 50원의 판결을 받고 복역하였다./ 그리고 그해 한센병환자임이 발견되어 광주형무소 소록도지소로 이감되고 1940년 출소한 다음 소록도갱생원 경증환자수용소에 수용되어 생활하다가 1942년 수호마사히데를 살해한 것이다.

[참고 2] 한센병환자 국립소록도병원 수용 현황: 1947년 6,254명으로 최대수용 상태였다고 한다./ 1960 년경부터 신약의 개발로 환자가 치유되기 시작하면서 환자는 급감하였다. 1985년 2089명, 2,000년 835명, 그리고 현재 상처가 심했던 환자들이 치유되면서 580명이 생활하고 있다./ 한센병은 더 이상 무서운 전염병이 아니라고 한다./ 치유될 수 있는 병이고 일종의 피부병이라고 한다.

[참고 3] 세종대왕世宗大王과 한센(Gerhard Hennik Armauer Hansen): 국립소록도병원 자료관은 자료관1과 자료관2로 구분되어 있다./ 자료관1을 둘러보고 자료관2로 갔는데, 그 입구에 세종대왕(1397〜1450, 재위: 1418〜1450)과 한센(1841〜1912)의 상반신 영정 사진이 걸려 있었다./ 이 사진이 걸려있는 이유가 사진 밑에 기록되어 있었다./ 세종대왕은 우리나라 최초로 국가 차원에서 한센병 환자를 관리한 왕이라는 것이고, 한센은 노르웨이의 세균학자이고 의사로서 1873년 나결절癩結節의 세포 내에서 한센균을 발견하였다는 것이다./ 그때부터 나병을 한센병이라고 부르게 되었다고 했다./ 한센은 한센병이 유전이나 천형병이 아니고 전염병이고, 투약함으로서 치료할 수 있음을 밝혀낸 것이다.

4. 인간 마음의 오염

— 1988. 11. 7. 충북대학교신문 제4756호, 교수논단으로 게재되었던 글임.

폴란드의 천문학자 코페르니쿠스(Nicolaus Copernicus, 1473~1543)가 지동설을 주장하여 그 이론을 한 권의 책으로 출간하였으나 그 책은 그가 죽은 다음 거의 300년이 지나서야 인정을 받았다는 이야기는 인간의 사고가 보잘 것 없다는 증거이다. 코페르니쿠스의 지동설은 그가 죽은 다음 50년이 지나서야 현명한 이탈리아의 천문학자 갈릴레오 갈릴레이(Galileo Galilei, 1564~1642)의 태양중심설이 나오면서 그에게게만 인정을 받았다고 한다.

그 이론을 갈릴레이가 내 세우자 성직자에게 투옥되고, 성서에 손을 얹고 그들 앞에서 지동설을 혐오한다는 맹세를 하였다 한다. 그래서 지동설은 갈릴레이가 죽은 다음 거의 200년 후인 1822년에 인정을 받은 것이다.

그런데 1787년 샤를르의 법칙이 발표된 후에는 수많은 과학의 법칙이 발견되었으며 1970년에는 인간이 달月을 왕복할 정도로 과학은 발전하였다. 이래서 그런지 겸손하지 못한 예의를 모르는 인간이 많은 것으로 보인다.

과학의 발달은 최근 200년 동안에 이루어졌고, 우주 공간에서 많은 혹성들이 발견될 듯하고 그것들이 정복될 날이 멀지 않을 것 같다.

우리나라의 대학생들로부터 존경을 받는 어느 선생님의 글에서 「인간의 고민은 생태학적 진화와 문화적 진화의 차이」에서 오는 것이라는 글을 읽어본 일이 있다. 이 글에서 그 선생님은 문화의 진보가 인간에게 편의를 가져다 주는 반면 무분별한 진보는 기하급수적으로 늘어나는 인구와 더불어 오히려 인간을 파멸로 이끌어 간다고 했다. 우리나라도 1960년대로부터 환경청을 비롯하여 공해문제 연구소 등이 설립되어 처리문제까지도 논의되지만 이것들은 잠시 지나가는 소나기일 뿐이다. 그 해결의 날이 올 수 있을지?

1986년 아시안 게임과 1988년 서울 올림픽 전후 일간신문들에서 읽을 수 있었던 환경관련 기사 몇 가지는 다음과 같다. 그 하나. '1986년 2월 4일 환경청에 의하여 대기와 수질 등 환경을 오염시킨 120여 업체가 고발되었으며, 여기에는 재벌급 회사도 다수 포함되어 있다.'

그 둘. '과학기술원 조사에 의하면 서울에 센 산성비가 와서 생태계 파괴가 우려된다. 이러한 산성비는 대기오염이 그것의 원인이다.' 그 셋. '지난 3월 13일에는 폐기물 처리업체들이 유해 폐기물을 야산에 버렸는데 인체에 치명적인 악영향을 주는 중금속인 카드뮴 등 10여 종의 중금속들이 다량 함유되어 있다. 환경청에서 전국 30여 특정 유해산업폐기물 처리업체를 대상으로 일체 점검을 벌린 결과 30여 업체 모두 폐수처리장이 가동되지 않았으며 안전처리규정을 지키지 않은 것으로 나타났다.' 이래서야 되겠는가? 그 넷. '7월 5일에는 역시 환경청의 발표에서 발췌하였다. 중랑천에서 금호강, 전남 광주천까지 산업폐수가 급증하여 이끼도 살 수 없다고 하였다.' 정말 큰 일이 아닌가?

이상은 1986년에 읽을 수 있었던 신문기사였다. 1988년에 읽을 수 있었던 환경관련 기사는 더욱 자극적이다. 그 하나. '지난 5월 11일, 수은온도계 제조공장에서 일하던 25세 청년이 입사한지 두 달만에 수은 증기에 의해 사망하였다. 이 사실이 알려지자 우리나라 모든 사람들이 마음 아파했다. 우리 충북대 신문에도 이 안타까운 사실을 기사화 했었다.' 그 둘. '5월 23일, 부천시 소재 건화상사에 근무하던 49세의 근로자가 카드뮴(Cd) 중독으로 사망하였다.' 그 셋. '7월 7일에는 노동부 조사결과 수은온도계 공장 근로자 중 중독증 환자가 18명, 요주의 환자가 141명이라 했다.' 그 넷. '7월 15일, 인천광역시 동춘동 앞 바다에 13일부터 수 만 마리 물고기가 떼죽음 당한 채 밀물때 바닷물에 밀려와서 갯벌에 쌓였다.' 그러나 10월 31일인 오늘까지 이것에 대한 원인규명과 조치에 대해서는 아무런 기사가 실리지 않았다. 그 다섯. 8월 4일에는 직업병 근로자가 퇴직을 강요당했다.' 그리고 그 여섯. 10월 27일 조선일보에 충남 서산군 가로림만 일대에 퍼진 폐유에 의해 해태양식장 230헥타르가 피해를 입었다.'

이상 2년 동안에 있었던 환경오염 관련 기사 중 아주 일부를 나열하였다. 이러한 것들은 '남의 말 사흘'이라는 듯 86아시안 게임과 88올림픽 게임에 가려 잊혀지고 말았다. 이러한 것들은 인간의 생명과 직결된 것들이니 아시안 게임이나 올림픽보다 더 중요할 텐대 말이다. 금메달이 우리의 건강을 보살피고 인간의 가치를 좌지우지 하는 모양이다.

필자는 이 글에서 이러한 사실들이 우리 국민 개개인 뿐만 아니라 이 지상에 살고 있는 또 살아갈 후세들에게 너무 중요한 것으로써 신문이라는 매개체를 통하여 나타난 것이 빙산氷山의 일각이라는 것을 말하려는 것만은 아니다. 이러한 오염의 배출과 오염사고는 발전도상국에서 일어나는 어쩔 수 없는 과오라 하기에는 인간이 저주스럽고 가엾어 진다는 것을 말하려는 것이다.

내가 1984년 잠시 미국의 매사츄세츠주(Masachusetts State) 주립대학(University of Masachusetts, UMASS)에 연구교수로 있을 때 들은 이야기를 소개하면 다음과 같다. '미국에서는 강에 들어가 수영은 할 수 있지만 목욕은 할 수 없다고 한다. 목욕을 하려면 비누를 쓰게되는데 그러면 강을 오염시킨다는 것이다. 그렇다면 우리나라는 어떠한가? 강에 들어가 목욕을 하고 싶어도 강물이 더러워서 목욕을 할 수 없다는 것이다.

매사츄세츠 주립대학(UMASS)의 대학원 석박사과정에 입학하여 과정을 밟고 있는 한국인 학생들은 약 60명 정도였다. 한국에서는 두뇌가 영리하다는 학생들인 것이다. 이국 만리 타국에 와서 학문을 연마하는 학생들인데 서로 만나기를 꺼려하고 있는 것을 볼 수 있었다. 이것은 이들의 마음이 오염되어 있기 때문이었다.

과학은 과학을 전공하는 사람들의 전유물이 아니다. 코페르니쿠스와 갈릴레이가 지동설과 태양중심설을 과학적으로 증명하였는데 이것을 부정한 보통사람들의 마음은 오염되어 있거나 어리석었던 것이다. 중세시대 학문과 종교가 독점물이었기에 나타난 인간 마음의 오염상태를 나타낸 것이다. 이러한 인간 마음의 오염이 그 시대를 살아가는 사람들을 두렵게 하였을지도 모른다.

기업경영인들이 DO, BOD, COD, 그리고 중금속의 농도(ppm)를 이해하고 산성비의 원인이 주로 황을 함유한 물질의 연소에서 발생되는 이산화황 때문임을 알고 있는가? 중금속으로 오염된 물고기나 패류를 인간이 요리하여 먹었을 때 중금속은 결과적으로 사람의 몸에 축적되어 '미나마따병'과 같은 심각한 질병을 가져옴을 일반인들이 알고 있는가?

학생들의 장래나 국가의 장래에 중요함을 생각하지 않고, 자신의 교과목 시간이 줄지 않나 하는 것을 생각하는 교수들도 있으니 이것이 마음이 오염된 인간인 것이다. 이러한 마음이 오염된 인간들이 이 사회를 파멸로 끌고 감을 그들은 모르는 것이다.

며칠 전, 국회 국정감사 때 최루탄催淚彈 제조회사인 삼양화학三養化學 사장 한영자 여사의 기자회견 내용이 신문에 보도되었다. 1987년 최루탄 판매액은 년간 175억 원이라 했다. 그녀의 기자간담회 내용은 다음과 같다.

"최루탄을 제조하고 판매하여 돈 버는 것을 원하지 않습니다. 앞으로의 세상에는 정치인들이 정치를 잘 하여 최루탄이 없는 세상으로 만들어졌으면 합니다."

라는 말부터 하였다. 그녀는 "인체에 해가 없는 최루탄을 만들려고 노력하고 있습니다." 라고 하는 말도 하였다. "최루탄에 의한 사상자가 나올 때마다 마음의 상처가 심하여 현재 심장병을 앓고 있습니다."라는 말도 했다.

인체에 해害가 있건 없건 최루탄의 생산이 어찌 이 여인의 책임이겠는가? 인간의 마음이 떳떳하고 도덕이 허용되는 범위 내의 욕심을 가지고 있지 않은 한 그리하여 이 나라가 진정한 자유민주주의로 정착되지 않는 한 최루탄은 없어지지 않을 것이다. 나는 진정한 자유민주주의를 다음과 같이 생각하는 사람 중 하나이다.

「비록 몇 천, 몇 만 명 중 그 99%가 찬성한다 하더라도 나머지 1%가 마음 놓고 반대 의견을 말할 수 있으며, 이 1%의 의견이 존중될 수 있는 사회가 자유민주주의 사회인 것이다.」

인격도야의 전당에서 옛 로마시대의 무사와 같이 완전무장을 하고 최루탄 발사기에 최루탄을 장착하고 서있는 같은 젊은이인 전경들에게 학생들은 돌을 던진다. 이 돌을 던지고 시위하는 학생들을 보고 무관심할 만큼 우리나라의 사람들은 데모에 무관심해졌다.

그런데 이들이 하는 시위의 목적이 무엇인가를 생각하여 보아야 한다. 이들은 자유민주화라는 허울 좋은 명목만을 내 세우고 시위를 한다. 우리와 우리 후세의 생명을 위협하는 오염문제를 성토하는 것은 듣지도 보지도 못했다.

한 번 오염된 국토의 회복은 거의 불가능함을 모르는 것이다. 우리나라 년간 최루탄 생산비 175억 원을 모두 오염방지汚染防止 시설에 투자하여도 부족할텐데 국토와 공기를 오염시키는 최류탄을 만드는데 그 돈을 사용하는 것이다.

전직 대통령 일가의 부조리가 너무 큰 인간 마음의 오염일진대 그에 대한 성토를 함성과 무리짓는 행동으로 하여 최루탄을 터트리게 하지 말았으면 하는 마음이 많다. 그 유행하던 성명서로 대체하여 금수강산錦繡江山이 최루탄에 의해 조금이라도 더 오염되게하는 일이 없었으면 하는 마음 간절하다.

달을 정복하는 과학기술科學技術에 사용한 자금도 오염방지 기술에 사용되게 하고, 모든 정치인과 교육자가 그들 마음의 오염을 제거하려고 최선의 노력을 다할 때 환경오염環境汚染은 조금이라도 감소減少할 것이라 믿는다. 이것은 미래의 수수께끼 같은 게 아니다.

1988. 11. 7.

5. 현해탄에서

—이 글은 한국수필 2006년 6월호에 게재한 수필이었다. 이 수필 「현해탄에서」
는 필자가 2002년 3월 1일 일본 오카야마岡山대학에 3개월 간 연구 갔다 올
때 시모노세키下關에서 여객선에 승선하여 부산으로 오면서 그때의 감회를
기록한 글이다.

"선생 모양이 좋습니다."

"무슨 모양이 어떻게 좋다는 말씀입니까?"

"선생 체중이 80 킬로그램은 더 나가지요? 그런데 배도 많이 나오지 않았
으니 모양이 좋다는 말입니다."

"그렇습니까? 감사합니다. 그런데 선생님은 연세가 어떻게 되셨습니까?"

"하찌쥬니사이데쓰."

82세라는 말이다. 내가 정년도 얼마 남지 않았는데 일본의 오카야마대학
岡山大學으로 두 달 간 연구 왔다가 귀국하는 길이라 하니 그러냐고 하면서
자신이 누구이며 한국에는 왜 가는지를 설명한다. 자신의 고향은 경남 진주
이며 한일병합시대인 1930년 아버지를 따라 일본의 히로시마에 가서 살기
시작하여 지금까지 거기에 살고 있으며 지금 진주에 살고 있는 조카에게
돈을 주어 시켜놓은 사업의 진행이 어떻게 되어 가는지 확인하러 가는 길이
라고 했다.

내가 3년 전 히로시마의 겐바구도무原爆記念館, げんばぐどむ에 가 본 일이 있다고 하자 자신의 머리카락을 들추고 귀를 보라고 한다. 반쯤 잘려진 귀다. 그리고 오른 손을 내밀며 손을 보여준다. 몇 번인가 수술하여 상처투성이인 손이다. 그러면서 자기가 그 원자탄이 히로시마에 떨어졌을 때 그곳에 있다가 거의 죽은 사람이라 했다. 겨우 살아나 무상으로 치료받고 지금까지 어느 경우라 해도 병원 치료비는 무료라고 했다. 그때 화상을 심하게 입은 부분은 지금도 이렇게 상처가 남았다는 것이다.

그런데 그 노인장 옆에 50세쯤 되어 보이는 일본인 남자가 나를 쳐다보고 있었는데 그를 인사시키는 것이었다. 그 노인장과의 관계를 물어보니 자기 아들의 친구라고 하면서 얼마 전 부인이 죽어서 자기가 한국에 갔다 온다고 하니 따라나섰다고 했다.

"색씨 사냥을 가는 사람입니다."

라고 그 노인이 웃으며 말하는 것이다. 일본인이고 한국인이고 남자는 여자와 관계 갖는 것을 즐거움과 행복으로 생각하니 많은 불행이 이로부터 발생하는 것이다.

저녁 6시 승선하고 7시 출항하는 부산행 여객선을 승선하기 위해 오후 3시쯤 국제선 시모노세끼항下關港 대합실에 도착하여 시간 여유가 있기 때문에 대합실의 다른 승객과 이야기를 나누는 즐거움을 가진 것이다.

이 노인과 헤어져 대합실을 왔다갔다 배회하고 있었는데 이번에는 다른 노인 한 사람이 말을 걸어왔다.

"어디서 오시는 길이요?"

"오카야마대학에서 두 달 간 연구하고 귀국하는 길입니다. 선생님은 어디서 오시는 길이십니까?"

"나는 왜관에 사는 사람인데 친구 셋과 시모노세끼下關에 관광 왔다가 돌아가는 길이요."

"그러면 어디어디를 보셨습니까?"

"수족관하고 해저터널을 봤지요."

"그래 어떻던가요?"

"수족관 참 잘 해 놓았습디다. 없는 물고기가 없는 듯하고, 돌고래 쇼가 재미있었어요. 해저터널은 4.5km로 후쿠오카까지 왕복 2 시간 정도 걸리더군요."

"어제 저녁은 어디서 주무시고요?"

"여기도 민박이 있어요. 그 민박집에서 잤어요."

호텔보다 숙박료가 저렴한 민박집이 있었던 모양이다. 이 노인의 이야기도 듣고 내 이야기를 이 노인이 물어 답하기도 하면서 이야기를 나누는데 또 한 사람의 노인이 다가오니 이 노인이 그 노인에게

"이 사람 청주에서 온 선생이라는군."

하면서 나를 소개한다. 듣기가 조금 그랬으나 젊은이를 가르치는 선생임에는 틀림이 없지 않는가?

먼저 대화를 나누던 노인은 76세. 그 다음에 인사를 나눈 노인은 72세란다. 이들은 한일병합시대에 소학교를 나오고, 앞의 노인은 중학교를 4학년까지 다녔다고 한다. 앞의 노인은 일본의 요코하마橫浜에서 태어나서 소학교를 그곳에서 졸업하고 중학교를 들어가 4학년일 때가 1945년이어서 그곳에서 8·15해방을 맞은 것이다. 해방 후 고향에 가면 잘 살 것으로 생각하여 아버지가 귀국을 서두르는 바람에 고향인 왜관倭館으로 돌아왔다고 한다.

그러나 잘 살 것이라는 예상은 완전히 빗나가 겨우겨우 살아가다가 19세

에 6·25전쟁이 일어났다. 그래서 입영하고 약 1년 동안 전쟁터에서 졸병兵
으로 근무하다가 총상을 입고, 국군통합병원國軍統合病院을 전전하다가 제대
했다. 그리고 자신이 아직도 성생활을 즐기고 있다고 앞의 노인이 이야기하
는가 하면 뒤의 노인은 아주머니가 중풍으로 쓰러져 누워 있기 때문에 자신
은 성생활이 가능하나 참고 지낸다는 말까지 했다. 두 노인은 마치 이야기
에 굶주린 사람과 같았다.

배에 승선할 시간이 다가오자 자기들의 방 번호가 116호실이니 승선하면
놀러오라고 한다. 요코하마에서 소학교를 다닌 노인은 지금도 소학교 동기
두·세 사람과 안부편지를 나누며 지낸다고 했다. 아직도 일본어를 잊지 않
고 사용하는 것이다. 나도 방 번호를 알려주고 여유가 있으시면 놀러 오시
라고 했다.

그리고 승선하여 짐을 정리하여 놓고 저녁식사를 한 다음 마침 도쿄 남쪽
요코하마よこはま, 橫浜 축구 경기장에서 한일 국가대표 축구 친선경기가 선
실 내 TV로 중계됨을 알게 되어 여객선 선실에서 즐겁게 시청하였다. 그러
므로 116호 선실에 승선한 노인들에게 대화를 나누러 갈 수는 없었다.

아침에 일어나 로비에 나가니 그 왜관 거주 노인 중 한 분이 밖에서 들어
오며

"선생 밖에 한 번 나가 보세요! 부산 시내와 오륙도五六島, 영도다리가 건
너다보이며 시원한 바람이 불어오니 얼마나 기분이 상쾌한지 몰라요."

했다.

"저는 목욕이나 좀 하고 선생님 방에 놀러 갈게요"

라고 말하고 목욕탕으로 갔다. 여객선에는 목욕탕이 있다. 시내의 목욕탕보
다 시설은 좋지 않았으나 깨끗하고 따스한 물이 준비된 목욕탕이 있는 것을

알고 잠시 목욕을 하고, 그 노인들이 쉬고 있는 방을 찾아갔다.

76세의 노인은 누워있고, 요코하마 출생 노인은 앉아서 무슨 이야기를 나누다가 나를 보고 반긴다. 이렇게 하여 그 노인들과 하선할 때까지 두 시간 정도 이야기를 또 나누고 하선 준비를 했다. 요코하마 출생 노인은 왜관역 앞에서 자전거 매매 및 수리 상점을 경영한다고 했다.

이렇게 하여 현해탄玄海灘을 또 한 번 건넜다. 세월은 1945년 일본이 한국에서 쫓겨 간 다음 관부연락선關釜連絡船이 운행되지 않다가 이제 황혼의 한국인들이 일본을 안내자 없이 여객선으로 여행할 수 있도록 변화한 세상으로 흘렀다. 생각해 보면 이 관부연락선 운항로는 우리 한국인에게 얼마나 애끓는 역사적 일화들이 서린 길이냐? 일반인이 비행기를 탈 수 없었던 한일병합시대에는 한국인과 일본인 모두가 이 현해탄玄海灘, 大韓海峽, けんかいなだ을 관부연락선關釜連絡船으로 건너 부산과 시모노세끼下關를 오고갔다.

동력선이 없던 백제시대 일본에 한문을 전수한 왕인王仁은 전라남도 월출산月出山 밑 조그마한 항구를 떠나 이 바다를 한 달쯤 걸려 건넜을 것이다. 삼국시대로부터 영·호남지방을 괴롭혔던 왜구의 뱃길이 이곳이며, 임진왜란 때 일본의 수많은 전함들이 이 길로 밀려왔다. 또한 임진왜란 후 사명대사 유정(四溟大師 惟政, 1544~1610) 일행은 수교사절로 이 바닷길을 왕래하였다.

구한말 풍운아 김옥균(金玉均, 1851~1894), 박영효(朴泳孝, 1861~1939), 한일병합시대 존경받던 문인들인 이광수(李光洙, 1892~1950), 최남선(崔南善, 1890~1957), 나도향(羅稻香, 1902~1926) 등이 오갔던 길이다. 대하소설 토지土地(박경리(朴景利, 1926~2008) 저)에서 1923년 도쿄에 관동대지진關東大地震이 일어났을 때 한국 학생들을 보호해 주었던 일본인 오가다와 한국의 귀족출신으로 일본인 여인과 결혼하여 살고 있는 박찬하가 오가다의 아들에 관해 진지한 이야기를 나눈 장소도 관부연락선이었다. 이 이외에도 많은 역사적인 사건과 일화들이 관부연락선에는 진하게 묻어있다.

구한말 을사늑약乙巳勒約을 반대하다가 일본군에게 구속되어 일본 함선으로 현해탄 중간에 있는 쓰시마(대마도)에 와서 위리안치 되었던 면암 최익현(勉菴 崔益鉉 1833~1907)은 일본의 것은 어느 것도 입에 대지 않겠다고 4개월 동안이나 단식하다가 돌아가셨다는 이야기가 이 뱃길 한 편에 숨어 있다.

세계 최대의 함대라 하는 러시아의 발틱함대는 1904년 10월 15일 발틱해의 러시아 군항 리에파이항을 출항하여 아프리카의 케이프타운(Cape Town)을 돌아 인도양과 남지나해를 거쳐 현해탄으로 들어와 브라디보스토크로 향하다가 가로막는 일본의 군함들의 야간 기습공격으로 1905년 5월 27일 괴멸되었다. 이 해전에서 일본 함정의 포탄을 맞은 채 도망하다가 침몰된 러시아 군함 한 척이 지금도 울릉도에서 독도 쪽으로 4km 떨어진 지점 400m 깊이의 해저에 일부는 묻히고 일부는 암벽에 걸친 채 며칠 전 현대의 첨단장비에 의해 존재가 확인되었다고 한다.

요코하마 출생 노인은 1945년 해방된 후 14살의 소년으로 아버지를 따라 이 여객선을 타고 귀국했고, 이제 머리가 하얀 노인으로 다시 한 번 일본 땅을 밟고 돌아오는 것이다.

「황막한 세상에 달리는 인생아/ 너는 뭣 하러 세상에 왔느냐?/ 이래도 한 세상 저래도 한 세상/ 돈도 명예도 사랑도 다 싫다.」

고달프게 살아가는 사람이 들을 때 심금을 울려주는 이 노래는 현해탄을 건너 일본으로 유학의 길을 떠나는 한 젊은이가 현해탄을 건너는 배 안에서 작사작곡하고 갑판에 올라가 이 노래를 부른 다음 바다로 뛰어들어 죽었다는 이야기가 전해온다.

직장을 찾아, 유학으로, 망명생활로 이 뱃길을 따라 일본으로 떠나갔던 많은 인재들의 마음을 어찌 헤아릴 수 있을 것인가?

2003. 6. 1.

청곡의 사랑방

제5장
대학 교수 생활 2

1984년 2월 10일부터 22년 동안 충북대학교忠北大學校 교수로 근무하고 2006년 2월 28일 충북대학교 명예교수忠北大學校 名譽教授로 임명되어 지금까지 13년을 살고 있습니다. 그 20여 년 동안 만난 여러 인간들과의 애환과 안타까움을 기록하였습니다.

대학교수로 근무하면서는 2,000년 8월 회갑기념 수필집 '천당에 사는 사나이', 2,006년 2월 퇴직할 때에는 퇴직기념 수필집 '단추가 열리는 길목', 그리고 퇴직 후 명예교수로 근무하면서는 우리나라 섬마을 이곳저곳을 찾아간 이야기를 '섬마을 설화'와 '섬마을 징검다리'라는 두 기행수필집으로 '수필과비평사'에서 발간하였습니다.

이 5장에서는 이러한 수필집 발간한 이야기와 가족들의 애잔하지만 사랑스러운 관계를 기록하였습니다.

1. 충북대 교수들

1-1. **충북대 교수 시인 김동원**: 김동원(金東垣, 1937~2013, 공주사대, 오스트리아 인스브루크대 대학원)은 1956년 홍성고교를 졸업하고, 공주사대 화학교육학과에 입학하고 1960년 2월 졸업한 필자의 공주사대 4년 선배이다. 고등학교 졸업년도가 1958년 2월 공주고교를 졸업한 필자보다 2년이 빠르나 필자가 고등학교를 졸업하고 가사를 돕다가 대학입학이 2년이 늦어져서 대학은 4년 선배로 되었다.

필자가 1970년 연세대 대학원 석사과정에 입학하고, 1971년 3학기에 들어가 학부 2학년 분석화학실험 조교를 하면서 석사학위 논문 연구실험을 하고 있을 때 김동원은 필자의 공주사대 3년 선배이고 연세대 석사과정도 선배이면서 연세대 화학과 조교수인 여철현(呂鐵鉉, 1936~ , 현 연세대명예교수)의 연구실에 교환교수로 왔었다. 그때 알게 된 선배였다.

김동원은 공주사대 교수로 근무하다가 1979년 충북대가 종합대학으로 확장되고, 자연과학대학이 설립되면서 화학과가 인가되자 공주사대 화학교육과로부터 충북대 자연대 화학과로 전입하여 온 교수였다.

이 김동원이 1982년 8월 말 어느 날 경상대 과교과에 근무하는 필자에게 편지를 보내 충북대 화학과에서 분석화학 교수 채용 공고가 나갔으니 고향 가까운 대학으로 전근 오는 게 어떠냐고 하면서 신문에 공고된 부분을 발췌하여 편지에 동봉해 보낸 것이다.

필자는 경상대에 채용되어 온 것도 2년도 되지 않았는데 전근 간다는 것이 그리 좋은 일이 되지 않으므로 아내 수현에게 김동원으로부터 온 편지 내용을 이야기했다.

그랬더니 아내 수현이 갈 수 있으면 가자고 했다. 그래서 서류를 구비하여 충북대 교무처로 보내고 경상대 총장 신현천의 심술에도 불구하고 어려운 고비를 넘어 충북대로 1984년 2월 10일 전근하여 왔음을 앞의 신현천과의 관계에서 비교적 자세히 기록하였다.

1984년 2월 필자가 전입되어 왔을 때 충북대 자연대 화학과에는 김동원, QC, WGC, YGS, OSB, YGK HSY의 7명의 교수가 있었다. 필자가 전입되어 8명이 된 것이다. 김동원은 친화력이 부족하여 다른 교수들과 어울리지 못하였고, 부인과 자녀 남매가 오오스트리아 인스브르크에 있으니 가정이 불안하였다.

필자가 충북대로 전입되어 오면서 각 대학 학장이 총장의 추천에 의한 대통령의 임명제에서 각 대학 교수들의 직접선거제로 되어 선거에 선출된 다음 대통령이 임명하는 제도로 된 것이다. 임명제일 때도 학장에 임명되려고 학장의 임기가 끝날 때가 되면 온 신경을 거기에 집중했는데 선거제로 되니 김동원은 선거에 출마하고 선거운동에 전념하였다.

첫 번 선거(1984년)에서 같은 학과에 근무했던 QC와 대결을 하여 동점으로 되었다가 낙선된 것이다. 이때는 QC와 필자 뒤에 신규채용되어 와 있던 최정도가 생화학과를 신설하여 생화학과로 옮겨 갔고, WGC도 서울사대 화교과로 전출하였었다. 2년 후 QC의 학장 임기가 끝날 때는 임동일(林東一, 1943~ , 공주사대, 고려대대학원)에 밀려 출마를 못했으나 그 다음번에 출마하여 또 낙선했다.

선거에 출마하는 것은 된다는 보장이 없는 것이고, 김동원이 출마하는 것은 젊은 교수들에게 비웃음을 주는 대상이 되는 것이니 더 이상의 출마는 그만 두었으면 했다. 그런데 그 다음 2년 후 또 출마했다. 이는 같은 학과 젊은 교수들이 자신들의 이익을 위해 그들의 주장을 말할 경우 이들에게 직설적으로 충고를 하지 않으려는 하나의 작전으로 보였다. 필자를 싸움닭으로 만들려는 작전이었다.

예를 들어 신규 채용 순서나 연령의 많고 적음, 진급순서로 보아 학과장이 응당 OSB가 해야 되는 것이 순서인데 YGK와 HWL 등이 투표로 결정하자고 하는데 필자만이 되지 않는 일이라 강력히 주장하고 김동원은 말 한마디 하지 않는 것이었다. 필자는 정말 괴로웠다.

"누가 학과장을 선거로 하자고 하는 거야?"
라고 김동원이 한 마디만 하여 주었으면 했으나 입을 닫고 있었다.

그리고 김동원은 학장 선거에 한 번 낙선되면 6개월은 사람을 피하며 살다가 학장 선거가 약 2개월 앞으로 다가오면 그때부터 사람들을 찾아다녔다. 그런 현상을 네 번이나 바라보는 필자는 정말 괴로웠다.

그러한 부끄러운 학장 선거에 출마하다가 퇴직하여 김동원은 명예교수에 임명되었다. 필자보다 꼭 3년 먼저 퇴직하고 5년 동안은 가끔 개량 한복을 입고 교양 강의를 하고 걸어 귀가하는 모습이 보였는데 2009년 그가 타계했다는 연락이 왔었다.

그는 예산군 고덕면의 한 시골 마을에서 태어났는데 대부분의 한국 시골 마을이 그렇듯 김동원의 집도 가난한 집이었다. 겨우 초등학교를 마치고 홍성으로 중학교에 들어갔을 때는 하숙비가 없어 많은 고생을 했다고 한다. 그러한 가난 속에서 학교를 다니는데 결핵에 걸렸었다고 한다. 치료비가 없어 기침을 하면 피가 입으로 흘러 나오는데도 병원에 갈 수 없었다고 한다. 그런데 어느 순간 기침을 해도 피가 나오지 않더니 학교에서 건강검진으로 X-선 사진을 촬영했는데 결핵이 치료되었다고 했다.

그리고 홍성고교를 억지로 졸업하고 공주사대 화학교육과 입학시험에 겨우 합격하였고 4년 졸업 후 군복무 2년 6개월 후 공주사대 화교과 학과 조교로 남았다가 전임강사로 채용되었다고 한다. 김동원은 머리가 명석한 사람이기 때문에 오스트리아 인스부르크대학에서 3년 만에 이학박사 학위를 취득할 수 있었을 것이다.

그는 화학을 전공하면서 시詩에 대한 감각이 뛰어나 1973년 시詩로 문단에 등단하고, 그때부터 시집을 출간하여 2003년 2월 28일 충북대학교를 퇴직할 때까지 십여 권의 시집을 발간하였다.

필자가 충북대 화학과로 전근되어 온 다음 김동원은 충북대에서 허용하는 3개월 외국 대학으로 연구를 가게 되었는데 박사학위를 취득한 오오스트리아 인스부르크대학으로 갔었다. 부인과 남매가 살고 있는 집으로 찾아가서 응접실 자리에 앉자마자 부인이 다음과 같이 말했다고 한다.

"나는 다른 남자와 결혼하였으니 즉시 나가시오. 나가지 않으면 경찰을 부르겠어요."

라고 말했다고 했다. 나갈 수밖에 없었고, 별도로 집을 구하여 살다가 귀국하였다.

귀국하여 1993년(57세)까지 혼자 하숙생활을 하다가 36세의 한 처녀와 결혼하였다. 충북대 가까운 언덕에 건설된 삼익아파트에 둥지를 틀어 생활하였는데 다음 해에는 아들이 태어났다.

그는 이러한 파란만장한 생을 살았는데 2009년 4월 폐병이 발병하여 불귀의 객이 되었다. 인간의 생이란 어차피 언젠가는 불귀의 객이 되는데 어떤 일에 집착하여 이웃과 다정하게 지내지 못하고 아무도 모르는 세상으로 가는 것이니 안타까운 존재이다.

김동원은 그저 교수로 근무하다가 퇴직했으면 부끄럽지는 않을 텐데 네 번이나 못된 학장 선거에 출마했다가 패배를 맛본 것이다. 네 번째는 꼭 10년 대학 후배인 수학과 최대호(崔大鎬, 1947~?, 청주공고, 공주사대, 연세대대학원)와 대결하여 참패하였다.

김동원은 학장 직책에만 집착한 것이 아니다. 한 번은 교육부 연구비를 같이 신청하자고 하여 필자와 연구비를 같이 받아 연구를 수행한 적이 있다. 우리 화학과에서 그와 필자가 주동하여 신청하고 사범대 과교과 김창석, 건양대 이용일, 공주대 화교과 최○○, 이렇게 5명이 공동연구로 신청하여 심사통과 된 연구비였다.

그런데 배정된 연구비의 반을 자신의 연구비로 하고 나머지를 네 사람에게 분배하는 것이었다. 김동원과 필자때문에 배정된 연구비인데 필자와 다른 연구원들을 똑 같이 취급하는 것에 마음이 언짢았다. 필자가 그에게 전화를 했다.

"이 연구비가 김교수님과 나 때문에 지급되는 것인데 연구비 배정이 잘못되었습니다. 그 연구 포기하겠습니다."

라고 말하고 전화를 끊었다. 그랬더니 사범대학 과교과 김창석과 상의하더니 필자에게 연구비를 조절하여 주었다. 1996년 가을 이었다.

필자는 1984년 2월 25일 학회로부터 처음이고 그 후에도 없었던 기분 좋은 시상 소식에 관한 연락을 받았다. 경상대학교 교육대학원에서 정차근을 지도하면서 고등학교 화학교과서 분석을 하여 대한화학회 화학교육지에 세 편의 논문을 게재한 것이 학회에서 교육진보상을 받는 결과를 가져 온 것이었다. 상장의 내용문은 다음과 같았다.

「교육진보상/ 충북대학교 자연과학대학 화학과 정용순/ 귀하는 본 학회의 화학교육지에 탁월한 연구논문을 발표하였으므로 이 상을 드립니다./ 1984년 4월 27일/ 사단법인 대한화학회 회장 박태원」

상패와 상금도 받았는데 그 상패는 지금(2019년 5월)도 필자의 서가 앞을 장식하고 있다.

이 필자의 자서전 편집후기 뒤 '자서전 관련 사진들'에도 이 상패의 사진을 넣었다.

1-2. 텍사스의 인상파: 충북대하교 자연과학대학 화학과는 1979년 3월 1일 설립되었다. 필자가 전근 온 1984년에야 신축된 40동 건물로 연구실과 학생실험실이 옮겨졌다. 그 때 화학과에는 DWK(1937~2013, 공주사대),

WGC(1939~?, 서울사대), QC(1944~?, 서울사대), YGS(1944~?, 고려대), OSB(1946~?, 서울약대), YGK(1953~?, 연세대), HSY(1954~?, 서울대) 등이 있었다. 내가 전입되고 한 달 후에 원자력연구소에 근무하던 JDC(1944~2012, 서울대)가 전입되어 왔고, WGC는 약 3개월 뒤 서울대로 전근하여 갔다.

경상대에서 충북대로 전근오는 과정에서 필자는 틈틈이 원고를 작성하여 '분석화학실험의 기본'이라는 실험 교과서를 편저로 발간하였다. 그리고 형설출판사 대구지사에 원고를 맡겨 서적 출판의 계약서를 작성하고 출판에 들어갔다. 충북대에 전입되었을 때는 이 실험 교과서가 출간되었었다. 그래서 충북대에 강의가 시작되면서 이 책을 사용하는 행운을 가졌다.

필자가 충북대에 부임하여 겪은 가장 즐겁지 않았던 것이 학장선거였다. 이때부터 대통령 임명제였던 학장이라는 직책이 교수협의회가 활성화되면서 단과대학 학장이 교수들의 직접선거로 선출된 다음 대통령이 임명하였다.

우리 학과의 DWK와 QC가 후보자로 등록하여 대결을 폈다. 그러니 곤란할 수밖에 없었다. 처음에 동표로 되었다가 재투표하여 DWK가 낙선되었다. DWK는 속이 좁은 사람이어서 한 동안 대인기피증 환자로 되었었다.

그런 다음 우리학과에 사범대 과학교육학과에 근무하던 BCL(1937~?, 고려대)이 전입한다고 하여 회의를 거듭 열었다. 결국 학과장을 맡은 QC가 젊은 교수들을 회유하여 투표로 유도하고 투표하여 전입을 찬성하는 교수가 많아서 그가 전입되었다.

QC는 자기가 왕이 돼야 하는 사람이었다. 자기가 학과장을 마치면서 학과장으로 추천한 사람은 JDC(1944~2014)였다. 필자보다 늦게 채용되고 나이도 필자보다 네 살이 어린데 부교수로 채용(필자는 조교수로 전근)되었다고 QC가 그리 추천한 것이다.

그러더니 JDC가 2년 임기를 마치면서 필자보다 14년이 어리고 채용도 6개월 늦은 HSY(1954~?, 서울대)를 학과장으로 추천하는 것이었다. 애비도 형도 없는 인간들이라고 속으로 욕했었다.

그러다가 QC와 JDC가 생화학과를 창설하여 그 과로 옮겨갔다. 그러나 QC는 선거로 선출된 자연과학대학 학장이었다. 그래서 필자가 분석화학교수를 채용하자고 올렸을 때 유기화학을 전공한 서울대 출신 우리 학과에 갓 채용된 NSL과 동기생이 전공부적격이라 심사위원들이 판정을 했는데도 면접을 오게 하여 필자의 가슴을 애타게 했던 못된 인간이었다. 그리고 2년이 지나 학장 임기도 끝났는데 어느 날 BCL이 내 연구실로 오더니

"어제 저녁 QC 부인이 전화를 나에게 했는데 QC가 저녁을 먹다가 밥상으로 머리를 박고 쓰러졌대요. 그래서 119에 전화하여 충북대 병원 응급실로 실려가서 입원하였다고 해요."

하는 것이었다. 그리고 약 2년을 QC 이름으로 개설된 강의를 JDC와 젊은 교수들이 한 강좌씩 맡아 했다. 결국 수술할 수 없는 부위인 뇌에 종양이 자라나 저 세상으로 사라졌다. 향년 52세였다.

이렇게 빨리 사라질 인간이 그리 못되게 일처리를 해야 했는가(?) 하는 생각이 필자의 머리를 찾아 왔었다. 그렇게 일처리를 못되게 했으니 그는 정년을 15년이나 남겨두고 사망한 것인지도 모른다고 생각하였다.

교수채용과 학과장 임용등을 못되게 하는 인간이니 그런 질병이 와서 일찍 세상을 이별했는지도 모른다고 생각했다. 이 세상은 정의라는 것이 그래도 숨쉬는 곳이니까.

1-3. 멕시코 박사: 우리 학과에는 여자 교수가 한 사람 있었는데 OSB(1946
~?, 서울약대, 멕시코국립대대학원)였다. OSB는 부산이 고향이고 서울 약대
를 졸업하고 약사고시에 합격한 약사자격증藥師資格證 소지자이다.

서울약대를 졸업하였을 때 자신의 당숙이 멕시코 주재 한국대사로 임명
되어 간다는 소식을 듣고 당숙에게 따라가도 되느냐고 물으니 당숙이 흔쾌
히 같이 가서 생활하자고 했다. 멕시코에 도착하여 멕시코에서 사용하는
서반아어(the Spanish language)를 자신이 독학으로 습득하여 쉽게 말을 할
수 있었다는 명석한 두뇌의 소유자이다. OSB는 사십이 넘었는데 처녀
(single)로 지냈다.

필자가 처음 충북대에 전입되어 와서는 OSB와 친밀하게 지낼 수 없었다.
OSB가 가장 친하게 지낸 사람은 WGC였다. 그러나 WGC가 서울사대로 전
출 간 다음 친밀하게 지내는 교수가 없었다. 그렇다고 OSB가 누구와 다투
는 일은 없었지만 QC와 대학원생 문제로 쌍욕을 하며 다툰 사건이 있었다.
QC의 연구실과 OSB의 연구실은 바로 옆 연구실이었고, 연초연구소에 같이
근무하다가 충북대로 같이 신규채용되어 왔다고 한다.

필자가 나이도 OSB보다 5년이 위였다. 차츰 왕래가 잦아지게 된 것은
필자의 나이가 많은 편이고 가족들이 있었기 때문이었을 것이다. 1987년
여름방학과 그 다음 해 여름방학에는 필자와 OSB 밑의 대학원생들을 데리
고 화양동華陽洞 계곡의 민박집에 가서 쉬기도 하였다.

아마 1986년으로 생각된다. 의예과 2학년 유기화학은 OSB가, 물리화학
은 YGK가 맡았을 때 큰 사고가 생겨 충북대를 시끄럽게 했었다. OSB와
YGK가 'F'를 준 의예과 학생 하나가 OSB를 쇠몽둥이로 때리려 하여 앉아
있던 의자로 막았고, 비올 때 우산을 쓰고 퇴근하는 YGK를 쇠몽둥이로 공

격하여 YGK가 우산으로 막고 도망한 사건이었다.

OSB는 필자와 친밀하게 내왕하면서 지냈지만 학과회의에서는 필자를 따돌리는 언행을 하는데 마음이 좋지 않았다. 한 번은 필자의 실험실 앞에 큰 시약장 하나가 놓여 생물과에서 이사가면서 버리고 간 것으로 알고 필자의 연구실험실로 들여 놓으라 했더니 과교수회의에서 자기가 복도에 시약장을 내 놓았더니 없어졌다고 이야기 하여 필자를 곤난하게 했었다.

또 한 번은 SHK가 실험실 하나를 외부 기기상에게 사무실로 내어 주어 그것을 학생실험실로 바꾸겠다고 말했더니 YGK가 SHK에게 벌컥 화를 낸 일이 있었는데 YGK에게 화 내지 말라고 말로 하지 않고 YGK 앞을 막는 행동을 한 것이다.

그녀는 학장인 DIL(1943~, 수학과)이 필자를 화학과 학과장으로 임명하려 하자 자신이 학과장을 먼저 하겠다고 총장에게까지 찾아간 여자였다. 필자가 만 5년이나 나이가 많은 것 정도는 생각지도 않는 여자였다. OSB는 과연 필자와 친밀한 사이였는가?

1-4. 판단력 문제가 있는 인상파: YGS(1944~ , 고려대)는 고려대 대학원에서 이학박사 학위를 취득한 다음 연초연구소에서 근무하다가 1981년 3월 충북대학교 화학과에 신규채용되어 왔다. YGS는 QC, OSB와 같이 연초연구소에서 근무했고 충북대에도 같이 채용되었다고 한다.

필자가 충북대 화학과에 채용되었으나 신현천이 전출동의서를 보내 주지 않아서 경상대 강의를 하고 시외버스에 승차하고 청주에 와서 임시로 화학과에서 지금 약학대학 2층의 공간을 사용할 때 YGS의 방에 오면 YGS가 YGK와 책상을 맞대고 앉아 있었다.

두 학기 동안 진주와 청주를 왕복하며 강의한 다음 1984년 2월 10일 전출동의서가 다행히 충북대 교무처로 올라와서 우리 가족이 충북대 앞 청주고교 옆 청우아파트에 둥지를 틀었을 때 YGS는 우리의 둥지 옆에 월세를 얻어 충북대에 강의가 있는 날만 들어와 잠을 잤다. 강의가 없는 날에는 서울 분당의 아파트로 올라갔다. YGS는 이러한 생활을 퇴직 때까지 계속하였다. 무슨 연구를 했겠는가? 그는 2009년 8월 31일 퇴직하였다.

YGS는 누구와도 친밀하게 지낼 생각이 없는 교수 같았고 그렇다고 누구와 원수지고 살려는 사람은 아니었다. 그러면서 가끔은 옆 사람에게 피해를 주었다. 한 번은 석사과정 졸업시험 출제를 맡더니 시험 치른 6명을 모두 낙제시켰다.

또 한 번은 배제대학교에서 화학과를 졸업하고 대학원 석사과정에서 분석화학을 전공하겠다는 학생이 있었는데 이 학생이 시험을 잘 치르고 지도교수될 필자를 만난 것을 면접한 것으로 알고 청주대학교 부근이 집이므로 귀가하였다. 그 때 대학원 주임이 YGS이었으므로 그를 만나고만 갔으면 되는데 그것을 하지 않아 불합격 처리한 것이다. 분석화학을 전공하겠다고 기록하여 놓았으니 필자에게 이 학생이 면접을 오지 않았다고 해야 되었을 텐데 옆방에 있는 나에게 연락을 하지 않은 것이다.

다음날 YGS가 청우아파트 필자의 집으로 찾아와 사과하였다. 필자는 섭섭했지만 어쩔 수 없는 일이었다. 젊은 사람에게 입학시험은 사람 일생의 운명을 좌우하는데 못된 인간이라고 생각하였으나 어쩔 수 없었다.

우리 학과에서 1992년 유기화학 교수채용이 있을 때였다. 1명 모집에 15명의 유기화학 분야 박사학위 소지자가 응모하였다. 결과적으로 고려대 화학과를 졸업한 YSJ와 서울대 화학과를 졸업한 HYK의 대결이 되었다. YSJ는

YGS의 후배였으므로 YSJ가 채용되도록 모든 작전을 동원하였다. SHK는 석사과정을 고려대 대학원에서 취득했으므로 그때부터 알고 지내는 사람이라고 YGS와 같이 YSJ가 채용되도록 협조했다. 필자도 이 경우 YGS와 언행을 같이 하였다.

그러나 서울대 졸업생들도 작전을 하여 교무처장과 총장에게 HYK가 채용되도록 의견을 전했다. 결과적으로 교무처장과 총장이 학과에 두 사람을 모두 채용하라고 했다.

YGS는 1995년부터 분당에 50평 아파트를 분양받아 부인, 두 딸과 같이 생활함을 위에서 기록하였다. 두 딸 중 큰 딸이 홍대 건축학과에 입학한 것도 들어 알고 있었다. 가족 이야기는 더 이상 기록하지 않기로 한다.

YGS는 필자가 저보다 4년이나 연상임을 알고 있다. 고등학교는 필자가 5년이 위이다. 대학 졸업년도도 3년이나 내가 빠르다. 그러면 필자가 인생 선배인 것이다. 단지 필자는 해병장교 생활 5년 6개월과 대광고교 교사 생활 6년을 하였기 때문에 대학교수 생활이 좀 늦었었다.

한 번은 학과회에서 필자에게

"정선생!"

하고 불렀다. 필자는 그에게

"예 신교수님!"

했었다. 인간에게는 예의라는 것이 있는 것이다. 그런 일 때문일 것이다. 그는 퇴직하면서 '명예교수' 신청을 하지 않고 퇴직하였다. 명예교수 신청을 하면 명예교수 명단에서 퇴직순으로 사진배치를 하므로 자신의 사진이 필자의 사진 저 밑에 놓이게 되니 자신이 '정선생'이라 한 것이 미안할 것이어서 그런 것이 틀림 없을 것이다.

그는 그렇게 필자와 원수가 되겠다는데 어쩌겠는가?

우리는 살아가면서 예의를 지키는 것이 얼마나 중요한 것인지를 지도하며 살아가는 교직생활을 일생동안 하고 있는 교수들이 아닌가? 만나면 반갑게 인사할 수도 있겠으나 글쎄다.

필자는 그들이 하지 못한 해병장교생활을 거의 6년을 했고, 고등학교 교사생활도 6년을 한 거짓말을 하지 못하는 정정 당당한 대한민국의 국가유공자國家有功者이다. 이놈들아!

필자는 YGS하면 생각나는 한 사건이 있다. 자신의 학과장이 끝날 때 YGK, HWL, NSL, HSY 등이 선거로 다음 학과장을 결정하자고 하는 의견을 그에게 제시했었다. 그러자 그는 그 제안을 받아들여 학과회의를 열었던 사건을 잊을 수 없다. 선거로 학과장을 결정하는 문제에 찬성하면 'O', 아니면 'X'를 나누어 준 종이에 표시하여 내라고 했다. 이병춘과 김동원은 참석치 않았고, 그 때 김치경(미생물학과)이 자연과학대학 학장이고 임동일(수학)이 교무과장이었다.

진급순이고 부임순, 연령순 무엇으로 보아도 차례는 OSB였다. 무슨 이유인지 OSB를 제치고 YGK가 학과장을 먼저 하려는 것이다. 응당 찬성표가 많을 것이다. OSB와 나, 그리고 JSS(서울사대, 과학원)는 반대였다.

10분 후에 다시 투표하자고 하더니 HSY가 JSS의 연구실로 쫓아가서 속삭이더니 그도 다음 투표에서 'O'를 표기했다. 필자는 일어나 나오며 마음대로 하라고 했다. YGS가 필자에게

"그러면 어떻게 해야 하나요?"

하고 물었다. 필자가

"올려 보내지 못해요?"

했다. 결국 올려 보내 학장과 교무과장이 그날 저녁에 BCL을 찾아가 학과장을 해야 겠다고 했다는 것이다. YGS는 필자가 생각하기에 판단력이 좋지 못한 인간이었다.

1-5. 연구에 관심이 적은 젊은이: 이제 경상대 과학교육학과 조교를 하면서 버릇없이 굴었던 SHK(1952~, 충북대과교과, 고려대대학원)의 이야기를 기록하려 한다. 이자는 한남대와 고려대 석사과정을 하고 경상대에 채용되어 왔던 JHJ의 추천으로 경상대과교과 조교로 채용되었었다.

이자는 6 · 25전쟁 중 태어난 자로서 아버지가 전쟁 중 사망하여 아버지 얼굴도 모르고 태어난 유복자(遺腹子)이다. 어머니는 1995년 청주에서 사망하였다.

이 인간이 애비 없이 태어나고 자라서 그런지 저보다 12년 연상의 사람에게 잘못도 없는데 치받는 인간이다. 경상대에서 조교란 놈이 교수에게 허락받지 않고 학점을 준 인간이었다. 물론 뒤에 위계가 높은 JHJ가 있었다.

그런 인간이 필자가 충북대로 전근하여 와서 분석화학 교수채용 공고를 하였더니 서류를 구비하여 제출한 것이다. 여하튼 이 자가 여러 어려운 고비를 제치고 채용되어 경상대에서 충북대로 전근되어 온 것이었다.

필자는 이 인간이 충북대에서 채용공고를 내게 한 필자에게 반항하거나 이상한 짓을 하지 않겠지 했다. 그래서 논문이 전무한 그의 이름을 필자가 발표하는 논문 세 편에 이름을 넣어 주기도 했다. 그러나 그것은 그때뿐이었다. 애비 없이 자란 태를 내는 것은 어쩔 수 없는 그의 버릇이었다.

한 번은 석사학위 과정생의 논문발표장에서 그가 지도하고 있는 학생이 논문 발표 때 필자가 질문하면 SHK 자신이 대답했다.

"SHK 교수 그러지 마라! 학생 공부를 위해 질문하는 거야."
하고 충고하였다. 그리고 또 내가 그 발표하는 학생에게 질문하면 또 그놈이 대답하는 것이었다. 그러지 말라고 충고하고 질문하면 또 그놈이 대답하는 것이었다. 필자는 책상을 둘러엎고 나오려다가 참아 버렸다. SHK는 쌍놈 애비없이 자란 놈이었다.

필자는 필자를 괴롭힌 여러 가지 사건들을 기록했으나 몇 가지 마음이 흐뭇한 일들도 기록하였다. 1960년 필자가 대학에 합격했다는 즐거움도 있었다.

대학 입학동기 JJO와 WJL이 1960년 초 대학시절 필자에게 싸움을 걸어와 괴롭혔었다. 이것은 마치 경상대와 충북대로 쫓아다니며 필자에게 괴롭힘을 준 SHK와 비슷한 놈들이었다. 그래서 인생을 지옥길이라 할지 모른다고 생각했다.

1-6. 원수를 맺어도 좋다는 젊은이: 1992년 필자는 정년보장 교수로 임명되었다. 그때까지 있었던 비참한 사건 하나를 기록한다.

1988년에는 88올림픽경기가 열려서 국가는 축제분위기인데 필자는 다음과 같은 괴로움에 울었다. 교무처에서 교수채용 계획을 상신하라는 연락이 학과에 전달되었다. 이때 화학과에는 10명의 교수가 근무하고 있었다. 그해 채용된 교수로 NSL과 HWL이 있었다. 이때 자연과학대학장은 QC였다. QC는 화학과에 근무하다가 생화학과를 창설하여 나갔고 우리학과의 DWK와 학장 선거대결을 하여 당선된 것이다.

그때 화학과 학과장을 투표로 결정하자고 한 것은 YGK였다. YGK가 자신이 학과장을 하겠다는 것이고, HWL HSY, NSL이 뒤에서 밀고 있었다.

이 때 학과장은 YGS이었다. 임기를 마치면서 이것을 학과 회의안건으로 받아드린 것이다. 그러다가 필자가

"학과장은 임명제인데 투표로 정하면 다른 학과 교수들이 비웃습니다. 이것은 안됩니다. 학생들도 비웃습니다."

하고 극력 반대하였더니 결국 YGK는 되지 않고 'BCL'이 학과장이 되어 교수 채용 문제를 담당하고 진행시키게 되었다.

필자는 BCL에게 분석화학 교수 1명 채용하고 싶다고 하여 대학교 신문과 전국 5대신문에 채용공고 되었다. 결과 약 십 명의 이학박사 소지자들이 서류를 구비하여 충북대 교무처에 접수하였다. 그 중에 화학연구소에 근무하는 ㅇㅇㅇ이라는 서울대 자연대 화학과 졸업생은 유기화학 전공인데 자신과 대학동기인 우리학과에 당시로서 최근에 채용된 NSL이 서류를 구비하여 제출하라고 하여 서류를 제출하였다고 했다.

이 인간이 문제가 되었다. 분석화학 교수 채용에 몇 명 접수되었는지 알아보고 심사위원에 누가 올라왔는지 알아보았더니 학과장과 NSL이 심사위원으로 추천되어 있었다.

이때부터 필자는 바쁘게 발을 구르고 돌아다녔다. NSL은 물리화학 전공으로 당시로서 최근에 채용된 인간이고 그의 대학 동기생이고 전공이 다른 (유기화학) 인간을 채용케 하려고 QC가 추천한 것이다.

바로 전 학과장 YGS는 NSL의 동기생 ㅇㅇㅇ을 만나 이야기를 나누었는데 그는 전공이 분석화학이 아니고 '유기화학'이며, 채용될 것을 생각하지 않고 서류를 제출하라고 NSL이 말해서 서류를 넣었을 뿐이라 했다는 것이다.

그렇게 하려고 NSL을 심사위원으로 학장 QC가 추천한 것이다.

필자는 이 문제를 해결하기 위해 교수협의회장 사범대 김기홍, 사회대 서민석, 농과대 오무영 등을 찾아가 상의하는 반면 우리 학과장 BCL에게 강력히 주장하려고 찾아갔으나 그를 만나기가 어려웠다. 도망다니는 것이었다. 결국 BCL이 「NSL을 심사위원으로 했다가는 큰 문제가 발생한다」고 학장 QC에게 항의하여 심사위원이 DWK로 교체되었다.

결국 NSL의 대학 동기생 ○○○은 채용되지 못하고 경상대에서 필자에게 대들던 충북대 과학교육학과 졸업생 SHK가 채용되었다. ·

이것은 못된 대학교수들의 행동과 속내를 부끄럽게 드러낸 사건 중 하나였다. 치부를 드러낸 것이다. QC가 필자를 제외하고 NSL을 심사위원으로 추천하고, YGK도 그렇게 하라고 QC에게 권한 것이니 치부를 드러낸 것이다.

학과장을 맡고 있던 BCL은 그 잘못된 선택을 고쳐 달라는 말을 하려는 필자를 피해 다녔고, 결국 SHK가 자신의 후배임을 알고 심사위원을 그때에야 바꾸도록 했으니 부끄러운 인간사를 일으킨 것이다.

1-7. 과학교육과 생물전공의 고성덕: 고성덕(高聖德, 1941~2015)은 충북 청원군 오창면(현 청주시 청원구)에서 1941년 태어나고, 1953년 청주주성중학교에 입학하여 1956년 졸업한 사람이다. 그는 이어 1957년 3월 청주고교에 입학하고 1960년 2월 졸업한 청주 사람이다.

고성덕은 청주고교를 졸업한 다음 1960년 3월 공주사대 생물교육학과에 입학하였다. 필자와 1960년 공주사대 입학동기가 되었다.

당시 공주사대는 공주읍 반죽동, 공주에서는 시내에 가장 가까운 서북쪽에 우뚝 솟아있는 봉황산(鳳凰山, 해발 147m) 밑에 자리하고 있었다. 교수들의 연구실은 조그마한 운동장 가까이 위치하여 있었으나 대부분의 강의실이 봉황산 중턱에 건립된 신관 건물에 있었으므로 학생들이 강의를 듣기 위해서는 수백 개의 시멘트 계단을 밟고 올라가야 했었다.

공주사범대학은 단과대학으로 출발단계였으므로 국어, 영어, 수학, 물리, 화학, 생물학과의 여섯 개 학과만 개설되어 있었다. 입학인원도 한 학과에 20명이었으니 정말 단출한 대학이었다. 필자와 고성덕은 그렇게 단출한 대학에 입학하였으니 입학하면서부터 알게 된 사이였다.

필자가 하숙한 하숙집 옆집에 필자와 같은 학과에 입학한 JHK(1941~?, 청주주성중, 청주공고)가 하숙하고 있었는데 입학한 4월 말 쯤 주말에 공주 산성공원에 등산을 갈 때 같은 청주인이고 중학교 동기생 관계인 고성덕이 같이 가게 된 것이고 친한 관계로 된 것이다.

그러한 인연이 있는 고성덕과 1982년 12월 20일 경 충북대 교수 채용 면접장에서 만나게 되어 반가웠고, 그와 필자는 동시에 충북대 교수로 채용되었었다.

공주사대 졸업 후 필자는 해방장교후보생 시험에 응시하여 합격하여 그 세고 센 훈련을 받고 해병소위로 임관되어 6년간 해병장교생활을 하였으나 고성덕은 폐질환이 있어 군면제를 받고 서울대 대학원에 응시하여 대학원생이 되고 2년 후에는 이학석사로 되어 보건환경연구원에 상당기간 근무하였다고 한다.

필자는 경상대 총장 신현천의 심술로 1983년 3월 충북대에 전근하여 올 수 없었으나 고성덕은 1983년 3월부터 충북대 사범대학 과학교육과의 생태학 교수로 근무를 시작하게 되었다.

필자는 진주에서 청주 충북대로 1년 간이나 오르내리며 강의를 하다가 신현천의 전출동의서를 받아 1984년 2월 10일 충북대로 전근되어 와서 충북대 자연과학대학 화학과 교수로 근무하게 된 것이었다.

충북대 내에는 공주사대 출신 교수들이 13명이 근무하고 있었다. 이들 13명은 공주사대 동문교수 모임을 만들어 한 학기에 두 번 정도 모임을 갖고 있었다. 필자와 고성덕의 선배로서 이남기(李南基, 1936~?, 과학교육과), 임종술(林鍾述, 1935~2017, 수학교육과), 김동원(金東洹, 1937~2010, 화학과), 김공수(金槓洙, 1941~?, 화학공학과)가 있었고, 후배로서 강환국(姜煥國, 1942~?, 사회교육과), 이계병(李啓秉, 1941~?, 영어과), 임동일(林東日, 1943~?, 수학과), 전순동(全純東, 1945~?, 역사교육과), 최대호(崔大鎬, 1947~?, 수학과), 이충세(李忠世, 1950~?, 컴퓨터공학과), 윤광흠(尹匡欽, 1953~?, 불문과)이 있었다.

모임은 보통 월말이 가까운 금요일 저녁에 시내 음식점에서 갖는데, 이야기를 가장 재미있게 이끌어 가는 사람은 임종술 선배였고, 선배도 제치고 제 잘난 이야기로 떠드는 사람은 DIL이었다. 한 번은 DIL이 고성덕에게 "고박사!" 하고 부르면서 이야기를 하였다.

고성덕은 조금이라도 비위가 상하면 용납하지 않는 사람이다.

"뭐? '고박사' 내가 선배인데 '님'자를 붙이는 게 그리도 싫은가? 자네가 1년 재수했으면 나도 1년 재수했다."
라고 그를 꾸짖었다. 그러자 임동일은 할 말을 잃고 슬그머니 자리를 일어서 나갔다. 그리고 사라져 버렸다. 그러자 옆의 다방으로 옮겨 임종술과 이남기가 고성덕을 앞에 앉게 하고 꾸짖었다. 필자도 고성덕의 옆에 앉아 있었다.

"고교수 '고교수님'이라 하지 않고 '고교수'라 좀 하면 좀 어때? 우리 모임에 장애가 될 것 같네!"

하고 말하자 고성덕이 반박했다.

"선배님! 선·후배간에 예의를 지켜야 합니다."

그러자 임종술 선배도 더 이상은 말하지 않았다.

필자였으면 참았을 텐데 고성덕은 참지 않는 것이었다. 필자는 그런 그가 대견스러웠다.

DIL은 도움을 필요로 하지 않는 선배는 짓밟고, 후배라도 도움이 되면 모든 편의를 제공하고 굽신거리는 인간이었다. 예를 들어 사범대학의 HGK는 자신의 공주사대 부속고등학교 1년 선배인데 욕까지 하는 것이다. 필자가 충북대에 전입 온 다음 선후배들에게 저녁식사를 대접한 일이 있었는데 이때 HGK에게

"강선생! 너무 아는 체 좀 하지마!"

라는 투의 말을 하여 고성이 오고 갔었다.

필자가 DIL에게

"고등학교 선배인데 그러면 되겠느냐?"

라고 말하여 보았으나 막무가네였었다. DIL은 1986년 9월 자연과학대학장 선거에 출마하여 당선되었고, 1990년대에는 교무처장까지 역임했다. 2002년에는 충북대 총장 선거에 출마하여 낙선된 사람이다.

고성덕은 사범대학 과학교육과에 근무하는 동안 같은 전공 교수들 뿐만 아니라 다른 학과 젊은 교수들에게 폭력을 가하여 피해를 받은 교수들이 여러 명이었다. 필자에게도 시비를 걸어와서 곤난을 받은 일이 있었다.

고성덕은 초등학교 교사로 근무하는 여자 교사와 결혼하여 2남 2녀를 두었다. 자녀들을 장인과 장모님이 같이 살면서 길러 주었다고 한다. 부인

은 정말 현모양처였다. 중부고속도로 증평나들목 부근의 땅을 매입하여 집을 지어 살았다. 서울의 워커힐 인근에 아파트를 구입한 것은 막내 아들이 결혼한 다음 거주한다고 했다.

고성덕은 음주를 과하게 하는 습성과 남의 비위가 상하는 말과 행동에 참지 못하는 성격으로 이웃과도 다툼이 많았다고 한다. 그러다보니 자신도 모르게 대장암, 위암, 폐암이 찾아왔음을 삼성병원에서 진단되었을 때는 수술로 고칠 수 있는 한계를 넘어 있었다.

그런데 그러한 남편의 비위를 받아가며 70세까지 살아온 부인이 고성덕보다 3개월 먼저 세상을 떠나고 고성덕은 2015년 12월 17일 한 많은 세상을 끝맺음 하였다.

고성덕의 아내가 타계했을 때 문상을 갔었다. 빈소에는 고성덕과 둘째딸, 막내 아들이 손님을 맞고 있었다.

1-8. 인솔자도 예의가 필요한 것이다: 필자는 교무처장이고 인문대학 국어학과 교수인 DCL이 필자의 대학과 대학원 후배인 DHC(1947~?, 청주중교, 청주공고, 공주사대, 연세대 대학원)와 청주중교 동기생이고 청주대 대학원에서 문학박사 학위를 이수했다는 정도만 알고 있었다.

필자가 1991년 12월 1일부터 1992년 2월 28일까지 일본 아사히대학朝日大學 교양학부 화학과에서 연구한 다음 귀국하여 대학 소식란을 보았더니 1992년 7월 11일부터 19일까지 충북대 교수들 20명을 신청받아서 중국 연변대학과 백두산 등을 관광하는 관광단을 구성한다고 하는 공고문을 볼 수 있었다. 교무처장 DCL이 주관하고 일부 여행경비가 대학에서 지원된다고 했다.

이 여행단에 필자도 참가신청서를 제출하였다. 참가신청서를 제출한 전체교수 20명 중 필자가 속하여 있는 자연과학대학 교수는 5명이었다. 다음과 같았다. 컴퓨터과학과 김홍기, 물리학과 연규황, 체육학과 김태완, 화학과 박외숙, 그리고 '필자'였다.

당시에는 비행기가 직접 북경이나 연변으로 운행되지 않고, 반드시 홍콩을 경유하고 상해나 북경을 경유하여 심양으로 갔다가 연변비행장으로 갔다. 그래서 출발시간이 매번 지켜지지 않는 중국의 비행기를 갈아타면서 홍콩, 상해, 심양비행장을 거쳐 연변비행장에 착륙하였다.

연변국제공항에 도착하여 연변대학 버스에 승차하여 연변대학 외국인 숙소에 도착하였더니 북간도 상지시에 사시는 당숙이 나를 기다리고 있었다. 그는 필자가 태어나기 전 필자의 고향으로부터 간도 지방으로 이민간 사람들인데 필자가 연변대학에 간다고 편지를 보냈더니 필자를 만나러 온 것이었다. 어렸을 때 고향을 떠난 사람들이 노인이 되어 이역만리 간도지방에서 당질을 기다리고 있는 것이었다.

처음 만나는 당숙이었는데 그의 요구는 고향에 한 번 찾아갈 수 있도록 초청장을 보내달라는 것이었다. 결과적 이야기이나 필자가 귀국한 다음 고향의 당숙(상지의 당숙 형님)에게 초청장을 보내게 하여 상지의 당숙은 고향에 왔다 며칠 머물고 갔다.

연변대학 총장을 비롯하여 처장들은 충북대 교무처장 DCL과 술친구들이었다. 도착한 다음 날 연변대학 교직원 식당에서 연변대 총장이 저녁식사 겸 환영 파티를 열어주었는데 필자는 술을 마시지 못하니 식사 후 바로 호텔 방으로 돌아와 있었다. 그러나 교무처장 DCL은 연변대학 총장, 처장들과 밤을 새워 술을 마셨다고 한다. 이튿날 관광버스에 올라 관광이 시작되면서부터 DCL은 골아 떨어졌다.

필자는 이 글에서 DCL의 생활태도에 대해 몇 자 기록하고 글을 마치려 한다.

1992년 7월 13일이었다. 저녁식사를 하고 8시부터 우리 충북대 교수 여행단만의 파티를 연다고 했다. 시간에 맞추어 갔더니 DCL과 농대 어느 교수가 앉아 잡담을 하고 있었다. 옆자리에 필자가 앉았더니 DCL이 필자에게

"정선생! 오락회 사용할 음식이 밖에 올 것이니 나가서 도와줘요!"

하는 것이었다. 필자는 어이가 없어 밖으로 나왔다가 필자의 호텔방으로 돌아와 오락회에 참석치 않았다.

DCL은 필자보다 7년 연하이다. 필자에게 "정 선생! 나가서 도와줘요!"하면서 명령을 할 수 있는 것인가? 제놈이 나가 도와주지. 왜 필자에게 '정 선생' 하면서 도와주라는 것이야? 하고 욕을 했다.

언제 죽을지 모르는 미련한 돼지라 생각되었다. 겨우 청주고교를 졸업한 인간관계로 교무처장이 되었다고 누구에게 명령을 하는 것이야? 여행단에 합류한 것이 후회스럽기만 하였다.

필자는 젊은 시절 해병대위로 파월장병이었고, 국가유공자인데 너에게 그런 말을 듣는 것은 모멸이라 생각하였다. DCL이 지방대학에서 학위를 받았으나 필자는 연세대 대학원에서 이학박사 학위를 취득한 사람인 것을 알아야 할 것이다.

DCL은 일제시대인 1938년 충북 각 지역으로부터 '연변'으로 이민가서 살면서 '청주아리랑'을 작사작곡하여 부르던 것을 소개한 것이 그의 일생 중 가장 큰 일을 한 것으로 자부했다. 1993년부터 몇 차례 연변지역을 왕래하면서 중국 길림성 연변조선족자치주 도문시 량수진 정암촌(亭岩村)이 충북

사람들이 이민가서 집성촌을 이루고 사는 마을임을 알게되고, 그 사람들이 '청주아리랑'을 작사작곡하여 부른다고 하는 것을 알게 되었다고 한다.

'청주아리랑'은 1978년 10월 교포 민속학자 김봉관(도문 거주)이 20kg의 둥근 녹음기를 가지고 정암촌에 가서 신 철(申 澈, 1931~1992)이라는 음악에 조예가 있는 사람이 있어 그의 노랫소리를 녹취했다고 했다.

DCL이 정암촌에 갔을 때는 신 철은 그 전 해 타계했으므로 DCL이 가지고 간 조그마한 녹음기에 어릴 때 정암촌으로 이민가서 살고 있는 60대 노인들이 부르는 '청주아리랑'을 녹취하여 왔다는 것이다.

DCL은 그 '청주아리랑'을 녹취하여 와서 정선에 정선아리랑, 밀양에 밀양아리랑, 진도에 진도아리랑이 있듯이 청주에도 '청주아리랑'이 있다는 것을 발견했다고 그것을 일생일대의 업적으로 자랑하고 있는 것이다. '청주아리랑'의 가사는 대단히 길기 때문에 이 글에 기록하는 것은 생략하기로 했다.

그 때 충북대학교 교수여행단 20여명이 찾아간 여행지는 정암촌과 백두산도 있으나 훈춘을 거쳐 두만강 하구에 간 것이 감격스러웠다. 북한의 가장 북쪽 나진 지역에서 연해주에 연결된 두만강대교豆滿工大橋를 중국의 초소에서 바라볼 때 감명이 깊었다. 지도에서만 바라보다가 실물을 본다는 것은 감격적이었다.

이 여행에서 또 한 가지 감명 깊었던 일이 있었다. 우리 교수 여행단은 7월 20일 연변비행장을 출발하여 귀국길에 심양비행장瀋陽飛行場에 착륙하고, 관광버스에 승차하여 압록강鴨綠工 서쪽에 위치한 단동丹東을 향하여 고속도로를 달렸었다. 날씨는 맑았고 여름이지만 청주보다 상당히 북쪽아므로 무덥지는 않았다. 그런데 오전 11시 정도인데 서쪽에서 동쪽으로 달리는 관광버스의 왼쪽 창으로 햇볕이 비치는 것이 신기했다. 필자가 생각하기에 응당 오른쪽 창으로 만 햇볕이 비치리라 생각했는데 왼쪽 창으로 햇볕이 비치니 신기한 것이었다. 오른쪽이 남쪽이기 때문이었다.

물론 약 30분 후에는 오른쪽 창으로 햇볕이 들어왔다.

우리 여행단은 압록강 하구에서 선박에 승선하여 압록강 철교의 밑에도 갔고, 북한 신의주쪽으로 갈 수 있는 곳까지 접근하여 사진도 촬영하였었다. 그때 단동의 높은 빌딩들과 신의주의 초라한 집들이 대조되었었다.

우리일행은 관광버스에 승차하여 중국의 가장 오른쪽 산성이라는 호산산성에 갔다가 심양으로 와서 청태종묘도 관광하였었다. 그리고 비행기에 승선하여 북경으로 오고 북경에서 홍콩으로 다시 와서 귀국하였었다.

2. 매사츄세츠의 반스

필자는 1983년 9월 매사츄세츠대학(Univ. of Massachusetts, UMASS) 화학과의 레이몬 엠. 반스(Ramon M. Barnes, 1940~?)에게 보낸 편지가 접수되어 그의 초청장이 필자에게 전해져 왔다. 그래서 필자는 1984년 8월 28일 매사츄세츠대학으로 박사후과정(Post Doc.)을 갔었다.

필자가 미국에 첫발을 밟기 위하여 대한항공 여객기에 승선하였다. 여객기는 알래스카(Alaska) 앵커리지국제공항(Ted Stevens Anchorage International Airport, ANC)에서 중간급유하고 뉴욕 케네디국제공항(New York John F. Kennedy International Airport, JFK)으로 가서 착륙하였다. 케네디국제공항에서 미국비행기로 바꾸어 승선하고 하트퍼드국제공항(Hartford Bradley International Airport, BDL)까지 비행하여 비행기에서 하선하고 가방을 찾아 밖으로 나왔다.

처음 오는 미국인데 지난 밤 오오츠크해 위를 내가 승선한 대한항공 비행기가 지나고, 알래스카 앵커리지에 도착하기 전 빙하 위를 지날 때 빙하가

녹아 실개천을 이루는 모습을 창문을 가린 커튼을 열고 바라볼 수 있었는데 일평생 잊을 수 없는 광경이었다.

하트퍼드국제공항에서 짐을 찾아 밖으로 나왔을 때 기다리고 있는 사람은 매사츄세츠대학 대학원 화학과에서 박사과정을 하고 있는 유영재(劉英在, 1948~?, 서강대)였다. 필자가 그에게 편지를 보내 필자가 머물 수 있는 집을 정하여 줄 수 있으면 하여 주고, 공항에 나와 줄 수 있으면 나와 달라고 부탁했었는데 그가 마중나온 것이었다. 비행장에 그가 나와 주어서 대단히 감사한 마음이었다.

유영재는 서강대를 졸업하고 원자력연구소에 근무하다가 UMASS 대학원 화학과 박사과정에 입학한 인재였다. 필자가 UMASS에 갔을 때 박사학위 자격시험은 합격하고, 논문이 거의 완결되어 가고 있었다.

유영재의 포드(Ford) 승용차에 승차하고 하트퍼드국제공항에서 앰허스트(Amherst)로 연결된 고속도로를 달렸다. 앰허스트는 인구 5,000명이 살고 있는 조그마한 대학도시인데 비행장에서 그곳까지 약 1시간 소요되었다.

앰허스트에 도착하여 유영재가 16층 건물앞에 차를 세우더니 그 건물 안으로 들어가 머리가 흰 한국인과 함께 나왔다. 이석태(李錫泰, 1945~?, 연세대 전기공학)라는 필자보다 5년 연하의 사람인데 그가 머무는 아파트의 방 하나를 필자가 사용하게 된다고 했다.

저녁에 같은 아파트의 이석태, 원○○, 그리고 '필자' 이렇게 세 사람이 식탁에 둘러앉아 이야기꽃을 피우다가 각각 자신의 방으로 들어가 잠을 자고 아침에 무료로 운행되는 대학버스에 승차하여 대학 연구실로 갔다. 원○○는 고려대 졸업생으로 컴퓨터를 전공하는 박사과정생이었다. 그 매사츄세츠대학의 16층 건물에 레이몬 엠. 반스의 연구실이 있었다. 그리고 유영재의 연구실은 옆방이었다.

반스의 전공분야가 필자의 전공분야와는 달랐으나 학생들을 가르치려면 모든 분야를 모두 알아야 되므로 기꺼이 그가 하는 연구에 빨려 들어갔다.

반스 연구실에는 7명의 연구원이 연구를 진행하고 있었다. 중국인 남자 두 명과 여자 한 명, 폴란드 여자 한 명, 항가리 여자 한 명, 미국인 남자 한 명과 여자 한 명이 있었다. 한국 교수로 내가 합세하여 8명의 그룹이 된 것이다.

반스와 그의 그룹 8명은 월요일부터 목요일까지 연구실험을 하여 실험값을 얻고 표를 만든 다음 금요일 아침 9시 세미나실에 모여 돌려 가며 한 주에 2명씩 세미나를 가졌다.

미국과 중국은 세계에서 큰 나라이고 강대국이다. 1970년대부터 중국 정부에서 선발한 많은 우수한 중국의 젊은이들이 미국 정부에서 제공하는 장학금을 받아 미국의 여러 대학에서 박사과정 공부를 하는 것이다. 그래서 반스 그룹 8명 중에도 중국의 젊은이들이 3명이나 있는 것이었다.

이러한 연구생활을 하는 중 반스는 앰허스트 교외에 위치한 자신의 집으로 초청하여 자신의 집을 보여주고 야외 파티를 벌리기도 했었다.

필자는 반스 연구실에서 연구 수행한 실험 결과를 논문으로 작성하여 영국에서 발간되는 분석화학 논문집인 '분석 원자분광학회지'(J. Anal. Atomic Spectroscopy, 3권 1079~1082, 1988)에 게재 하였다.

3. 매사츄세츠 앰허스트의 강흥섭

매사츄세츠대학 화학과의 반스(Barnes) 연구실에서 9개월 동안 보내는 동안 필자가 머무는 아파트의 이웃 아파트에는 LG연구소에 근무하면서 매사츄세츠대학 고분자공학과에 LG연구소의 후원으로 박사과정을 온 강흥섭 (姜興燮, 1956~1986)이 살고 있었다. 강흥섭은 과학원에서 공학석사학위를 취득하고 LG연구소에 채용된 사람이었다.

그런데 필자가 연구생활을 하는 반스 연구실에 오사카(Osaka, 大阪)에서 두 달 간 연구생활을 온 일본인 스키마에라는 사람이 필자에게 두 달 동안 머물 수 있는 방을 구하고 싶다고 하였다.

강흥섭은 약 3개월 후 아내와 다섯 살 된 아들이 온다 하여 방에 그동안 방값을 지불하고 머물 사람을 찾고 있다는 것을 필자에게 이야기 하였었다. 그러므로 필자가 스키마에에게 좋은 집이 있다고 하니 스키마에가 소개하여 달라고 했었다. 그래서 필자가 강흥섭의 집을 소개하였었다.

스키마에는 강흥섭을 만나고 같이 강흥섭의 집을 보고 머무는 것을 결정

청곡의 사랑방

하고 잘 지내다가 일본으로 귀국하였다. 그런 일도 있고 하여 강흥섭과 필자도 좋은 인연을 맺었었다. 필자는 1985년 8월 30일 귀국하였다.

필자가 귀국한 다음 강흥섭은 부인과 아들이 와서 재미있게 생활하였다. 강흥섭은 1986년 2월에는 박사학위 자격시험에 합격하고, 8월에는 공학박사 학위 논문을 작성·제출하여 심사를 통과하였다. 그래서 공학박사 학위를 취득하였다.

충북대학교 공과대학 화학공학과에 필자의 공주사대 화학교육과 1년 선배 김공수(金貢洙, 1941~?, 대전고, 공주사대, 충남대 대학원 공학박사)가 있었다. 김공수가 매사츄세츠대학교 화학과 무기화학연구실에 1985년 12월부터 1986년 12월까지 1년 간 연구교수로 갔다 온 것을 알고 1987년 4월 어느 날 충북대학교 재직 공주사대 동문모임에서 만나 매사츄세츠대학에 갔던 이야기를 나누었을 때 뜻밖의 이야기를 하여 놀랐다.

「1985년 8월 필자가 귀국한 며칠 후 강흥섭의 부인과 다섯 살 아들이 한국에서 매사츄세츠로 왔다./ 강흥섭은 연구실험을 열심히 하여 좋은 실험결과를 얻으면서 주말에는 UMASS에 와서 박사과정을 밟고 있는 한국 대학원생들과 테니스(Tenis)를 하며 체력단련도 하였다고 한다./ 1986년 7월 20일 경 어느 토요일 오후에도 가까이 지내는 박사과정생들이 테니스를 같이 하자고 연락을 했는데 강흥섭이 "약속이 있다"고 하면서 이번 주말에는 테니스를 못한다고 했다고 했다./ 강흥섭은 그 전날(금요일) 저녁 가까운 K-마트에 가서 아들의 장난감으로 리모트콘트롤(remote control)되는 비교적 큰 배를 사서 가지고 왔다고 한다./ 그래서 그 배를 강에 띄워 볼려고 테니스를 같이 하러 가지 못한다고 이야기를 못하고 "약속이 있으므로 테니스를 같이 할 수 없네."라고 거짓말을 한 것이다./ 그래서 토요일 12시 쯤 그 배를 승용차에 싣고 강흥섭은 5살 아들과 함께 코네티커트강(Coneticut River)으로 갔다./ 코네티커트 다리 옆에 승용차를 주차하고, 다리 밑으로 배를 가지고 내려갔다./ 다섯 살 아들도 따라 내려왔다./ 배를 강물에 띄우고 리모트콘트롤 하려는 순간 배가 뒤집혔던 것이다./ 오후 7시가 되어도 강흥섭과 그의 아들이 돌아오지 않자 그 테니스를 같이 하자고 했던 친구들에게 강흥섭의 부인이 전화를 했다./ 12시에 코네티커트강의 다리 있는 곳으로 애기 데리고 배를 띄우러 간 사람이 지금까지 오지 않으니 이상하다는 말을 한 것이다./ 그 친구들이 모여 일부는 코네티커트 다리 있는 곳으로 갔고, 몇 사람은 경찰서에 사고가 난 것이라고 연락을 했다./ 밤 9시나 되어 친구들이 강가에 서서 울고 있는 다섯 살 강흥섭의 아들을 발견하였다./ 경찰은 서치라이트(Searsh light)를 비쳐가며 강가를 탐색하였다./ 강의 다리 밑을 헤엄쳐 들어가 물속을 탐색도 하였다./ 결과 강가 다리 밑에서 멀지 않은 물속에서 나무에 걸려있는 강흥섭의 시신이 발견되었다고 했다./ 밤 12시는 되었다고 한다.」

강흥섭은 젊은 나이에 결혼하여 1985년에는 아들이 다섯 살이 된 것이다. 그리고 다른 사람은 5년 걸려도 할 수 없는 공학박사 학위취득을 강흥섭은 만 3년만에 취득하였다.

그런데 다섯 살 아들에게 좋은 장난감을 사주고 시험하러 가까운 코네티커트강(앰허스트에서 약 8km)으로 갔다가 배가 뒤집혀 수영도 서툰 사람이 비교적 강물의 흐름속도가 빠른 강물로 들어가 그 배를 바로 세우려 한 것이 그를 불귀의 객으로 만든 것이다. 이보다 더 안타까운 일도 드물 것이다.

만약 그 배 띄우는 것을 미루고 친구들이 가자고 하는 테니스 경기를 하러 갔다면 그런 사고는 없었을 텐데 하고 아쉬어 해봤자 소용없는 일이었다.

4. 청주의 친구들

4-1. 해병간부후보생 33기 이상두: 1986년 5월 10일 경 청주의 해병대 회원들이 충북대에서 집회를 하였다. 그곳에 잠시 참석하였다가 해병간부후보생 33기 동기생 이상두(李相斗, 1942~?, 청주고, 부산수대)를 만난 것이다. 그는 해병학교 기초반 13기 교육·훈련 받을 때 필자 내무실의 복도 건너 내무실을 사용하여 야간에도 수시로 만났던 동기생이었다. 그런데 그 이상두가 청주 사람이어서 이곳에서 만난 것이다.

서울 거주 동기생들은 현충일이면 1970년대로부터 서울 현충원에서 집회를 가져 월남전에서 산화한 세 동기생 김공수, 김진수, 이종길을 추모한다. 지금까지 그 집회는 계속된다.

한편 1995년부터 대전 인근에 사는 동기생들 김영인, 김정훈, 서준창, 이상두, 한수승, 그리고 '필자' 등은 대전현충에서 서울에서 내려오는 동기회장단과 합세하여 질병으로 사망했으나 월남전 참전국가유공자이므로 대전현충원에 묻힌 동기생들을 추모하기 위해 모인다.

1995년에는 변봉준, 황정삼, 홍기만, 김영인의 외조부(백영무)의 묘역을 찾아 묵념을 하는 행사를 했으나 지금은 정재룡, 김윤배, 김세창, 최우식, 홍정준(홍수길의 아들)이 이곳에 추가로 묻혔으므로 이들 묘역도 찾아 묵념하고 헌화하는 일을 한다. 같이 이 일을 하던 한수승이 하늘나라로 올라가 지금은 김영인, 김정훈, 서준창, 그리고 '필자'만 참석한다.

이상두는 2남 1녀의 아버지이다. 그의 딸 결혼식에는 필자가 주례를 하였었다. 이상두는 월남전에 참전하여 1년 간 소대장 생활을 했다. 고엽제 후유증으로 당뇨가 있으나 당을 조절하면서 열심히 살고 있다.

4-2. 충북대학교에 부임하여 만난 옛친구: 미국 매사츄세츠주립대학에서 약 9개월 연구를 마치고 돌아와 한 달 정도 지난 1985년 10월 초 청주시 봉명동에 위치한 봉명중학교에 근무하는 교사 최남렬로부터 전화가 왔다. 어떻게 내 연구실의 전화번호를 알았느냐고 물었더니 무엇이라 어떻게 알았다고 최남렬이 말했는데 삼십여 년이 흐르면서 잊었다. 그러면서 약 3일 후 청주 중앙공원 앞의 유명한 '청송삼계탕집'에서 만나자고 했다. 반갑고 보고 싶어 쾌히 승낙하였다.

최남렬(崔男烈, 1940~?, 청주봉명중)은 필자의 중고등학교 동기였고, 특히 고등학교 3학년 때에는 최남렬이 바로 필자의 뒷자리에 1년 동안 앉았었기 때문에 친밀했었다. 공주사대 생물과에 최남렬이 3학년 올라갈 때 필자는 공주사대 화학과 1학년에 입학하였으나 대학에서 선·후배 관계는 큰 문제가 되지 않는다. 그와 필자는 6년 동안이나 같은 교실에서 수업을 받았으므로 최남열은 친구일 뿐이었다.

최남렬이 만나자고 한 '청송삼계탕집'에 좀 일찍 나갔는데 필자보다 먼저 와서 기다리는 고등학교 동기생 두 명이 있었다. 윤락현(尹樂鉉, 1937~2,000, 청주교도소 근무공무원)과 노천섭(盧千燮, 1939~?, 청원군에서 건설회사 근무)이 그들이었다. 약 5분 후 임중철(林重喆, 1939~?, 청주남중학교 교사)과 양상묵(梁相穆, 1940~?, 연초제조창 근무)이 문을 열고 들어왔다. 필자는 이들을 금시 알아보았는데 이들은 필자를 누구냐고 물었다. 고등학교를 졸업하고 30년이 지나 처음 만났으니 그럴 듯도 하였다.

이들에게 모이라고 연락한 사람은 최남열이었다. 우리 여섯 동기생은 그날 저녁 삼계탕을 먹고 소주도 한잔씩 마셔가며 살아온 이야기를 했다. 최남렬과 임중철은 고교 3학년 시절 내 뒷자리에 앉았던 사람들이다. 둘은 같이 공주사대 생물학과에 입학하고 졸업 후 도道배정도 똑같이 충북으로 받아 충북도내에서 중고교 생물교사를 하면서 30년을 살아온 것이다.

윤락현은 대학에 진학하지 않고 고등학교 졸업 후 교도관 시험에 응시하여 교도관으로 살아온 사람이었다. 노천십은 고교시절 주먹을 사용하는 그룹을 이끌었던 사람이다. 노천섭은 중학교 재학시 체육교사였던 이근호와 같은 집으로 처가를 만든 사람이다.

그 처갓집이 인물도 좋고, 두뇌도 우수한 집안이었다고 한다. 그래서 노천섭은 성적이 좋지 않은 사람인데 그의 아들들은 서울과학고교에 수석으로 합격하고 졸업도 수석으로 했다는 것이다.

양상묵은 대학 졸업 후 연초제조창에 채용되어 지금까지 근무하는데 근무지가 청주의 연초제조창으로 되어 최남렬과 만나게 되었다고 했다.

우리 여섯 명 동기생들은 이때부터 매월 말 금요일 저녁 중앙공원 앞 '청송삼계탕집'에서 만났다. 우리는 만나면 즐거웠다. 그런데 어느 월말 금요일 모임에서 최남렬이 아쉬운 이야기를 나에게 했다.

청곡의 사랑방

"과학전시회에 출품할 것 좀 한 가지 준비하여 줄 수 있겠는가?"

라고 말했다. 그러자 옆에 앉아있던 임중철이 끼어들었다.

"나와 같이 출품할 수 없겠니?"

했다. 그래서

"내가 다음 달 만날 때 생각했다가 얘기하기로 하자!"

하고 다음 달 만났을 때

"톱밥으로 폐수 중 중금속 처리하는 것이 가능할 것 같다. 그러니 아카시아와 소나무, 참나무 톱밥을 준비하여 와."

했다 그랬더니 약 10일 후 최남렬이 톱밥들을 종류별로 만들고 바짝 말려서 병에 넣고 표지판을 부착하여 가지고 필자의 연구실로 왔다. 필자는 이 톱밥들을 더 잘게 갈아서 유리관(컬럼)에 넣고 이 관을 통해 구리, 닉켈, 크롬, 납 등의 용액을 일정 농도로 만들어 통과시키면서 10mL씩 받아 어느 점에서 그들 중금속들이 나오는지를 검사하여 그것을 표로 만들고 그래프를 그리고 이들 표와 그래프를 설명하는 논문을 작성하여 최남렬에게 주어서 과학전시회에 출품토록 하였다. 물론 실험 장치를 멋있게 만들어 전시회에 출품토록 하였다.

그렇게 출품하였더니 그것이 충북과학전시회에서 교육감상을 받았고, 전국과학전시회에서는 국무총리상을 획득하였다. 그래서 임중철과 최남렬은 근무평가 점수를 잘 받아 그들의동기생 누구보다 먼저 교감에 승진하였고, 그 3년 후에는 교장에 승진하여 교장으로 근무하다가 퇴직하였다.

친구들의 모임을 주도하고 옛 동기생을 만나 좋은 관계를 만들도록 한 사람은 좋은 상도 받고 사회생활도 잘 할 수 있도록 진급도 빨리 할 수 있었던 것이다.

그 만남으로부터 다시 삼십 년이 흘러가면서 윤락현은 저 세상 사람으로 되었고, 노천섭은 로스안젤레스(LA)로 이민가 있다. 그리고 양상목은 퇴직하여 대전에 거주하면서 대전 동기생 모임에 참가한다.

임중철은 퇴직한 뒤 안면도에서 조용히 홀로 지내고 있다고 한다. 청주에는 나와 최남렬만이 살고 있으나 최남렬은 공주 우성면 귀산리에 집이 있어 그곳에 거주할 때가 많다.

필자는 과학전시회에 최남렬과 임중철이 출품한 실험값을 보강하여 표를 다시 작성하고, 그래프를 다시 그려 논문을 영문으로 작성하여 대한화학회 영문지에 발표하고, 특허출원도 하였다.

필자는 경상대학교로부터 충북대학교로 전입되어 와서 7년 후에 부교수 副教授에서 정교수正教授로 승진되었다. 1991년 10월 1일이었다. 그 임명장 내용을 기록한다.

「임명장/ 부교수 정용순/ 교수에 임함/ 충북대학교 근무를 명함/ 1991년 10월 1일/ 대통령 노태우」

노태우가 대통령을 할 당시 필자는 한 국립대학교의 교수로 진급된 것이었다. 교수 임용장에는 임명장 번호도 없다.

1998년 3월 1일에는 정년 보장 교수 발령통지서를 받았다. 그 내용은 다음과 같다.

「발령통지서/ 충북대학교 자연과학대학 교수 정용순/ 발령사항/ 교수에 임함/ 충북대학교 자연과학대학 근무를 명함/ 1998년 3월 1일/ 대통령/ 위와 같이 발령되었기 알려드립니다./ 1998년 2월 27일/ 총무처장관 직인」

이 발령통지서에는 '대통령'과 총무처장관의 직책명만 기록되어 있고 이름은 없었다.

5. 일본의 교수들

5-1. 아사히대학朝日大學의 사카이酒井: 1992년 12월 1일 필자는 일본 기후켄岐阜縣에 위치한 아사히대학朝日大學 교양학부 화학교수실에 연구교수로 초청되어 나고야시名古屋市에서 그리 멀지 않은 '기후시岐阜市'에 위치한 아사히대학 외국인숙소에 짐을 풀었다.

아사히대학 교양학부 화학전공 사카이타다오酒井忠雄 연구실에 출근하여 유기약품 벨베린(berberine)을 형광분석법으로 정량하는 실험을 하였다.

이 연구실에는 사카이 교수외에 오오노大野 여자 조교수와 여자조교 한 사람이 있었다. 두 여인은 사카이의 제안에 의하여 출퇴근에 이용할 자전거를 가져다주는가 하면 한국 가수 계은숙桂銀淑이 불러 취입한 일본가요 CD를 구입하여 주기도 하였다. 한편 사카이는 자신의 집에 초대하여 저녁을 같이 하기도 하였다.

그런데 사카이와 그 부인이 나를 '정센세이'라 부르더니 좀 시간이 지나니 '정상'이라 불렀다. 다음날 필자는 사카이에게 '정센세이'와 '정상'의 차이

점을 물었다. 이 질문을 필자가 던진 뒤 사카이의 눈치가 달라졌다. 그러나 어찌하랴! 한 번 뱉은 말은 주어 담기 힘든 것이다.

필자는 1992년 12월 1일 일본 기후켄에 위치한 아사히대학朝日大學에 도착하여 1993년 2월 28일까지 만 3개월 동안 교양학부 화학전공 사카이 연구실에서 연구실험한 실험값을 가지고 과학인용집(Science Cited Index, SCI)에 그 논문집 이름이 실려있는 국제적 논문집에 3 편의 훌륭한 논문을 게재하였다.

이때가 필자 인생의 황금기黃金期라고 생각되었다. 3개월 동안 연구실험하여 3편의 훌륭한 논문을 작성하고, 그 3편 모두를 훌륭한 SCI에 실린 유명 외국논문집에 게재했기 때문이었다.

5-2. 오카야마岡山의 모토미즈本水: 필자는 한남대학교 화학과 강삼우에게 소개를 부탁하여 일본 나고야시名古屋市 인근의 기후시岐阜市에 위치한 아사히대학朝日大學의 교양학부 화학전공 사카이타다오酒井忠雄 연구실에서 3개월 간 연구한 다음 몇 년이 흘렀다.

2,000년 4월에는 사카이의 친구 오카야마대학岡山大學 자연과학부(自然科學部, Faculty of Science) 화학과(Department of Chemistry)에 근무하는 모토미즈쇼지本水昌二에게 편지하여 모토미즈의 연구실에 가서 연구하고 싶다고 했다.

모토미즈는 "그렇게 하시오." 하는 편지를 보내왔다. 충북대학교에서 지원되는 해외연수 지원금을 받아 갔는데 모토미즈는 오카야마 대학에서 외국 교수가 방문 연구할 경우 지원되는 연구비가 있다고 하더니 어느 날 그 연구비가 필자에게 지급되었다.

오카야마대학에는 외국 연구원이 방문할 경우 거주할 수 있는 숙소가 연구실에서 멀지 않은 곳에 위치하여 있어 그 숙소가 나에게도 배정되어 편리하게 생활하였었다.

모토미즈의 연구실에는 대학원생들이 십여 명이나 되었다. 일본의 이곳 저곳의 대학에서, 태국의 대학에서, 그리고 중국의 여러 대학에서 화학과를 졸업하고 석·박사과정에 입학한 학생들이었다. 방문 연구교수는 필자 하나 뿐이었다.

필자가 그 연구실에 출근한 첫날이 아마 수요일로 기억된다. 아침 9시 출근 하자마자 세미나 시간이었다. 10시까지 한 일본 대학원생이 발표를 끝낸 후 필자를 소개하더니 필자에게 내일 당장 세미나를 하라고 했다. 필자는 준비를 해야하니 다음 주 월요일에 발표를 하겠다고 했다. 그랬더니 이 친구 화를 벌컥 내는 것이었다.

필자가 제놈보다 나이가 5년은 위인데 첫날 만나자마자 화를 내는 것은 큰 실례일 텐데 세미나를 하라고 하더니 않는다고 한 것도 아니고 시간을 달라고 한 것인데 화를 내는 것이었다. 한편으로 필자가 잘못 왔구나 생각 했지만 꾹 참았다. 이것이 일본놈들의 습성이려니 속으로 생각했다.

다음 주 월요일 준비한 슬라이드 약 20장을 비쳐가며 일본에 도착하기 전 연구했던 중금속 이온을 착화합물로 만들어 분리·분석하는 논문을 발표 하였다. 이 연구실의 세미나는 누가 하던 영어로 발표하도록 되어 있었다. 세미나는 연구 진행 상황을 검토하는 좋은 방법일 뿐만 아니라 영어 발표 능력을 기르는 방법이기도 한 것이다.

오카야마는 일본에서 유명한 '복숭아'의 집산지라 한다.

옛 일본의 유명한 동화는 '모모타로상'이라는 일본인이 개, 닭, 꿩, 돼지

등 동물을 거느리고 악마를 쳐부순다는 이야기인데 오카야마역 앞 광장 중앙에는 '모모타로상'이 개와 닭, 꿩 등을 거느리고 가는 동상이 세워져 있는 것이다.

일본에는 유명한 정원이 세 도시에 있는데 그 중 하나가 이 오카야마시를 감돌아 흐르는 아사히가와旭川 하류에 위치한 '고라쿠엔後樂園' 정원이라 한다. 중앙에는 어여쁜 연못이 있는데 연못 가운데 작은 섬이 있고 이 연못가와 섬에 아름다운 소나무들과 각종 나무들, 예쁜 바위들이 배치되어 있는 것이다. 이 고라꾸엔은 1,700년에 이케다쯔네마사池田綱政라는 공예가가 14년 간 공사하여 완공한 정원이라 한다.

일본 3대정원은 가나자와시金澤市에 있는 겐로쿠엔兼六園, 미토시水戶市의 가이라쿠엔偕樂園, 그리고 오카야마의 고라쿠엔이다.

오카야마는 도쿄에서 후쿠오카로 연결되는 철길의 중간에 위치한 도시이다. 오사카大阪와 히로시마廣島 사이에 위치한다.

필자가 모토미즈 연구실에 도착하는 날 아침 세미나를 마치고 필자가 세미나를 준비하여 다음 주 월요일에 하겠다고 하자 모토미즈는 화를 벌컥 내더니 할 수 없이 그렇게 하라고 한 다음 대학원생들에게 고라쿠엔 내 이곳저곳과 아사히가와 주변에 벚꽃이 만발하였으니 학교버스로 그곳에 가서 사진도 촬영하고 꽃구경도 하라고 했다.

학교버스가 연구실 앞으로 온다고 하는 것이다. 필자는 가지 않으려다가 연변에서 온 조선족 여학생(한국어를 잘 한다)이 같이 가자고 하여 동참하였었다. 벚꽃은 고라쿠엔과 아사히가와를 온통 흰 세상으로 만들고 있었다.

이곳에 갔었던 때가 이십 년이 되어 간다. 모토미즈는 나를 우습게 생각하고 있었다. 시코쿠四國의 중심 도시 고치高知시에 위치한 고치대학에서 일

본내 분석화학 하는 학자들의 모임이 있다고 가자고 했을 때 나는

　"가지 않으면 안됩니까? 가지 않겠어요."

라고 했더니 구지 가자고 하는 것이었다. 그러더니 지껄이는 소리가

　"거기에 가면 '사카이'를 만날 텐데 서먹서먹할 것이다."

라고 작은 소리로 하는 말을 들었다. 얄미웠다. 필자가 한 번 사카이 연구실
에 가서 좋은 연구를 했던 일은 있었지만 서먹거릴 일은 없는데 그런 생각
을 하고 그런 말을 하는 것이 얄미웠다. 아마 사카이가 나를 긁은 모양이었
다.

　그래서 고치대학에 따라 갔고 사카이도 만나 반갑게 인사하였다. 아무런
문제가 없었다.

　오카야마 대학에 돌아와서 2개월 간 좋은 연구를 하였고 좋은 잡지에
그 결과 논문을 발표하였다. 그런데 필자가 아무런 문제도 일으키지 않았는
데 필자를 대하는 모토미즈는 그리 좋지 않았다. 필자가 힘이 없다는 결과
인 것이다. 인간세상에서 모토는 큰 결례를 저지른 것이다. 일본인을 믿지
말 것이다.

6. 나의 제자들

6-1. 소아마비지만 성실한 오승호: 필자가 충북대학교 화학과 교수로 근무하는 동안 필자를 지도교수로 삼아 대학원 석사과정과 박사과정에 입학하여 학위를 취득한 학생들이 여러 명 있다. 석사과정과 박사과정에 입학하면 학점을 이수하기 위하여 수강신청을 하고, 강의를 수강해야 한다. 그리고 중간고사와 기말고사를 치러야 되고 일정한 숙제를 풀이하여 제출하고 학점을 취득해야 한다.

1985년 8월 30일 UMASS에서 연구를 수행하고 귀국했을 때 미국 UMASS에 가기 전 신청한 과학재단 연구비가 심사통과되어 지급되어 있었다. 금액은 적지만 지급되어 있었기 때문에 연구실험을 수행할 공간이 필요하였다. 그래서 학과 교수회의에 문제를 제기하여 적은 공간이 허락되었다.

이 공간에서 연구실험을 하면서 연구실험의 준비를 위한 초자기구의 세척을 도와줄 학생이 필요하여 협조를 구했더니 필자의 강의를 열심히 청강했던 학생 중 오승호(吳承浩, 1965~?)가 도와준다고 했다.

오승호는 소아마비를 앓은 사람이지만 행동하는데는 큰 문제가 없었다. 그러나 장애인障碍人이어서 군면제를 받았다. 그가 연구실험을 도와주면서 그와 필자의 인연은 시작되었다.

얼굴이 갸름하고 몸이 군살이 없이 날씬했다. 말이 적었고, 말을 한다고 해도 답을 간단히 하고 그 이상의 설명은 하지 않았다. 다리 하나가 불편해서 그렇지 누구에게 거짓말은 하지 않았다. 그는 석사과정에 입학하여 예정된 과정을 마쳤고 석사학위를 취득하였다.

그리고 박사과정 입학시험에 합격하였다. 박사과정을 이수했을 때 충북대 화공과 교수 홍성선(洪成善, 1936~?)이 나에게 고분자재료 회사에 취업할 사람 있으면 추천하라는 전화연락을 하여 왔다. 오승호에게 취업할 의향이 있느냐고 물으니 "있습니다."했다.

그런데 그는 박사과정을 계속하는 것은 포기하고 회사업무에 열중하였다. 회사 업무를 처리하는 과정에서 부산대 약대의 어느 교수와 연구를 같이 하는 일이 있어 부산대 약대를 방문하는 일이 많았는데 그 연구실에서 아르바이트를 하는 여학생과 친하게 되어 그 여학생과 결혼을 하게 되었다고 했다. 그래서 어느 날 필자의 연구실에 찾아와서는 결혼식 주례를 부탁하였다.

그 신부의 아버지가 육군 상사라 했다. 그리고 결혼생활을 시작하여 5년이 지나면서 아들 둘을 예쁘게 낳아 재미있게 신혼생활을 하고 있다.

6-2. 쌍둥이 아버지 이강우: 오승호의 일 년 후배로서 제천 청풍이 고향인 이강우(李康禹, 1966~?)라는 학생이 있다. 온순하고 말이 적은 이강우는 학부 3학년 때부터 필자가 분석화학실험시간에 그를 귀엽게 보면서

인연을 가져 4학년을 졸업하면서 석사과정 입학시험에 응시하고 합격하면서 필자의 연구실에 들어왔다.

가정이 넉넉지 못하니 조그마한 월세방을 얻어 생활하였다. 다행히 그와 같은 학년 입학생 중 그는 성적이 뛰어나 장학금을 받아 4년 동안 등록금이 면제 되었다고 했다. 대학원 석사과정에서도 등록금이 면제되었다. 등록금 만큼의 장학금을 받은 것이다.

석사과정 중 군면제생 선발시험에도 합격하여 군생활을 3개월 훈련으로 마쳤다. 군면제 프로그램에 너무 매달려서 필자는 그에게

"남자로 태어났으면 군대 의무는 정당하게 수행하는 것이야!"

하고 좀 싫은 말도 하였었다. 그러나 이강우가 없었으면 필자의 교수생활은 메말랐을 것임을 필자는 잘 알고 있었다.

필자가 1993년부터 1995년까지 만 2년 간 충북대 화학과 학과장 직책을 수행할 때에는 화학과의 사무실을 운영하는 조교와 화학 교양조교의 임명이 필자의 의도대로 할 수 있어서 이강우를 화학과 조교로, 오승호를 교양조교로 임명하여 그들의 생활에 도움을 줄 수 있었다.

오승호와 이강우, 그리고 다음에 설명하려는 황종연 등이 필자의 교수생활에 윤활유였다. 여름방학 가장 더울 때는 이들을 필자의 승용차에 승차시키고 부안 채석강, 고창 선운사禪雲寺, 제천 구인사救仁寺 등을 여행하기도 하였다. 그 중 구인사 여행 때에는 청풍을 지나다가 강우네 집에 잠시 들려 강우의 아버지와 인사를 나누었었다.

이들과는 봄과 가을 학회에서 여러 번 논문을 발표하였다.

이강우는 이학박사 학위를 취득하고 3년이나 교양화학 시간강사를 하여 필자의 마음을 조리게 하였었다. 다행히 천안의 변두리에 위치한 회사에

취업되어 한숨을 쉬었다.

그러다가 화학과 동기 하나가 순천향대병원 간호사를 소개하여 만나 사랑을 하게 되고 결혼하였다. 제천시내의 한 예식장에서 결혼식을 가졌는데 주례를 지도교수인 필자에게 부탁하였다. 1996년 4월 28일 아침 필자는 승용차를 운전하여 청주로부터 제천에 가서 주례를 하였다. 그것도 어찌보면 수고를 한 것인데 그 아버지와 어머니는 "수고했습니다. 감사합니다."라는 인사말도 하지 않았다.

결혼식 치른 약 3년후에 이강우 부부는 남녀쌍둥이를 생산하였다. 필자가 2006년 2월 어느 날 퇴직하면서 제자들이 미원의 작은 식당에 모이도록 연락하여 제자들이 거의 모두 왔었는데 이강우는 아들을 데리고 왔다. 이강우의 아들은 이강우를 빼어 닮은 것을 볼 수 있었었다.

그런데 이를 어쩌겠는가? 이강우의 남녀쌍둥이 남매가 초등학교 3학년이 되던 해 '남녀쌍둥이의 엄마 즉 이강우의 아내가 암으로 별세하였다'는 전화가 걸려온 것이다. 사람은 자신도 모르게 왔다가 언젠가는 자신도 모르게 가는 것이지만 안타깝기만 했다.

천안의 충남도립병원의 장례식장에 이강우의 아내 남녀쌍둥이의 엄마가 의식을 잃고 누워있는 것이다. 필자와 아내 수현은 도립병원장례식장에 가서 문상하고 돌아왔다. 이강우를 위로하는 말 한 마디만 하고 돌아서 올 수밖에 없었다.

6-3. 옥천의 황종연: 필자의 가슴에 제자로 남아있는 사람은 오승호와 이강우 외에 황종연(黃崇淵, 1968~)이 있다. 황종연은 필자에게 들어온다는 말 한 마디 하지 않고 필자의 연구실에 컴퓨터를 가지고 들어와 이강우의

책상 옆 책상에 놓고 있었다.

황종연은 청주시 용정동 봉선사 옆 마을에 집이 있고 그 집의 큰아들이었다. 위로 누나들이 셋이 있고, 밑으로 남동생 하나와 여동생 하나가 있었다. 영어 공부에 정성 들여 석사과정 시험에 무난하게 합격하였고, 여러 가지 고비를 통과하고 논문실험도 잘 하여 이학석사학위를 2년만에 취득하였다.

석사과정을 마치면서 옥천沃川에 위치한 금강환경연구원의 직원 모집에 응모하여 합격하였다. 그것도 영어에 정성을 들인 덕이었다.

황종연은 옥천에 위치한 금강환경연구원에 근무하면서 옆 건물 옥천보건소에 근무하는 여직원이 대인관계가 무난하고 인물도 괜찮으니 친밀하게 지내다가 결혼을 하였다. 황종연의 주례도 필자가 맡아 하였다.

결혼한 다음 황종연은 아내의 권유로 충북대 대학원 화학과 박사과정에 입학하였다.

그리고 네 학기 동안 수강신청을 하고 학점을 취득하였고, 박사자격시험에 합격하였다. 그가 학위논문을 제출하지 않자 이제 두 어여쁜 소녀의 어머니가 된 옥천보건소에 근무하는 부인이 학위논문 제출을 독촉하였다. 드디어 금강환경연구원에서 수행한 대청호大淸湖 바닥 퇴적층의 중금속을 분석한 실험값으로 표를 작성하고 그래프를 그려 설명하는 논문을 작성하여 1998년 이학박사 학위도 취득하였다.

황종연은 결혼한 다음 바로 부인이 아기를 임신하고 낳았는데 딸이었다. 그런데 황종연의 아버지와 어머니가 손자가 출생하였으면 하였으므로 다시 황종연의 부인이 임신되고 출산하였는데 또 딸을 낳은 것이다.

2008년 황종연의 아버지가 작고하였다. 필자는 그의 집에 문상을 하였고 황종연 부부를 위로하고 왔다.

그런데 필자와 그의 부인이 재산상속 이야기를 하니 자리를 피하였다. 현재의 상속법은 아들 딸 구별 없이 1:1:1로 상속되기 때문이다. 황종연의 부인은 황종연에게 불평이 많다. 장남이면 지금 어머니가 사시는 집만은 장남에게 상속돼야 하는데 하는 의견인데 황종연은 자신이 없다고 말하기 때문이다.

황종연의 세 자형姉兄들은 세무사, 법무사, 부동산중개업을 하는 사람들이어서 상속법을 너무 잘 아는 사람들이기 때문이라고 했다.

6-4. 진주의 정차근: 경상대에 근무하면서 진주고교 화학교사인 정차근 (鄭次根, 1941~?, 진주고, 서울사대 화교과)과의 인연이 소중하였다. 1981년 3월 2일 정차근은 경상대 교육대학원 교육학석사과정 화학교육전공으로 입학하였다. 입학하고 필자를 지도교수로 정하겠다고 했다. 나이가 필자와 비슷하고, 서울사대 졸업생이어서 않겠다고 했다. 그러나 학과장 DHK가 강력하게 권하므로 그렇게 한다고 했다.

정차근은 나이나 학교 같은 것 가리지 않고 필자의 강의를 수강신청하고 강의도 결석하는 일이 없었다. 여름방학과 겨울방학에는 필자의 연구실에 와서 연구실험도 열심히 하여 석사학위 논문도 성실하게 작성하여 기한에 맞추어 제출하여 교육학석사 학위를 받았다.

한편으로 정차근은 당시 사용하는 고등학교 화학교과서를 모두 가지고 와서 교과서 내용을 용어에 따라 분석하는 교과서 분석을 하였다. 그래서 그 분석한 결과를 표와 그래프로 작성하여 대한화학회 화학교육학회지에 게재하였다. 이러한 논문이 3편이나 게재된 다음 필자와 정차근은 1984년 4월 20일 개최된 대한화학회 춘계학술대회에서 대한화학회장이 수여하는

'교육진보상'을 받았다. 정차근과 필자의 영광된 기억으로 지금도 그 '표창패'가 청주시 서원구 성화동 필자의 서가를 장식하고 있다. 이 관계 설명은 이 장章 첫머리에 상패의 사진과 내용문을 기록하였다.

대한화학회 박태원 회장의 이름으로 1984년 대한화학회 춘계총회에서 수여된 상패였다. 대한화학회에서 발간되는 화학교육지에 연구논문을 3편 이상 게재한 연구자에게 수여하는 상이었다. 정차근과 필자는 상을 받은 다음에도 교육논문을 3편 더 게재하였었다.

필자는 1994년 9월 26일 충북대학교 개교기념일에는 '10년 장기근속표창장'을 당시의 총장 이낭호로부터 수령하였고, 2004년 9월 24일 충북대학교 개교기념일에는 당시 총장 신방웅으로부터 '20년 장기근속표창장'을 받았다. 다음은 이 10년, 20년 장기근속 표창장에 기록된 내용이다.

「제1865호/ 표창장/ 소속: 자연과학대학/ 직명: 교수/ 성명: 정용순/ 위 사람은 본교에 10여 년 간을 재직하는 동안 근면 성실한 자세로 직무를 충실히 수행하여 학교 발전에 기여한 공이 지대할 뿐만 아니라 타의 모범이 되므로 이에 표창함/ 1994년 9월 26일/ 충북대학교 총장 이낭호 (직인)」

「제3768호/ 표창장/ 소속: 자연과학대학/ 직명: 교수/ 성명: 정용순/ 위 사람은 본교에 20여 년 간을 재직하는 동안 근면 성실한 자세로 직무를 충실히 수행하여 학교 발전에 기여한 공이 지대할 뿐만 아니라 타의 모범이 되므로 이에 표창함./ 2004년 9월 24일/ 충북대학교 총장 신방웅 직인」

10년 장기근속 표창 받을 때의 충북대학교 총장은 이낭호(공과대학 화공학과)였고, 20년 장기근속 표창 받을 때의 충북대학교 총장은 신방웅(공과대학 토목공학과)이었음을 알 수 있다.

필자뿐만 아니라 대학교수를 정년퇴직하는 약 40년 교육경력이 가진 교수는 '홍조근정훈장'을 받는다. 필자도 그 교육경력을 되었으므로 대통령으로부터 이 훈장을 받았다. 훈장증의 내용문은 다음과 같다.

「제 13439회 훈장증/ 충북대학교 교수 정용순/ 귀하는 평생을 2세교육에 헌신봉사함으로써 교육발전에 이바지 한 바 크므로 대한민국 헌법의 규정에 의하여 다음 훈장을 수여함/ 홍조근정훈장/ 2006년 2월 20일/ 대통령 노무현 / 국무총리 이해찬/ 이 증을 근정훈장부에 기입함/ 행정자치부장관 오영교」

7. 나의 수필집

7-1. 수필집 작성: 필자는 충북대학교를 2006년 2월 28일 퇴직하고, 충북대학교 명예교수(名譽敎授, an Emeritus Professor)로 임명되었다.

2005년 4월 10일 경 건강을 위해 아내와 함께 청주시 문의면 미천리에 있는 양성산(養性山, 301m)을 등산하는데 손과 발이 져려오고 이마에서 땀이 흘렀다. 그것을 바라보는 아내가 걱정을 많이 했다. 그러나 양성산을 중간 정도 오르니 손과 발의 저린 현상이 사라졌다.

그러나 며칠 후 청주의 동쪽에 위치한 상당산성上堂山城에 오를 때도 같은 현상이 나타나 집에서 가까운 내과 병원에 가서 진찰을 받았다. 그 내과의 사가 충북대 병원에 가서 진찰을 받아보라고 권했다. 충북대 심장내과 조명찬이 심혈관 셋 중 두 개가 막혔다고 스턴트로 넓혀야 된다고 하고 그날로 풍선을 터트리고, 독일제 스턴트 두 개를 끼워 주었다.

정년퇴직이 얼마 남지 않은 봄이었고, 필자의 인생 처음으로 병원에 입원한 일이 되었다. 인생은 살다보면 이렇게 병원에 입원하여 치료받는 일도 생긴다고 너그럽게 생각할 문제가 아닐까?

필자는 대광고교 교사로 재직할 때부터 한 해에 한 번 발행하는 대광고교 교지에 글 올리는 것을 좋아했다. 글을 대광고교 교지에 올릴 때는 글을 작성한 다음 학생들 중 글쓰기대회에서 장원한 학생을 불러 그에게 글의 문맥을 살펴보고 수정할 수 있으면 수정하여 달라고 했다. 학생에게 교정을 부탁한다고 전혀 부끄럽게 생각하지 않았다.

그리고 경상대학교에서 충북대학교로 전근하고 여러 해가 흘러 간 다음 1994년 12월 아파트에 사는 생활수기 수필 「천당에 사는 사나이」를 작성하여 대중들이 많이 읽는 월간잡지인 '신동아新東亞'에 제출하였는데 담당자에게 글이 마음에 들게 되어 '신동아 1995년 1월(통권 424)호'에 게재되었다. 비록 많지 않았으나 원고료를 받았고, '신동아'라고 하는 전통있고 신용있는 월간잡지에 필자의 수필이 게재된 것이 대단히 기뻤었다.

그리고 글쓰는 일을 계속하기 위해 창작수필 신인상에 응모하여 당선되고 창작수필 회원으로 되었으며, 한국수필 문학회에 등록하여 한국수필 문학회 회원으로 되었다. 그리고 심심치 않게 한국수필에 글을 게재함을 즐겼다. 2,000년 9월에는 필자의 회갑을 기념하여 수필집 「천당에 사는 사나이」를 발간하였다. 또한 수시로 계간 '창작수필'과 월간 '한국수필'에 게재한 수필들을 정리하여 2,006년 2월 28일 필자의 정년퇴직 때는 수필집 「단추가 열리는 길목」(중부출판사)을 출간하여 친밀한 선·후배와 동직원들에게 나누워주기도 하였다.

'단추가 열리는 길목'의 제1장, 제2장, 그리고 제5장이 청주에 살면서 틈틈이 아이디어가 떠오를 때마다 기록한 생활수필이고, 제3장과 제4장은 기행수팀이었다. 그리고 제6장이 필자의 작은 '자서전'이었다.

그리고 2016년에는 2006년 2월 28일 필자가 충북대를 퇴직한 다음부터 우리나라 주변의 섬마을을 찾아가고 그 섬에 발길을 하였던 훌륭한 인사의 행적을 살펴 본 후 그 이야기들을 '기행수필'로 작성하였다. 그 기행수필들을 모아 '기행구필 제1집' 「섬마을 설화」(수필과비평사, 2016)라는 제목으로 수필집(408쪽)을 출간하였다.

그 후에도 더욱 자주 섬마을들 이곳저곳을 찾아가서 바라보고 바라본 이야기를 기행수필로 작성하여 상당수를 월간수필집 '한국수필'에 게재하였다. 그리고 이 수필들을 모으고, 그 외 기록한 기행수필들을 모아 엮어 '기행수필 제2집' 「섬마을 징검다리」라는 제목의 수필집(417쪽)을 출간하였다(수필과비평사, 2018).

섬마을에 거주하는 주민들은 선박에 승선하지 않고는 육지에 올 수가 없으므로 짐승들의 공격을 받지 않는 안정성이 있는 반면 왜구와 같은 강도들의 공격을 받을 수 있는 단점도 있어. 애틋한 사연들이 묻혀있는 섬마을이 많은 것이다.

동해의 울릉도鬱陵島와 독도獨島에 다녀와서 왜구와의 역사를 학습하였다. 대마도對馬島와 처용암處容巖에 갔다 와서 헌강왕(憲康王, 재위: 875～886)과 처용處容의 이야기, 최익현崔益鉉의 이야기도 기록할 수 있었다.

서해에서는 강화도의 이곳저곳, 간월도看月島, 흑산도黑山島, 풍도豊島 등을 가서 바라본 이야기를 기록하면서 기행수필을 작성하는 기쁨이 있었다.

남해에는 제주도濟州道, 진도珍島, 거제도巨濟島, 소록도小鹿島 등에 많은 이야기들이 묻혀 있었다.

이렇게 재미있는 기행수필 기록이 정년퇴직한 노인이 할 수 있는 보람된 일로 보람을 느끼고 살고 있다. 필자의 자서전 '청곡의 사랑방'은 필자의 다섯 번째 수필집인 것이다. 즉, '천당에 사는 사나이(2,000)', '단추가 열리는 길목(2,006)', '섬마을 설화(2016)', 그리고 '섬마을 징검다리(2,018)' 다음으로 발간하는 필자의 수필집이다.

7-2. 천당에 사는 사나이:
　－이 글은 동아일보사 신동아 1995년 1월(통권 424)호 566~568쪽에 게재된 수필임.

지구상의 한 곳에 나도 모르게 태어났다가 어느 순간에는 이슬과 같이 사라지는 것이 사람의 운명인데 종교에서는 내세를 이야기 한다. 내세에는 천당과 지옥이 있다고 한다. 이 생에서 착한 일을 많이 한 사람은 내세에 천당에 가고, 악한 일을 많이 한 사람은 지옥으로 떨어진다고 말한다.

그러나 내 생각으로는 사람이 세상에서 살아가는 것은 세상에 태어났기 때문이고, 어느 순간에 속절없이 저 세상으로 가는 것이다. 가면 천당으로 갔는지 지옥으로 갔는지 아는 사람은 아무도 없다. 아마도 내세가 있는 것을 믿는 사람도 그리 많지 않을 것이다. 그런 것을 알기에는 사람이 너무 작고 약한 존재이다.

천당을 더 말하기 전에 나의 내력을 밝히는 것이 필요할 것 같아 간단히 내 내력을 기록하고, 천당을 이야기 하기로 한다.

내가 중학교에 입학한 것은 6·25전쟁의 정전회담이 아직 진행되기도 전이었다. 충청남도의 공주읍에 있는 공주중학교였으나 나의 고향집으로부터는 16km나 떨어진 곳이었다. 지금 같으면 교통이 편리하니 통학이 가능하겠으나 그 시절에는 교통이 불편하여 통학하지 못하고 그때부터 대학을 졸업할 때까지 10년 동안 자취와 하숙을 하면서 이곳저곳의 집을 누볐다. 그 시절 30번도 넘는 이사를 다녔다. 몇 달 살다보면 그 집에 머무르지 못할 사정이 생기곤 한 것이다.

그리고서 군에 입대하여 장교생활 6년. 군생활은 전출의 연속이었다. 파란 옷 보따리 한 개만 둘러메고 월남전에까지 갔었다. 해병장교였던 필자는 진해, 창원, 포항, 광주, 또 포항, 김포, 부산, 다시 포항, 월남의 다낭, 월남에서 돌아와 다시 포항, 이렇게 3개월에서 18개월까지 한 지역씩을 살았다.

그 다음 예편하고 25년 세월이 흐르는 동안 네 식구의 가장이 되어서도 직장을 따라 또 한 집에 살 수 없는 사정 때문에 집을 옮긴 횟수가 20회도 넘는다. 그러다가 5년 전에야 비로소 5층 아파트의 4층에 둥지를 틀었다. 조그마한 아파트였으나 아이들에게 방을 따로 주고 나의 서재도 가질 수 있어 편안함을 느꼈다.

"이제는 이 집에서 오래도록 살리라!"
하고 굳게 마음먹었었다. 이 아파트에 입주한 이웃들도 좋은 분들이 많았고, 주차장도 넓고 깨끗했다.

그런데 이 아파트에 3년을 살면서 몇 가지 불편함이 있었다. 완전히 행복한 사람은 없다더니 모든 것이 만족되는 집은 없는 것이다. 첫째, 아파트의 거실, 부엌, 안방 할 것 없이 눈에 보일 듯 말 듯한 개미가 사철 기어 나왔다. 소독도 하고, 살충제도 뿌려 보았으나 없어지지 않았다. 두 번째, 90가구밖에 되지 않는 이 아파트 단지에 두 달이 멀지 않게 '謹弔'라 쓴 등이 어느 통로의 입구에 달려 있었다. 내 기억으로 차사고, 화재, 대장암大腸癌 등 질병으로 주민들이 잇달아 저 세상으로 달려갔다. 세 번째, 이 아파트에 엘리베이터가 없으므로 몸이 약한 아내가 장을 보아 올 때 고통스러워 했다.

그렇다고 이사할 생각은 하지 않았다. 이사 하면 신물이 났고, 이 집대로 편안한 점이 있었기 때문이다. 개미는 좀 더 강한 구충제를 구입하여 뿌려 주면 없어질 것이고, 사람들이 죽는 것은 그럴 수도 있는 것이며, 무거운 짐이야 아파트 경비에게 수고료를 지불하면 쉽게 올려 주었다.

그러다가 '집을 한 번 내 놓기나 해 보자'는 아내의 제안에 따라 집을 아파트 정문 앞 복덕방에 내 놓았더니 쉽게 집이 판매되었다. 그래서 새로 지은 고층 아파트 몇 곳을 다니다가 구입한 아파트가 '신동아건설에서 지은 큰 아파트 단지의 14층 아파트의 14층의 것을 구입하여 입주하였다. 눈에 보일 듯 말 듯한 개미가 없어 좋았고, 큰 엘리베이터가 있어 무거운 짐이 있어도 가지고 올라가는 문제가 깨끗이 해결되었다.

내가 살고 있는 청주시의 가장 북쪽에 위치한 아파트 단지의 맨 북쪽 건물의 맨 꼭대기 층이어서 뒷 베란다의 유리창 너머로 밖을 넘겨다보면 나무가 자욱히 자란 야산들이 저 멀리까지 펼쳐져 아름답고 맑은 날에는 멀리 그 숲 너머로 중부고속도로에 서울로 올라가고 서울에서 내려오는 자동차들이 아름아름 보였다. 앞 베란다의 창 너머로는 도심의 저 건너편까지 펼쳐진 우뚝우뚝 솟은 건물들과 아파트 숲들이 나름대로의 모양을 자랑하고 있었다. 나의 집 앞과 뒤는 인공과 자연의 대조를 이루는 것이었다.

생각하여 보니 이 아파트 건물이 건립되기 전 이 집의 공간은 밑에서 올려다 볼 때 까마득한 하늘의 공간이었다. 그렇다면 「天堂」이 따로 있는 게 아니고 고층 아파트 건물의 맨 위층이 바로 천당이 아니겠는가? 천당은 사람이 죽은 다음 착한 일을 많이 한 사람의 영혼이 가는 곳이라는 의미도 있겠으나 한자 「天堂」을 풀어 쓰면 바로 「하늘집」이라는 의미가 되기 때문이다.

가 보지도 않고 막연히 착한 일을 많이 한 사람, 하느님을 완전히 믿는 사람이 죽으면 그 영혼이 가는 곳이라 하면 종교인들이 자신의 종교를 믿게 하려고 하는 말일 수도 있다. 그렇지 않다면 종교인들이 권력과 이권 다툼으로 깡패들을 동원하여 몽둥이와 칼까지 휘두르는 싸움을 하고 삶에 지친 사람들에게 '몇 월 며칠에 하느님이 오시므로 지금 그를 믿지 않으면 구원받지 못한다'는 말을 하여 재산을 받치거나 헌금을 하게 하지는 말아야 할 것이다. 〈1994. 11. 30〉〈동아일보사 '신동아' 1995년 1월(통권 424)호 566~568쪽 게재〉

내가 집필한 수필집들(천당에 사는 사나이, 단추가 열리는 길목, 섬마을 설화, 섬마을 징검다리).

8. 나의 논문과 저서

필자는 교수생활 26년 동안 71편의 논문을 경상대와 충북대 기초과학연구소 논문집, 대한화학회에서 발간되는 화학교육지, 대한화학회지, 불레틴지(Bulletin of the Korean Chemical Society), 그리고 여러 일본, 미국, 영국, 그리고 아일랜드에서 발간되는 논문집에 게재하였다. 이 중 SCI(과학인용목록집)에 논문 22편을 게재하였으니 부끄러운 교수는 아니라 생각하였다.

2006년 2월 28일 내가 정년퇴임랄 때에는 대한화학회에서 발간되는 여러 논문집에 게재된 논문들 29편과 SCI에 논문집 이름이 게재된 논문집에 발표한 나의 논문들 22편을 발표된 년도의 순서로 편집하여 하나의 논문집으로 엮어 「정용순의 정년퇴직기념논문집 鄭龍淳의 停年退職紀念論文集」으로 발간하였다. 전공 논문에 대한 이야기는 그렇게 재미있는 것이 아니고 인간의 마음을 굳어지게 하는 느낌이 있으므로 필자의 자서전에서는 이 정도로만 기록하기로 한다.

필자가 1980년 3월부터 1984년 1월까지 경상대 사범대학 과학교육학과 화학전공에 근무하는 교수들과 공동 저술한 교과서로 삼아사라는 출판사의 협조로 일반화학과 일반화학실험을 출간했다. 단지 머리말 한 페이지를 학과 최고참 교수라 하는 DHK에게 맡겼다가 출간이 어려웠다는 이야기를 앞에서 기록한 바 있다.

필자가 경상대에서 충북대로 전근되는 과정에서 분석화학실험 교과서를 '분석화학실험의 기본'이라는 서적명으로 출간하였음도 앞에서 기술하였다. 1984년 형설출판사에서 출간하였다고 했다. 단독 저서로 출간한 서적 중 첫 번째 서적이었다. 이 책으로 이십여 년 동안 학생들을 지도하였다.

그 다음 집필한 책이 고등학교 화학교과서였다. 분석화학실험 교과서 인세 지불관계로 서울 형설출판사에서 직원이 내려왔기에

"고등학교 화학 교과서를 집필할 생각이 있는데 형설출판사에서 가능하겠습니까?"

하고 물었더니 그 직원이 계약서와 집필 필요사항이 기록된 서류, 그리고 원고지를 가지고 와서 교과서 작성이 시작되었다.

혼자 집필이 어려울 듯하여 경기대학교에 근무하는 동기생 HBS에게 같

이 집필할 생각이 있는가를 물어보니 쾌히 동의하여 같이 집필하였었다. 그래서 1,996년 교육부 제6차교육과정 '고등학교 화학I'과 '고등학교 화학II'를 작성하였는데 교육부 심사위원들의 평가를 좋게 받아 출간이 되고 이들 교과서가 교육부 6차검인정 교과서로 출간되었다. 많지 않은 인세를 약 6년 동안 받을 수 있었다.

교육부 제7차 교육과정에서는 '고등학교 공통과학' 교과서 집필만 하였다. 이 교과서는 물리분야에 이하원(경기도교육청)과 윤덕렬(부평여고), 화학분야에는 '필자(충북대)'와 송호봉(경기대), 생물분야에는 유병선(경기대)과 이윤상(풍문여고), 그리고 지구과학 분야에 정태연(풍문여고교장)과 김여상(공주대)의 8명이 참가하여 집필하였다. 출판사는 역시 형설출판사에서 출판한 것이다. 2,003년 교육부 검정교과서로 처음 출간되어 2010년(6판 인쇄)까지 적으나마 교육부에서 지급되는 인세를 수령하였었다.

한남대 화학과 강삼우, 충북대 약대 이용문, 그리고 건양대 이용일과 '필자' 이렇게 4명은 출판사 ITC에서 '기기분석' 교과서를 공동 저술하였다. 1,997년이었다. 네 대학에서 이 교과서가 강의용으로 사용된 것이다. 필자가 관여하여 출간한 교과서 중 가장 쪽수가 많은 두꺼운 교과서였다. 672쪽이나 되었다.

2,000년에는 반도출판사에서 '물질의 이해'와 '고급분석화학'이라는 전공 서적을 출간하였다. 필자 혼자 편저한 전공 교과서였다.

해가 지날수록 2,000년대 들어와서는 컴퓨터를 활용하여 수필 작성하여

이메일(E-mail)로 송부하고, 서적
도 컴퓨터로 타자하여 하드에 저
장하게 되고 USB에 옮겨 출판사
로 전달하게 되니 서적을 저술하
기 대단히 편하게 되었다.

자연과학대학 교수 30명이 공
동 저술한 서적도 있었다. 서적명
이 '이것이 자연과학이구나'라는 이름으로 출간된 서적이었다. 물리학과 김
용은이 주관한 서적출간이었다. 출판사는 범한서적주식회사에서 출간을 맡
아 수고하였다. 이 책에서 필자는 '물질은 왜 다른 물질에 녹을까?'라는 제목
의 글을 작성하여 이 서적의 물질과학편에 게재하였다.

2019.01.30

9. 나의 가족 (2)

9-1. 어머니: 필자가 자서전을 쓸까 말까 망설이기도 많이 하였는데 막상 여기까지 쓰고 보니 정말 쓰기를 잘했구나 하는 생각이다. 묻혔던 생각을 파헤쳐서 글로 기록하고 책으로 엮으면 후세에 누군가 읽어 보고 이런 인생도 있었구나(!) 하고 미소 지을 수 있다는 것이 얼마나 좋은가? 이 세상을 왔다가는 보람을 느끼는 것이다.

쓰고 싶은 이야기가 계속 떠오르는 것이다.

필자가 어린 시절 필자를 그렇게도 사랑하셨던 조부모님과 부모님은 오래 전 이 세상에 아무런 족적도 남기시지 않으셨는지 못하셨는지 그대로 고향 마을 뒷산에 잠드셨다.

할아버지는 필자가 고등학교 2학년 여름방학이 되던 날 인 1956년 7월 25일 70세로, 할머니는 필자가 석사학위 논문을 작성하고 있던 1972년 12월 어느 날 86세로, 청각장애인인 아버지는 1975년 70세로, 그리고 어머니는 필자가 충북대학교 교수로 근무하고 있을 때인 1,999년 95세로 이 세상을 떠나신 것이다.

아버지는 대광고교에서 필자가 교사 생활을 하고 있을 당시인 1,973년 겨울방학 때 원석이를 안고 내려갔을 때 원석 엄마 수현으로부터 원석이를 받아 안으시고 웃으셨다. 돌이 지난 원석이도 낮을 가리지 않고 벙긋벙긋 웃었다. 말씀을 못하시니 손짓으로 딸보다 아들이 좋다는 이야기를 둘째 며느리 수현에게 하셨었다. 아버지가 수현과 나눈 대화는 단지 그것 뿐이라고 원석 엄마 수현은 이야기 하고 있다.

그리고 둘째 민석이 태어나 돌을 막 지날 무렵인 1975년 가을 어느 날 아버지는 뇌경색으로 넘어지셔셔 이 한 많은 세상에서 "아버지", "어머니", "관순아", "용순아" 라는 말한 마디도 못하시고 저 세상으로 가신 것이다.

우리 둘째 아들 민석이는 안아 보시지도 못하셨다. 아버지가 돌아가셨다고 하여 우선 원석과 민석을 예산 응봉 그들의 외가에 맡겨 놓고 공주 사곡으로 가서 나와 수현은 아버지 장례를 치른 것이다.

어머니는 비교적 장수하셨다. 한국 나이 95세를 일기로 세상을 작별하셨다. 열여섯 살에 열네 살 청각장애인이고 언어장애인인 총각에게 사곡면 해월리 중턱골로 시집와서 80세까지 사셨던 283번지 그 집이 아니고 공주 신관동 아파트 1층 귀퉁이집에서 1,999년 11월 어느 늦가을 날 이 한 많은 세상을 떠나셨다.

아버지는 8남매 중 맏이였다. 다시 말해 3남 5녀의 장남이었다. 바로 밑의 여동생은 이웃에 사는 성(成)씨의 천안(天安)에 사는 인척에게 시집가서 딸 하나를 낳고 세상을 떠났다. 그 다음이 둘째 작은 아버지 종완(鍾完)인데 사곡면 소재지에 처가가 있고 남매를 두었다. 같은 마을 입구에 넓은 밭도 있고 논도 있었으나 관리를 잘못하여 인생을 비참하게 마치셨다. 회갑도 살지 못하셨다. 두 자녀가 공부를 하지 않아도 관여하지 않았다.

그 다음이 부여扶餘로 시집 간 둘째 고모이다. 농토가 꽤 있는 집으로 시집을 가고 고모부가 늦게 대구 효성여대 교수로 채용되어 부여의 재산은 정리 하였다고 하니 행복하게 세상을 사시고 90세로 타계하셨다.

그 다음이 서울 왕십리역 앞에 사시던 셋째 작은 아버지이다. 가진 것도 없이 세를 사셨고 자녀도 없으셨다. 그 다음이 셋째 고모. 천안에 사는 전기 회사 직원에게 시집가서 3남 3녀를 두고 살았으나 아이들이 공부를 등한시 하여 비참한 최후를 맞으셨다. 그 다음이 천안의 철도회사 직원에게 시집가서 살았던 넷째 고모. 그리고 다섯째(막내) 고모는 예산의 농전 교수에게 시집가서 2남 2녀를 낳아 비교적 부유하게 사시다가 86세를 일기로 별세하셨다.

그 막내 고모가 성질이 대단하여 시집가기 전 어머니와 사이가 좋지 않았다.

"너의 엄마가 내 욕했지? 뭐라고 하더냐?"
라고 필자에게 묻던 말소리가 지금도 들리는 듯하다.

필자가 월남에서 귀국하여 사곡면 해월리로 휴가 나올 때 하필이면 그날 막내 고모가 할머니(친정어머니)를 모시러 왔었다. 어머니가 작은 아들이 오는가 나와 있다가 막내 고모가 들어오는 것을 보고 "용순이가 오는 줄 알고 나왔더니 막내 고모가 오네." 하면서 돌아서서 들어갔다고 했다.

그러던 어머니가 땅을 사고파는 재미를 느끼면서 필자의 이름으로 되어 있는 산을 팔아서 형 이름으로 밭을 구입하는가 하면 또 다른 할아버지 명의의 산을 팔아 마을 입구에 위치한 밭을 사기도 했다. 그러면서 필자에게

"너의 형에게 좋은 논을 사 주었으면 좋겠다."

라는 말을 하는 것이었다.

산이 1만 오천 평, 논 3,000평, 그리고 밭 3,000평을 가진 형에게 내 소유의 3,000평의 산을 팔아 밭 1,000평을 더 사주더니

"너의 형에게 좋은 논을 사 주었으면 좋겠다."

라고 말씀 하시는 어머니시다. 큰 아들만 잘 살면 되는 것이다. 작은 아들과 세 딸은 노숙露宿을 해도 괜찮은 것이다.

아마 1977년 여름방학일 때 어머니는 장위동에 살고있는 우리집에 오셔서 한 달 동안 계셨었다. 그 때 필자가 대광고교 교사직을 퇴직하고 대학원 박사과정을 하겠다는 계획을 아내와 말하는 것을 듣고 어머니는 크게 걱정하셨다.

"왜 그대로 있지 박사과정 공부를 더 한다고 그러느냐?"

하고 몇 번을 필자에게 따지곤 하셨었다.

그러던 어머니는 필자가 1981년 박사학위를 취득하고, 경상대학교에 근무하다가 1,984년 충북대학교로 전근한 다음 정 교수로 진급한 다음인 1,993년 우리가 청주시 사천동의 신동아아파트를 구입하여 살 때 오셔서는 다음과 같은 말을 열 번도 더 하시는 것이었다.

"준식이는 왜 대학원에 가지 않고 취직을 한다고 그러는 거야? 공부를 더 해야지 왜 취직을 하는거야?"

큰손자 준식이가 국민대학교 공과대학 기계공학과를 졸업하고 천안에 위치한 대우주식회사에 취업했다는 말을 듣고 하시는 말씀이었다. 작은 아들이 연세대학교 대학원 박사과정에 입학하는 것을 그리도 반대하던 분이 큰손자는 국민대학교 대학원에 입학하지 않은 것을 그렇게 원망하는 것이

었다.

작은 아들이 연세대학교 대학원에서 이학박사 학위를 취득하고 대학교수가 되었으니 그것이 좋았던 모양이다.

큰아들은 좋은 논을 많이 사 주었으면 좋겠고, 큰아들의 아들인 큰손자는 대학원에 들어가서 박사학위를 받았으면 하는 것이었다. 작은 아들이 박사학위 받은 것은 대단히 못마땅한 것이었다.

어머니의 생각에는 작은 아들보다 큰아들과 큰손자가 더 많이 갖고, 공부도 더 많이 하여 더 높은 직책을 가져야 되는 것이었다.

그런 분이 공주시 봉황동 사무소 뒷집에서 큰아들 내외, 손자 손녀 4남매와 15년 사시다가 공주시 금강 건너 신관동의 새뜸현대아파트로 이사하여 5년 사시고 영면하셨다. 1,999년 11월 어느 날이었다.

어머니는 필자가 대광고교 교사로 근무할 때 월세 살이 하다가 처가살이로 들어가 살 때인 1,975년 영등포 신길동의 처가에 약 1개월 동안 오셔서 계셨었다.

못살더라도 작은 아들과 딸들의 집에 가 사시는 것을 그리 좋아 하셨으니 모시고 와서 계시게 한 것이다.

필자가 1,986년 충북대에 채용되어 경상대가 위치한 진주晉州에서 청주淸州로 올라와 복대동 후미진 전셋집에 살 때도 1개월 계시다 가셨고, 1,990년 사천동斜川洞 신동아新東亞아파트를 구입하여 살 때는 3개월이나 오셔서 계셨다.

어릴 적 어머니에게 옛날이야기를 하여 달라 필자가 조르면 하여 주는 이야기 하나가 지금도 필자에게 웃음을 주고 있다.

「옛날 어느 산골 마을에 게으름뱅이 남자가 있었다고 한다./ 게으른 주제에도 장가를 들어 마누라가 있었다./ 마누라가 밥과 반찬을 상에 차려다 주면 아랫목에서 먹고 누워 있다가 윗목에 변을 보았다고 한다./ 이러한 일과를 계속하며 게으르게 살았다./ 하루는 마누라가 너무 답답하여 게으름뱅이 남편에게 산에 가서 밥 해 먹을 나무나 하여 오라고 했다고 한다./ 그 게으름뱅이는 도끼 하나를 어깨에 메고 뒷산으로 올라갔다./ 얼마를 가는데 연못에 물오리떼가 떠 다니며 물고기를 잡아먹고 있었다./ 게으름뱅이는 어깨에 메고 있던 도끼를 오리떼를 향해 힘껏 던졌다./ 도끼는 오리를 맞히지 못하고 연못 속으로 가라앉았다./ 어찌할 수가 없었다./ 게으름뱅이는 도끼를 잃어버리고 하염없이 집으로 돌아올 수밖에 없었다./ 살금살금 걸어오는데 묘지 옆에서 수노루 한 마리가 잠을 자고 있는 것을 보았다./ 게으름뱅이는 아래 다리에 매고 있는 댓님과 허리띠를 풀고 바지를 벗었다./ 그리고 수노루 머리에 벗은 바지를 뒤집어 씌웠다./ 이때 놀란 수노루는 게으름뱅이 바지를 뒤집어 쓴 채 '걸음아 날 살려라!'하고 뛰어서 산 속으로 달려 들어갔다./ 이제 게으름뱅이는 아랫도리가 벌거벗은 채 어두워진 산길을 내려왔다./ 배가 고팠다./ 벌거벗은 채 부엌으로 들어가서 선반을 뒤졌다./ 먹을 것을 찾으려는 것이었다./ 이 때 선반에 얹혀 놓았던 장도칼이 떨어지면서 벌거벗은 게으름뱅이의 아랫배 밑에 솟아있는 성기를 싹둑 잘라버렸다./ 이를 어쩌나?/ 이때 이웃집에 마실갔던 마누라가 돌아왔다./ 이 게으름뱅이는 손으로 잘라진 성기를 붙잡고 눈물을 흘리고 있었다./ 마누라가 어찌된 일이냐고 묻자 이놈은 다음과 같이 말했다./ "내가 뒷산을 넘어 갔는데 연못에 물오리들이 놀고 있어 그것을 잡으려고 도끼를 던졌더니 오리는 맞지 않고 도끼만 잃어버렸어."/ "그까짓 도끼는 시장에 가서 새로 사면 되지.." 했다. / "나무도 못하고 집으로 오는데 수노루가 묘지 옆에서 잠자고 있길래 바지를 벗어 그놈의 머리에 씌웠지. 그랬더니 그 수노루가 바지를 뒤집어 쓰고 도망갔어. 그래서 바지를 잃어버렸어."/ "그래 그것은 새로 만들어 입으면 되지."/ "그런데 집에 와서 먹을 것을 찾다가 선반에서 장도칼이 떨어져서 내 물건을 잘라 버렸어."/ "그래서 피가 흐르는 그것을 손으로 붙잡고 있군. 이 게으름뱅이 미련한 놈아! 너하고는 이제 살 수 없다."」

하고 마누라는 밖으로 나가 친정으로 돌아갔다. 여기까지가 어머니의 옛날이야기였다. 어머니는 옛날이야기를 하여 달라고 하면 이 이야기를 하여 필자는 어머니에게 세 번은 들었다.

9-2. 아내 이수현: 필자는 1972년 1월 27일 같은 대학 같은 학과 동기생 이수일(李修一, 1942~, 예산농고, 공주사대, 연세대교육대학원)이 자신의 외육촌 동생이라고 수현(예산 응봉양조장집 큰딸)을 소개하여 만나고, 만나 바로 응봉양조장에서 약혼식을 하기로 약속하였다.

그리고 며칠 후가 음력 설날이어서 무릎까지 올라오도록 소복소복 쌓인 눈길을 밟고 공주 사곡면 해월리 고향집에 가서 어머니에게 결혼할 색씨 만날 이야기를 하고 그 색씨가 둘째 작은 아버지가 예산읍에서 셋방 살 때 주인집 딸이라 했더니 필자의 단 하나뿐인 형 관순(觀享, 1934~ , 초등학교 교사)이 마침 구정이라 할머니 집이라 찾아온 사촌형 석순(奭淳, 1936~2009, 둘째 작은아버지의 아들)을 불러

"네가 고등학교 다닐 때 주인 집 큰딸이 어떻더냐?"
하고 물었다. 사촌형 석순은 잠시 생각하더니
"그집 주인들도 괜찮고 큰딸도 괜찮아!"
하고 칭찬 일색이었다. 음력 설(구정)이 지난 다음 2일 후에 약혼식을 응봉

양조장에서 하기로 하여 이웃에 사는 당숙, 형, 어머니와 같이 예산 사시는 막내 고모님 댁으로 가서 잠시 쉬었다가 막내 고모까지 합하여 5명이 응봉 양조장으로 가서 수현의 외사촌 형부의 사회로 약혼식을 그런대로 의미있게 하였다. 그 날이 마침 빙모될 분의 생신이어서 더욱 의미가 있었다고 수현은 말했다.

수현의 집에서는 부모님, 큰고모 내외분, 작은 아버지, 그리고 외사촌 형부가 참석한 것이다.

수현은 내가 사파이어(sapphire) 반지 하나를 선물로 준비하여 간다고 하자 금(gold)목걸이와 금(gold)팔찌를 주면서 내가 주는 선물처럼 약혼식 때 달라고 했다. 어찌하랴! 내가 돈이 부족하니 그런 준비를 하지 못하니 못이기는 체 그렇게 했었다.

우리는 예산군 응봉면 소재지에 있는 응봉양조장 사무실에서 약혼식을 간단히 한 다음 예산읍으로 나와 약혼 사진을 촬영하고, 고모님이 다니신다는 가까운 사찰에 가서 우리들 앞날의 행운을 빌면서 삼배를 했었다. 우리가 약혼을 하고 약 한 달이 지난 다음에 대광고교 교사로 채용되었다는 통보를 받았었다.

그 통보를 받고난 다음 토요일 수현이 서울에 올라와 미도파백화점에 갔을 때 내가 백화점의 휘황찬란한 진열품들을 돌아보며

"대광고교 교사로 채용 통보를 어제 받았어."

라고 말하자 수현은 바로 공중전화 박스로 가더니 응봉양조장의 아버지에게 고교 교사 채용 소식을 전하였다. 필자는 진열품들을 돌아보며 돈이 없으니 구입은 못하고 여자의 브래지어(brassiere)가 놓인 것을 보고 그것을 가리키며 웃기려고

"이것 하나 사줄까?"

했더니 역시 수현은 얼굴을 손으로 가리고 웃었다.

필자는 1972년 3월 2일부터 대광고교에 출근하였다. 안암동 고려대 앞에서 하숙을 했는데 토요일이면 수현이 올라와 빨래를 하여주고 저녁식사를 같이 하고 영등포의 동생들이 생활하는 집으로 가서 잠을 자고 예산으로 일요일 내려가곤 했다. 수현은 예산군 응봉초등학교 교사였다.

우리의 결혼식은 4월 29일(토요일) 오후 2시 신혼예식장에서 갖기로 예약하였다. 그리고 채용된지 며칠 되지 않은 교사가 대광고교 교장 이창로에게 주례를 부탁하여 허락을 받았다. 그리고 예수교식으로 결혼식을 했다.

결혼식을 한 다음 신혼여행을 속리산 관광호텔로 정하고 관광버스로 속리산 관광호텔 앞에 도착했을 때는 어두운 밤 9시였다. 당시는 교통이 불편하여 일반도로를 우리가 승차한 버스가 여러 도시의 버스정류장을 들어갔다 가곤 했었다.

결혼한 다음 필자는 안암동 비탈에 있는 허름한 집의 뒷방에 세를 얻어 출퇴근 하고 수현은 예산에서 교사생활을 계속하면서 주말에만 올라왔다. 1972년은 우리나라가 북한보다 GNP가 낮은 때여서 우리나라 대부분의 사람들이 살기가 어려웠다고 하는데 여름방학이 가까워 올 때는 수현의 배가 불러왔다.

큰 아이 원석이 엄마의 배 속에서 자라나고 있었던 것이다. 1972년 2학기가 끝나면서 만삭이 되자 수현은 응봉초등학교를 퇴직하였다.

필자는 오랫동안 필자의 졸업장 보관함에 보관하여 두었던 아내 이옥희의 공주교육대학 졸업증서의 내용을 기록한다.

「제586호/ 졸업증서/ 본적 충청남도/ 李玉姬/ 1945년 10월 27일생/ 위의 사람은 본대학에서 2개년의 전과정을 이수하였으므로 이에 졸업증서를 수여함/ 1967년 2월 15일/공주교육대학장 정해수 (직인)」

9-3. 형과 자매들: 필자의 형은 필자보다 6년 연상인 1934년 5월 4일생이다. 일정시대인 1941년 4월 초에 집에서 가장 가까운 초등학교인 충남 공주군 사곡면 호계리에 위치한 호계초등학교에 입학하여 잘 다녀서 필자가 초등학교에 입학하는 1946년에는 6학년이었다.

관순(觀享, 1934~ , 공주중, 공주사범 강습과)은 맏아들이고 두뇌가 상당히 명석한 편이어서 조부모님과 부모님의 사랑을 독차지하며 자라났다. 그러나 그에게는 놀기 좋아하고 공부에 집중하지 않는 버릇이 있었다. 추운 겨울과 이른 봄 감기가 잘 드니 할아버지와 어머니가 방 안에서 놀라고 타일러도 듣지 않았다고 했다.

그래서 그랬는지는 몰라도 기관지 천식환자喘息患者가 되었다. 한 번 기침을 하기 시작하면 밤을 새워 기침을 하는 고질적痼疾的인 천식환자로 되어 지금(2019년) 86세로 살고 있다.

형 관순이 초등학교에 재학할 때인 일제시대 말 운동회를 하면 어머니를 따라 초등학교에 가서 화단에 앉아 구경 아닌 구경을 하였었다. 그 광경이 지금도 기억에 떠오른다.

필자가 초등학교 1학년에 입학하고 한 살 어린 나이로 공주군 사곡면 호계초등학교에 등교할 때 같은 반의 학생들이 자신보다 약한 필자를 놀리려 할 경우가 많았다. 그 경우 형 관순에게 달려가 도와달라고 하였었다.

예를 들어 어느 초여름 신영리 노수광이라는 나보다 한 살 위의 아이가

옆에 와서

"너 해봤니?"

하고 물어보았을 때 나는 그 말이 이상한 말임을 알고 대답을 하지 않으니 노수광은 묻고 또 묻고 하여 필자가 형에게 찾아가 이것을 이야기 했고 형은 노수광의 뺨을 후려 쳤었다. 노수광은 서럽게 울었었다. 이 이야기는 위 1장에서 자세히 기록하였었다.

필자가 2학년으로 진급할 때에 관순은 공주중학교에 입학하여 중학생이 된 것이다. 너와 나 가릴 것 없이 가난했던 시절이고, 교통이 대단히 불편했던 시절이었으므로 제2차 세계대전이 막 끝나 해방된 조국에서 중학교 학생으로 집에서 통학할 수 없었으므로 형은 집에서 16km나 되는 공주읍으로 나가 하숙 아니면 자취생활을 하는 수밖에 없었다. 관순은 역경을 이기고 중학교 학생 생활을 하였다.

그리고 관순이 중학교 4학년일 때 필자는 초등학교 5학년이었다. 그 해 (1950년) 6월 25일 북괴군이 남침을 하여 전쟁이 일어나고 우리나라 군은 북괴군에게 쫓겨 낙동강까지 밀려 간 것이다. 그리고 약 3개월 후인 9월 15일 미국 육군원수 맥아더(Douglas MacArthur, 1880~1964)가 인솔하여 수행한 인천상륙작전(仁川上陸作戰)이 성공하여 9월 28일 서울이 수복되자 충남 공주군의 각 학교도 정상적으로 개교하게 되었다.

6 · 25전쟁이 발발하던 해인 1950년 관순은 공주중학교 4학년이었는데, 그 해 중하교가 5년제에서 중학교 3년, 고등학교 3년으로 학제가 변경되면서 관순은 중학교를 4학년으로 졸업하고 공주사범학교 강습과에 입학하여 1년 과정을 1952년 3월 수료하고 초등학교 교사로 임명되어 교사생활을 시작하였다.

관순은 23세 때인 1957년 예산에 거주하던 둘째 작은아버지 종완鍾完의 중매로 첫 결혼을 하였으나 2년 후 이혼하고 친구의 소개로 어떤 여인과 교재하여 딸만 하나 낳고 어머니의 적극적인 반대로 헤어졌다.

그리고 1961년 의당면에 거주하는 오빠가 6·25전쟁(1950~1953년) 중 공산당에 협조하여 1965년까지 교도소에 수감된 집의 처녀와 세 번째 결혼을 하여 1남 3녀를 낳은 것이다. 위로 첫딸 기영, 그 다음이 남녀 쌍둥이(윤경과 준식)를 낳고, 그 다음이 또 셋째 딸(자경)을 낳은 것이다.

남녀 쌍둥이로 태어난 외아들 준식(準植, 1971~)은 천안에 있는 대우자동차회사에 근무하고 있다. 관순이 세 번이나 결혼을 해야 했던 인생로정人生路程은 피말리는 고통의 연속이었고, 이것은 그의 인간을 보는 판단력의 결핍이 원인이었다고 생각한다. 청각장애인이며 언어장애인인 아버지와의 관계가 한몫을 하였다고 생각한다.

필자의 형 관순은 1999년 8월 31일 초등학교 교사생활을 퇴직하였다. 현재 공주시 신관동의 한 아파트 1층에서 두 손녀를 기르면서 노년의 고개를 넘고 있다. 남녀쌍둥이로 태어난 외아들 준식이 딸 둘만 출산하고 이혼하여 딸들 둘을 그 어머니가 기르는 것이다.

이제 필자의 두 누님(윤순과 숙자)과 여동생(필남)의 이야기를 간단히 기록하기로 한다. 그런데 필자보다 12년이 위인 큰누님 윤순(閏享, 1928~2017)의 이야기는 1장에서 좀 길게 그녀의 안타까운 생애를 기록하였으니 여기에서는 생략하고, 둘째 누님과 여동생의 이야기만 간단히 기록하려고 한다.

둘째 누님 숙자(淑子, 1931~ , 안성거주)는 현재 한국 나이 90세로 필자보다 10년이 위이다. 경기도 안성시 덕평면에 거주하고 있다. 3남 1녀의 어머니이다. 구환求煥, 석환晳煥, 윤환允煥의 세 아들과 미경美京이라는 딸이 있다.
남편은 오상근(吳相根, 1932~, 안성거주)으로 직장 없이 일생을 살아왔으나
천성이 착한 분이어서 부부가 다툼 없이 90년 인생살이를 하여 왔다. 필자
가 대학입시 준비를 할 때 약 6개월 도움을 주어서 필자는 그 은혜를 잊지
않고 있다.

그런데 숙자 부부는 셋째 아들 윤환이 때문에 고통을 받고 있다. 고등학
교 2학년 때부터 정신박약증 증세가 나타나서 지금 그가 60살인데 아직도
정신이 왔다갔다 하니 그 자식 때문에 받는 고통은 말로 다할 수 없다. 안타
깝기만 하다. 그 애 때문에 죽지도 못한다.

여동생 필남(弼男, 1943~, 대전거주)은 초등학교만 졸업하고 집에서 어
머니를 도우면서 살다가 23세에 같은 마을에 사는 필자의 초등학교 동기생
김성기(金星基, 1938~, 사곡면 해월리 거주)의 소개로 공주읍 옹용동 인근
에 사는 필자의 고교 1년 선배 오병근(吳秉根, 1938~?)과 결혼하였으나 뜻이
맞지 않아 이혼하는 고통을 겪었다.

그리고 유구읍 동해리가 고향인 순경 윤원형(尹源亨, 1938~1996)과 결혼
하여 1남 4녀를 생산하고 모두 결혼시켰으나 남편이 60세도 되기 전에 뇌경
색으로 사망하여 외롭게 살고 있다.

필남의 현재 나이도 77세가 되었다. 대전광역시 문화동의 한 아파트에
살고 있다. 그러나 그의 건강이 좋지 않다. 지팡이 없이 걷지 못하고, 지팡
이를 짚고도 멀리 걷지 못한다.

아들을 막내로 낳았는데 이름이 윤장섭(尹長燮, 1978~, ○○전문대학,
원자력연구소근무)이다. 전문대학 졸업 후 원자력연구소에 채용되어 근무
하고 있다. 결혼하여 아내와 둘이 모두 직장생활을 하고 있어 생활에는 큰

어려움이 없다고 한다. 그런데 결혼하여 6년이 지나갔는데 아기가 없는 것이 필남이의 걱정이다. 건강검진도 하였고, 시험관 아이도 시도하여 보았으나 실패하였다고 했다.

필자는 모르는 체 말을 하지 않았으나 그가 근무하는 부서가 원자로에 사용하는 원자봉의 제조와 운반을 하는 부서이기 때문에 원자봉에서 방출되는 방사선의 영향이 아닌가(?) 하는 생각이 들었다.

윤순은 1928년(무진년戊辰年) 생이니 용龍띠이고, 숙자는 1930년 음력 12월(경오년庚午年) 생이니 말馬띠이다. 여자가 용띠, 호랑이띠, 말띠이면 신수가 좋지 못하다 하는 말이 있는데 그것이 맞는 말인지도 모른다. 두 누님은 일생 동안 잘 산다는 말을 듣지 못하고 살았다. 그러나 필남이는 1943년(계미년癸未年) 생이니 양羊띠이다. 그런데도 별 수 없이 일생을 살고 있다. 사람이 일생 동안 잘 살고 못사는 것은 운명도 있고 노력과 판단력, 그리고 주위 환경도 있는 것이니 어찌 알랴!

9-4. 아들들 원석 · 민석: 원석은 1973년 3월 6일(음력 2월 2일) 새벽 5시 안암동 로타리의 한 산부인과에서 태어났다. 1973년이 되자 필자는 대광고교에서 2학년 9반 담임을 맡으면서 학생들에게 화학을 가르쳤다. 11월 10일 경에는 2학년 전체가 관광버스에 승차하여 경주 수학여행을 하였다. 이렇게 떳떳하게 열심히 학생들을 지도하면서 교사생활을 이어 가는데 몇 사람들이 필요 없이 찾아와서 필자를 괴롭히는 일이 일어났다.

사촌형 석순(奭淳, 1936~2008, 예산농고)이 1973년 가을 어느 날 대광고교 교무실로 찾아왔다. 고등학교 시절 방학만 되면 우리 집으로 가방을 들고 와서 교과서 한 번 꺼내 펴보지 않고 잠만 자다가 그 가방을 들고 예산 그의 집으로 갔던 그 사람이다. 어떻게 할까? 하다가 석순을 데리고 대광고교 정문을 나가 신설동로타리로 나가서 중국집으로 들어가 잡채밥 하나를 시켜 주고 식사하는 것을 보고 필자는 학교로 들어와 수업시간이 있으니 수업에 들어갔다.

8촌 동생 덕순(憲淳, 1950~?)은 1974년 6월 어느 날 대광고교 교무실로 필자를 찾아와 고등학교 교사 자격증을 빌려달라 했다. 필자는 범죄행위는 하지 말라고 하여 돌려보냈다. 이러한 이야기는 2장에서 자세히 기록한 바 있다.

원석이가 돌이 되기도 전에 수현은 다시 임신을 하여 원석이가 돌이 되었을 때는 수현의 배는 상당히 불러 있었다. 이 글을 기록하고 있는 지금은 원석이가 47세이니 오랜 옛날이어서 날자는 좀 맞지 않을 수도 있다. 원석이가 돌을 지난 다음 1974년 4월 우리는 구장위동 한 골목에 위치한 대지 25평, 건평 17평의 집을 190만 원에 구입하여 이사하였다.

그리고 7월 25일 대광고교도 여름방학이 되었다. 필자는 포항에서 해병 장교로 근무할 때부터 포항항에서 울릉도로 운행하는 여객선에 승선하여 울릉도에 가서 섬을 둘러보고 싶었는데 이제 대학원도 마치고 서울에서 고등학교 교사로 직업을 가진 사람이 되었으니 방학이 되면 울릉도에 다녀오리라 마음먹었는데 또 가려고 하니 원석의 엄마가 만삭이 되어 둘째가 언제 태어날지 모르므로 남편이 곁에 있어야 되는 것이 문제였다.

원석 엄마 수현과 상의를 했다.

"내가 울릉도에 갔다 와도 되겠어?"

하고 물어보니 '수현'은 잠시 생각하더니 갔다 오라고 했다.

엄마의 젖이 아무리 빨아도 나오지 않으니 원석의 입술은 많이 헤지기도 했었다. 할 수 없이 원석이를 젖을 떼도록 했으나 우유를 먹지 않으려 해서 쌀죽을 먹일 수밖에 없었다.

필자는 등산복 차림으로 집을 나섰다. 필자가 주책이라 생각도 들었었다. 필자는 만삭滿朔이 된 아내를 돌 지난 아들과 남겨두고 여행을 떠나는 주책이었다. 서울역에서 통일호 열차에 승차하여 포항역에 가고, 포항역에서 포항항으로 시내버스에 승차하여 갔다. 그리고 울릉도행 여객선에 승선하였다. 무엇보다 동해바다를 여객선이 달릴 때의 이야기는 그만두고 울릉도 도동항에 도착하였을 때가 저녁놀이 펼쳐질 때인데 바다만 바라보다가 배 앞을 막아서는 거대한 바위와 바위 밑의 동굴이 신비스러웠었다.

여객선이 '도동항'에 도착하고, 필자는 하선하여 걸어서 고개를 넘어 울릉도에서 가장 큰 어항인 '저동'으로 가서 민박하고, 이튿날 아침 성인봉 남쪽 험한 산길을 걸어서 넘고, 천부까지 가서 울릉도 북동쪽 바닷가 도로를 걸어서 울릉도 서북쪽의 '태하마을'까지 가서 민박하였다. 그리고 그 다음날 울릉도 서쪽 바닷길을 걸어 남양과 통구미를 거쳐 '도동'에 와서 여관에 머물고 다음 날 여객선으로 포항으로 돌아왔다.

구장위동 집에 돌아오니 집 대문에는 고추와 숯으로 엮인 금줄이 걸려 있었다. 민석(旼碩, 1974. 07. 28~ , 청석고, 아주대)이 1974년 7월 28일(음 6월 10일) 태어난 것이다. 필자는 수현에게 자발없이 여행 갔다 온 것이 무척 미안하다고 말했다.

이때부터 약 한 달간은 원석은 필자와 같이 잤다. 그러니까 엄마를 동생 민석이에게 뺏긴 원석이가 잠자리가 바뀌어 자다가 일어나 한두 번씩 울어 제쳤다.

필자가 울릉도 여행을 떠난 다음 원석 엄마에게 산기가 있는데 마침 빙모님이 오셔서 산바라지를 하셨다는 것도 알았고, 민석이는 집 뒤에 살고 있는 산파가 출산을 도왔으므로 산부인과에는 가지 않고 출산하였다고 하는 것도 알았다. 남편이 없는 동안 '수현'을 주위에서 많이 도와주어 출산이 순조로웠다.

그리고 또 세월이 흘러갔다. 대광고교에서 필자의 자리는 잡혀 갔으나 자리가 잡혀 갈수록 교사 중 대광고교 졸업생이거나 그 졸업생 중 서울사대를 졸업한 교사가 필자를 뒤에서 헐뜯고 적대시 하는 것이 눈에 보였다. 교감 이동범(李東範, 1922~2010)이 그들을 감싸고 있었다. 이동범은 함경도가 고향인 사람으로 영락교회 장로이고 수학 담당이며 대광고교에서 30년은 근무하여 대광고교 졸업생들은 모두 그의 제자였다.

그런 것들이 눈에 들어오자 필자는 이 대광고교도 오래 근무할 직장은 되지 못하다고 생각하였다. 1977년이 반 쯤 흘러갈 즈음 동아일보와 조선일보의 사회란과 TV 뉴스 시간에 연세대, 고려대, 동국대, 중앙대, 홍익대 등의 대학교에서 서울에서 좀 떨어진 지방에 분교를 설립한다는 소식이 보였고 들렸다. 이것이 필자의 눈과 귀를 자극하였다.

그래서 필자는 연세대 대학원 박사과정 시험준비를 시작하였다. 그 간 몇 년 동안에 출제되었던 전공 시험 문제와 답안을 입수하여 풀이하여 보았다. 그리고 학교 수업과 모든 주어진 일이 끝나면 시청 부근의 영어학원에 등록하고 타임지 번역반에서 영어실력을 쌓았다.

그리고 1977년 12월 15일 경 실시되는 연세대학교 박사과정 시험에 응시하여 합격하였다. 이 이야기는 앞의 3장에서 비교적 자세히 기록하였었다. 그래서 1978년 2월 28일 대광고교 교사직을 사직하였다.

1978년 3월부터 연세대 대학원 화학과 박사과정의 학점 취득을 시작하였다. 그리고 1979년 10월 26일 박정희의 시해사건이 일어나 필자는 오히려 한숨을 돌릴 수 있었다.

그리고 1980년 3월 경상대학교 사범대학 과학교육학과 교수로 채용되었다. 그때 우리 가족은 신장위동으로 이사하여 살았고, 원석이는 이제 집 가까이 위치한 장곡초등학교(長谷初等學校) 1학년 학생이 되어 있었다. 다음 해인 1981년 3월에는 둘 째 민석이도 장곡초등학교 1학년에 입학하였다.

필자는 1980년 12월 말까지 박사학위 연구실험을 완결하고 논문을 작성하여 심사를 받았다. 8월 28일에는 연세대학교 강당에서 박사학위 수여식이 있었다.

우리 가족은 신장위동 집을 전세를 주고 1982년 2월 어느 날 진주로 이사를 하였다. 진주시 상대동 촉석아파트에 전세를 얻어 둥지를 마련한 것이다. 1982년에는 이삿짐을 챙겨 이사를 하는 것이 대단히 힘든 일이어서 애들 엄마의 고생이 대단했다.

원석과 민석은 진주의 전셋집에서 가까운 상대초등학교(上大初等學校)에 전학하여 3학년과 2학년 학생으로 아주 쉽게 적응하였다. 진주에서 만난 아이들과 지내면서 그들의 사투리와 특이한 억양에 민석이는 우습다고 하면서 곧잘 흉내를 냈다. 특히 같은 반 '진섭'이라는 아이의 말하는 것을 많이 흉내를 냈다.

"얘 얘 얘가 먼저 놀자쿠대예"

라는 말을 하고 또 하곤 했다.

애들 엄마 수현은 진주에 내려와 이웃집 아낙들과 쉽게 친하여 이웃집에도 놀러 가고 서예학원에도 같이 다녔다.

진주에 우리가 직장을 정하여 거주하고 있으니 인천에 사시는 빙장·빙모님이 시외버스에 승차하시어 찾아오시기도 하셨다.

한 번은 비교적 가까운 삼천포항三千浦港에 가서 유람선에 승선하여 거제 해금강에 갔다 왔었다. 그날 아내와 원석·민석이 뱃멀미를 하여 먹은 것을 모두 토했었다.

빙장 어른 내외분은 진주에 오시는 것도 처음이고 진주 주변의 이곳저곳을 구경하는 것이 처음이어서 대단히 좋아하셨다. 그런 의미에서 수현은 친정 부모에게 효도를 한 것이다.

그러다가 1984년 2월 10일 필자가 충북대로 전출되어 오자 원석과 민석은 청주 창신초등학교倉新初等學校로 전학하여 와서 다시 한 번 전학생이 되었으나 다시 쉽게 창신초등학교 같은 반 어린이들과 어울렸다. 청주의 사투리가 있으나 억양은 서울의 표준어와 가까워 좋은 것이다. 원석은 이제 5학년, 민석은 4학년이었다.

원석이는 6학년이 되면서 친구가 많이 생기고, 6학년을 졸업한 다음 청주 서원중학교西原中學校에 배정되어 학교에 잘 적응하였다. 민석이는 5학년에 진급할 때 아파트에서 창신초등학교보다 가까운 곳에 봉명초등학교鳳鳴初等學校가 신설 개교함으로써 봉명초등학교로 전학되고 2년간을 이 학교에 재학하고 졸업한 다음 원석이가 재학하고 있는 서원중학교에 입학하였다.

그리고 민석이가 서원중학교를 졸업할 때 쯤에는 우리의 보금자리가 수곡동秀谷洞의 세원아파트를 분양받아 이사하였고, 원석이는 신흥고교에, 민석이는 청석고교에 입학하였다. 그리고 3년 간을 잘 다니고 졸업하였다. 원석과 민석은 아빠보다 키가 더 크고, 체중도 더 무겁게 자라났다.

원석이는 필자가 근무하는 충북대학교 자연과학대학 지구환경과학과忠北大學校 自然科學大學 地球環境科學科에 진학하여 졸업했다. 그리고 민석은 충북대학교 농과대학 농화학과에 입학했으나 2학년으로 진급할 때 아주대학교亞洲大學校 공과대학 기계공학과工科大學 機械工學科로 편입하여 졸업하였다.

원석이는 대학을 졸업한 다음 육군훈련소에 입소하였다. 보통 육군훈련소는 논산을 생각하게 하는데 그것은 옛 이야기이고, 지금은 각 육군 부대에서 훈련소가 마련되어 있었다. 원석이는 충청남도 연기군 금남면에 위치한 육군부대 내에서 훈련을 받았다. 훈련 받고 부대배치를 그 훈련받은 육군부대의 공병부대에 배치 받고 행정병으로 근무했다. 그 부대 장사병들의 월급관계를 주 임무로 처리하였다. 제대 후에도 금전 취급에 자신감을 가지고 생활하는 결과로 되어 좋았다.

원석이는 제대 후 충북대 대학원 지구환경과학과의 박사과정에 입학하고, 학점을 취득하는 등 과정을 밟고, 연구논문 실험을 하고, 논문을 작성하여 심사를 받고 통과하여 2009년 2월 27일 이학박사 학위를 취득하였다. 자랑스러운 일이 아니겠는가?

원석이는 이제 47세가 되고, 원석의 딸 서연(敍蓮, 2003~ , 청주예술고 1년)이 17 살로 청주예술고등학교에, 아들 서혁(敍赫, 2006~ , 청주원평중 1년)은 14 살로 청주시 서원구 분평동 소재 원평중학교에 입학하여 1학년에 재학한다.

원석은 대전침례신학대학 음악과 올갠 전공 처녀를 아내로 맞이하여 17년이 된 것이다. 이학박사 학위를 받은 다음 충북대학교 자연과학대학에서 강사로 근무하고 있다. 금년에는 연구원으로 되어 교육부 연구비를 단독 수령하여 연구를 진행하고 있다.

민석은 청석고교를 졸업하고 충북대 농화학과에 입학하였으나 적성문제로 자퇴하였다. 그리고 아주대학교 기계공학과 2학년에 편입하여 4학년 졸업하였다. 민석이는 아주대 4학년 때 의경에 입대하였다. 1997년이었을 것이다. 훈련을 열심히 받고 서울 서대문구 경찰청에 배치되었다. 정규군보다 규율이 엄하고 선·후배 구별이 엄격한 의경(경찰보조대)의 일원이 된 것이다.

교통정리는 평소의 과업이고, 매일 일어나는 대학생 데모방지에 앞장섰다. 방어판으로 돌팔매와, 화염병을 막았다.

그러다가 1994년 봄 밤 밤새워 교통근무를 하다가 음주하고 남편과 부부싸움을 하다가 집을 뛰쳐나와 승용차를 운전한 젊은 여자가 운전하는 승용차에 받혀 왼쪽 다리가 세 토막이 나고 왼쪽 어깨뼈가 부러지는 큰 부상을 당했다. 죽지 않은 것이 다행이었다. 민석이는 제2한강교에서 신촌 쪽에 위치하는 정형외과에 입원하였다. 그 소식을 듣고 놀란 필자와 민석의 엄마가 서울의 그 정형외과로 찾아 갔다.

큰 부상을 당하고 정강이에 쇠를 꽂고 그 쇠를 빼는데 약 1개월이 소요되었다. 필자와 민석의 엄마는 그 정형외과 입원실의 침대에서 잠을 자면서 민석이를 돌보아 주는 일을 하였다.

민석이를 치료하는 의사가 필자를 보더니 웃으며 인사하는데 그는 필자가 대광고교에 근무할 때 필자에게 배운 제자라고 했다. 이 의사는 대광고교를 졸업하고 한양대 의대에 진학하여 외과의사가 된 것이다.

민석이는 지금 그의 막내 외삼촌이 운영하는 일본과 교역하는 무역회사에 근무하고 있다. 몸이 좀 푸대한 것은 아버지를 닮은 것이다. 민석이는 충북대학교 농화학과에 1년 재학하는 동안 청석고교 동기 중 한 사람이 컴퓨터과학과에 다녀 같이 만날 경우 그 모임에 그 동기 친구가 데리고 나온 같은 학과 여학생과 친하게 되고 십여 년 사귀다가 결혼하였다.

영도가 태어나고 3년이 지나면서 미선은 다시 아기를 가졌는데 미선이 자궁이 약하여 잘못 움직이면 유산할 수 있다고 하여 청주시 봉명동에 거주하는 친정으로 가서 3개월이나 친정어머니의 보살핌을 받고 아기를 낳을 수 있었다. 사실 영도를 가졌을 때도 약 2개월 친정어머니의 보살핌을 받았었다.

둘째 아들이 태어났고, 이름을 영인暎瀷이라 애비가 알고 있는 작명소에 가서 작명하여 호적명으로 하였다. 생일은 2014년 6월 19일(양력)이다. 현재 유치원생이다.

공주시 사곡면 해월리의 한 산골 중턱골에서 1940년 태어난 한 사내 아이가 금년 (2019년) 팔순이다. 거의 80년의 세월 동안 인간들과의 만남이 필자의 자서전을 만들게 했다. 아내 수현은 어저께도 필자에게

"팔순 어찌 지낼꺼야? 잔치를 할꺼야? 말꺼야? 여행 갈꺼야?"

하고 물었다. 그 물음에 내가 대답했다.

"이때까지 큰 죄과 없이 비교적 건강하게 살아 온 것이 축복인데 잔치를 하거나 여행을 간다는 것이 무슨 의미가 있겠소? 이번에도 다른 때와 마찬가지로 민석이네 가족을 내려오라 해서 식사 같이 하는 것으로 나는 만족할 것이요."

그렇게 말했는데 공무원 연금공단에서 발행하는 '연금지' 중 '2019년 5월호'에 소개된 '바이칼호와 몽골 수도 울란바토루 여행'의 안내를 읽고 신청하게 되었다. 그래서 이제는 여행비(299만원)까지 완납하였으니 여행을 가는 것이다. 7월 17일부터 25일까지 돌아보고 오는 것이다. 〈2019.06.24(음력 05.22 壬辰)〉

10. 사이판섬의 사이토요시쓰구

—이 수필은 2006년 2월 28일 내가 충북대학교를 퇴직하고 아내와 함께 서태평
양에 위치한 마리아나제도(Mariana Islands)의 중심섬 사이판섬(Saipan
Island)에 여행하면서 2차대전 말기인 1944년 일본군의 마지막 지휘소를 찾
아간 이야기를 기록한 기행수필이다.

남북 21km, 동서 3～9km인 작은 섬 사이판섬(Saipan Island, 넓이: 115.4
km²)은 북마리아나 제도(North Mariana Islands)의 중심섬이다. 한국과의 시
차는 1시간이다. 아침 6시(2006년 8월 1일) 호텔방 창문을 열고 밖을 보니
호텔 정원에서는 한국과 마찬가지로 참새들의 맑은 지저귐이 요란하다. 산
들바람에 큰 잎들을 흔들고 있는 야자수들 너머로 옥색의 바다가 보였다.
오늘의 일정은 새섬, 만세절벽, 세계 제2차 대전 때의 일본군의 마지막 사령
부, 그리고 정글투어라고 가이드가 알려주었다.

이 섬에는 손님이 있건 없건 왔다 갔다 하는 택시는 없고 렌트카(Lental
car)와 콜택시(call taxi)는 있다고 했다. 가이드가 하나의 여행사로서 승합
차를 가지고 스케줄대로 안내했다. 우리를 안내하는 가이드는 30세 정도의
젊은이로서 서울이 고향이고 5년 전에 사이판섬으로 와서 이 사업을 한다
고 했다. 필요한 말은 했으나 웃음과 말이 비교적 적었다. 섬안의 모든 도로
는 길가에 사람들이 수고롭게 심지 않았어도 저절로 나서 자란 야자나무와

이름 모를 열대식물들이 가로수였다.

사이판섬은 말레이 반도의 챠모로(Chamoro)족이 1,500년 경 카누를 타고 건너와 원주민이 됐다고 한다. 1521년 스페인(Spain)의 탐험가 마젤란(Ferdinand Magellan, 1480~1521)이 세계일주여행 중 이 섬을 발견하고 스페인의 영토로 만들고, 1899년까지 스페인의 영토였다가 독일에게 매도하였다. 1914년 세계 제1차 대전이 일어나면서 일본이 이 섬을 점령하고 1944년 7월 미국이 이 섬에 있는 일본군 삼만 명 정도를 옥쇄시킬 때까지 일본의 영토로 사용했다. 그러다가 세계 제2차대전에서 일본군이 패배하면서 미군이 점령하고 미국의 영토로 되었다. 현재(2019년)까지 75년이 된 것이다.

아침 9시 호텔로 가이드가 승합차를 운전하여 와서 그 승합차에 승차하였다. 그 승합차는 아침햇살이 강렬하게 쏟아지는 섬의 중앙 도로를 북쪽으로 달려갔다. 바위절벽으로 만들어진 '마피산(Mount Marpi)' 앞에 우리 부부를 하차시키고 만세절벽과 사이판섬 일본군 최후의 사령부를 설명했다.

만세절벽은 높이 80m이고 길이 500m의 사이판섬 북쪽 바닷가 절벽이다. 제2차 세계대전이 끝나기 1년 전인 1944년 7월 초 미군이 사이판섬의 남서쪽으로 상륙(上陸)하고, 토끼몰이 작전으로 일본군을 공격하여 북쪽 만세절벽(Banzai Cliff)을 향하여 오자 바닷가 절벽 쪽으로 몰리던 일본군들이 미군에게 죽기 싫다고 "덴노헤이카 반자이"(천황폐하 만세)를 외치고 이 절벽에서 떨어져 죽었다 하여 '만세절벽'이라 이름을 붙였다 한다.

인터넷 자료실 자료에는 일본군과 군속들이 미군에 몰려 만세절벽까지 온 것은 사실일지 모르나 절벽에서 떨어져 죽으면서 "덴노헤이카 반자이"를 외친 것은 일본군의 강요에 의한 것이었다고 기록되어 있다. 떨어져 죽으면서 "덴노헤이카 반자이"를 외치지 않으면 총으로 사살했다는 것이다.

지금은 이곳이 사이판섬의 3대명소 중 한 곳이다. 이 절벽 부근에 크고 작은 일본군 위령탑이 20개는 되는데 이곳을 관광하려고 찾아온 한국인이 가장 큰 일본군 위령탑에 씹던 껌을 붙여놓는 작란을 한다고 일본인들이 경비까지 세워 놓는다고 한다.

이 절벽 남쪽에는 하늘을 찌를 듯 높이 솟은 '마피산(Mount Marpi)'이 있고, 이 '마피산' 절벽 바위밑에 '일본군 최후의 사령부' 자리(바위굴)가 있었다.

이 최후의 사이판 일본군사령부(Last Japanese Command Post)의 입구는 바위절벽 중간 정도에 있는 바위 밑으로 사람하나가 겨우 통과할 수 있는 굴이다. 그러므로 제2차 세계대전 당시 미군이 일본군 사령부 입구를 항공사진으로 찾는 것은 불가능했다고 한다. 그러나 그 입구를 통하여 안으로 들어가면 일변이 10m인 정사각형 공간에 천정의 높이 4m의 넓은 방이 일본군 최후의 사령부 지휘본부였다.

사령부의 마지막 지휘관은 사이토요시츠쿠齊藤義次 중장이었다. 미군이 사이판섬의 남서쪽으로 상륙上陸하여 토끼몰이 작전으로 일본군을 공격하여 북쪽 만세절벽을 향하여 몰려오면서 수천 명 일본군이 만세절벽에서 떨어져 자결할 때 이 사령부에는 사이토요시츠쿠를 포함하여 예하 부대 지휘관들 7명만이 남았다고 한다. 사이토요시츠쿠가 사령부 사무실로 이들 예하부대 지휘관들을 집합시킨 것이다. 미군이 만세절벽으로 몰려올 때 사이토요시츠쿠는 이 사령부 지휘본부에 모인 지휘관들의 무장을 해제시키고, 자신의 권총으로 이들을 쏘아 죽이고, 자신도 자결했다.

제국주의 국가 일본 군인들의 결연한 행동양식의 표본일 것이다. 자만심도 대단하지만 자신들의 임무가 완수될 수 없음을 알았을 때 깨끗이 목숨을 버리는 것이 제국주의 국가의 군인들인 것이다.

태평양 전쟁 당시(1940~1945) 사이판섬으로 끌려온 한국인도 3,000명 정도였다 한다. 위안부, 노무자, 그리고 일본군인으로 끌려왔던 것이다. 이들 중 많은 수가 일본인들과 같이 "덴노헤이카 반자이"(천황폐하 만세)를 강압에 못이겨 외치고 만세절벽에서 떨어져 죽었으므로 사령부터 동쪽 50m쯤에 1979년 한국정부가 그 영혼들을 위로하려고 위령탑(한국인 평화위령탑, Korean Pease Memorial)을 세웠다.

일본군 최후의 사령부 앞 잔디밭에는 그 당시 사용했던 전차 한 대와 야포 6 문이 전시되어 관광객들의 사진배경으로 되고 있었다. 전차와 야포들은 지금 한국군이 소유한 전차와 야포들에 비교하여 조잡하고 가냘픈 것들이다.

예정된 일정을 재미있게 마치고 다시 승합차를 타고 호텔에 돌아왔을 때는 오후 5시도 되지 않아 수영복을 입고 나와 호텔의 수영장에 들어가 수영장 물속을 한 바퀴 평형으로 도는데 우리나라 초등학교 학생인 듯한 아이들이 옆에서 수영을 했다. 한국말을 쓰지 않고 영어로 대화하기에 나도 영어로

"Which country do you come from?(어느 나라에서 왔느냐?)"

하고 물으니 그 중 한 아이가

"Korea"

라고 대답하였다. 내가

"Cannot You speak Korean?(한국말을 할 수 없느냐?)"

하고 물으니 그 학생이

"We must say here with only English."(우리들은 여기에서 단지 영어로만

이야기해야 합니다.)

라고 대답하는 게 아닌가? 영어회화를 배우기 위하여 3월 초 이곳으로 와서 영어만으로 말을 하니 상당히 영어회화가 진보된 모양이었다. 그들도 이제 우리가 한국으로 돌아가는 다음날 한국으로 돌아간다고 했다. 분당에 사는 초등학교 학생들이었다. 〈2006년 8월 12일〉

1944년 사이판 일본군 최후 사령부터(바위 속 지휘소).

1944년 사이판에서 일본군이 사용했던 탱크.

[참고] 사이판의 사이토요시츠쿠 중장: 1944년 6월 사이판섬을 포함한 마리아나 제도, 캐롤라인 제도 등 남태평양의 여러 섬에 포진한 일본군은 제31군 이었다. 일본군 제31군 사령관은 오바타히데요시 중장인데 미군이 1944년 6월 15일 사이판섬에 상륙하였을 때 그는 팔라우제도에 배치된 예하부대 시찰 중이었다./ 그러므로 이때 사이판섬 주둔 일본군 31,629명의 실제 사령관(최고 지휘관)은 제43사단장 사이토요시츠쿠齊藤義次 중장이 맡고 있었다./ 제43사단은 3개 보병연대, 1개 통신중대, 1개 수송중대, 1개 보급중대, 1개 병기중대, 야전병원으로 구성되어 있었으나 사이판섬의 기타부대까지 지휘한 것이다./ 미군이 사이판섬의 남서쪽 해안에 상륙하여 3만 명의 일본군을 거의 전멸시킬 때에는 미군이 일본군 사령부 가까이 도달되었을 때인 7월 5일이었다./ 이때 일본군 사령부의 남아있는 일본군과 민간인에게 만세절벽에서 떨어져 죽으라고 강요했다는 것이고, 떨어지면서 "덴노헤이카 반자이"(천황폐하 만세)를 외치라고 강요했다는 것이다.

　금년이 필자의 팔순八旬이다. 청각장애인이며 언어장애인인 사람의 둘째 아들로 팔십 년을 살아 온 것이다. 위에 기록하였듯이 몇 번 수모를 받기도 했고 아버지를 안타깝게 여기며 살은 세월이었다. 어릴 적 회갑이신 할아버지는 노인 중 노인이셨다. 필자는 그 나이를 지나 거의 20년의 세월을 더 흘러 보냈으니 틀림없이 노인이다.

　필자의 분석화학논문 별쇄본들, 논문집, 석박사 학위논문, 네 개의 수필집들(천당의 사나이, 단추가 열리는 길목, 섬마을 설화, 섬마을 징검다리), 저서들(기기분석, 분석화학 기본실험, 고급분석화학, 물질의 이해), 그리고 고등학교 화학교과서들(고등학교화학과 II(교육부6차 검인정), 고등학교과학(교육부7차 검인정))이 필자의 서재를 장식하고 있다. 이것들도 내가 가지고 갈 것들은 아니다.

　이제 이 세상을 떠날 시간이 가까워지고 있다. 필자도 모르게 이 세상에 태어나 아슬아슬한 굽이굽이를 돌고 돌아서 살아왔다. 젊은 시절 해병간부후보생 33기로 입대하여 10개월 세고 센 교육훈련을 받았고, 해병소위에 임관되어 중위·대위로 진급되고, 월남전에 13개월 참전한 국가유공자國家有功者가 되었다. 예비역 전역 후 연세대학교 대학원에서 석박사 학위를 취득하였다. 그리고 충북대학교 교수로 이십여 년 봉직하고 충북대학교 명예교수로 임명되어 수필을 작성하며 말년을 수놓고 있다.

　필자는 두 아들이 필자를 화장火葬하여 나에게 할당割當된 호국원護國院의

한 자리에 타고 남은 뼈조각들을 묻어주기를 바란다고 했다. 이 세상에 미련도 없다.

많지 않은 필자의 재산은 두 아들이 상속相續 받으면 될 것이다. 상속될 재산목록은 내 컴퓨터 한글목록에 기록되어 있다. 많지 않으나 잠시 조금을 이용할 수 있을 것이다.

문재인은 2018년 헌법을 개정하여 '자유민주주의'에서 '자유'를 삭제하려고 했었다. 소름끼치는 일이다. 청와대 비서실과 국정원에는 주사파이며 종북 빨갱이들이 많아서 간첩을 신고해도 들은 척 하지도 않고 간첩 심문은 하지 않는다고 한다.

1980년 5월 18일 광주光州에서 일어난 일련의 국가전복國家顚覆 사태가 북한 534군부대(1968년 1.21사태를 자행한 124군 부대)원을 비롯한 몇 부대의 특수요원 600여 명에 의하여 이루어졌다는 것이 지만원(池萬元, 1942~ , 육사 22기, 미 해군대학원 시스템공학 박사)에 의해 밝혀졌다.

문재인은 '광주5.18민주화운동'이라고 광주5.18사태를 미화하고 '그 당시의 희생자와 부상자들을 국가유공자'로 만들어 각 사람 당 일시금으로 보상금(500만~3억1천7백만 원)을 지불하고 매월 명예수당으로 300~700만 원을 지급한다고 한다.

또한 그 관련 자녀들에게 공무원 시험에 5~10% 가산점을 주는 등 많은 혜택을 준다. 그 유공자가 5,000명을 넘었고, 가짜가 많다는 것이다. 한심스러운 일이다.

마음대로 되지는 않을 것이다. 우리나라에는 생각이 바른 자유민주주의를 좋아하는 현 우리나라 헌법을 존중하는 인사들이 많기 때문이다.

필자는 세상에서 팔십 년을 살아왔으니 세상에 아무런 미련이 없다. 청각

장애인이고 언어장애인인 남성의 아들로 태어나 열심히 살다 가는 것으로
만족하고 있다.

필자 아버지의 일곱 동생들, 아버지가 낳으신 우리 다섯 남매, 그리고
그 다섯 남매가 낳은 아버지의 여러 손자들과 손녀들은 청각장애와 언어장
애가 없다. 이것으로도 아버지에게 어릴 때 찾아온 심한 홍역이 아버지를
청각장애와 언어장애자로 만들었을 뿐 유전과 관계가 없는 것은 확실하다.
필자의 증조할아버지가 우리 5남매의 맏이 큰누님이 태어났을 때 염려했던
청각장애의 유전은 없는 것이다.

그러나 필자는 청각장애인이고 언어장애인인 남자의 둘째 아들이다. 그
러면서 월남전에 참전하여 국가유공자로 되었으며, 열심히 학업을 연마하
여 대학교수가 되어 약 30년 대학교수 생활을 하면서 부끄럽지 않게 70여
편의 국내·외 유명학술지에 논문을 발표하였고, 퇴직 후에도 수필가로 이
제 5권의 수필집을 출간하니 덜 부끄러운 생을 살았다고 생각하는 것이다.

한결같은 흐름

따스한 바람이
얼굴을 스치면
개나리 진달래 피고
벼의 이삭이 고개를 숙일 때
태풍이 몰아치기도 한다.
찬바람 불어오면
단풍이 온 산을 감싸네

이만구천이백 일 흐르면서

온도와 흐르는 속도가 한결같은 무엇이 나를

학생, 해병장교, 대학교수, 수필가로 만들고 있다.

이제 이천구백이십 일이나 더

흐르려나

자유 민주주의를 위해

무엇인가 흔적을 남기고

흙으로 돌아가고 싶다.

그것이 무엇인지 모르나

주체사상, 친북, 종북 이런 것들은 아니다.

〈2019.03.26. 화요일(음 02.20(壬戌))〉

[참고] 안표지 게재 사진 설명: 이 사진은 내가 태어나 25세까지 살았던 고향마을 중심부에 서 있는 두 그루의 느티나무이다. 사진 촬영: 2019년 6월 19일.

자서전 관련 사진들

1952년 여름 어느 날 오후
집 앞 감나무 밑에 앉아계신
할아버지와 이웃할아버지

중학교 3학년 수학여행
(예산 수덕사에 갔을 때
대웅전 앞)

공주고등학교 3학년 초
하숙집 감나무 밑에서

공주 호계초등학교
6학년때 사진

호계국민학교 제28회 졸업사진(1952년 2월)
(필자는 앞에서 네째줄, 오른쪽에서 여섯번째)

1964년 해병사관 후보생시절 천자봉 등산훈련

. 해병장교 기초반 때 성남훈련대에서(필자는 뒷줄 왼쪽)
(고준웅, 이정교, 이정일, 이자기 소위들(1964년 9월))

제1여단 전차중대 근무시(1966)
중대장과 당번병, 그리고 본인

1966년 해병 제1여단 전차중대
제2소대장 시절 탱크위에서

해병여단 전차중대 장교 방카앞에서
김원진 중위와 필자(1966년 10월)

1967. 9. 9. 육군병기학교 제1기전과장교반 수석 상패
(2019년 6월 30일 촬영하니 글자가 떨어져 있음)

1984년 대한화학회 봄학회에서 수여받은 '교육진보상' 상패
(2019년 6월 30일 촬영).

1980년 경상대학교 과학교육학과 화학전공
교수들의 공동저작물.

2000년 회갑기념, 2006년 퇴직기념, 그리고
2016년과 2018년 명예교수로서 저작한
기행수필집 『섬마을 설화와 징검다리』

경기대화 학과 송호봉 교수와 1995년과
2002년 공저한 고등학교 화학과 과학교과서

1984년부터 저술한 정용순의
전공서적(분석화학기본실험, 물질의 이해,
고급분석화학. 그리고 기기분석).

2006년 2월 편저 정용순의 퇴직기념 논문집.

2019년 6월 19일 찾아간 필자의 고향마을 전경.
뒷산에 밤나무꽃이 흐드러지게 피었고, 사진
오른쪽에 두 그루 고목인 느티나무가 서 있다.

정용순
청곡의 사랑방

인쇄 2019년 8월 22일
발행 2019년 8월 25일

지은이 정용순
발행인 서정환
펴낸곳 수필과비평사
주소 서울시 종로구 삼일대로 32길 36(익선동 30-6 운현신화타워) 305호
전화 (02) 3675-3885, (063) 275-4000 · 0484
팩스 (063) 274-3131
이메일 sina321@hanmail.net   essay321@hanmail.net
출판등록 제300-2013-133호
인쇄 · 제본 신아출판사

ISBN 979-11-5933-238-8 03810

값 15,000원

이 도서의 국립중앙도서관 출판예정도서목록(CIP)은 서지정보유통지원시스템 홈페이지(http://seoji.nl.go.kr)와 국가자료공동목록시스템(http://www.nl.go.kr/kolisnet)에서 이용하실 수 있습니다.(CIP제어번호: CIP2019033061)

Printed in KOREA